Medeplichtig

Van Nicci French verscheen eveneens bij uitgeverij Anthos

Het geheugenspel
Het veilige huis
Bezeten van mij
Onderhuids
De rode kamer
De bewoonde wereld
Verlies
De mensen die weggingen
De verborgen glimlach
Vang me als ik val
Verloren
Tot het voorbij is
Wat te doen als iemand sterft

Nicci French

Medeplichtig

Vertaald uit het Engels
door Irving Pardoen

Anthos | Amsterdam

Voor Jakob, Marika, Kersti,
Claes, Tobias, Torkel en Mattias

Liefs, Nicci en Sean

ISBN 978 90 414 1463 2 (paperback)
ISBN 978 90 414 1550 9 (gebonden)

Oorspronkelijke titel *Complicit*
Oorspronkelijke uitgever Michael Joseph, Londen
Omslagontwerp Studio Jan de Boer
Omslagillustratie Valentino Sani / Trevillion Images
Foto auteurs Merlijn Doomernik

Verspreiding voor België:
Veen Bosch & Keuning uitgevers n.v., Wommelgem

ERNA

Ik draaide me om en keek of de deur van het appartement goed dicht was. Hij was dicht. Dat was niet afdoende. Stel dat er ineens iemand kwam. Stel dat hij een sleutel had. Ik trok mijn mouw naar beneden zodat een directe aanraking achterwege bleef, en moeizaam pakte ik door de stof heen de grendel vast en schoof die zo stilletjes mogelijk dicht. De lampen brandden allemaal, maar de gordijnen waren nog halfopen. Ik schuifelde langs de muur totdat ik bij het raam kwam, keek naar buiten of er in het donker beneden op straat niet iemand stond en deed de gordijnen dicht. Beginnend bij de deur keek ik de kamer rond en liet mijn blik zonder emotie, als het objectief van een camera, van voorwerp naar voorwerp gaan. Aan de muur hing een ingelijste foto. Ik had er eigenlijk niet eerder naar gekeken. Nu zag ik dat het er een was van een zwerm vage oranje vlinders. Op het tafeltje stond een telefoon – stel dat die zou gaan – en een schaal met een kleine sleutelbos erin. Van wie waren die sleutels? Van hem waarschijnlijk. Daar moest ik over nadenken. Er stond een bruine suède luie stoel met een gitaarkoffer ertegenaan. Op de vloer ernaast lag de gitaar zelf, doormidden geslagen en met de snaren los tussen het versplinterde hout. Ik wendde mijn blik af, naar de tv, die ik nooit aan had zien staan, en naar de grote, gestreepte bank waarop we hadden... Nee, niet doen. Niet aan terugdenken. Mijn sjaal hing over een armleuning, waar ik hem een paar dagen tevoren had laten liggen. Ik pakte de sjaal en sloeg hem om mijn hals, waar ik de blauwe plek nog als een nare herinnering voelde kloppen.

Er stond een boekenkast. De boeken, waarvan er enkele verspreid over de vloer lagen, waren allemaal van Liza – over kunst, design en een paar over reizen. Liza was ver weg, duizenden kilometers ver weg. Op enkele planken stond een aantal spulletjes en curiosa, beeldjes en aardewerk. Een piepkleine koperen boeddha, een groen flesje met een zilveren stop. Liza nam ze altijd mee van haar reizen. Langs de muur aan de andere kant stond een laag dressoir met daarop een ministereo-installatie en een nog geen halfvol cd-rek van ijzerdraad. Die cd's waren ook van Liza – allemaal op een na. Ik liep erheen en voorzichtig, met mijn vingers als een pincet, pakte ik de cd van Hank Williams die ik de week ervoor had meegenomen ertussenuit. Ik opende het doosje. Het was leeg. Weer met mijn mouw over mijn vingers drukte ik op het knopje van de cd-speler zodat de slede naar buiten kwam. Daar lag hij. Ik stak mijn pink in het gaatje, haalde hem eruit en legde hem weer in zijn doosje, dat ik boven op de installatie legde. Ik moest een plastic tas hebben.

Tegen de rechtermuur stond een grenenhouten tafel die Liza gebruikte om aan te werken. De post die bezorgd was in de weken dat ze weg was, lag niet meer op een stapel, maar slordig verspreid over de tafel, en er lagen ook een paar brieven op het vloerkleed. Op de tafel stond ook een zilverkleurige laptop, dichtgeklapt en met de voedingskabel netjes opgerold erbovenop, en verder een grappige schildpad van groen plastic om pennen in te leggen en een blikje met paperclips en elastiekjes. De stoel die er doorgaans voor stond was omgevallen. Daarnaast lag een vaas, en de rode tulpen die erin hadden gestaan hadden zich samen met het water verspreid over het vloerkleed, dat daardoor niet meer die lichte kleur van gerst had maar een donkerder piskleur.

Daarnaast lag het lijk, met het gezicht naar beneden op het kleed en de armen gespreid. Vooral aan de armen kon je zien dat hij dood was, meer nog dan aan de donkere vlek die zich onder zijn hoofd uitspreidde – erg donker, eerder zwart dan rood. Ik dacht aan zijn open ogen, starend naar het ruwe kleed, en aan zijn mond, scheefgetrokken tegen de wol. Ik keek naar zijn handen, die hij had uitgestoken alsof hij iets probeerde te pakken.

ERVOOR

Die handen. Toen ik ze voor het eerst op mijn gezicht voelde, toen hij ze langs mijn nek en door mijn haar liet gaan, voelden ze zachter aan dan ik had verwacht. Aardiger. Het voelde bijna alsof een blinde mijn lichaam verkende door het aan te raken. Toen hij zijn vingers langs mijn blote ruggengraat liet gaan, had ik het gevoel bespeeld te worden, alsof hij door mijn wervels als toetsen in te drukken bastonen aan me wist te ontlokken die ik niet kende en door aan me te plukken me zo'n genot verschafte dat het bijna pijn deed.

ERNA

Ik kon me niet bedwingen, knielde even bij hem neer, stak een vinger in zijn licht gekromde hand, die nog warm en zacht aanvoelde, en liet die daar even in rusten. Ondanks alles was hij een tijdje de mijne geweest. Hij had naar me gekeken alsof ik de mooiste vrouw ter wereld was, zijn allerliefste, en ik had hem getroost. Dat verschilt niet veel van liefde.

Toen stond ik weer op, liep de kamer door en ging van alles na zonder te weten wát ik nou precies wilde nagaan. Ik trok de tafellade open, hurkte neer en keek onder de bank, en ik haalde de kussens van de luie stoel. Mijn leren schoudertas – de bruine met al die krassen erop die ik als schoolmeisje al had gebruikt en die ik opnieuw gebruikte nu ik als lerares weer naar school ging – die moest hier toch zijn. Ik wist zeker dat ik hem hier had achtergelaten, hier aan de armleuning van deze stoel, met de schouderriem los.

Ik liep naar de keuken, zachtjes en voetje voor voetje zodat ik geen geluid maakte. Het was daar de gebruikelijke rommel van niet afgewassen kopjes en borden, kruimels op tafel, een kwak koffiedik op de kookplaat, een aangebroken pak koekjes. Ik bleef doodstil staan. Er was iets vreemds aan de hand, iets onlogisch. Ik deed een kastje open en keek erin. Ik trok alle laden open, en elke keer kromp ik ineen bij het gepiep en gekraak, en het gerammel van bestek. Waar was mijn schort, het schort dat ik nog maar een paar dagen geleden hiernaartoe had meegenomen omdat ik eens een keer een bloesje aanhad waarop ik liever geen vlekken wilde hebben? Waar was mijn lievelingskookboek – mijn enige, trouwens – waarin mijn naam binnenin op het schutblad stond? 'Voor Bonnie, liefs, mama.' Even bleef ik doodstil staan, in de war en met een onheilspellende pijn in mijn borst. De kraan drupte langzaam. Buiten hoorde ik de wind zachtjes door de bomen aan de achterkant ruisen, op de doorgaande weg dreunde het verkeer, en ik voelde de vloer schudden toen er een vrachtwagen voorbijreed.

Op mijn tenen liep ik naar de slaapkamer. De gordijnen waren dicht en het bed was niet opgemaakt. Alsof hij er nog in lag – ik kon bijna de vorm van zijn lichaam onderscheiden, van onze lichamen. Achter de deur lag een hoopje kleren die gewassen moesten worden. Ik zag mijn bloesje er niet bij liggen, het bloesje dat hij me van het lijf had gerukt en opzij had gegooid, hoewel ik me wel herinnerde waar het had gelegen. Ik dacht aan de manier waarop hij naar me had gekeken, een blik die me het gevoel had gegeven dat ik mijn naaktheid wilde bedekken. Ik zag mijn oude T-shirt en flanellen shorts niet, de kleren die ik 's nachts draag als het niet al te warm is. Ik trok alle laden van het ladekastje open. Er lag nog wat van Liza in, de kleren die ze niet mee had willen nemen, en ook nog wat kleren van hem. Maar niet van mij, en ook hier was mijn schoudertas niet. Ik ging op het bed zitten, en toen ik mijn ogen even dichtdeed, was het net alsof ik hem in het donker naast me voelde zitten. Zou ik hier nu voor altijd mee moeten leven, of zou het gaandeweg minder worden en ophouden?

Er stond maar één tandenborstel in de badkamer. De mijne. Ik pakte hem. De zijne was weg. Mijn deodorant was weg, de zijne stond er wel. Mijn scheermesje was weg, het zijne lag er wel. Mijn potje bodylotion was weg. In het spiegeltje boven de wasbak bekeek ik mezelf. Donkere ogen in een smal, wit gezicht. Droge lippen. Een opbloeiende blauwe plek in mijn hals, half verscholen onder mijn bloesje. Ik liep terug naar de huiskamer. Het was net alsof het lijk groter was dan daarnet, doder leek het wel. Hoe snel koelt een lijk af? Hoe snel wordt het bloed stroperig? Als ik hem nu weer zou aanraken, zou hij dan stijf aanvoelen, echt als een lijk, niet meer als een mens? In mijn ooghoeken zag ik zijn hand bewegen, en ik moest mezelf dwingen ernaar te blijven kijken om mezelf ervan te overtuigen dat dit onmogelijk was.

Ik stond ergens op, en toen ik naar beneden keek, zag ik dat het de uitnodiging voor de bruiloft was. Ik bukte me en raapte hem op, vouwde hem dubbel en toen nog een keer, en stopte hem toen tegelijk met de tandenborstel die ik nog in mijn hand had in de zak van mijn spijkerbroek.

ERVOOR

'Proost.' Ik hief mijn glas koude witte wijn en klonk met de anderen. 'Op de vakantie.'

'Liza en ik hebben geen vakantie, dat weet je, hè?' zei Daniëlle. 'Alleen in het onderwijs krijg je zes hele weken.'

'Alleen in het onderwijs verdien je zes hele weken. Op de zomer dan!'

Ik nam een slokje en leunde genietend achterover. Het was avond, maar het was nog zacht en warm. Ik had de zomer nodig – het late opstaan, de warme dagen met het vele licht, even geen klassen vol tieners met hun gekras op de viool of gejengel op de blokfluit, niet meer elke dag die lerarenkamer, waar we niet meer mogen roken en dan maar te veel koffie drinken, niet elke avond nakijken en voorbereiden en mijn leven op orde brengen, niet steeds weer zo'n vel papier voor je neus en alsmaar die ellendige rekeningen.

'Wat ga je doen met die zee van tijd?'

'Slapen. Naar de bioscoop. Chocola eten. Wat aan mijn conditie doen. Zwemmen. Wat vaker mijn vrienden zien. Eindelijk eens mijn appartement opknappen.'

Een paar maanden geleden was ik verhuisd van een driekamerwoning waar ik veel van had gehouden naar een van die wat kleinere, donkere, smoezelige tweekamerwoningen zoals je die in Camden Town veel hebt, met dunne muren, afbladderende kozijnen, een lekkende koelkast en een sputterende radiator die alleen warm wordt wanneer hij daar zin in heeft. Ik had mezelf ten doel gesteld de boel op te knappen. Ik fantaseerde erover dat ik fraaie meubelstukken zou weten te vinden in afvalcontainers, waaraan ik met behulp van de witkwast wonderen zou verrichten, maar ik realiseerde me dat ik eerst vele lagen verf en behang zou moeten afkrabben, de vaste vloerbedekking zou moeten lostornen en mijn toch al overwerkte vrienden zou moeten proberen over te halen om eens naar de elektriciteit te kijken en na te gaan waar die onheilspellende, steeds groter wordende bruine vlek op het plafond vandaan kwam.

'Dus ik blijf dit jaar thuis,' zei ik. Ik keek Daniëlle aan. 'Ik neem aan dat jij na de bruiloft weggaat.'

'Op huwelijksreis naar Italië,' zei ze, en ze lachte triomfantelijk. Ik voelde de ergernis in me opwellen. Daniëlle dacht kennelijk dat ze door haar aanstaande huwelijk in ethisch opzicht op een hoger plan stond dan Liza en ik. We hadden samen gestudeerd en waren, net als iedereen in het studentenwereldje, gepokt en gemazeld in kwesties van liefdesverdriet en andere ellende. Zo waren we volwassen geworden, maar zij gedroeg zich nu alsof ze een voorsprong op ons nam in een wedstrijd waarvan we niet eens wisten dat we eraan deelnamen. Ze keek met een mengeling van arrogantie en medelijden op ons neer, dat wil zeggen op Liza, het drankzuchtige feestbeest met de hese stem, en mijzelf, de lerares zonder borsten met het geblondeerde haar, die een hele ris mislukte relaties achter de rug had. Ze zag er tegenwoordig zelfs anders uit. Ze had haar vaalblonde haar vakkundig in laagjes laten knippen en restylen, haar nagels waren parelmoerachtig roze gelakt (waardoor die ene diamant des te beter uitkwam), ze droeg een lichte zomerjurk en zag er mooi en in het geheel niet bedreigend uit, alsof ze haar seksualiteit had weten in te tomen om te kunnen schitteren als het lieve, blozende bruidje. Ik verwachtte eigenlijk min of meer dat ze mijn hand zou pakken en tegen me zou zeggen dat ik me geen zorgen moest maken, dat mijn tijd nog wel kwam.

'12 september is het, hè?' Liza schonk zichzelf nog een groot glas wijn in en nam een forse teug, waarna ze waarderend met haar lippen smakte. Ik bekeek haar met genegenheid – een van de knopen van haar strakke bloesje was opengesprongen en haar weelderige kastanjebruine haar viel warrig over haar blozende gezicht. 'We moeten er eens over nadenken wat we je als huwelijkscadeau zullen geven. Iets bijzonders.'

'Ik wil maar één ding van jullie allebei,' zei Daniëlle, terwijl ze zich vooroverboog, zodat ik zweetdruppeltjes op haar bovenlip zag. Even dacht ik dat ze een huwelijkslijst had opgesteld en dat ik verantwoordelijk zou zijn voor een elektrische waterkoker of een halve zilveren theelepel of iets dergelijks. 'Ik wil dat jullie op de bruiloft spelen.'

'Hè?' Liza en ik reageerden tegelijkertijd, met dezelfde toon van ongeloof en ontzetting in onze stem.

'Ik wilde het jullie steeds al zo graag vragen. Dat zou voor mij zoveel betekenen. En voor Jed ook.'

'Muziek maken, bedoel je?' zei ik dommig.

'Ik ben nooit vergeten hoe je op die benefietavond op de universiteit speelde. Fantastisch. Daar moest ik toen van huilen. Het was een van de mooiste avonden van mijn leven.'

'Nou, voor mij niet,' zei ik, en dat was zwak uitgedrukt. 'Maar hoe dan ook, Daniëlle, we hebben niet meer samen gespeeld sinds... nou, waarschijnlijk niet meer sinds die avond.'

'Zéker niet meer sinds die avond,' zei Liza, en ze snoof. Zij was toen de zangeres geweest, en toen al, een decennium geleden, had ze hees geklonken van het roken. Ik kon me niet voorstellen hoe haar stem nu zou klinken, waarschijnlijk zoals die van een kraai met takjes in zijn bek of iets dergelijks. 'Van de helft van de mensen weet ik niet waar ze gebleven zijn.'

'En ik wil het niet weten ook,' voegde ik eraan toe.

'Ray zit in Australië.'

'Jullie kunnen best nog een keer afspreken,' zei Daniëlle. 'Voor deze ene keer. Dat zou toch leuk zijn. Nostalgisch.'

'Nou, dat weet ik niet, hoor.'

'Doen jullie het voor mij?' vroeg ze allercharmantst. Ze begreep blijkbaar niet dat we er niet over peinsden om op haar bruiloft te spelen. 'Tenslotte trouw je maar één keer.'

'Het kan echt niet,' zei Liza opgewekt. Ze gebaarde heftig met haar handen. 'Ik heb mijn sabbatical, mij zien jullie voorlopig niet. Ik ga vier hele weken naar Thailand en Vietnam. Ik ben pas een paar dagen voor je trouwen terug. Dus ook al zouden we de anderen kunnen overhalen, wat niet het geval is, dan nog zou ik er niet zijn om te repeteren. De meesten trouwens niet. Tenslotte is het zomer.'

'O,' zei Daniëlle. Ze zag eruit alsof ze zo in huilen kon uitbarsten nu haar mooie plannetje in het water dreigde te vallen. Maar toen leefde ze op, en met haar kin op haar handen keek ze mij aan. 'Maar jij bent hier wel, Bonnie. De hele zomer. Je bent je appartement aan het opknappen.'

Ik weet niet hoe het kwam dat ik ja zei, terwijl ik eigenlijk had willen zeggen: nee, nee, nee, in geen geval. Ik weet niet hoe het kwam dat ik me het heerlijke vooruitzicht van zes weken lanterfanten met tussendoor wat opknapwerk liet ontfutselen. Maar ik heb het laten gebeuren, dwaas die ik ben.

ERNA

Ik wist niet wat ik moest doen, maar hoewel ik heel goed begreep dat ik moest opschieten, dat elke seconde zou kunnen tellen, bleef ik midden in de kamer staan zonder te kijken naar de plek waar hij met zijn gezicht in zijn eigen bloed lag. Ik probeerde na te denken, maar in plaats van gedachten waren er slechts leemten in mijn hoofd. Op een gegeven moment was ik zover dat ik de straat op wilde gaan om de avondlucht in te ademen; ik had mijn hand al op de grendel, maar veranderde toen van gedachten. Ik veegde de grendel af met mijn mouw en wreef er nog eens extra over, in de overtuiging dat ik daarmee de kringen van mijn vingerafdrukken zou laten verdwijnen. Ik kon nu niet weggaan. Ik moest van alles doen. Er was werk aan de winkel. Ik slikte moeizaam en ademde zo diep in en uit als ik kon. Het ging moeizaam. Mijn adem stokte in mijn keel, zodat ik even dacht dat ik zou stikken. Ik stelde me voor hoe ik op de grond zou vallen en naast hem terecht zou komen, met mijn ogen gericht op de kwastjes van het vloerkleed en mijn hand op de zijne.

Ik pakte een plastic tas uit het gootsteenkastje en stopte er mijn sjaal, de cd en de uitnodiging voor de bruiloft in. Ik begon in de slaapkamer, waar de meeste van zijn spullen lagen. Ik moest dit grondig doen. Het kwam er nu op aan. In de la van het nachtkastje vond ik zijn paspoort en een pakje condooms. Ik pakte ze allebei en stopte ze in de tas. Wat nog meer? Ik liep de badkamer in en pakte zijn scheermes, zijn deodorant en zijn lege toilettasje. Zijn jasje hing over de rugleuning van een stoel in de huiskamer. Ik ging zijn zakken na en haalde zijn portefeuille eruit. Ik keek wat erin zat – een creditcard, een klantenpas, een flodderig rijbewijs, een briefje van twintig pond (dat hij van mij geleend had), een fototje van een vrouw die ik niet kende en een pasfoto van hemzelf. De glans in zijn ogen, zijn plotselinge glimlach, zijn handen op mijn lichaam – zelfs nu, nu hij daar dood op de vloer lag, tintelde mijn huid bij de herinnering daaraan. Ik gooide de portefeuille in de plastic tas. En verder? Hij had maar zo weinig bezeten. 'Jou,' hoorde ik hem zeggen, net zo duidelijk alsof hij naast me stond. 'Jou heb ik bezeten, Bonnie.' Ik kreeg het warm en koud tegelijk, ik had kippenvel en het zweet stond op mijn voorhoofd alsof ik moest overgeven. Ik drukte mijn vingers tegen mijn slapen om het bonzen te onderdrukken.

Terwijl ik daar zo stond hoorde ik de telefoon gaan – niet de vaste telefoon en niet mijn mobiel, want die had ik immers uitgezet. Dat was ik dus vergeten: zijn mobiele telefoon. Ik wist waar ik die zou kunnen vinden, en de gedempt klinkende ringtone bevestigde het. Ik wachtte totdat het geluid ophield en dwong mezelf toen weer naar het lijk te gaan. Ik dwong mezelf ernaast neer te hurken, en met mijn ogen halfdicht stak ik mijn hand onder zijn lichaam en tastte naar het rechthoekige voorwerp. Ik wurmde mijn vingers in zijn zak en haalde de telefoon eruit. Maar ik deed hem niet in de tas. Zonder te kijken wie er had opgebeld zette ik hem uit en stopte hem in mijn zak.

Ik keek naar hem. Naar het lijk, dat daar zo breeduit op de vloer lag. En nu? Want ik besefte dat ik dit niet alleen af kon.

ERVOOR

Een klas tieners in toom houden lijkt een beetje op het dirigeren van een orkest, behalve dat dit orkest een soort ongetemd, mensenverslindend beest is. Zo'n beest dat ruikt hoe bang je bent, dat de vrees in je ogen ziet en aan je hijgende manier van ademhalen en je versnelde hartslag merkt hoe angstig je bent. En dat je dan te grazen neemt. Maar het maakt je niet meteen af. Het gaat te werk als een krokodil of een haai, die je beetpakt en dan een poosje met je speelt. Ik heb hier wel leraren gekend met een dikke huid en in het bezit van alle kwalificaties, die vol vertrouwen aan hun taak begonnen waren, maar die zich, als er eens een kleinigheid was misgegaan, huilend in de toiletruimte terugtrokken. Maar als het echt uit de hand liep, zat er maar één ding op: mevrouw Hurst erbij halen.

Mevrouw Hurst was Sonia, mijn beste vriendin op school, en misschien wel überhaupt mijn beste vriendin. We kenden elkaar nog niet zo lang, maar hadden het vanaf het moment dat we op de eerste dag van het schooljaar op het lerarentoilet kennismaakten uitstekend samen kunnen vinden. Ze was van nature open en extravert – hoewel sommige collega's vonden dat ze zich afzijdig hield – en ik beschouwde de oprechte vriendschap die ze voor mij toonde als een geschenk. Ze had lang, donker haar en was groter dan ik, langer en indrukwekkender zeg maar, maar het gezag dat ze bezat had, voor zover ik kon nagaan, niets te maken met haar fysieke voorkomen. Ik had haar niet echt in actie gezien, want in mijn lessen maken de leerlingen er geen puinhoop van. Dat kan ook eigenlijk nauwelijks. Roepen, zingen, dansen en door het lokaal lopen hoort er in mijn les juist bij. Dat er bij haar in de klas orde heerste kwam niet doordat ze zo streng was en helemaal niet doordat ze met straf zou dreigen, hoewel je wel het gevoel kreeg dat er niet veel van je over zou blijven als ze eenmaal een gevoel van minachting voor je had. Ze had het gewoon in de vingers. Ze gaf scheikunde, maar net zo goed als je er niet aan twijfelde dat als ze twee chemische verbindingen mengde, de school geen gevaar liep de lucht in te vliegen, ging je er ook van uit dat ze een auto kon repareren, een splinter uit je vinger kon trekken of een vlinderdasje kon strikken, en het was overduidelijk dat ze wist hoe ze dat allermerkwaardigste organisme, een lokaal met tieners tjokvol hormonen, moest beïnvloeden. Vlak voor het einde van het schooljaar had ze gesolliciteerd naar de baan van conrector, en hoewel ze wat jong was voor de positie, was ik ervan overtuigd dat het haar goed af zou gaan: met Sonia in de buurt voelde je je meer op je gemak.

Zij leek dus de voor de hand liggende persoon om een beroep op te doen. Ze had viool gespeeld in het schoolorkest – niet al te best, maar zingen kon ze wel. Ze had een goed oor voor muziek en bezat een voor ons doel geschikte, wat omfloerste stem. Ze was niet wat doorgaans knap wordt genoemd, maar ze had iets wat nog beter was. Ze had een bepaalde uitstraling; als je met haar in één ruimte was, wilde je naar haar kijken, en als je contact met haar had, wilde je haar plezieren. Ze was leuk om naar te kijken, ze had zelfvertrouwen zonder arrogant te zijn, en als ze voor de klas kon staan, kon ze ook op een bruiloft een paar oude countrynummers zingen.

Ik wist haar onder valse voorwendselen naar mijn appartement te lokken. Ik gaf haar chips en witte wijn en ik vroeg haar in verband met mijn voorgenomen opknapbeurt om advies over kleurcombinaties en de verdeling van lichtpunten. Ze wist natuurlijk precies hoe alles moest, veel beter dan ik. Langs mijn neus weg informeerde ik of ze die zomer nog wegging. Dat bleek niet het geval; ze had er geen geld voor. Ik haalde diep adem.

'Nee,' zei ze. 'Geen sprake van.'

Ik vulde haar glas bij.

'Eigenlijk heb je er wel zin in, hè?' zei ik.

'Het idee is volkomen belachelijk.'

'Zie je het niet voor je: hoe je daar net als Nina Simone of Patsy Cline voor de muzikanten staat?'

'Welke muzikanten?'

Ja, dacht ik, ze gaat het doen.

'Tot nu toe alleen ik,' zei ik. 'Ik bedoel: de rest is nog niet zeker.' Ik voelde me verplicht erbij te zeggen: 'De eerste twee aan wie ik het vroeg zeiden meteen nee.'

'Wie zaten er destijds nog meer in die band? Mensen die ik ken?'

'Amos, natuurlijk. Zo hebben we elkaar ontmoet.'

'Amos?' Verbeeldde ik het me, of kreeg Sonia een kleur? Ik keek weg, want ik wilde het niet zien, wilde geen bevestiging van die verdenking die nu al enkele weken bij mij groeide – dat ze iets in hem zag. Waarom werd ik daar zo paniekerig van? Tenslotte waren ze allebei vrij en werd er niemand bedrogen. Ik vond het een vervelend idee dat ik los wilde zijn van Amos en er toch nog prijs op stelde dat hij naar me zou verlangen. Toen ze doorging, kon ik horen dat ze ontspannen wilde overkomen. 'Doet hij nu ook mee?'

Ik aarzelde.

'Ik heb het hem niet gevraagd. Nog niet althans.'

'Wordt dat niet lastig?'

'Waarom zou het? We zijn tenslotte in goede harmonie uit elkaar gegaan.'

Sonia glimlachte naar me. Het moeilijke moment was duidelijk voorbij. 'Uit elkaar gaan doe je nooit in goede harmonie,' zei ze. 'Het is een ramp, of het is voor de een makkelijk maar voor de ander niet. Als je allebei vindt dat het harmonieus gaat, had je er allebei toch al niet echt zin meer in.'

Ik nam een slokje – een groot slokje – wijn en voelde hoe die mijn tandvlees prikkelde. Als ik aan Amos dacht, voelde ik een vertrouwde steek in mijn borst – geen pijn, maar een herinnering aan een pijn die zich in mijn botten had genesteld en deel was gaan uitmaken van mijn identiteit.

'Och,' zei ik luchtig. 'Al zijn we uit elkaar, we zijn er wel min of meer in geslaagd vrienden te blijven.' Al onze torenhoge verwachtingen en grootse plannen voor de toekomst waren niet in een finale uitbarsting uit elkaar gespat, maar langzaam verschrompeld en uiteindelijk een zachte dood gestorven, waardoor het een langgerekt proces van verdriet en teleurstelling was geweest. Voor mij althans wel. Maandenlang hadden we allebei geweten – maar niet aan onszelf kunnen bekennen – dat de onderneming die we samen waren begonnen was doodgelopen en dat onze wegen zouden scheiden. In sommige opzichten zou ik eigenlijk liever hebben gehad dat er in één klap een einde aan gekomen was – de ramp waar Sonia het over had – in plaats van hulpeloos en verdrietig toe te zien hoe de relatie langzaam verpieterde en mislukte, zoals het bij ons was gegaan.

'Wie heeft het uiteindelijk uitgemaakt?'

'Zo ging het niet.'

'Iemand moet het toch gezegd hebben.'

'Dat zal ik wel geweest zijn. Maar alleen omdat hij er de moed niet voor had.'

'Was hij er erg door van slag?'

'Weet ik niet. Ik weet wel dat ik van slag was, maar dat wist je al. Je hebt het deels meegemaakt.'

'Ja,' zei Sonia. 'Trieste avonden, met veel drank.' We glimlachten quasizielig naar elkaar. Het leek al lang geleden; in elk geval zo lang dat Sonia zich kennelijk vrij voelde om mijn plaats in te nemen. Ik huiverde even.

'Jullie hebben me er doorheen gesleept. Jij en Sally.'

'En de whisky.' Sentimentaliteit moest van Sonia altijd doorbroken worden.

'En de whisky, dat is waar. Whisky, bier, koffie, muziek... En nu we het er toch over hebben...'

'Zal Amos wel samen met jou willen spelen?'

'Ik heb het hem niet gevraagd. Ik weet het niet.'

Sonia keek me aan met een strakke blik en knikte toen. 'Je hebt tot het derde glas wijn gewacht voordat je het me vroeg, hè?'

'Het tweede, dacht ik.'

'Het derde, zeker weten,' zei Sonia, waarna ze een slokje nam alsof ze het daarmee wilde bevestigen. 'Een tegenargument zou zijn dat je me alleen in het koor hebt horen zingen.'

'En op die karaokeavond afgelopen jaar.'

'Heb ik toen gezongen?'

'Een van de beste uitvoeringen van "I Will Survive" die ik ooit heb gehoord.'

'Een argument vóór is dat er in het publiek niemand zal zijn die ik ken. Is het erg als je een figuur slaat tegenover mensen die je niet kent?'

'Valt een boom in een bos wel echt om als niemand het ziet of hoort?'

ERNA

Ik haalde mijn mobiel uit mijn tas, zette hem aan en toetste de eerste drie cijfers van het nummer in. Maar toen bedacht ik me, ik zette hem uit en liet hem weer in mijn tas vallen alsof ik mijn vingers eraan had gebrand. Ik had weleens in de krant gelezen dat deskundigen niet alleen kunnen nagaan wie je hebt gebeld, maar ook waarvandaan je het gesprek hebt gevoerd. Zo worden wel vaker mensen betrapt en alibi's doorgeprikt.

Ik kon de vaste telefoon niet gebruiken, en mijn mobiel evenmin. Even dacht ik erover het op te geven en maar het alarmnummer te bellen en huilend mijn verhaal te doen aan de onpersoonlijke stem aan de andere kant van de lijn. Er schoot van alles door mijn hoofd; ik probeerde de gedachten van elkaar te scheiden en een voor een te overdenken. Ik pakte de sleutels uit de schaal en controleerde of die van het appartement erbij zat. Toen schoof ik – weer met mijn mouw ertussen – de grendel van de deur en deed die open. Na nog een laatste blik op het lijk liep ik de overloop op en trok de deur achter me dicht. Er klonk een kwellende klik toen ik hem dichttrok. Stel dat iemand me zag? Ik wist dat het gezin ernaast met vakantie was, want wij hadden hun planten water gegeven, of ik, liever gezegd. De jongeman die boven woonde was er wel, maar niet overdag en 's avonds doorgaans pas heel laat. En vandaag was het vrijdag, het begin van het weekend. Maar misschien was hij ziek en lag hij pal hierboven in bed. Of hij was net op weg naar huis; misschien sloeg hij precies op dit moment op Kentish Town Road de hoek om, het kronkelige laantje in, en had hij zijn hand al in zijn zak en tastte hij naar zijn sleutels. Dan zou ik hem tegenkomen als ik de voordeur opendeed. Ik kon geen vin verroeren. Gespannen bleef ik op de overloop staan luisteren of ik iets hoorde. Ik haalde diep adem en liep doelbewust naar de buitendeur; ik moest me inhouden om niet te gaan rennen.

Toen ik buiten op de onverlichte straat stond, was daar verder niemand. Ik zette het op een drafje en passeerde de garage aan de overkant, die al dicht was; alleen het bordje waarop vermeld werd dat ze er reparaties en apk's deden klapperde doelloos heen en weer in de wind. Ook voorbij de bocht in de weg was het nog stil en donker op straat, en toen ik op de doorgaande weg kwam, klonk daar ten slotte tot mijn opluchting het geraas van de voorbijdenderende auto's, vrachtwagens en motorfietsen. Op het trottoir mensen die ik niet kende, in hun eentje of lachend in groepjes, die langzaam liepen omdat het zomer was en de nachtlucht zacht en warm aanvoelde. Ik wist niet welke kant ik op moest om een telefooncel te vinden, want ik had er tot nu toe nooit een nodig gehad. Misschien waren ze inmiddels allemaal dichtgespijkerd en buiten werking en hingen de nutteloos geworden hoorns aan hun snoer te bungelen. Ik sloeg links af onder een spoorbrug door en liep snel verder totdat ik ten slotte een rode telefooncel zag. Binnen hing een pislucht. Op het glas stonden graffiti, en op een eenzame sticker werden de diensten aanbevolen van Mischa, die gespecialiseerd was in massages. Ik had kleingeld nodig, en met mijn opgezette vingers tastte ik onhandig in mijn portemonnee. Ik toetste het nummer in. Als ze nou maar thuis is, als ze maar thuis is... Dat was ze.

'Bonnie? Alles goed met je?'

'Je moet me helpen. Nu meteen. Een verschrikkelijke klus.'

'Vertel eens.'

Haar stemgeluid bracht me tot rust.

'Dat kan ik niet, niet over de telefoon. Je moet komen.'

Ze stelde geen onnodige vragen en zei alleen maar: 'Oké. Ben je thuis?'

Ik wilde zeggen dat ze naar Liza's appartement moest komen, maar toen bedacht ik dat ze natuurlijk niet wist waar dat was. Ook realiseerde ik me al snel dat het beter was als ik er met haar heen ging in plaats van haar er in haar eentje naartoe te laten komen alsof er niets aan de hand was. We spraken dus af om elkaar bij de telefooncel te treffen. Ze zei dat ze meteen zou komen; het was niet ver.

Ik ging naast de telefooncel staan en keek strak voor me uit naar de mensen, de platanen, de oranje straatverlichting en de wazige, koolzwarte horizon. Alles zag er onwerkelijk uit, alsof ik naar een foto keek die niet helemaal scherp was. Ik zette mijn mobiel aan om te kijken hoe laat het was en zette hem toen weer uit. Ik liep heen en weer, niet meer dan tien passen de ene kant op en toen weer tien passen terug. Ik wilde haar niet mislopen, maar besefte wel dat ze er minstens tien minuten over zou doen, zelfs als ze meteen na het neerleggen van de telefoon het huis uit was gerend. Ik had al een aantal jaren niet meer gerookt, maar ging nu de 24 uurswinkel op de hoek in en kocht een pakje Silk Cut en een doosje lucifers. Ik stak er een op, inhaleerde diep, werd misselijk en duizelig en moest hard en langdurig hoesten. Maar ik had nu tenminste iets te doen tijdens het wachten.

Ik vroeg me af of ik er verkeerd aan had gedaan haar hulp in te roepen, om überhaupt hulp te vragen. Eigenlijk was dat de vraag niet. Natuurlijk was dat verkeerd. Alles was verkeerd. Maar wat had ik voor alternatief? En aan wie anders kon ik het vragen? Wie anders kon ik in vertrouwen vragen wat ik moest doen? Ik rookte een tweede sigaret – deze keer ging het me makkelijker af – en drukte de peuk met de hak van mijn schoen onnodig hard en langdurig uit.

Eindelijk kwam ze aangelopen, in een grijs vest en met haar lange, zwarte haar opgestoken.

'Godzijdank,' zei ik.

Sonia pakte me bij mijn arm. 'Je trilt helemaal. Wat is er gebeurd?'

'Je moet meekomen.'

We spraken niet terwijl ik met haar het laantje weer in liep. Zij liep langzamer dan ik, en ik moest steeds stoppen en haar tot doorlopen manen. Ik verwachtte voortdurend iemand te zullen zien, hoewel het pand waarin Liza woonde aan een doodlopend deel van de straat lag, vlak voor een spoorlijn, waar bijna nooit mensen kwamen. Er hingen weleens groepjes tieners rond die iets van zins waren waarbij ze niet vanaf de doorgaande weg gezien wilden worden, maar nu was er niemand. Ik stak de sleutel in de buitendeur en opende die, maar toen we bij de deur van het appartement aankwamen, bleef ik staan.

'Wat is er, Bonnie?'

'Ik wist niet wie ik anders had moeten bellen,' zei ik. 'Doe alsjeblieft zo stil mogelijk.'

Ik deed de deur van het slot en opende hem, waarna Sonia en ik naar binnen gingen. Ik sloot de deur achter ons en schoof de grendel dicht.

Sonia maakte geen enkel geluid. Ik hoorde haar niet eens ademen. Ze bleef midden in de kamer voor het lijk staan en keek ernaar. Haar armen hingen losjes langs haar zij, haar kin stak een beetje naar voren, haar benen stonden iets uit elkaar alsof ze bang was dat ze om zou vallen, en haar gezicht was uitdrukkingsloos. Het was alsof iemand er met een natte doek alle sporen van gevoelens en gedachten af had gewist. Ook ik zei niets en verroerde me niet. Ik wachtte. Het enige dat ik hoorde was mijn eigen ademhaling.

Ten slotte bewoog ze even en zei op fluistertoon: 'Het is...'

'Ja.'

'Hij is dood.'

'Ja.'

Ze keek de kamer rond alsof ze er nog iemand anders verwachtte. Ik zag hoe ze alle voorwerpen een voor een registreerde: de kapotgeslagen gitaar, de vaas en de bos tulpen op de grond, de stoel die op zijn kant lag. Toen ging haar blik weer naar het lijk. Ze had mij nog niet aangekeken. Haar ogen schoten alle kanten op, behalve de mijne.

'Ik snap het niet.'

'Het spijt me.'

'Het spijt je?'

'Dat ik jóú heb gebeld.'

Eindelijk keek ze mij aan. Ze knipperde met haar ogen. Ze liet haar blik van mijn gezicht omlaag gaan naar de blauwe plek in mijn hals.

'Hadden jullie iets...?'

'Met elkaar?' zei ik. 'Ja, min of meer.'

Ze liet een lange, diepe zucht horen, alsof ze sinds ze binnen was haar adem had ingehouden. Haar stem klonk als een zachte jammerklacht.

'Wat doe ik hier?'

ERVOOR

'Ik weet het niet hoor, Bonnie.'

'Dat betekent dat je het misschien doet?'

'Ik raak mijn gitaar tegenwoordig nauwelijks nog aan.'

'Dat geeft niks!'

'Ga je nou zeggen dat het net zoiets is als fietsen?'

'Zou ik je daarmee over de streep trekken?'

Neal keek me aan met een glimlach waardoor hij er meer uitzag zoals ik me hem van de universiteit herinnerde. We hadden elkaar bijna tien jaar niet gezien, maar ook toen had ik hem niet goed gekend. Hij was een vriend van Andy geweest en was erbij gehaald als basgitarist – een redelijk goede. Zo had ik eigenlijk ook steeds over hem gedacht: iemand die wel wat kon, praktisch. Zijn haar was donkerder dan ik me herinnerde, maar niet zo lang als destijds, toen het op zijn schouders viel. Hij was wat gevulder, niet meer de magere jongeman die iedereen in de band graag mocht omdat hij voor iedereen klaarstond en altijd bereid was om te repareren wat kapot was en te vervoeren wat vervoerd moest worden. Liza was destijds een beetje verkikkerd op hem geweest, en misschien had ze met haar dronken hoofd zelfs weleens een versierpoging gedaan. Maar het was nooit iets geworden, na de studie was hij uit ons leven verdwenen, en sindsdien had ik eigenlijk niet meer aan hem gedacht.

We zaten in het tuintje bij zijn huisje in Stoke Newington. Ik had hem, toen ik opbelde, gezegd dat ik met hem op zijn werk kon afspreken, maar kennelijk deed hij zijn werk aan huis – het bestond uit het leveren van tuinhuisjes aan mensen die meer ruimte nodig hadden maar niet wilden verhuizen. Voor me, achter in de tuin, was er een voorbeeld van te zien. Hij had het zelf opgezet, en blijkbaar diende het huisje als kantoor en tevens als demonstratiemodel voor geïnteresseerde klanten, zodat ze konden zien wat ze voor hun geld konden krijgen. Het was eigenlijk gewoon een extra kamer of een vergrote versie van een speelhut voor kinderen, met een schuin dak, twee ramen, een deur en binnen voldoende ruimte voor een bank, een bureau en een boekenkast.

Het was midden op de ochtend, en we zaten in het warme zonnetje koffie te drinken. De muur was bedekt met klimop en de bloembedden stonden boordevol planten en struiken. Boven mijn hoofd zoemde een bij. Ik nam een slokje koffie, leunde achterover in mijn stoel en zuchtte.

'Lekker, hier,' zei ik. 'Het verbaast me niets dat je thuis werkt.'

'Dat heb ik niet altijd zo gedaan.'

'Mijn appartement is ongeveer net zo groot als jouw tuinhuis, maar bij lange na niet zo mooi. Misschien moet ik er een aanschaffen om in te wonen.'

Hij lachte. Ik zag dat er vanuit zijn linkerooghoek een vaag litteken liep. Zijn wenkbrauwen waren dik en donker. Ik betrapte mezelf erop dat ik me afvroeg of er in dat huisje iemand met hem samenwoonde, iemand die hem hielp zijn planten water te geven en zijn boekhouding bij te houden.

'Oké dan,' zei Neal.

'Sorry?'

'Ik doe het.'

'Echt waar?'

'Ik ga dit jaar pas eind september met vakantie. Zo wordt mijn zomer ook nog leuk.'

We keken elkaar aan. We zaten allebei te glimlachen.

ERNA

We spraken op verwoede, hese fluistertoon.

'Ik wist niet wat ik anders had gemoeten.'

'O, shit.'

'Ik heb jou gebeld omdat ik je vertrouw.'

'Hoezo?' Sonia's blik ging naar het lijk en schoot weer de andere kant op; naar mijn gezicht en dan weer weg, alsof ze het niet kon opbrengen me echt aan te kijken. Ik zag dat ze haar handen tot vuisten balde en weer ontspande.

'Ik weet het niet. Ik wist niet wat ik anders moest doen. Sonia? Ik heb hulp nodig. Ik kan niet...' Ik zweeg en slikte moeizaam. 'O god, o god,' zei ik. 'Ik moest er gewoon iemand anders bij hebben.' Het kwam eruit als gekakel, en ik wist niet of Sonia me wel kon verstaan.

Sonia keek me nog steeds niet echt aan. Haar gezicht was vertrokken in een soort zure grimas, haar mond stond een beetje open en ze streek steeds met de rug van haar hand over haar voorhoofd. 'Voordat je verder gaat, Bonnie, wil ik je wat zeggen, en dat zeg ik maar één keer. Je moet de politie bellen. Wat er ook gebeurd is...'

'Je snapt het niet.'

'Shit, nee! Dat kun je verdomme wel zeggen.' Sonia vloekt maar zelden, en ook nu klonk het raar. Alsof een vreemde via haar mond sprak.

'Ik weet het niet,' zei ik. Ik probeerde mijn blik op haar gezicht gericht te houden, maar ik kon het maar niet scherp krijgen, alsof ik erg moe of erg dronken was.

'Jezus, wat een nachtmerrie is dit.'

'Zeg dat wel.'

'Wat doe ik hier?'

'Ik wist niet wat ik moest doen,' zei ik mistroostig. 'En ik kon hier niet alleen zijn met...' We staarden allebei naar het lijk en keken toen weer weg. 'Met hem.'

Sonia sloeg haar hand voor haar mond, alsof ze wilde verhinderen dat ze geluid zou maken. Binnensmonds mompelde ze iets. Ze zag bleek, en op haar voorhoofd zag ik zweetdruppeltjes parelen.

'Was hij je minnaar?'

'Wat?' Nog steeds kon ik het niet over mijn lippen krijgen.

'Ik vroeg of hij je minnaar was.'

Het bonsde in mijn hoofd. Ik had het gevoel dat ik het zo warm kreeg en zo rood zag dat ik wel moest verzengen van schaamte. 'Dat doet er nu allemaal niet meer toe.'

'Stomme, stomme idioot die je bent. O, Bonnie! Waarom?' Zonder te kijken gebaarde ze naar het lijk.

'Ik weet niks te zeggen.'

'Dit is zo, zo...' Sonia's stem stierf weg. Weer sloeg ze een hand voor haar mond, alsof ze wilde voorkomen dat ze ongewild iets zou loslaten. 'We staan hier zo rustig te praten,' zei ze. 'Terwijl al die tijd... dit.' Weer maakte ze in den blinde een gebaar. Even trok ze rimpels in haar gezicht.

'Ik weet het, ik weet het.' Mijn woorden leken de ruimte te vullen. Ik realiseerde me dat ik stond te schreeuwen en liet mijn stem dalen tot fluistertoon. 'Ik weet het.'

'Wat? Wat weet je?' Ze legde een hand op mijn arm; haar vingers boorden zich pijnlijk diep in mijn vlees.

'Niet doen.'

'Waarom laat je me dit zien? Waar ben je mee bezig?'

'Ik wist niet...'

'Zeg nou niet weer dat je niet wist wat je moest doen!'

'Sorry.'

'Hij is dood. Dood. En jij en hij... Jezus, Bonnie, wat heb je gedaan?'

'Ik weet het niet.'

'Waarom ga je ervan uit dat ik niet de politie zal bellen?'

Ik haalde mijn schouders op. Er kwam ineens een vermoeidheid over me die zo hevig was dat ik de neiging voelde me door de grauwheid en zwaarte ervan te laten neerdrukken en mijn ogen te sluiten. 'Dat zou je kunnen doen,' zei ik. 'En daar zou je gelijk in hebben, dat besef ik. Het is waarschijnlijk de enige verstandige reactie.'

Sonia keek me nu eindelijk aan, met een intense, bijna felle blik. Ze had rode wangen en haar ogen schitterden. Net alsof ze niet helemaal echt was.

'Ik moet nadenken,' zei ze.

'Ik had je niet moeten bellen. Dat was niet goed. Er klopt niks van. O god, alles is zo ontzettend mis. Hoe heeft het allemaal hierop uit kunnen draaien?'

'Stil nou. Niks meer zeggen.'

Ineens kon ik niet meer rechtop blijven staan. Ik ging met mijn rug naar het lijk op de grond zitten, sloeg mijn armen om mijn benen en trok mijn knieën zo ver op dat ik ze in mijn oogkassen kon drukken. Ik probeerde mezelf zo klein mogelijk te maken. En zo, in elkaar gedoken, kon ik mijn hart horen kloppen. Ik wachtte. De kamer om me heen leek te pulseren. Na een hele tijd hief ik mijn hoofd op – het wiebelde op mijn hals. Sonia liep naar het raam, bleef in de smalle streep halfduister tussen de beide vensters staan en keek het rommelige, stille laantje in. Ze fronste haar wenkbrauwen en kneep haar ogen toe, alsof ze geconcentreerd aan iets dacht; ze klemde haar onderlip tussen haar tanden, en ik zag haar borst op en neer gaan op het ritme van haar ademhaling. Ten slotte draaide ze zich weer om en keek de kamer in, naar het lijk op de vloer. Er leek iets veranderd te zijn in haar verschijning. Haar rug was rechter, en toen ze sprak klonk haar stem duidelijker. Alsof er een mist was opgetrokken.

'Oké,' zei ze, alsof ze een besluit had genomen. 'Je hebt mij om hulp gevraagd.'

'Ja,' zei ik op fluistertoon vanaf de plek waar ik op de vloer zat.

'En je gaat de politie niet bellen?'

'Dat kan ik niet.'

'Je zegt dat je me vertrouwt. Daar gaan we van uit. Van vertrouwen.' Ze sprak langzaam en duidelijk en articuleerde elk woord overdreven goed, alsof ze een klein kind toesprak of een buitenlander met slechts een elementair begrip van onze taal, maar ik realiseerde me dat ze eigenlijk tegen zichzelf sprak en dat ze de wirwar van gedachten in haar hoofd probeerde te ontwarren. 'Dus ik vertrouw jou ook. Jij bent mijn vriendin. Ik ga je niet vragen wat hier gebeurd is, al lijkt me dat nogal duidelijk. Als je het er met me over wilt hebben, doe dat dan later.'

Ik knikte. Ik zou er nooit met iemand over willen praten, nooit van mijn leven.

'Ik heb het afschuwelijke gevoel dat ik daar spijt van zal krijgen, maar ik zal niet naar de politie stappen. Dat om te beginnen.'

'Dank je.'

'Ik zal niets doen wat jij niet wilt. Maar wat ik niet begrijp, is wat ik wel zou moeten doen. Bonnie?'

'Ik zou... Ik weet niet hoe ik het zeggen moet.'

'Je hebt me toch niet hierheen laten komen om je even te knuffelen?'

'Nee.'

'Waarom ben je niet gewoon gevlucht?'

'Ik dacht...' Ik zweeg. Ik kon me niet herinneren wat ik had gedacht.

'Bonnie.' Sonia's stem klonk scherp en riep me tot de orde. 'Waarom ben ik hier? Wat wil je dat ik doe?'

Nu was het mijn beurt om langdurig te zwijgen.

'Ik zei dat ik je heb gebeld omdat ik niet wist wat ik moest doen en omdat ik om de een of andere reden dacht dat jij me dat wel zou kunnen vertellen. Maar dat is niet helemaal waar. Ik weet wel wat ik moet doen, of althans: er is één ding dat ik wel zou kunnen doen. Ik vond dat jij de enige was wie ik kon bellen, maar door dat te doen heb ik je volgens mij iets vreselijks aangedaan. Daarom wil ik je dit zeggen: je hoeft het maar te zeggen en je mag van mij zo weg. Dan wacht ik tot je goed en wel uit de buurt bent en bel ik alsnog de politie. Dan sta ik voor het blok. Want weet je, bij wat ik in gedachten heb, heb ik iemand nodig. Dat is iets wat ik niet alleen kan.'

Sonia keek naar het lijk dat achter me lag, buiten mijn gezichtsveld, en deze keer keek ze niet weg. Ze maakte de indruk van iemand die aan de rand van een afgrond stond, daarin keek en niet in staat was haar blik af te wenden van de verschrikking.

'Wat wil je dan van me?'

'Ik wil...' Ik haalde diep adem, en toen gooide ik het er in één keer uit – het klonk zelfs nog absurder en onmogelijker dan ik het me had voorgesteld. 'Ik heb jouw hulp nodig om zijn lichaam hier weg te halen.'

Sonia's adem stokte even in haar keel, en ze deed een stap achteruit, zodat ze met haar rug bijna tegen de deur stond.

'Het hier weghalen?' zei ze zwakjes. Het viel me op dat ze 'het' zei, en niet 'hem', alsof ze er niet aan wilde denken dat het hier om een man ging die ze had gekend, met wie ze nog maar kort geleden had gepraat, ruzie had gemaakt en had gelachen. 'Meen je dat echt?'

'Als we hem hier weghalen, gaat misschien niemand naar hem op zoek. Een tijdlang misschien niet, in elk geval.'

'Je meent het echt. Jij denkt dat jij en ik... Nee, Bonnie. Nee. Je weet niet wat je zegt.'

'Ik zou het in mijn eentje niet kunnen,' zei ik. 'Ik heb van alles bedacht, maar ik kan het niet.'

'Dit is krankzinnig. Kijk nou eens naar hem. Hij is groot. We kunnen hem niet gewoon... Ik bedoel, hoe dan?' Ze produceerde een kort, hoog lachje, dat even abrupt ophield als het was begonnen, hoewel het schelle geluid in de kamer leek te blijven hangen. 'Je hebt te veel films gezien.'

'Het is het enige wat ik kan bedenken.'

'Het is waanzinnig – en afschuwelijk. Ik word al misselijk als ik er alleen maar aan denk. Heb jij er voor jezelf wel een voorstelling van proberen te maken? Hij is dood. Hij zal wel gauw stijf worden en zo.'

'Ach, schei uit! Dat moet je niet zeggen.'

'Hoezo niet? Kunnen we er niet over praten? Als je er niet eens tegen kunt dat we erover praten, hoe wil je het dan voor elkaar krijgen? Want zo gaat het, hè? Zo'n lijk verandert.'

'O, god.'

'Je kunt het maar beter niet aanraken. De doden zijn anders dan de levenden.'

'Ik moet wel, Sonia.'

'Het is een misdaad, vergeet dat niet. Dat betekent nu op dit moment voor jou misschien niet zoveel, maar voor mij...' Ze zweeg en slikte moeizaam. 'Bewijsmateriaal verdonkeremanen, het onderzoek onmogelijk maken – daar kunnen we lange gevangenisstraffen voor krijgen. Dat is waar ík aan denk. Heb jij daar wel aan gedacht?'

Met een vuurrood hoofd kwam ze naast me staan. Ik liet mijn hoofd weer op mijn knieën zakken.

'Je hebt gelijk, dit kan helemaal niet,' mompelde ik. 'Ga nu meteen weg. Het spijt me vreselijk dat ik je gebeld heb. Ik meen het. Ga nu.'

'Sta op, Bonnie.'

'Hè?'

'Sta op. Ik kan niet met je praten als je zo ineengedoken op de grond zit.'

Moeizaam kwam ik overeind. De kamer leek om me heen te draaien.

'Het is net alsof ik dronken ben,' zei ik. 'Of dat ik griep heb.'

'Dacht je echt dat we het zomaar konden weghalen?'

'Nee,' zei ik. 'Je hebt gelijk, en ga nou maar.'

'Hoe dan? Ik bedoel, hoe dacht je het lijk zelfs maar uit dit appartement weg te krijgen zonder dat iemand het ziet? En dan?'

'Weet ik niet.'

'Wanneer komt Liza terug?'

'In september. Maar we kunnen hem hier niet gewoon laten liggen zodat zij hem vindt.' Een fractie van een seconde liet ik mijn gedachten gaan over verrotting en bederf en stelde ik me voor hoe zijn lijk hier uiteen zou vallen en hoe de lijksappen in het vloerkleed zouden dringen. Mijn maag draaide zich om, en ik kreunde even.

'Nou?'

'Ik weet het niet,' zei ik. 'Ik heb alleen maar gedacht dat het hier weg moet. Ik moet zorgen dat het hier weg is.'

'Ja, weg ermee,' zei Sonia grimmig, terwijl ze haar mondhoeken weer optrok. Het leek bijna alsof ze lachte. Maar dat deed ze niet.

'Daarom wist ik dat ik iemand nodig zou hebben. Jou. Ik had jou nodig.'

'En had je ook bedacht hoe je dat ging doen, hoe wij dat gingen doen?'

'Alleen dat we het ergens moeten achterlaten waar het nooit gevonden zal worden.'

'Briljant. Waar, bijvoorbeeld?'

'Nou, bijvoorbeeld ergens op een plek heel diep in een bos, waar nooit iemand komt.'

'In godsnaam, Bonnie, we zijn hier in Engeland,' zei Sonia. 'Er zijn hier geen plekken in bossen waar nooit iemand komt. En als die er wel waren, hoe zou jij – hoe zouden wij – daar dan moeten komen? Ik kan je zeggen: waar je het ook achterlaat, er is altijd wel iemand die met zijn hond aan het wandelen is die het vindt. Als je in de krant leest dat er een lijk is gevonden, is het altijd op die manier. Door een man die zijn hond aan het uitlaten is.'

'Kunnen we het niet ergens begraven?'

'Waar? Dan heb je dezelfde problemen als wanneer je het lijk ergens ongezien wilt dumpen, en moet je bovendien een gat graven dat zo diep is dat aaseters het ongemoeid laten. Het is niet voor niks dat graven één meter tachtig diep zijn. En bovendien, waar je het ook doet, het blijft heel lang zichtbaar. Het is geen kwestie van midden in de nacht even naar Hampstead Heath gaan.'

'En verbranden?' vroeg ik, een beetje in het wilde weg.

'Het is geen oude krant.' Ze maakte een gebaar van afkeer. 'Het menselijk lichaam brandt niet makkelijk.'

'In crematoriums anders wel.'

'Ja,' zei Sonia. 'Met een industriële brander die wel tot duizend graden verwarmt. En zelfs dan verbrandt niet alles. Zoiets kun je niet in je achtertuin doen.'

Ik zag weer het afschuwelijke beeld voor me van de crematie van mijn cavia toen ik klein was, en ik rook weer de lucht die toen in ons achtertuintje had gehangen. Ik werd een beetje misselijk en sloeg mijn handen voor mijn gezicht.

'Wat dan?' zei ik. 'Wat kunnen we doen? We kunnen het lijk niet verstoppen, we kunnen het niet begraven en we kunnen het niet verbranden. Je wilt toch niet voorstellen om het in stukken te snijden, hè? Dat kan ik niet, hoor, Sonia. Dan ga ik nog liever zelf dood.' Eigenlijk leek doodgaan op het moment nog zo slecht niet: mijn ogen sluiten voor al dit gedoe.

'Nee, dat wil ik niet,' zei Sonia. 'Ik heb vroeger wel dieren ontleed, en dat hoeft voor mij niet meer.'

'Toch worden er regelmatig mensen vermist van wie het lijk nooit wordt gevonden,' zei ik.

'Niet zo vaak, alleen in films. Eigenlijk alleen bij de maffia, maar die lui kunnen een lijk in beton storten en er dan een verkeersweg overheen aanleggen. Dat kunnen wij niet.'

Ik keek om me heen. Mijn hersenen functioneerden niet goed. Alles wat ik zag leek steeds weer onscherp te worden, en zijn lijk, daar languit op de vloer, leek mijn hele gezichtsveld in beslag te nemen. Ik kon geen kant op kijken of ik zag het.

'Je hebt gelijk,' zei ik. 'Ik kan het niet. Ik snap niet dat ik gedacht heb dat ik het wel kon. O god, laten we maar zorgen dat we hier zo snel mogelijk weg komen.' En weer pakte ik haar arm, alsof ik haar de kamer uit wilde trekken.

Maar Sonia verzette zich. 'Wacht even,' zei ze.

'We gaan gewoon weg,' zei ik. 'Dan is het net alsof je hier nooit bent geweest.'

Ze keek me aan, en ze had iets kalms in haar uitdrukking, bijna een soort genegenheid. Ze nam het initiatief, en ik voelde dat ik haar daarin haar gang zou laten gaan – en was dat tenslotte niet de reden waarom ik haar had gebeld: dat iemand anders die ellendige, rampzalige knoeiboel zou opruimen?

'We kunnen het lijk niet begraven,' zei ze. 'We kunnen het niet verbranden, we kunnen het niet zomaar dumpen. Wat blijft er dan nog over?'

'Water,' zei ik. 'Een zeemansgraf? Dat zie je wel in oorlogsfilms. Dan wordt een dode in zeildoek gewikkeld en met gewichten verzwaard.'

'Heb jij dan een boot?'

'Nee.'

'Ken je iemand die een boot heeft?'

Ik dacht even na.

'Ik denk het wel,' zei ik. 'Vrienden van vrienden van me. Maar ik geloof niet dat die me ooit hun boot zouden lenen en me er alleen de zee mee op zouden laten gaan. En ik weet ook niet veel van jachthavens, maar ik stel me voor dat het daar 's zomers behoorlijk druk is.'

'Het hoeft niet per se op zee te zijn,' zei Sonia.

'Waar dan?'

'Weet ik niet.'

'Het wordt niks.'

'Dat weet ik nog niet. Het is tot nu toe wel het beste idee. Water. Een meer, een rivier of een spaarbekken. Laten we de zaken eerst eens op een rijtje zetten.' Ze liep naar het lijk toe en keek er bijna emotieloos naar. 'Waarom ziet een lijk er zo anders uit dan iemand die alleen maar slaapt?'

Ik had hem zien slapen en ik had hem dood gezien, en ik probeerde niet na te denken over het verschil.

'Het bloed zit alleen maar op het vloerkleed,' zei Sonia. 'Dus we hoeven niet veel schoon te maken.'

Het leek erop dat ze een besluit had genomen, en ze liep de kamer uit. Ik hoorde kastdeurtjes open- en dichtgaan. Toen ze terugkwam had ze roze afwashandschoenen aan. Ze gooide mij een pakjc toe, en ik ving het op. Ook hier zaten handschoenen in, gele in dit geval.

'Trek aan.'

Ik scheurde het pakje open en trok de handschoenen aan. Sonia boog zich voorover, pakte een beeldje van tafel en bekeek het even. Het was gemaakt van dof grijs metaal. Het was nogal abstract en stelde een grote en een kleine figuur voor die elkaar vasthielden. Waarschijnlijk moest het iets als vriendschap of ouderliefde verbeelden.

'Door dit op te pakken en te verplaatsen,' zei Sonia, 'verstoor ik de situatie op de plaats waar een delict is gepleegd. Ik weet niet wat ik dan precies voor misdaad bega. Beïnvloeding van het onderzoek, belemmering van de rechtsgang. Iets dergelijks. Als dit misgaat, gaan we voor jaren de gevangenis in en raken we alles kwijt. Ben je daar echt op voorbereid?'

'En jij dan? Tenslotte heb ik jou erbij gehaald.'

Sonia liep de kamer door en zette het ding op een plank, waarna ze het, als een gewetensvolle huisvrouw, nog wat heen en weer schoof tot het goed stond.

ERVOOR

'Meen je dat?'

'Stel je er nou niet meteen te veel van voor, Joakim,' zei ik droog. 'Je wordt er heus niet rijk en beroemd door.'

'Een professionele band.'

'Dat zou ik niet willen beweren.'

'Eindelijk een echt optreden – niet weer zo'n kloteschoolfeest met allemaal te zwaar opgemaakte meisjes van veertien.' Hij klonk smalend, zoals alleen een jongen van net achttien smalend kan klinken.

'Het is voor een bruiloft, verder niet. Ik weet niet eens hoeveel mensen er zullen komen. En het is niet jouw soort muziek, Joakim. Het is meer country en blues.'

'Ik hou van country,' zei hij. 'Die is authentiek. Lucinda Williams. Steve Earle. Teddy Thompson. Wie spelen er nog meer in de band?'

'Tot nu toe hebben we alleen jou op viool, een zekere Neal Fenton, die in de oorspronkelijke band basgitaar heeft gespeeld, en Sonia Hurst als zangeres. Haar ken je natuurlijk.'

'Sonia Hurst?'

'Ja.'

'De scheikundejuf?'

'Precies.'

'Zingt die in jouw band?'

'Jazeker.'

'Cool,' zei Joakim. 'Ik treed op met mevrouw Hurst en mevrouw Graham.'

'Je bent van school af. Je mag nou wel Sonia en Bonnie zeggen.'

'En wat speel jij? Piano?'

'Ik vul waarschijnlijk alleen een beetje de gaten op. Hangt ervan af wie we nog meer krijgen.'

Tot juni, toen hij zijn eindexamen deed, was Joakim een leerling van me geweest. Ik had hem voor het eerst ontmoet toen hij vijftien was, toen hij klein was voor zijn leeftijd, met een dikke bos haar en de agressieve houding van iemand die graag ouder, langer en zelfverzekerder zou willen zijn. Na de volgende zomervakantie bleek hij vijftien centimeter gegroeid te zijn, hij was bleek, ondervoed en stuntelig en had wat miezerige plukjes haar op zijn kin en puistjes op zijn voorhoofd. Maar een halfjaar later was hij wat voller geworden, had hij zijn donkerblonde haar laten groeien, rookte hij shag en droeg hij strakke, zwarte spijkerbroeken. Ineens was hij een jongeman, languissant en uitgesproken nonchalant, die erin slaagde zijn aangeboren enthousiasme te verbergen onder een ontspannen manier van doen en die in emotioneel opzicht zwalkte tussen romantiek en levensmoeheid. Ik had al die fases van hem meegemaakt, en het kostte me moeite om nu niet terug te denken aan de jonge Joakim, die er zo graag bij wilde horen en ondanks zijn eigenwijsheid zo onzeker was. Ik was ook getuige geweest van zijn ontwikkeling als musicus. Ik had de indruk – misschien omdat het ook voor mij gold – dat hij tijdens het spelen het minst last had van zijn verlegenheid en zich het meest op zijn gemak voelde. Ik hoorde altijd veel herrie en onwelluidendheid om me heen, gekras, gepiep, gehijg en geklepper, maar Joakim speelde goed – op de fluit heel goed, op de elektrische gitaar hard, en op de viool met een mooie intonatie en veel gevoel.

Dit was voor mij aanleiding om hem erbij te vragen – en ik wist natuurlijk ook dat hij nu toch niets anders te doen had dan nagelbijtend maar zogenaamd zonder zich druk te maken te wachten op de uitslag van zijn examen, zodat hij aan de volgende fase in zijn leven kon beginnen. Ik denk dat hij me ontroerde, en ik wilde dat hij zich goed voelde.

De bruiloft was pas over een aantal weken, het was een mooie zomerdag en ik had vakantie. Ik wist wel dat ik een begin moest maken met het werk aan mijn appartement, waarin het ook op een dag als vandaag donker was – een onderaards hol leek het wel – maar nu had ik daar even geen zin in. In plaats daarvan belde ik Sally en vroeg haar of ze zin had om te gaan picknicken.

'Dat zou fantastisch zijn, echt helemaal goed,' zei ze met een vurigheid die me verbaasde. 'Ik word hartstikke gek van Lola.'

Sally was mijn oudste vriendin. We kenden elkaar al sinds we zeven waren, en soms verbaasde ik me erover dat we al die jaren contact hadden gehouden. We waren net zussen. We kibbelden en maakten ruzie, af en toe trokken we ons niets van elkaar aan, en nu en dan stoorden we ons aan elkaar (ik ergerde me eraan dat zij zo burgerlijk was, en zij dat ik zo vrijgevochten was), maar we hadden een hechte band. Lola was haar dochtertje van een jaar, een klein, onstuimig propje met kuiltjes in haar knieën, kleverig haar als gesponnen suiker, een stem als een drilboor en een ijzeren willetje, dat Sally vaak tot huilbuien van machteloze ergernis dreef. Het was me opgevallen dat ze nooit meer zei dat ze met Richard snel na elkaar vier kinderen wilde krijgen.

'Als jij Lola en brood voor de eendjes meeneemt, zorg ik voor een kant-en-klare picknick. Laten we afspreken in Regent's Park.'

We zaten in het gras dat nu al verdord was en aten broodjes kaas terwijl Lola rondrende, struikelde, hard maar niet overtuigend huilde, waarbij haar mond haar hele gezicht in beslag nam, achter een eekhoorn aan ging met de eis dat hij stil zou blijven staan om haar brood op te eten en toen ineens op Sally's schoot klom en in slaap viel met haar duim in haar mond en de vier overige vingers verspreid over haar smoezelige gezichtje. Sally slaakte een zucht van opluchting en ging toen ook in het gras liggen, met Lola op haar buik.

'Ik ben na dit uurtje al uitgeput,' zei ik. 'Ik snap niet hoe jij het redt.'

'Redden is niet het juiste woord,' zei ze. 'Redden klinkt alsof je alles toch nog in de hand weet te houden, en moet je mij zien – zie ik eruit alsof ik alles in de hand heb?'

'Je ziet er fantastisch uit.'

'Ik zie er moe, dik en uitgeput uit, ik zie eruit alsof ik naar de kapper moet, ik zie eruit alsof mijn benen nodig geharst en mijn nagels gelakt moeten worden.'

'Je leest te veel modebladen,' zei ik. 'Van die bladen die schrijven dat je drie dagen na de geboorte van je kind alweer maat zesendertig aan moet kunnen.'

'Weet je, in een van de boeken die ik las toen ik zwanger was van

Lola stond een overzicht van de dingen die je mee moet nemen als je naar het ziekenhuis gaat – zoals een ring om op te zitten als je hechtingen hebt en een verstuiver waarmee je partner water in je gezicht kan spuiten terwijl je aan het baren bent. Ik moet zeggen dat ik Richard een klap zou hebben gegeven als hij dat bij mij had gedaan. Onmisbaar was ook je beautycase, zodat je ervoor kunt zorgen dat je er fris en aantrekkelijk uitziet voor je man.'

'Wat vreselijk.'

'Nee, het vreselijke is dat ik het nog gedaan heb ook. Ik maakte me op en deed zelfs godbetert nog mascara op als ik bezoek kreeg. Kun je het je voorstellen? Je hebt net een heel nieuw leven ter wereld gebracht, een wonder, en dan moet je gaan nadenken hoe je eruitziet. Maar jij zou dat natuurlijk nooit doen.'

'Alleen maar omdat ik toch al nooit veel make-up gebruik.'

'Zie je nou wel.'

'Hoe bedoel je?'

'Weet ik eigenlijk niet.' Ze geeuwde. Ik kon in haar roze keel kijken. Ze leek wel een kat – een grote, vermoeide, enigszins verfomfaaide kat.

'We zouden eens een weekendje ergens naartoe moeten gaan,' opperde ik.

'Zalig. Maar wat zou ik met Lola moeten?'

'We nemen Lola mee.'

'Nee, dat doen we niet. Als we samen weggaan, wil ik kunnen drinken en slapen. En dat zijn twee dingen die ik echt niet kan als zij erbij is.'

'Dan blijft ze toch gewoon bij Richard.'

Ze snoof. 'Hij ziet me aankomen. Vertel me liever maar eens hoe het er in de grotemensenwereld aan toegaat.'

'Ik probeer een band bij elkaar te krijgen.'

'Wat!' Ze schaterlachte, en Lola bewoog heen en weer op haar schoot.

'Nou zeg, ik heb toch weleens vaker een instrument bespeeld.'

'Waarom weet ik hier niets van?'

'O, het is nog maar sinds een paar dagen, en in die tijd heb ik je niet gesproken.'

'Je had het me moeten vertellen.'

'Ik vertel het je nu toch.'

'Ja. Sorry. Ik geloof dat ik ervan uitga dat jij me automatisch vertelt wat je allemaal voor leuks meemaakt. Wat voor band is het?'

'Een beetje folkachtig, bluegrass. We zijn een allegaartje, nogal amateuristisch en niet zo erg goed. De bedoeling is dat we in september op de bruiloft van een vriendin spelen en onszelf daarna opheffen.'

'De band ontbinden?'

'Precies.'

'Misschien worden jullie ontdekt en krijgen jullie een platencontract aangeboden.'

'Weinig kans. We spreken een à twee keer per week af om te repeteren, en uiteindelijk spelen we drie, vier nummers waar niemand aandacht aan zal besteden – daar houdt het mee op.'

'Misschien moet ik ook meedoen.' Het klonk verlangend.

'Speel je iets?' Ik wist natuurlijk dat dat niet het geval was – we hadden samen op blokfluitles gezeten toen we elf waren, maar daar hield het voor haar zo ongeveer mee op.

'Ik zou met een tamboerijn kunnen rammelen.'

'Geen tamboerijns, geen triangels en geen bongo's.'

'Wie zitten erin?'

'Ik, Sonia, een leerling, of liever gezegd een oud-leerling, die Joakim heet en een man die in onze oorspronkelijke band op de universiteit zat.'

'Wie dan?'

'Neal. Ik weet niet of je hem ooit hebt ontmoet. Zo goed kende ik hem niet. Donker haar, wel knap om te zien, een beetje verlegen.'

'Zo te horen wel aardig.'

'En ik vroeg me af of ik Amos moest vragen.'

'Amos!'

'Denk je dat ik dat niet moet doen?'

'Tja. Ik bedoel: waarom zou je eigenlijk?'

'Weet ik niet. Hij zou beledigd zijn als ik het niet deed.'

'Nou, én? Dat Amos beledigd zou zijn hoef jij je toch niet meer aan te trekken?'

'Nee, eigenlijk niet. En in elk geval lijkt het me daarvoor nog te vroeg. Ik bedoel, ik weet wel dat we min of meer samen hebben besloten het uit te maken, maar we zijn wel heel lang bij elkaar geweest.'

Sally ging verzitten in het gras en gaapte luidkeels. 'Sorry. Het interesseert me heus wel. Heb ik om deze tijd vaak last van.'

'Amos vindt dat we goede vrienden moeten blijven, maar zo makkelijk is dat niet. Je kunt niet zomaar overschakelen van een relatie waarvan je denkt dat die voor eeuwig zal zijn naar een beschaafd soort vriendschap. Ik kan dat tenminste niet. Voor hem ligt het anders, geloof ik. Misschien heeft Sonia gelijk en komt het doordat het voor hem niet zoveel betekende, al denk ik dat dat wel het geval was. Of misschien wil ik alleen maar graag denken dat het zo was. Dat het zo lang heeft geduurd, moet toch wel iets betekenen?' Ik zweeg even. 'Sally?'

Er kwam een snurkje over haar lippen. Ze sliep. Ik keek hoe ze erbij lag, languit in het gras, met de ene arm over haar gezicht en de andere over Lola's bolle lijfje. Haar kastanjebruine haar moest nodig gewassen worden, er zaten vlekken op haar jurk en ze had wallen onder haar ogen. Ik stopte de restanten van ons picknickmaal in de tas, stond op en gooide die in de afvalbak.

ERNA

Sonia knielde neer bij het lijk. Ze aarzelde even en legde hem toen met haar in roze handschoenen gestoken handen recht. Ze pakte een voor een zijn armen en legde die zo neer dat ze recht naast hem lagen. Haar gezicht was weer uitdrukkingsloos. Dat ze wel degelijk van streek was kon ik alleen zien aan haar enigszins strakke mond en de manier waarop ze om de zoveel tijd even met haar ogen knipperde, alsof ze pas dan weer helder kon zien.

'Je moet me helpen, Bonnie,' zei ze.

'Wat moet ik doen?' Om te tonen dat ik graag behulpzaam wilde zijn trok ik mijn dunne jasje uit en hing het over de rug van de stoel. Onvast ter been, bijna struikelend, liep ik naar haar terug. Mijn lichaam leek zijn eigen gang te gaan – mijn handen trilden, mijn knieën knikten en in mijn oren klonk een vage zoemtoon.

'We rollen hem op in het vloerkleed.'

Ik wilde zeggen dat ik dat niet kon. Ik kon het niet opbrengen om bij hem neer te knielen en hem aan te raken, zijn steeds verder afkoelende ledematen te verplaatsen en hem als oud vuil in een kleed te wikkelen. Ik kon het gewoon niet. Ik had naast dit lijf gelegen, het gekoesterd en gekust – ik kon het niet.

'Volgens mij moeten we hem aan het einde van het kleed leggen en hem er dan in rollen,' zei Sonia. 'Bonnie? Luister eens, als we dit gaan doen... dan...' Haar stem brak. 'We moeten het nu doen, anders kunnen we het maar beter vergeten.'

'Je hebt gelijk.'

'Pak jij de schouders.'

Ik dwong mezelf om bij het lichaam neer te knielen. De plas bloed een paar centimeter naast mijn knie was donker, bijna zwart.

'Op mijn teken probeer je hem omhoog te schuiven.'

'Ja.'

Het lichaam van een dode is zwaar. Het laat zich moeilijk verplaatsen. O, dat zachte haar van hem, waar ik zo vaak met mijn vingers in had gewoeld. Ik hoorde zijn gemompel van genot, hoe hij mijn naam zei, alsof hij kreunde. Maar nu was het klitterig door het bloed.

'We zullen het om moeten draaien,' zei Sonia. 'Die kant op.'

Dan zal ik zijn gezicht zien, zijn mooie gezicht. Zullen zijn ogen open zijn, zal hij me aankijken?

'Ja,' zei ik. 'Ja.'

'Klaar?'

'Klaar.'

Daar was hij. Zijn ogen waren open, en hij keek langs me heen naar het plafond. Zijn gezicht was bleek, bijna grijs, net stopverf. Ik kon me niet bedwingen, stroopte een handschoen af en stak mijn hand uit om hem nog een laatste keer aan te raken en zijn nietsziende ogen te sluiten.

'Nee.' Het geluid van Sonia's stem weerhield me. 'Niet doen, Bonnie. Hij is dood. Dat is allemaal voorbij. Het is nu een lijk, waarvan we ons gaan ontdoen. Als je jezelf de kans geeft om alles weer te voelen, zal het ons niet lukken dit tot een goed einde te brengen. Later kun je aan hem denken, later kun je alles voelen wat je moet voelen. Niet nu.'

Ik keek op naar haar gezicht, dat mooi en streng was.

'Je hebt gelijk,' zei ik. 'Wat gaan we nu doen?'

'Als we hier klaar zijn moeten we het de deur uit en zijn auto in zien te krijgen. Waar zijn de sleutels? Jij hebt de sleutels toch, hè?'

'Ik heb ze in mijn zak, en ook die van het appartement.'

We hurkten aan weerszijden van zijn lichaam neer en sloegen het vloerkleed over hem heen. Nu zag ik zijn gezicht niet meer. Met grote krachtsinspanning rolden we het lijk in het vloerkleed. Mijn ribben deden pijn, en ik voelde steken in mijn borst. Ik moest ineens sterk denken aan een keer dat ik als tiener een tent had opgerold, wat ik zo strak en gelijkmatig mogelijk wilde doen. Maar lijken zijn logge, onhandelbare dingen. Door het vloerkleed heen voelde ik hem. Zijn brede schouders. Niet voelen. Niet aan denken. Helemaal niet denken. Alleen maar doen.

ERVOOR

De telefoon ging net op het moment dat een vriend van me die langs was gekomen me vertelde dat hij dacht dat ik de muur tussen mijn keukentje en de huiskamer zonder meer kon wegbreken, waardoor ik een minder kleine kamer zou krijgen. Het was Joakim, die nog moeite had met mijn transformatie van lerares tot medemens. Hij vroeg of ik al een drummer had. Toen ik zei dat we het misschien zonder zouden moeten stellen, liet hij een opgelaten kuchje horen.

'Ik ken anders wel iemand.'

'O ja?'

'Mijn pa. Hij is enthousiast.' Hij zweeg even. 'Niet goed, maar wel heel enthousiast.'

ERNA

Het lijk lag uit het zicht, maar dat maakte alles eigenlijk alleen maar erger. Eerst was het een afschuwelijke puinhoop geweest, misschien kon je zelfs spreken van een tragedie. Nu was duidelijk wat er werkelijk was gebeurd: een misdaad.

'En nu?' vroeg ik.

'We dragen het naar buiten, naar de auto.'

'Is hij niet erg zwaar?'

'We zullen wel moeten.'

'Kunnen we hem niet gewoon ergens op straat achterlaten? Het lijkt dan misschien alsof hij is overvallen.'

Sonia keek me aan alsof ze me slimmer had ingeschat.

'We moeten doen wat we gezegd hebben,' zei ze. 'Het beste is dat het lijkt alsof hij is vertrokken. Als hij vannacht dood wordt gevonden, krijg je meteen een uitgebreid onderzoek, en dan loopt het allemaal mis.'

Op dat moment klonk er een geluid zo onverwacht dat ik even niet kon bedenken wat het was. Het was alsof mijn hersenen het niet wilden accepteren. Ik moest hard nadenken, en pas toen drong het tot me door. Het was de deurbel. De deurbel van het appartement. Hij ging nog een keer. We keken elkaar aan. Ongetwijfeld vroegen we ons hetzelfde af. Wie was het? Had de beller iets gehoord? En het allerbelangrijkste: had hij of zij een sleutel? Mijn denken verliep traag. Ik kon niet tot een conclusie komen. Eerst dacht ik: nee, de beller heeft geen sleutel, want dan zou hij niet aangebeld hebben. Maar toen dacht ik: mensen laten soms ergens een sleutel liggen, onder een bloempot of zo. Ik had het zelf ook weleens gedaan. Zou Liza dat gedaan hebben zonder het mij te vertellen?

Er was nog een andere vraag, die ik probeerde niet te stellen maar waar ik niet onderuit kwam. Stel dat er inderdaad een sleutel was en de beller zich toegang tot het appartement zou verschaffen, wat dan? Het was een vraag waarop ik me niet eens een antwoord kon voorstellen. Ik keek naar het opgerolde vloerkleed met inhoud voor me op de vloer en vervolgens omhoog naar Sonia. Ze haalde alleen haar schouders op. Om me gerust te stellen? Uit hulpeloosheid? Ik siste fanatiek iets tegen haar, maar ze schudde haar hoofd en legde haar vinger op haar lippen.

Het bleef stil. We wachtten zonder één geluid te maken. Ik probeerde het geluid van voetstappen aan de andere kant van de deur te onderscheiden, maar hoorde niets. Het enige wat ik hoorde was mijn hart, het bloed dat door mijn aderen gutste en bonsde, en de ademhaling van Sonia naast me – een oppervlakkig, licht hijgen, waardoor ik besefte dat zij net zo angstig was als ik. Toen ging de telefoon. Het moest degene zijn die voor de deur stond. Misschien hadden ze een afspraak. Was er een antwoordapparaat? Daar had ik niet aan gedacht. De telefoon bleef overgaan. Het was alsof iemand me steeds weer op dezelfde blauwe plek stompte. Ten slotte hield het bellen op. We wachtten oneindig lang, veel langer dan nodig was. Ik durfde niets te zeggen. Het was Sonia die uiteindelijk de stilte verbrak. En toen ze sprak, was het nauwelijks meer dan gefluister.

'Ik denk dat ze weg zijn.'

'Denk je dat ze nog terugkomen?' Ik had pijn in mijn borst alsof ik een eind had hardgelopen.

'Hoe moet ik dat weten?'

'Ik ben een beetje misselijk,' zei ik.

'Moet je overgeven?'

'Weet ik niet. Ik geloof van niet.'

'Probeer diep adem te halen.'

'We moeten wachten tot het echt nacht is. Om hem naar buiten te brengen, bedoel ik.'

Sonia keek me aan met een geïrriteerde blik, alsof ik een domme leerling was.

'Hebben nog anderen een sleutel van het appartement?'

'Liza heeft mij er een gegeven, die ik aan hem heb gegeven. Maar die heb ik nu terug,' zei ik. 'En ze zei dat ze er een zou achterlaten bij de bovenbuurman, voor noodgevallen.'

'Verder niemand?'

'Ik geloof het niet,' zei ik. 'Maar je weet hoe dat gaat, sleutels zijn na te maken. Hij heeft anderen er misschien ook wel een gegeven.'

'Ik denk dat we ons geen zorgen hoeven te maken.'

'Het is alleen... Stel dat er iemand binnenkomt...'

'Nou, dat is dan toch makkelijk.'

'Makkelijk?' zei ik. 'Wat moeten we dan zeggen?'

'Weet ik veel,' zei ze. 'Maar het maakt niet veel uit.'

Er viel weer een stilte.

'We zouden hem naar dat spaarbekken kunnen brengen waar jij weleens geweest bent,' zei ik.

'Langley Reservoir.'

'Precies. Dan draaien we de raampjes open, we doen de handrem los en duwen de auto erin. Ja? Maar dan?'

'Dan gaan we naar huis.'

'Maar hoe? Want dan hebben we geen auto meer.'

'Lopend.'

'Het is misschien wel kilometers naar het dichtstbijzijnde station.'

'Heb jij een beter idee?'

'Nee.'

'Hoe dan ook, volgens mij is dat op het moment niet ons grootste probleem. Laten we maar aan de slag gaan, dan zien we wel als het zover is.'

'Oké, je hebt gelijk.'

'We kunnen over ongeveer een halfuur onderweg zijn.'

ERVOOR

Guy Siegel was partner bij een groot, voornaam advocatenkantoor, maar toen ik bij hem thuis aanbelde, was hij gekleed in een spijkerbroek en een dure maar rafelige trui. Toen hij me een flesje bier aanreikte, leek het wel alsof hij van ons tweeën de artiest was. Een glas kreeg ik niet – bohemiens onder elkaar.

'Je zult het niet geloven,' zei hij, 'maar in mijn laatste schooljaren speelde ik in een punkband. Nou ja, eigenlijk was punk toen al een beetje voorbij. Voor jou allemaal iets uit de oude doos, denk ik.'

'Een beetje voor mijn tijd, ja.'

'Ik vertel het je toch,' zei hij. 'Uit de oude doos. We heetten Sick Joke. Weet je, ik fantaseerde dat we een contract aangeboden zouden krijgen, op tournee zouden gaan en... Nou ja, ik kan geloof ik maar beter niet zeggen wat mijn fantasie echt inhield. Maar met spelen in een overjarige punkband verdien je zo'n huis als dit niet bij elkaar.'

Ik keek om me heen naar de tapijten, de gigantische banken en de smaakvolle abstracte schilderijen aan de muur.

'Nee, dat zal wel niet,' zei ik.

'Joakim lijkt wat dat betreft op mij,' zei hij. 'Hij fantaseert erover om zijn geld te verdienen in de muziek.'

'Hij is goed,' zei ik. 'Maar dat heb ik geloof ik al op de ouderavond gezegd. Als jij maar half zo goed bent als hij, ben je van harte welkom.'

Guy nam een slokje van zijn bier.

'Volgens mij ben ik twee keer zo goed als hij. Hebben jullie een drummer nodig?'

'Ja.'

'En jullie hebben er geen problemen mee dat er een vader en een zoon in de band spelen.'

'Als het voor jullie tweeën geen probleem is.'

'Wil je dat ik auditie doe?'

'Ik vertrouw Joakim wel. En jou natuurlijk ook.'

'Ik heb zelf een drumstel.'

'Des te beter.'

Hij nam nog een slokje van zijn bier en nam me onderzoekend op.

'Zoals ik al zei, Joakim denkt erover door te gaan in de muziek, net als ik. Maar dat is natuurlijk belachelijk.'

Ik zei niets.

'Ben je het niet met me eens?'

'Ik ben muzieklerares,' zei ik. 'Dus ik ben waarschijnlijk niet de aangewezen persoon om te zeggen dat muziek maken niet meer dan fantasie hoort te zijn.'

'Ik geloof niet dat Joakim geïnteresseerd is in het leraarschap.' Guy zei het alsof dat nog erger was dan muzikant zijn. 'Hij wil echt optreden. Wat vind jij daar nou van?'

'Wat wil je dat ik zeg? Hij is goed. Een van de beste leerlingen die ik ooit heb gehad.'

'Hij kijkt tegen je op. Hij heeft ontzag voor je. Optreden is natuurlijk hartstikke leuk nu hij klaar is met school, maar ik zou je dankbaar zijn als je hem eens zou vertellen hoe het leven van een muzikant echt is.'

'Dit is maar een eenmalig optreden op de bruiloft van een vriendin van me. Het wordt geen tournee door Amerika.'

'Maar als hij het je zou vragen.'

'Ik geef echt geen carrièreadviezen. Maar we zijn een beetje een bij elkaar geraapt zooitje. Ik geloof niet dat we het risico lopen Joakim te betoveren met onze levensstijl van hippe rockmuzikanten. En trouwens, jij bent er toch ook bij, dus kun je zelf een oogje in 't zeil houden. Is dat de reden waarom je mee wilt doen?'

'Helemaal niet,' zei Guy. 'Ik heb te lang alleen maar meegespeeld met de platen van Led Zep. Het zal goed zijn om weer eens met echte mensen te spelen.'

ERNA

Ik sloop de deur uit en ging de straat op. Het was inmiddels donker geworden, boven me twinkelden maar enkele sterren en overal om me heen zag ik de matte oranje gloed van de grote stad. In het appartement boven waren alle lichten uit, maar toch: hij kon elk moment thuiskomen. Alleen de gedachte daaraan bezorgde me al hartkloppingen. In de schaduwen opzij van het laantje zag ik ineengedoken figuren die me beloerden. Ik deed zijn auto van het slot en zette de achterklep vast open, waarna ik terugging naar het appartement.

'We kunnen,' zei ik tegen Sonia.

Zonder verder nog iets te zeggen knielden we bij hem neer. Ik pakte hem bij zijn voeten, Sonia pakte zijn schouders.

'Een, twee, drie...' zei ze geluidloos.

We trokken hem omhoog en slaagden erin hem enkele centimeters van de vloer te tillen. Het lichaam zakte weer in. Een van zijn armen glipte uit het opgerolde kleed, en voordat ik mezelf in bedwang had slaakte ik een kreet.

'Hij is zo zwaar,' zei ik.

'Laten we hem slepen,' zei Sonia. 'Tot we bij de buitendeur zijn.'

Met horten en stoten sleepten we hem over de vloer, en af en toe wisten we voldoende kracht op te brengen om hem op te tillen en een halve meter verder te verplaatsen. Het kleed waarin we hem opgerold hadden kleefde aan de vaste vloerbedekking, maar gleed makkelijker over de kale planken. Ik voelde pijnscheuten in mijn ribben. Mijn hoofd bonsde, mijn nek was opgezet en het zweet liep over mijn rug. Sonia, naast me, gromde en hijgde zachtjes.

Ten slotte kwamen we bij de buitendeur. Ik trok hem open en liep naar buiten. Het was stil en verlaten op het laantje. Het uithangbord van de garage bungelde zachtjes heen en weer in de wind. Ik knikte naar Sonia.

We tilden het lichaam half op. Het vloerkleed raakte weer los, en zijn hand sleepte over de grond. Met die handen, zo sterk en warm, had hij ooit mijn gezicht geliefkoosd, me bij mijn kin gepakt. Ik probeerde er niet meer aan te denken. Ik wankelde en kon hem niet meer houden, zodat hij met een bons op het asfalt neerkwam. Ik slaakte een kreet, alsof ik bang was dat we hem pijn hadden gedaan.

'Sorry,' fluisterde ik klaaglijk.

'Nog maar een paar meter.'

Ineengedoken en met knikkende knieën schuifelden we het laatste stukje naar de auto. Zwijgend maar hijgend van de inspanning hesen we de last op onze schouders. Het vloerkleed raakte verder los. Ik zag zijn haar. Zijn zachte haar. Maar de kofferbak was te klein, hij was te groot. Hij paste er niet in. We moesten eraan duwen – aan het lijk, het lichaam, aan hem, de man van wie ik had... ja wat? Niet gehouden, of liefde zou gewelddadig moeten zijn, hopeloos en duister, met het einde al in het begin besloten. We moesten aan zijn lichaam trekken en duwen, aan hem wrikken om hem in de kleine ruimte te krijgen. Alsof hij een ding was – maar hij was toch ook een ding. Hij was dood. Er was niets van hem over, behalve herinneringen en een gevoel van verlies. Ik hoorde hoe zijn hoofd tegen het ijzer sloeg. Mijn bloesje plakte tegen mijn rug. Het ademhalen deed pijn. Sonja kwam overeind – ik zag haar bleke gezicht in het donker – en duwde de achterklep dicht.

Zwijgend reden we voort, ik aan het stuur en Sonia met op haar schoot de wegenkaart die we in de auto hadden gevonden en aan de hand waarvan ze mij korte aanwijzingen gaf. Politieauto's kwamen vanuit zijstraatjes op me af rijden of stonden met loeiende sirenes en blauwe zwaailichten op straathoeken geparkeerd, waar ze me het uitzicht benamen. In mijn achteruitkijkspiegeltje zag ik ogen die me observeerden. Ik zat kaarsrecht en hield mijn blik strak op de weg voor me gericht. Onze zware last drukte me terneer. De auto was een doodskist, een ijzeren doodskist. De stad werd steeds minder stad, en na verloop van tijd zagen we in het licht van de koplampen heggen, boerenland en bomen, en ten slotte alleen nog een laatste stukje asfalt en een hek. Het hek was dicht, en even waren we bijna bereid het op te geven. Ik was daar eigenlijk al aan toe, legde mijn hoofd op het stuur en zei: 'Het doet er niet meer toe, het is afgelopen.' Sonia bleef kalm. Ze keek op de kaart, en op haar aanwijzingen reed ik naar de andere kant, waar nog een ingang was. En het glinsterende zwarte water van het spaarbekken, met op de kant de zeilboten met hun klepperende en ratelende lijnen in het zachte briesje.

ERVOOR

'Ik weet niet of dat wel zo'n goed idee is,' zei ik tegen Amos.

We zaten voor zo'n Londens café dat vroeger een naar verschaald bier ruikende, rokerige pub was, maar dat nu na een restyling fungeerde als gastronomisch eetcafé, waar gerechten werden geserveerd als gebakken coquilles op een bedje van linzen en salade met blauwe kaas en gepocheerde peer – en dat laatste zat ik te eten. Amos was bezig aan een stokbroodje gegrilde steak. Vanuit een strakblauwe lucht straalde de zon op ons neer. Wat hadden we dit vaak gedaan – op het terras van een café zitten praten en plannen maken.

'Waarom niet?'

'Daarom niet.' Ik maakte een vaag handgebaar. Als hij dat niet eens begreep... Ik was niet van plan het hem te gaan voorkauwen.

'Je bedoelt omdat we vroeger iets met elkaar hadden en nu uit elkaar zijn.'

'We hadden niet iets met elkaar, we hebben samengewoond. Jarenlang.'

Hij keek me aan. Ik wist niet hoe ik zijn gelaatsuitdrukking moest interpreteren: die leek zowel taxerend als smekend. 'Dat was toch leuk?'

'Leuk? Het samenwonen, bedoel je?'

'We hebben toch lol gehad?'

'Soms,' zei ik. Lol, strijd, tranen, spijt en een lang, deprimerend proces van uit elkaar gaan, dat in mijn herinnering vele maanden had geduurd, een periode waarin we geen van beiden bereid waren geweest te erkennen dat het voorbij was, dat datgene waaraan we met zo'n ongetemde blijheid begonnen waren afgelopen was en niet meer bestond. Ik keek hem aan: hij was mager en had donkere, sprekende ogen, een haakneus en een dikke bos donker haar. Ik had vroeger altijd tegen hem gezegd dat hij op Bob Dylan leek, de Bob Dylan van rond 1966 – maar dat was toen ik nog van hem hield.

'We zijn toch nog vrienden, hè?' Hij klonk als een kleine jongen.

'Zo simpel ligt het niet.'

'Dat bepalen we toch zelf.' Hij pakte mijn hand. Ik trok hem terug. 'Wie spelen er nog meer mee?'

'Neal – ken je Neal nog? En een jongen van school en zijn rijke vader. Trek niet zo'n gezicht. O, en Sonia,' zei ik nog, alsof het me net te binnen schoot.

'Sonia?'

'Ja. Zij gaat zingen.'

'Ik kan me voorstellen hoe haar stem klinkt,' zei hij. 'Fluwelig.'

'Hmm. Ik snap niet helemaal waarom jij zo graag wilt meespelen, Amos.'

Hij haalde zijn schouders op. 'Dat wordt dolle pret. En ik heb niks omhanden.'

'Geen vakantieplannen dan?'

'Ik heb mijn geld te hard nodig om de hypotheek af te lossen om dit jaar op vakantie te kunnen,' zei hij. 'Volgend jaar trouwens ook.'

Tien maanden geleden hadden Amos en ik samen een appartement gekocht in een zijstraat van Finchley Road. Het was prachtig, met grote kamers, witte muren en een balkon waar je planten op kon zetten. Op de dag dat we erin trokken, een prachtige dag tegen het einde van september, hadden we in de nog ongemeubileerde, hol klinkende huiskamer hand in hand op de grond naar het pasgeschilderde plafond liggen kijken en gegiecheld van blijdschap en verbazing dat we al zo volwassen waren dat we dit samen ondernamen, want tenslotte waren we toen we elkaar ontmoetten nog niet echt volwassen geweest, maar arme en ongebonden studenten. Toen ik bij hem wegging – of toen hij bij mij wegging, of misschien waren we bij elkaar weggegaan – had hij mij mijn aandeel moeten vergoeden, en dat geld had ik als aanbetaling gebruikt voor mijn deprimerende hok in Camden.

'Je kunt het altijd nog verkopen,' zei ik onvriendelijk. 'Maar oké, Amos. Kom er maar bij met je gitaar.'

'Het wordt net als vroeger.'

'Het wordt níét net als vroeger.'

Op dat moment kwam er een gedrongen gestalte op ons af.

'Bonnie?'

Ik probeerde hem te plaatsen.

'Ik ben Frank. We hebben jaren geleden samen op het conservatorium gezeten.'

'Sorry. Ik herkende je niet in deze andere omgeving.'

Hij kwam naast ons zitten.

'Ik zou jou overal herkend hebben,' zei hij. 'Je ziet er nog steeds uit als een meisje van twaalf.'

'Nou, dank je wel.'

'Wat voer jij tegenwoordig uit?'

'Ik geef muziek op een school hier in de buurt,' zei ik.

Hij fronste meelevend.

'Je geeft les?'

'Ja.' Ik keek hem aan met een zekere antipathie, in de hoop dat hij weg zou gaan.

'Maar ze heeft wel een band,' poneerde Amos.

'Ik heb geen band!'

'Heb jij een band? Wat voor band? Hoe heet hij?'

'Ik heb geen band, en hij heeft geen naam. Ik organiseer alleen iets voor een eenmalig optreden op de bruiloft van een vriendin.'

'Ik ben de gitarist,' zei Amos.

'O, het is amateuristisch,' zei Frank laatdunkend. 'Ik dacht dat je iets serieus bedoelde.'

'Wat is er zo goed aan serieus zijn?' zei een stem achter me. Ik draaide me om op mijn stoel en kneep mijn ogen tot spleetjes om te zien wie het was. Een lange man met donkerblond haar in een kuif over zijn voorhoofd, grijze ogen met kraaienpootjes, een brede glimlach en een gekreukt wit overhemd.

'Dit is Hayden,' zei Frank, waaraan hij, alsof hij niet anders kon, nog toevoegde: 'Hij speelt in een echte band.'

Hayden observeerde Frank even. Zijn glimlach verdween, en ineens leek zijn gezicht magerder, ouder en killer. 'Wat wil je nou?' zei hij zacht. 'Ik maak muziek, dat is alles.'

Frank kreeg een dieprode kleur van schaamte, die hem niet goed stond. Tot voorbij zijn haarlijn. Zelfs zijn oren werden rood. Ik kreeg bijna met hem te doen. Hij mompelde iets over een drankje halen en ging weg. Hayden bleef.

'Wat speel jij?' vroeg hij aan me.

'O, van alles. Piano. Viool.'

'Zij kan alles,' zei Amos trots. Hij gedroeg zich alsof ik weer zijn vriendin was. 'Ze hoeft maar een instrument in handen te hebben en ze weet hoe ze het moet bespelen.'

Hayden negeerde hem en richtte al zijn aandacht op mij. 'Hoe heet je?'

'Bonnie.'

'Hallo, Bonnie.'

Hij stak zijn hand uit, en ik nam hem aan.

'Hoi,' zei ik. En toen: 'Dit is Amos.'

Hayden knikte naar hem. 'Sorry wat Frank betreft,' zei hij. 'Kan ik wat te drinken voor jullie halen?'

'Nee,' zei Amos.

'Ja,' zei ik. 'Een tomatensap met wat tabasco erin, alsjeblieft.'

'Eén tomatensap met tabasco, komt eraan – o, ik heb alleen geen geld bij me, geloof ik.'

Ik lachte en stond op. 'Ik haal het wel,' zei ik. 'Wat drink jij?'

'Een pilsje, denk ik. Ik loop wel met je mee.'

We lieten Amos mokkend aan het tafeltje achter en gingen bij de bar staan. Hij werd door een aantal mensen herkend, die hem begroetingen toeriepen. Hij had iets ongedwongens over zich, een ontspannen soort vertrouwdheid.

'Wat voor muziek speel je met die band?'

'Weet ik nog niet precies – misschien een beetje bluegrass en country, folk zeg maar.'

'Patsy Cline, Hank Williams, dat soort dingen?'

'Ja! Precies.'

'Daar hou ik van. Gevoelig, muziek die je in je ruggengraat voelt.'

'Ik ook.'

Toen onze bestelling kwam, liepen we ermee terug naar het tafeltje. Amos keek nukkig.

'Ik zie dat je niks voor mij hebt meegebracht,' zei hij.

'Je zei dat je niks wilde.'

'Ik dacht dat wij met z'n tweeën hadden afgesproken,' mopperde hij. Hayden trok zijn wenkbrauwen op.

'Sorry, stoor ik jullie?'

'Nee,' zei ik.

'Hebben jullie nog plaats?' vroeg Hayden.

'Hoezo, nog plaats?' Amos schoot strijdlustig naar voren.

'In die band van jou, Bonnie. Ik zou graag meedoen – als je nog iemand kunt gebruiken.'

'We hebben niemand meer nodig,' zei Amos. 'We zijn compleet.'

Hayden negeerde hem. 'Bonnie?'

'Jij bent waarschijnlijk veel te goed voor ons.'

'Ik snap niet wat je daarmee bedoelt,' zei hij. Hij keek me aan alsof ik hem voor een raadsel stelde dat hij moest oplossen. 'Nou, wat denk je?'

'Meen je het? Je kent me niet eens.'

'Nee, maar dit is een goede manier om je te leren kennen.'

Later die dag ging ik met Neal naar een marktje in Stoke Newington, vlak bij zijn huis. De marktkramen hadden gestreepte luifels en ze verkochten er honing uit de omgeving, biologische groente en hamburgers en worstjes met zachte witte broodjes, en ook kanten kussens, wierookstokjes en kralenkettingen – spulletjes die zodra je ermee thuiskomt ineens niet meer zo leuk en kleurrijk lijken. Het was weer een warme avond, en de zwaluwen schoten heen en weer tussen de platanen.

Toen Neal me belde, had hij stug geklonken, de uitnodiging had hij er zonder inleiding uit geflapt, en nu was hij verlegen. We slenterden langs de stalletjes. Ik bestelde voor ons allebei een glas witte wijn afkomstig van een Engelse wijngaard, die flets en bloemig smaakte, en hij bestelde een bakje zwartebonensalade, die we deelden.

'Weet je,' zei hij terwijl we stil bleven staan en keken hoe een man op onmogelijk hoge stelten voorbijliep, 'ik was altijd een beetje bang voor je.'

'Voor mij? Waarom?'

'Je had toen dat vriendje – hoe heette hij ook weer?'

'Eliot?'

'Ja, die bedoel ik – met dat kaalgeschoren hoofd.'

'Ja.'

'Jullie leken me allebei zo relaxed en vol zelfvertrouwen.'

Ik lachte.

'Nee, echt waar. Als ik jullie zag met die vreemde kleren vond ik jullie echt zo'n hip stel.'

'En wanneer heb je dan ontdekt hoe het echt zat, zodat je niet meer bang voor me hoefde te zijn?'

'Nooit. Ik was doodsbang om je te bellen.'

Ik glimlachte en schoof mijn arm door de zijne. 'Nou, ik ben heel blij dat je het gedaan hebt. En weet je wat ik nu zou willen?'

'Nou, wat dan?'

'Zo'n heel groot stuk chocoladetaart.'

ERNA

'Er klopt niks van,' zei Sonia.

'Hoezo niet? Wat klopt er niet?'

'Het is anders dan in mijn herinnering.'

'Hoe bedoel je, anders?'

'Kijk.' Ze gebaarde uit het raampje naar het vlakke kiezelstrand met de lange rij boten die daar ondersteboven op lagen, elk onder een dekzeil.

'Ja?'

'Bonnie.' Ze sprak me streng maar geduldig toe. 'Hoe gaan we de auto erin duwen? Ik dacht dat er een helling zou zijn, zodat we alleen de handrem eraf hoefden te halen om de auto erin te laten rollen.'

'Wat nu?' Ik hoorde hoe onbeheerst ik klonk.

'Wacht even.'

Ze stapte uit, en ik ging bij haar staan. Het grind knerpte onder onze voeten toen we naar de waterkant liepen, waar golfjes aan de steentjes likten.

'Dat was wat ik me herinnerde.' Sonia wees naar links. Ik kon maar net de steile betonnen wand van het spaarbekken onderscheiden.

'Daar kunnen we met de auto niet komen.'

'Dat klopt.'

'Dus daar hebben we niks aan.'

'We moeten iets anders verzinnen.'

'Maar wat?'

'Laat me even denken.'

'We zouden ergens anders naartoe kunnen rijden en de auto bijvoorbeeld van de rotsen naar beneden laten storten.'

'Welke rotsen?'

'Weet ik niet. Cornwall? In Cornwall heb je toch rotsen?'

'Wil je naar Cornwall rijden?'

'Het was maar een idee.'

'Tegen de tijd dat we daar aankomen, is het licht.'

'We zouden erheen kunnen rijden, een plek zoeken waar we kunnen wachten totdat het donker wordt en het dan doen.'

'Volgens mij is dat helemaal geen goed idee.'

'Maar wat dan?'

'We moeten het nu doen, Bonnie. En hier.'

'Het kan niet. Dat heb je net zelf gezegd. Als we het proberen, zitten we al klem als het water nog maar tot aan de portieren staat, en dan zijn we mooi klaar.'

'We kunnen de auto er niet in duwen. Maar dat is misschien nog riskanter.'

'Riskanter dan wat?'

'Dan het gewoon maar in het water te laten zakken.'

'Je bedoelt het lichaam?'

Sonia hurkte neer, sloeg het dekzeil van een van de boten terug

en boog zich voorover om eronder te kijken.
'Hier ligt een stel riemen.'
'Het bevalt me niks.'
'We zouden het in de boot kunnen leggen, het water op roeien en het overboord gooien.'
'Denk je?'
'We moeten het dan wel eerst verzwaren.' Ze keek om zich heen. 'Er liggen hier genoeg stenen en stukken puin.'
Ik ging op het kiezelstrand zitten. Het inktzwarte water glinsterde en kabbelde, en er stond een scherp briesje, dat in mijn wangen prikte. Ik legde mijn hoofd op mijn knieën en sloeg mijn armen om mijn benen. Als ik mezelf heel klein kon maken, kon ik misschien zomaar verdwijnen.
'Ik weet niet of ik dat wel kan.'
'Daar is het nu te laat voor, Bonnie.' Sonia siste me dwingend toe. 'Als je het voor jezelf niet kunt opbrengen, zul je het voor mij moeten doen. Jij hebt mij hierbij betrokken.'
'Je hebt gelijk.' Ik stond weer op. 'Sorry. Zeg maar wat ik moet doen.'
Ik liep langs de waterkant, raapte stenen en stukken puin op en ging toen terug naar Sonia, die inmiddels een van de bootjes had omgedraaid.
'Help me deze naar het water te slepen,' zei ze.
Samen trokken we het bootje over het grind totdat de boeg het water raakte.
'Nu het lijk.'
Het lijk uit de kofferbak halen was nog lastiger dan het erin stoppen. We moesten het er aan de armen uit trekken. Toen het kleed wegglipte kon het ons niet meer ontgaan hoe het hoofd heen en weer zwaaide en stootte, hoe de benen zich spreidden en hoe zwaar hij was. Ik kneep mijn ogen tot spleetjes en deed ze af en toe zelfs helemaal dicht, zodat ik in den blinde aan hem stond te trekken en te rukken. Ten slotte tuimelde hij naar buiten en bleef aan onze voeten liggen. Zonder iets te zeggen pakten Sonia en ik elk een arm en sleepten we hem over de kiezels.
'Hoe krijgen we hem in de boot?'
'Als we de boot scheef houden, kunnen we hem er zo in rollen, denk ik.'

We hielden het bootje schuin, gingen toen op de rand staan om het in die positie te houden en manoeuvreerden het lichaam erin, totdat het half over de rand hing, met het hoofd achterin en de benen nog op het strand. Het lijk gleed vervolgens verder de boot in en viel op de bodem. Hij lag nu met zijn gezicht naar beneden. Zijn ogen zag ik niet meer, alleen nog zijn in elkaar geslagen achterhoofd, zijn bloederige, vastgeklitte haar en zijn benen in hun onnatuurlijke houding. Ik voelde gal in mijn keel omhoogkomen en wendde mijn blik af.

'De stenen,' zei Sonia.

Ik reikte haar een stuk puin aan, en toen nog een en nog een en nog een. Ik probeerde niet te kijken wat ze aan het doen was. Na een hele tijd stond ze op.

'Zo moet het lukken,' zei ze.

Ik zette de riemen op hun dollen, waarna we allebei onze schoenen uitdeden, onze broekspijpen oprolden en de boot afduwden. In het begin kostte dat veel moeite, want hij was zwaar en de bodem schraapte over de kiezels. Al duwend waadden we verder totdat we tot onze kuiten in het koude water stonden. Mijn broek werd nat en het water spatte op mijn bloesje. Toen voelde ik dat de boot vrij op het water dreef. We klommen er aan de achterkant in en voelden hem heftig heen en weer schommelen.

'Elk een roeispaan,' zei Sonia.

Naast elkaar gezeten, met het grote, dode lichaam tussen ons in – de armen uitgestrekt en de benen vreemd over elkaar geslagen – roeiden we ongecoördineerd en chaotisch het water op. We kwamen nauwelijks vooruit. Dobberend en schommelend voeren we langs de kant, en pas gaandeweg lukte het ons wat meer naar het midden van het meer te komen. Het was heel stil; de enige geluiden waren die van onze zware ademhaling en het geplas van de riemen. Laag aan de hemel stond een halvemaan, die in het wateroppervlak grillig weerkaatst werd. Maar het was wel zo donker dat we vanaf de kant niet te zien zouden zijn.

'Dit moet ver genoeg zijn,' zei Sonia ten slotte. 'Hier zal het diep genoeg zijn.'

'Hoe doen we het?'

'We duwen hem over de rand, het hoofd misschien maar eerst.'

Ik keek naar haar gezicht in het maanlicht. Donkere strengen haar hingen over haar bleke gezicht, dat vastberadenheid uitstraalde. Ik kon er niet onderuit, begreep ik. Ik knikte.

'Trek het een beetje opzij,' zei Sonia. 'Dan probeer ik de boot stil te houden.'

Ze ging aan de andere kant van de boot zitten, zette haar voeten tegen het lichaam en duwde het van zich af. Ik pakte hem bij zijn schouders en trok. De boot bewoog heftig heen en weer, en het water gutste over de rand. Ik zette mijn tanden op elkaar en trok hem met rukjes nog iets verder naar voren. De boot maakte zware slagzij, het water stroomde over de rand, en Sonia slaakte in een onbewaakt ogenblik een kreet van schrik. Ik moest snel in het midden gaan staan om te voorkomen dat we in het water terecht zouden komen. Ik viel boven op hem, en even lag ik met mijn hoofd op zijn schouder.

'Zo meteen liggen we erin,' zei Sonia hijgend.

'Het gaat niet. Ik kan hem niet ver genoeg opschuiven.'

'Probeer hem over de achterkant heen te krijgen.'

Samen trokken we hem over de bodem van de boot totdat zijn armen over de achterzijde hingen. Na nog wat getrek hing ook zijn ingeslagen hoofd eroverheen. We schommelden heen en weer. Stel dat de boot omsloeg. Met een ijzingwekkend gestommel trokken we zijn schouders eroverheen. De achterkant van de boot hing gevaarlijk laag op het water, en de voorkant kwam omhoog. Zonder een woord te zeggen trokken we hem nog wat verder naar achteren. Ik voelde mijn vingers over zijn zachte buik gaan, de band van zijn spijkerbroek streek langs mijn knokkels. Toen zijn hoofd het water raakte, spreidde zijn haar zich als zeewier op het oppervlak uit. Nog een ruk en hij gleed erin. Hij verdween naar beneden als een duiker op zoek naar een schat, als een drenkeling, en in zijn kleren ontstonden kortstondige luchtbellen, terwijl zijn armen achter zijn lichaam aan zwabberden en zijn benen door het donkere, rimpelende oppervlak braken. Ineens lag de boot weer rustig op het water. Weg was de zware last. Weg was hij. Niets wees er nog op dat hij hier ooit was geweest. Ik moest overgeven, boog me over de rand van de boot en hevig kokhalzend braakte ik de inhoud van mijn maag uit. Daarna schepte ik met mijn hand water en gooide dat over mijn gezicht.

Toen ging ik weer bij mijn roeispaan zitten en roeiden we terug naar de kant. Zonder hem ging het veel makkelijker. We klommen eruit, sleepten de boot de kant op, haalden de riemen van de dollen en keerden de boot weer om, waarna we de riemen eronder opborgen en het zware dekzeil er weer overheen trokken. Sonia ging op zoek naar onze schoenen, en staande in het maanlicht trokken we ze aan, met op de achtergrond het geluid van het zacht klotsende water.

Na enkele ogenblikken legde Sonia haar hand op mijn schouder.

'Laten we teruggaan,' zei ze.

'Teruggaan?'

'Terug naar huis.'

'Ja,' zei ik. 'Naar huis.'

'We moeten het vloerkleed nog kwijt zien te raken. Ik heb onderweg een paar grote afvalbakken zien staan; daar kunnen we het in stoppen.'

Ze legde haar hand op mijn onderrug en duwde me het pad op.

'En zijn auto dan?' zei ik ineens.

'Hoezo?'

'Wat doen we daarmee?'

'Je hebt gelijk; daar had ik niet aan gedacht.'

'Laten we hem gewoon ergens in Londen achterlaten en de sleutels weggooien.'

'Als we hem zomaar ergens neerzetten, zal iemand dat melden. Dan sleept de politie hem weg. Zo gaat het altijd.'

'We hebben geen keus.'

Langzaam liepen we terug naar de auto. De halvemaan stond nu hoog aan de hemel en werd in het water weerkaatst. Ik dacht aan hem, hij die erin lag, op de bodem, waar de vissen aan hem konden knabbelen.

'Dat is waar,' zei Sonia. 'We brengen hem naar Stansted.'

'Naar de luchthaven? Waarom?'

'We zetten hem op het terrein voor langparkeerders. Op de meeste plaatsen worden auto's na een paar dagen weggesleept, maar daar zetten mensen hun auto soms voor weken neer, maanden zelfs.'

'Denk je?' vroeg ik weifelend. Ik wist niet of het een briljant of een krankzinnig idee was.

'Ik kan niks beters bedenken. Jij wel?'

'Ik kan helemaal niks bedenken.'

Ik stapte in en stak de sleutel in het contact, waarna ik naar haar op de stoel naast me keek. Kaarsrecht zat ze, en ze streek wat losse lokken achter haar oren.

'Wil je weten wat er gebeurd is?' vroeg ik.

'Wil je het me vertellen?'

'Nog niet.'

'Wacht er dan mee.'

'Sonia.'

'Ja?'

'Je mag hier nooit met iemand over praten, nooit van je leven.'

'Ik weet het.'

'Met absoluut niemand.'

Ze begreep over wie ik het had.

ERVOOR

Ik had eigenlijk nooit echt geheimen. Op school had ik vriendinnen die thuis als een spion leefden. Ze leidden een dubbelleven, waarbij ze alles wat te maken had met seksuele activiteiten, dubieuze vriendjes, roken, drugsgebruik, luiheid, nalatigheid en soms zelfs regelrechte criminaliteit zorgvuldig verborgen hielden. Het had mij hard werken geleken. Je moest zoveel onthouden en zoveel verbergen, en om door de mand te vallen was niet meer nodig dan een enkel woord op het verkeerde moment, een zorgeloos achtergelaten voorwerp of een niet helemaal geloofwaardig leugentje.

Ik begreep nooit waarom het nodig was. Ik heb mijn ouders destijds niet bepaald met hun neus op mijn puberale gedrag gedrukt, maar als ze een vraag stelden, zei ik de waarheid, al was dat misschien niet altijd de hele waarheid. Ik hield er geen geheim leven op na. Ik had geen geheime vrienden of vriendinnen, geen stille aanbidders. Ik heb nooit een geheim dagboek bijgehouden, überhaupt nooit een dagboek trouwens. En ik heb nooit stiekem gedronken of stiekem gerookt.

Maar één geheim had ik wel, en dat was misschien de dieperliggende reden waarom ik was ingegaan op Daniëlles irritante, belachelijke voorstel. Het was een geheime liefde, een geheime passie, een geheime obsessie, en het voorwerp van die liefde bewaarde ik in een koffer in een kast, die ik alleen maar tevoorschijn haalde als er niemand anders was. Het was een vijfsnarige Deering Senator banjo.

Mijn herinneringen aan het optreden waar Daniëlle destijds bij was geweest hadden voornamelijk te maken met wat eraan mankeerde. We hadden te weinig gerepeteerd, en een van de belangrijkste muzikanten had op het laatste moment verstek laten gaan. We waren er ons toen van bewust dat ons studentenleven ten einde liep en dat de aanwezigen elkaar soms jarenlang niet meer zouden zien, misschien wel nooit meer. Toch had de gelegenheid niet aan mijn verwachtingen beantwoord, en ik vond dat Daniëlle er nu van alles in zag waarvan destijds eigenlijk geen sprake was geweest. Het belangrijkste was echter dat we er toen geen banjo bij hadden gehad. En hoe kun je bluegrass spelen zonder banjo? Dat kan gewoon niet, zo eenvoudig is het.

Pas jaren later, toen ik een keer in Denmark Street was om bladmuziek te kopen en een blik wierp in de etalage met elektrische gitaren en bassen, zag ik hem daar in een hoekje staan, als een zielig hondje dat me smekend aankeek of ik hem alsjeblieft wilde kopen. Hij kostte meer dan ik op mijn bankrekening had staan, dus heb ik de stoute schoenen aangetrokken en weten af te dingen tot een bedrag ter grootte van mijn totale bezit, waarna ik daar zo beduusd ben vertrokken dat ik zelfs de bladmuziek waar ik voor was gekomen helemaal vergat. Ik heb hem mee naar huis genomen en daar als een geadopteerd zwerfkind opgenomen in de familie van instrumenten die ik al bezat: het keyboard, de viool, de gitaar, de blokfluit waar ik op school op had gespeeld en de fluit die ik in jaren niet had aangeraakt.

Ik denk dat de meeste mensen de banjo een komisch instrument vinden, te bespelen door een man in een rood-wit gestreept jasje met een strohoed op die enigszins schuine liedjes zingt. Voor gewone mensen ziet het instrument er waarschijnlijk ook komisch uit, met zijn ronde vorm zoals kinderen een gitaar tekenen en de broze, metalige toon die de warmte en de kleur van de gitaar mist. Maar zo dacht ik er helemaal niet over. Eigenlijk weet ik niet hoe ik het moet zeggen. Ik heb mijn toevlucht altijd in de muziek gezocht. Dat komt waarschijnlijk doordat we, toen ik kind was, in een ongebruikte kamer een piano hadden staan, een oude, aftandse, vals klinkende piano. Als mijn ouders tegen elkaar tekeergingen, ging ik naar dat achterkamertje boven en speelde ik uren achter elkaar – ik verloor mezelf helemaal in de vreemde liederenbundels en stapels bladmuziek die we samen met die piano van een oude tante hadden geërfd. En dat is muziek sindsdien altijd voor me gebleven – een gebied waar ik mijn toevlucht vond, waar woorden niet bestonden, waar je niet gehaaid hoefde te zijn.

Misschien is dat de moeilijkheid geweest tussen Amos en mij. Amos viel beslist in de categorie 'gehaaid'. Hij toonde in elk geval geen waardering voor mijn intelligentie. En ik denk dat ik geen waardering had voor zijn muzikale kwaliteiten. Amos hield wel van muziek, vooral ernaar luisteren deed hij graag. Hij kon een beetje spelen – hij had op school altijd wel voldoendes voor muziek gehad – maar hij had er nooit echt lol in. Zelf muziek maken was voor hem altijd een frustrerende bezigheid; hij kon het nooit zo spelen als hij het in zijn hoofd had. Als hij speelde, had hij altijd zo'n karakteristieke gespannen uitdrukking, waar ik in het begin om heb moeten lachen, maar naderhand niet meer. Toen we pas bij elkaar waren heb ik wel geprobeerd hem les te geven, en dat kwam vaak neer op het masseren van zijn armen en zijn nek als hij weer krampachtig over de toetsen gebogen zat. Ik probeerde hem ertoe te krijgen zich te ontspannen, zich te laten gaan. Maar daar ben ik mee opgehouden. Amos hechtte zeer aan zijn gevoel van eigenwaarde.

Ik durf het eigenlijk tegen niemand te zeggen, maar voor mij heeft elk instrument een eigen stem. De banjo mag voor anderen misschien oppervlakkig en raar klinken, voor mij vertegenwoordigt hij iets wat oud, melancholiek en verwaarloosd is. In de weken nadat ik hem had gekocht, haalde ik hem steeds uit zijn koffer en probeerde ik hem te laten klinken alsof het me tamelijk makkelijk afging. Maar ik heb er nooit voor anderen op gespeeld, geen enkele keer. Toen Daniëlle me haar vraag stelde, was dát voor mij de eigenlijke uitdaging.

Ik wist niet waar we zouden moeten repeteren. Mijn appartement was te klein, en de muren waren wel erg dun. Toen ik Sally deelgenoot maakte van mijn probleem, zei ze dat we met z'n allen bij haar thuis konden komen. Ik protesteerde zwakjes en zei dat het voor haar kind, de buren en haar man toch wel erg veel lawaai en ongemak met zich mee zou brengen, maar ze hield voet bij stuk.

'Je doet mij er een plezier mee,' zei ze. 'Ik heb het gevoel dat ik steeds geïsoleerder raak. Ik vind het heerlijk om mensen over de vloer te hebben.'

Ik vond het wel wat zorgelijk dat ze me met zoveel woorden smeekte om bij haar thuis te repeteren met de band, maar ik was te opgelucht om er verder een punt van te maken. We spraken af voor zaterdagmiddag, en vervolgens belde ik iedereen erover op. Het was schrikbarend eenvoudig.

Ik kwam tien minuten te vroeg aan bij Sally's huis in Stoke Newington, maar was toch niet de eerste.

'Hayden is er al,' zei ze toen ze opendeed.

'O, sorry.'

'Nee, dat is prima,' zei ze. 'Hij zit met Lola te spelen.'

Dat was niet helemaal waar. Hij lag achterover op de bank, en Lola kroop over zijn tengere gestalte alsof hij een speeltoestel was op een kinderspeelplaats. Een voet, met een smoezelige groene sok eromheen, had ze ferm in zijn hals geplant, en een van haar handen lag plat op zijn buik. Het leek alsof hij sliep, maar toen ze opzij viel en met haar hoofdje naar beneden op de kale grenen vloer terecht dreigde te komen, stak hij zijn arm uit en bracht haar in veiligheid. Ze kraaide van plezier.

'Lola, laat die arme man met rust,' zei Sally vrolijk. 'Bonnie is er, Hayden.'

'Ik weet het,' zei hij. 'Je neemt me zeker niet kwalijk dat ik niet meteen opsta?' Hij kreunde. 'Pas op waar je je knie zet, jongedame.'

Lola keek me even dreigend aan en ging toen door met het opporren van Hayden.

'Kan ik wat voor je halen?' vroeg Sally. 'Hayden heeft al koffie, een stuk taart en koekjes gehad. Ik ben nu net thee voor hem aan het zetten.'

'Prima,' zei ik. 'Lekker.' Ik ging de kamer uit en liep toen het huis in en uit om mijn keyboard, gitaar en banjo naar binnen te brengen. Hayden bood niet aan om te helpen en zei zelfs niet eens iets. Hij ging overeind zitten, hield Lola op zijn knie en nipte van de beker thee die Sally hem had gebracht. Hij sloeg mij met zijn grijze ogen over de rand van de beker gade, zodat ik me ineens geen houding wist te geven.

'Ik heb een keyboard meegebracht,' zei ik. 'Maar ik weet niet of we het nodig zullen hebben – ik hoop eigenlijk van niet. Dit is voor het eerst dat we samenkomen. Het is allemaal heel informeel.'

Hij zei niets, maar keek me, met een nieuwsgierige glimlach om zijn lippen, alleen maar aan. Ik kreeg het gevoel dat hij op een eigenaardige manier bezig was zijn beeld van mij te bepalen, waardoor ik natuurlijk nog meer begon te ratelen.

'Echt hoor,' zei ik. 'Je zou deze sessie moeten beschouwen als een auditie van ons voor jou. Het zou best kunnen dat je tot de conclusie komt dat het voor jou niet de moeite loont, en als dat het geval is, zal ik dat absoluut uitstekend kunnen...'

Op dat moment werd er godzijdank aangebeld, waarop ik gebaarde dat ik er ook niets aan kon doen en naar de deur liep om open te doen. Het waren Joakim en Guy. Guy stond met zijn instrument te worstelen.

'Ik heb niet het hele drumstel meegebracht,' zei hij. 'Ik wist niet wat je wilde.'

Onhandig tillend kwam hij binnen, op de voet gevolgd door Joakim, die me aankeek en hulpeloos zijn schouders ophaalde. Toen ik de deur achter hen wilde sluiten, sloeg ik die bijna dicht voor de neus van Amos, die dat duidelijk niet leuk vond.

'Ik ben er maar van uitgegaan dat ik gitaar speel,' zei hij.

'We kijken wel, het is allemaal heel informeel,' zei ik.

'Hoe informeel het ook is, je moet toch kiezen voor een instrument.'

Neal kwam aanzetten met zijn basgitaar en een versterker, vervolgens kwam Sonia binnen, en ineens leek het wel een feestje. Sally rende heen en weer om te vragen wie wat wilde en bracht bekers thee en koffie en schalen met koekjes, taart en sandwiches rond.

'Waar is Richard?' vroeg ik haar.

'Hij voetbalt 's zondags,' zei ze.

'Weet hij hiervan?' vroeg ik, ineens achterdochtig.

'Natuurlijk wel. Waarom zou hij het niet mogen weten?'

Ik moest terugdenken aan een afschuwelijk moment toen ik een jaar of vijftien was en een vader onverwachts thuiskwam terwijl er iets aan de gang was wat eigenlijk niet mocht. Het gezelschap maakte overigens geen aanstalten om over te gaan tot de repetitie. Lola rende rond in een stemming die uitgelaten leek, maar die elk moment zou kunnen omslaan in een ongeremde woede-uitbarsting. Hayden was nog niet opgestaan van de bank en leek zich er niets van aan te trekken dat hij niemand kende. Hij was als een hemellichaam: af en toe leek iemand door hem aangetrokken te worden, die dan iets tegen hem zei wat ik niet kon verstaan. Ik had de indruk dat iedereen in de kamer zich zeer van zijn aanwezigheid bewust was, zelfs wanneer ze met hun rug naar hem toe stonden en met iemand anders praatten.

'Wie is hij?' vroeg Joakim, vlak bij mijn oor.

'Ik ken hem via via.'

'Wat speelt hij?'

'Hij heeft een gitaar bij zich, dus ik denk...'

'Kan hij het een beetje?' Dit was een vraag van Amos.

'Weet ik niet.'

Amos keek argwanend. 'Volgens mij hebben we te veel gitaristen.'

'Ik dacht dat we maar moesten zien hoe het gaat en een beetje op elkaar afgaan. Allemaal heel informeel.'

'Dat zeg je nou wel steeds,' zei Amos, 'maar we spelen voor publiek. We willen niet voor gek staan.'

'Dat publiek bestaat uit Daniëlles familie en vrienden. Tegenover hen staan we niet echt voor gek.'

'Ga je niet beginnen? Ik moet tegen vijven weer weg.'

'Dat is geen enkel probleem.'

'Jij wordt verondersteld de leiding te hebben,' zei hij. 'Dat moet je vanaf het begin duidelijk maken. Kom op nou.' Hij klapte in zijn handen op een manier die me dankbaar stemde dat we uit elkaar waren en geïrriteerd dat ik hem in de band had gehaald. Er was in elk geval één gitarist te veel, daar had hij gelijk in.

'Stilte,' vervolgde hij. 'Bonnie wil graag iets zeggen.'

Er viel een onheilspellende stilte. Ik hoestte. Dit was belachelijk. Ik was gewend om te gaan met dertig tieners bij wie de hormonen door hun lijf gierden. Ik kon het heus wel aan.

'Ik ben blij dat jullie allemaal gekomen zijn,' zei ik. 'En ik ben Sally dankbaar dat we hier mogen spelen.' Ik keek om me heen, maar Sally was weg. De laatste keer dat ik haar had gezien rende ze achter Lola aan de kamer uit. 'Dit is voornamelijk een gelegenheid om kennis te maken en een beetje op elkaar ingespeeld te raken. Ik had gedacht te beginnen met iets eenvoudigs.'

'Heb je geen bladmuziek?' vroeg Amos.

'We moeten het nu hebben over wat we willen spelen. Misschien hebben jullie zelf suggesties, maar het eerste waar ik aan dacht is dat we gewoon maar iets proberen. En dan bedoel ik een heel simpel deuntje. Ik zal het voorspelen, en dan kan iedereen kijken wat hij daar op zijn instrument mee kan. Als het lukt, is het hartstikke leuk om op te dansen en kunnen we het zowat oneindig lang rekken.'

Er klonk gerommel toen iedereen zijn instrument uitpakte en stemde. Guy gooide een van zijn bekkens om. Neal zette zijn versterker aan, met als gevolg dat het huis op zijn grondvesten trilde van het rondzingen. Ik keek naar Hayden. Hij had zijn gitaar niet uit de koffer gehaald, hij was zelfs niet merkbaar in beweging gekomen. Was het uit minachting? Vond hij het vermakelijk? Verveelde hij zich? Was het nu eindelijk tot hem doorgedrongen waar hij zich mee had ingelaten? Nou ja, ik had hem gewaarschuwd.

Met enige ongerustheid haalde ik mijn banjo uit de koffer. Het was gek, maar ik zou nauwelijks minder nerveus zijn geweest als ik in plaats daarvan mijn bloesje en beha zou hebben uitgetrokken. Toen ze de banjo zagen, ging er een verbaasd gemompel op.

'Wat is dat in godsnaam?' vroeg Amos.

'Ga je daar echt op spelen?' vroeg Neal grijnzend.

Toen stond Hayden eindelijk op en kwam naar me toe. Hij pakte de banjo uit mijn handen en koesterde hem als een pasgeboren baby. Toen liet hij zijn handen over de snaren gaan, waarmee hij een hoog, teer geluid teweegbracht. Hij glimlachte naar me. 'Goed,' zei hij, en hij liep terug naar de bank.

'Ik ga een nummer spelen dat "Nashville Blues" heet. Sorry, Sonia, dit nummer heeft geen tekst.'

'Blij toe,' zei ze, tot algemene hilariteit.

'Guy,' vervolgde ik, 'jij volgt mij. Alleen met je brushes. En jij ook, Neal. Dat moet makkelijk genoeg zijn. En als we klaar zijn, kan iemand anders het overnemen en kijken we hoe dat gaat.' Ik schoof de plectrums op mijn vingers en plukte wat aan de snaren om de banjo te stemmen. Toen keek ik Neal en Guy aan. 'Jullie luisteren een paar maten en dan volgen jullie me, oké?'

Ze knikten. Wat ik onder andere zo leuk vind aan de banjo is dat de eerste paar noten altijd onzeker klinken, terwijl het, als je eenmaal op gang bent, lijkt alsof het automatisch gaat en er twee mensen samen spelen. Toen ik de melodie eenmaal te pakken had, verscheen er op Sonia's gezicht een glimlach en begon ze op de maat te knikken. Tegen het einde begon ik te improviseren. Ik keek om me heen. 'Ja, wie?' zei ik.

Voordat iemand anders iets had kunnen doen, kwam Amos met zijn gitaar naar voren en begon te spelen. Het klonk vreselijk, zo vreselijk dat iedereen het al na een paar maten onmogelijk vond om door te spelen en we zo volkomen in de war waren dat iedereen begon te lachen. Amos kreeg een hoogrode kleur.

'Nou, interessant,' zei ik. 'En moedig. Laten we opnieuw beginnen.' Ik liet mijn blik rondgaan. 'Joakim. Probeer jij het eens.'

We begonnen opnieuw. Ik speelde de hele melodie, keek Joakim aan en knikte. Hij keek me even aan, en met een geconcentreerde frons op zijn gezicht begon hij te spelen. Het was best goed, helemaal niet slecht, maar hij trok een grimas, hield op en schudde zijn hoofd.

'Ik kan het niet,' zei hij met een norse blik. 'Sorry. Ik kan het gewoon niet.'

'Het klonk goed,' zei een stem aan de andere kant van de kamer. Het was Hayden. Hij kwam naar voren en pakte de viool en de strijkstok van Joakim aan. Ze leken klein in zijn handen.

'Jij deed dit, hè?'

Hij speelde de eerste paar noten precies zoals Joakim ze had gespeeld, waarna hij zich omdraaide, mij aankeek en knikte. Ik speelde de melodie nog een keer en keek hem aan. Hij glimlachte en herhaalde de noten die Joakim had laten horen, en toen gebeurde er iets geks. Even zaten we niet meer in een huiskamer in Stoke Newington. We zaten in het diepe zuiden van de Verenigde Staten op de veranda achter het huis van J.J. Cale, samen met Ry Cooder, Earl Scruggs en god mag weten wie nog meer. Terwijl hij doorspeelde, vielen Neal en Guy in, als ruiters die nog met één voet in de stijgbeugels hadden vastgezeten en nu weer in het zadel zaten. Hij wierp een blik in mijn richting zoals je dat doet als je samen speelt, in de maat en met oogbewegingen waarmee je kleine variaties aangeeft. Toen hij ophield, werd er weer gelachen, maar nu anders.

'Dat was fantastisch,' stamelde Joakim. Hij had rode wangen.

'Je deed hetzelfde,' zei Hayden, terwijl hij hem de viool teruggaf. 'Je moet je alleen laten gaan.'

Ook Amos glimlachte. Maar zijn ogen deden niet mee.

ERNA

Zwijgend reden we naar Stansted. Het was drie uur 's nachts, en er was bijna niemand op de weg. Elke keer als ik in mijn achteruitkijkspiegeltje koplampen zag, kreeg ik een droge mond en hartkloppingen bij de gedachte dat het de politie zou kunnen zijn. Zo moest je je dus voelen als je een misdadiger was, dacht ik. Maar ik wás nu ook een misdadiger. In de afgelopen uren had ik een grens overschreden, en ik bevond me nu in een andere wereld.

Op een gegeven moment, in een straat met rijtjeshuizen, zei Sonia dat ik moest stoppen. Ze stapte uit en gooide de plastic zak waar alles in zat wat ik in het appartement had verzameld in een vuilnisbak die op het trottoir stond. Ze duwde hem er diep in en veegde haar handen aan haar broek af voordat ze weer instapte. Ik reed verder. Later stopten we bij een andere vuilnisbak, waar we ons van het vloerkleed ontdeden.

'Stop,' zei Sonia plotseling toen we de borden zagen die de parkeerplaats voor langparkeerders aangaven. Ik zette de auto stil.

'Wat is er?'

'Bij de slagboom zijn camera's opgesteld. Als je bij het oprijden van het terrein je kaartje uit de automaat haalt, staat er een op je gericht.'

'Dan kunnen we daar dus niet naartoe.'

'Ja, dat kunnen we wel.' Ze opende het handschoenenkastje en haalde er een zonnebril uit. 'Zet die maar op.'

'Maar...'

'En nu je sjaal. Bind die om je hoofd. O, laat mij het maar doen.' Ze bond hem strak om mijn hoofd, zo strak dat ze me bijna liet stikken. 'Nu zal niemand je herkennen.'

'En jij dan?'

'Ik ga op de vloer liggen. Kom, we gaan.'

Ze ging achterin op de vloer liggen, en ik reed de parkeerplaats op. Ik pakte het kaartje, de slagboom ging omhoog. Borden wezen ons de weg naar vak G.

'O, wacht even!' zei Sonia vanaf de vloer. 'Wacht!'

'Wat is er?'

'Stop eens even. Wat stom. Ze hebben niet alleen bij de ingang camera's, die hangen overal. We hebben er niet goed over nagedacht. Ik lijk wel gek!'

'Wat wil je doen?'

'In de trein ook, trouwens. We kunnen geen trein terug naar Londen nemen. We hadden hier nooit naartoe moeten komen.'

'Maar we zijn hier wel. Wil je omkeren en weggaan?'

'Ik weet het niet.' Voor het eerst leek ze in de war. 'Wat denk jij ervan?'

'Wat ik ervan denk?'

'Ja. Kom op.'

'Waar hangen die camera's?'

'Overal. In het busje naar de luchthaven – ja toch? Ik weet het niet meer, maar ik wil wedden van wel. Op de luchthaven. In het station. En in de trein. Overal waar we komen worden er opnamen van ons gemaakt.'

'O,' zei ik. Ik had moeite met denken. Ik omklemde het stuur en staarde naar de vele rijen glimmende, verlaten auto's die zich in alle richtingen uitstrekten. 'En als jij nu eens hier uitstapt en alleen verder gaat? Dan laat ik de auto achter in vak G en...' Ik zweeg.

'Ja?' drong Sonia vanaf de vloer aan. 'Wat dan?'

'Dan kunnen we bij de taxistandplaats afspreken.'

'Bij de taxi's?'

'Als ik met mijn zonnebril op en mijn sjaal om de auto hier neerzet en jij ondertussen het busje neemt en bij de taxistandplaats wacht, kom ik daar ook naartoe en nemen we samen een taxi. Op die manier zal niemand ons in verband kunnen brengen met deze auto.'

Er viel een stilte.

'Sonia?'

'Ik denk na.'

'We kunnen hier niet blijven staan.'

'Dus we gaan hier uit elkaar en treffen elkaar straks weer?'

'Ja.'

'Goed dan.'

'Ik wacht bij de taxistandplaats voor de luchthaven op je.'

'Goed.'

'Wacht eens – ik heb geen geld bij me.'

'We moeten een chauffeur hebben die naar mijn huis wil rijden, zodat ik mijn pinpas kan ophalen, en dan naar een geldautomaat zodat ik kan pinnen.'

'Oké.'

'Als ik tenminste genoeg op mijn rekening heb staan om te betalen.'

'En zo niet?'

'Ik weet zeker dat er genoeg op staat,' zei ik zonder overtuiging.

Zodra we bij vak G kwamen, ging Sonia weer op de passagiersplaats zitten, opende het portier en glipte naar buiten. In mijn spiegeltje zag ik haar snel weglopen in de richting van de halte van het busje. Het was vol op de parkeerplaats, en ik moest een tijdje langs de rijen rijden voordat ik een plaatsje vond. Het gaf me een raar gevoel om dit in mijn eentje te doen. Mijn lijf leek het lichaam van een ander, vreemd en krachteloos, en mijn hart leek groot en papperig. Mijn ademhaling was hijgerig. Toen ik de versnelling in zijn achteruit zette, begon ik zo hevig te trillen dat ik de auto moest stilzetten en moeite moest doen om langzaam te ademen. Stel je voor dat ik tegen een andere auto aan reed en een alarm in werking zette!

Heel langzaam reed ik achteruit de vrije plaats op, ik trok de handrem aan, knipte de verlichting uit en zette het contact af. Het werd al bijna licht. Aan de horizon lichtte de hemel op, en de omtrekken van de bomen tekenden zich al af tegen de lucht. Ik had het ineens koud en huiverde. Ik deed de zonnebril af en liet die op de passagiersplaats liggen, haalde de sjaal van mijn hoofd en bond die om mijn hals, zodat hij de blauwe plek bedekte. Ik bleef in de auto zitten en wachtte totdat het eerste busje aankwam en vertrok, met Sonia erin. Pas toen het volgende arriveerde, stapte ik uit en liep ik naar de halte.

Ik stapte achter in, zo ver mogelijk van de chauffeur, zodat hij mij niet goed zou kunnen zien. In het begin zat ik alleen in het busje met een man van middelbare leeftijd in pak met een opgeblazen gezicht van vermoeidheid. Toen het busje een paar minuten later stopte, kregen we gezelschap van een gezin van vijf personen dat enorme koffers op wieltjes achter zich aansleepte en liep te kibbelen. Ik was me er zeer van bewust dat ik er niet uitzag als iemand die op vakantie ging of op weg was naar een zakenbespreking. Ik had geen bagage, ik was licht gekleed en had niet eens een jas aan. Het kon niet anders of ik liep in de gaten en zag er uiterst verdacht uit. Ik stak mijn handen in mijn zakken, keek strak voor me uit en probeerde zo onverschillig mogelijk te doen. Was mijn haar maar niet zo kort en stekelig, dacht ik. Had ik dat sierknopje maar uit mijn neus gehaald, en had ik maar iets anders aangehad dan die gescheurde spijkerbroek die van onderen nat was en dat natte T-shirt.

Toen we bij het eindpunt aankwamen, liet ik eerst alle anderen uitstappen. Er daalde een overweldigende vermoeidheid op me neer, en toen ik uitstapte en in het gewoel van de menigte werd opgenomen, was het alsof ik me onder water voortbewoog. Alsof alles wat er gebeurde iemand anders overkwam, iemand anders dan ik, iemand die niet die dingen gedaan had die ik had gedaan.

Ik wachtte een paar minuten en liep toen naar de rij wachtenden voor de taxi's. Er stonden nog niet veel mensen – de nachtvluchten begonnen net aan te komen – en Sonia stond als derde in de rij. Ik liep naar haar toe en ging naast haar staan. Ze keek me aan en knikte even.

'Het centrum van Londen,' zei ik tegen de taxichauffeur toen we bij hem instapten. Ik gaf hem Sonia's adres.

'We zetten jou eerst af en rijden dan door naar mijn huis,' zei ik. Ik boog me voorover en zei door het raampje: 'Is het goed dat als we bij mijn huis komen, u op mij wacht terwijl ik snel even mijn pinpas haal en we daarna langs een geldautomaat rijden om te pinnen?'

Hij haalde zijn schouders op. 'Zolang ik mijn geld maar krijg,' zei hij.

'Natuurlijk,' antwoordde ik. Ik zat naar de meter te kijken, die om de paar seconden opliep. We hadden de luchthaven nog niet eens verlaten en ik was hem nu al vijf pond zestig schuldig.

'Hoe kon u met vakantie gaan zonder pinpas?'

'We zijn niet met vakantie geweest,' zei ik. 'We hadden een afspraak.'

Ik wilde zo vaag mogelijk zijn. Zo oninteressant mogelijk ook. Ik wilde niet dat hij nieuwsgierig zou worden en zich ons zou herinneren. Ik leunde achterover. Sonia had haar handen in haar schoot gevouwen en haar ogen gesloten, maar het was duidelijk dat ze niet sliep. Ik deed mijn mond open om iets tegen haar te zeggen, maar sloot hem toen weer. Wat viel er tenslotte te zeggen? De nacht lag nu achter ons. Ook ik deed mijn ogen dicht en gaf me over aan de bewegingen van de auto. Toen ik ze weer opendeed, draaiden we Sonia's straat in.

Drie kwartier later had ik de chauffeur honderd pond betaald en zat ik, tollend van de slaap en trillend van bezorgdheid, in mijn nare kleine appartement.

ERVOOR

We proostten. Neals arm raakte bijna de mijne op tafel, ik voelde zijn warmte naast me. Als ik mijn hand op zijn achterhoofd zou leggen, met mijn vingers door zijn donkere krullen zou woelen, hem naar me toe zou trekken en hem zou zoenen, zou hij mij zeker ook zoenen. Hij zou me aankijken met die lachende ogen met de kraaienpootjes en mijn naam uitspreken alsof die nieuw voor hem was. Misschien zouden we naar de slaapkamer gaan en zou hij de rits opentrekken van mijn ultrakorte groene rokje (drie pond bij de liefdadigheidswinkel om de hoek) en het over mijn hoofd trekken – we zouden te laat op de repetitie komen, iedereen zou er het zijne van denken en Neal zou zich schamen maar hij zou ook heel erg gelukkig zijn. Dat wist ik zeker. Een lichte huivering van ongerustheid ging door me heen.

'Proost,' zei ik.

'Proost.' Hij glimlachte niet naar me, maar schoof op zijn stoel een nauwelijks waarneembaar stukje op, zodat onze armen elkaar raakten. Een seconde lang was alles mogelijk, maar toen ging mijn mobiele telefoon. Het was Sally, die druk en opgewonden en ook nogal bazig klonk en me vroeg om op weg naar haar toe limonade te kopen omdat ze besloten had voor ons allemaal cocktails op basis van Pimm's te maken – maar niet te sterk, hoor. Het was zo'n mooie zomeravond, en Lola was voor deze ene keer bij haar moeder, dus ze had wat te vieren.

'We moeten weg,' zei ik tegen Neal, en ik stak mijn hand uit om hem overeind te trekken. Een moment stonden we hand in hand naar elkaar te glimlachen, toen bracht hij mijn hand naar zijn lippen en drukte er een kus op. Toen hij me losliet, streek ik zachtjes met mijn vingertoppen over zijn gezicht. We hadden geen haast. Ik had nog de hele zomer voor me.

Terwijl we naar Sally's huis liepen, zei hij: 'Ik heb een tijdlang een relatie met iemand gehad.'

'O ja?'

'We hebben bijna drie jaar samengewoond.' Hij keek niet naar mij, maar recht voor zich uit.

'In jouw huis?'

'Ja.'

'Ik vond het er al uitzien alsof er een vrouw had gewoond.'

'Ze was heel goed in dat soort dingen.'

'En wat is er gebeurd?' Ik begreep dat dit een soort biecht was, dat hij me dit moest vertellen voordat hij verder ging. Ik werd een beetje ongerust omdat hij zo plechtig deed. 'Waarom hield het op?'

'Ze ging dood.'

'O!' Hier had ik helemaal niet op gerekend – niet het zoveelste verhaal van een slordig beëindigde relatie, maar iets wat natuurlijk veel tragischer was – en even wist ik absoluut niet wat ik zeggen moest. 'Mijn god, Neal,' stamelde ik. 'Wat vreselijk voor je. Hoe is het gebeurd? Was ze ziek?'

'Een frontale botsing.'

'Dat is... afschuwelijk. Wanneer is dat gebeurd?'

'Twee jaar geleden. Langer. Het was in februari. Gladheid op de weg. Niemand kon er iets aan doen.'

'Wat triest,' zei ik. Ik kon er geen woorden voor vinden. Ik vroeg me even af of ik stil moest blijven staan en mijn armen om hem heen slaan, maar hij liep door, strak voor zich uit kijkend.

'Het gaat nu wel weer,' zei hij, en hij voegde er nog aan toe: 'Er is sinds haar niemand anders geweest.' Hij lachte vreemd. 'Ik wist niet meer hoe dat moest.'

'Ik snap het.' En ik snapte het echt. Het was alsof ik in het voetspoor van een dode liep. Met Neal zou het geen zorgeloze zomerliefde worden, maar een hele onderneming. Toen we doorliepen voelde ik een druk op me neerdalen, als een soort waarschuwing.

Misschien was dat van die Pimm's eigenlijk helemaal geen goed idee. En dat-ie niet te sterk zou zijn klopte ook niet. Hayden dronk er heel veel van. Op hemzelf leek het geen effect te hebben, maar hij vulde ook steeds Joakims glas bij, dat laatstgenoemde dan onder Guys norse blik gulzig achteroversloeg. Toen Richard thuiskwam uit zijn werk, trof hij dus een gezelschap van zes volslagen onbekenden (en mij) aan, dat een heidens kabaal maakte in zijn huiskamer, die wel groot was, maar zeker niet groot genoeg voor een uit zijn krachten gegroeide bluegrassband. Sally lag met rode konen languit op de bank.

'Wat is hier aan de hand?' riep hij knorrig.

Ze giechelde, hief haar ogen ten hemel en knikte in mijn richting.

'Is er wat te eten?' vroeg Richard aan haar.

'Ga zelf maar kijken.'

'We wilden net weggaan,' zei ik tegen Richard. 'Sorry. We hadden al weg moeten zijn. Het ging niet zo goed.'

'Zo slecht was het niet,' zei Amos, een beetje agressief, vond ik.

'Het was niet zo goed,' zei Hayden terwijl Richard de kamer uit ging en in de keuken met potten en pannen begon te smijten. Hij zat met opgetrokken knieën op de vloer. De hele avond had hij zijn gitaar nauwelijks aangeraakt. Hij zag er moe uit, vond ik, en misschien een beetje terneergeslagen.

'Sommigen van ons doen in elk geval wel hun best.'

'Je zou het ritme beter vast moeten houden,' zei Hayden vriendelijk. 'Joakim heeft de goede benadering. Kijk eens of je hem wat meer kunt nadoen.'

Amos verstrakte. Sonia liep naar hem toe en legde een hand op zijn arm.

'Ik vond dat je het prima deed,' zei ze zacht.

'Voor een eerste poging kon het er best mee door,' zei Neal. Hij stond naast me. Mijn hand raakte de zijne even.

Hayden haalde zijn schouders op. 'Tja, nou ja, jij zit niet echt in de band om muziek te maken, hè? We hebben niet allemaal onze ogen in onze zak.'

'Hayden,' zei Sally vanaf de bank. 'Hou je mond en neem er nog een.'

'Soms kun je drinken wat je wilt zonder dronken te worden,' zei hij. 'Ik geloof dat ik maar moet gaan.'

Toen hij weg was viel er een korte stilte. Amos keek mij aan.

'Ga jij het hem zeggen of zal ik het doen?'

'Hem wat zeggen?'

'Dat hij niet meer terug hoeft te komen.'

'Kom nou, Amos. Hij speelt het beste van ons allemaal!'

'En dat weet hij maar al te goed,' zei Sonia. 'Misschien is hij te goed voor ons.'

'Hoe kun je te goed zijn?' Sally ging nogal wankel overeind zitten op de bank. Haar haar zat in de war.

Ik kon mijn oren niet geloven toen ik hoorde dat Sally zich bemoeide met de vraag wie er wel en niet in de band thuishoorde. Ik wilde tegen haar zeggen dat ze haar mond moest houden, maar dat leek me niet gepast in haar eigen huis.

'We mogen blij zijn dat we hem hebben,' zei ik. 'Met hem in de band geeft het toch een ander gevoel.'

'Hij is fantastisch.' Joakim sprak gepassioneerd en enigszins met dubbele tong door de Pimm's. 'Hij kan echt spelen. Als hij eruit gaat, gaan wij ook, hè pa?'

'Doe niet zo stom,' zei Guy.

Ik voelde dat er een ruzie op uitbreken stond. Ik stak mijn handen op. 'Ik zal wel met hem gaan praten. Ik denk dat hij niet goed in de gaten heeft wat hij bij mensen losmaakt.'

'Dat weet hij best,' zei Amos. 'Hij heeft de pik op mij. En daar ga ik ook slecht van spelen. Als hij naar me kijkt, is het net alsof ik mijn vingers nauwelijks meer kan bewegen. En dat doet hij expres.'

'Bonnie heeft gelijk,' zei Neal. 'Hij zegt gewoon wat hem te binnen schiet.'

'Net een kind,' zei Sonia met lichte verachting.

Ik trok mijn jas aan en pakte mijn banjo. Ik had er genoeg van. 'Ik zal het hem wel uitleggen. Misschien lost hij het hele probleem wel op door zelf te vertrekken.'

Bij het weggaan keek ik hen allemaal nog even aan. Neal zat een beetje zielig te kijken, Amos gloeide van woede, en Sonia had zoals gewoonlijk een kalmerende uitwerking op hem, Joakim zag rood van een agressief soort opwinding, Guy was ascetisch en Sally was ontegenzeggelijk heel erg dronken. Ik was blij dat ik weg kon.

ERNA

Het was bijna zeven uur 's ochtends. De hemel buiten was van een licht turkoois, met slechts een enkele dunne wolkensliert aan de horizon. Het was zaterdag 22 augustus. Over een paar uur werd ik geacht bij de repetitie aanwezig te zijn. Ik ging naar de keuken en deed mijn ogen dicht. Niet nadenken, niet voelen, nergens aan terugdenken. Ik dronk een glas koud water en toen nog een. De pijn in mijn ribben en die in mijn nek leken met elkaar verbonden, en mijn hele lichaam pulseerde. De sleutels van de auto en het appartement lagen op het aanrecht; ik bleef er even naar staan kijken. Wat moest ik ermee? Met dikke vingers haalde ik ze van elkaar, hing de sleutel van het appartement aan mijn eigen sleutelbos en bleef nog wat aan de autosleutels staan friemelen. Met mijn voet drukte ik de afvalbak open, maar bedacht me en liet mijn blik door de keuken gaan. In een van de bekers? Nee, daar zou iedereen ze kunnen vinden. In de broodtrommel, de theepot, de lege koektrommel, de porseleinen kan die ik als bloemenvaas gebruikte, de la die vol lag met oude folders? Uiteindelijk stopte ik ze diep weg in de suikerpot. Toen liep ik naar de badkamer, waar de tegels die ik had losgewrikt op een stapel naast het bad lagen, en stroopte de kleren van mijn lijf. Als het had gekund, zou ik ook nog mijn huid hebben afgestroopt. Ik nam een douche, die in het begin gloeiend heet was maar gaandeweg lauw werd, en waste mijn hele lichaam, behalve mijn nek. Mijn haar waste ik twee keer. Toen ik de beslagen spiegel schoonveegde, zag ik dat mijn blauwe plek steeds groter werd.

Ik realiseerde me dat ik een leeg gevoel van de honger had, maar bij het idee dat ik iets zou gaan eten kreeg ik braakneigingen, dus kroop ik, met de handdoek nog om me heen, onder de wol. De repen behang die ik had losgetrokken hingen erbij als stukken huid. Ik trok het dekbed over mijn hoofd, zodat ik ze niet hoefde te zien. Onwillekeurig kwamen er allerlei beelden in me op, die ik niet kon onderdrukken. Zijn ogen, zijn mond, zijn toegestoken hand, zijn lichaam dat als een vis op het droge in de boot lag uitgestrekt, zijn dode, starende ogen, zijn zinkende lijf. De telefoon ging, en ik hoorde een stem een boodschap inspreken. Sally. Of ik haar zo snel mogelijk wilde terugbellen. Toen mijn moeder. Toen Sonia. Mijn mobiele telefoon zoemde. Ik hoorde de piepjes van binnenkomende sms'jes. Er gingen uren voorbij. Misschien heb ik wel geslapen. Misschien heb ik wel gedroomd dat al die dingen niet gebeurd waren. Maar toen ik wakker werd, wist ik weer dat het allemaal echt was.

ERVOOR

Hij hield de deur voor me open en leek helemaal niet verbaasd om me te zien. Ik stapte over een stapel ongeopende brieven en betrad een kleine, warme, keuken annex huiskamer die bezaaid lag met kleren, boeken, bladmuziek, lege flessen en omgevallen bekers. Op een tafeltje stond een pan vol aangekoekte rijst. Hij pakte hem op en keek ernaar alsof hij niet wist wat het was of hoe die pan daar terecht was gekomen.

'Let maar niet op de rommel,' zei Hayden, terwijl hij de pan op een stoel zette.

'Was ik niet van plan. Hoe lang zit je hier?'

'Nog maar een week of zo; het is van een vriend van me. Of althans, ik geloof dat die vriend de huurder is. Ik ben op zoek naar iets waar ik langer kan zitten. Biertje?'

'Oké.'

Hij trok een blikje bier open en wachtte totdat het schuim in het gat was weggezakt voordat hij het me aanreikte. Ik nam een teug. Ik voelde me al een beetje zweverig van de wijn die ik met Neal had gedronken en van de Pimm's daarna bij Sonia. Hayden daarentegen leek broodnuchter, hoewel ik gezien had hoeveel hij had gedronken. Hij pakte zelf ook een blikje, nestelde zich in de doorgezakte leunstoel, trok zijn schoenen en sokken uit en wriemelde genotzuchtig met zijn tenen.

'Hè, lekker.' Hij zette het blikje aan zijn mond, terwijl ik naar hem keek. 'Ik zou wel wat te eten kunnen maken voor ons,' zei hij. 'Of jij zou het moeten doen, wat misschien nog beter is. Je zou een kliekje kunnen opbakken, als Leo wat in de koelkast heeft achtergelaten.'

'Ik kook nooit,' zei ik, en ik nam tegenover hem plaats op de bank.

'Echt niet?'

'Echt niet.'

'Waarom niet?'

'Jij wel dan?'

'Niet vaak.'

'Nou dan.'

'Maar ik eet wel graag wat anderen klaarmaken.'

Het was waar. Hij werkte alles wat hem werd aangeboden naar binnen alsof hij voortdurend honger had en nooit genoeg had.

'Ik kwam je iets vragen.'

'Laat me raden. Je wilt dat ik aardiger doe tegen die vent – hoe heet hij?'

'Amos.' Hij wist heus wel hoe hij heette.

'Ja. Hij.'

'Je brengt hem van zijn stuk.'

'Volgens mij doet hij dat zelf, Bonnie. Hebben jullie...?'

'Daar gaat het niet om.'

'Hij is nog steeds een beetje verliefd op je, of in elk geval gunt hij jou niet aan een ander, en hij doet zijn uiterste best om indruk op je te maken, en op Sonia ook. Een hele toer is het voor hem, een soort koorddansen. Hij zwalkt van de ene kant naar de andere. Arme kerel.'

'Daar gaat het niet om.'

'Een van de lessen van het leven is dat naarmate je meer indruk op iemand probeert te maken, die ander des te minder op je zal letten.'

'Wat wreed.'

'Wreed, maar wel waar.'

'Volgens mij niet.'

Hij keek me een ogenblik aan. 'Het kan jou niet veel schelen wat de mensen van je denken, hè? En je ziet wat het oplevert.'

'Het is bij mij niet anders dan bij anderen.'

'En dan hebben we natuurlijk Neal nog,' vervolgde hij, alsof ik niets had gezegd.

'Ik ben hiernaartoe gekomen om over de band te praten.'

'Als we geen kliekjes gaan eten, laten we dan in elk geval chips nemen. Ik geloof dat er in die kast wat zakjes liggen.'

Voordat ik het zelf in de gaten had, was ik al opgestaan en stond ik gehoorzaam naar een zakje chips te zoeken. Ik gooide hem er een toe.

'Wil jij niks?'

'Ik ben vegetariër.'

'Dat ze naar bacon smaken betekent nog niet dat er echt bacon in zit.'

'Jij probeert tweedracht te zaaien.'

'Dat klinkt Bijbels.' Hij scheurde het zakje open, maar nam niets.

'Wat heeft het voor zin om mensen te vernederen?'

'Dat is niet mijn bedoeling.' Er trok een uitdrukking van verwarring over zijn gezicht. 'Maar het was ook zo'n afschuwelijk kabaal daar, en de muziek kan Amos eigenlijk geen bal schelen. Hij wil alleen maar goed voor de dag komen, indruk maken. Ik had er ineens geen reet zin meer in. Wil je een sigaret?'

'Ik rook niet.'

'Je rookt niet, je eet geen vlees. Wat doe je wel?'

'Wees alsjeblieft wat tactvoller.'

'Die jonge knaap deugt wel.'

'Joakim. Jazeker.'

'En jij natuurlijk ook.'

Dit deed me absurd veel genoegen, maar meteen daarna irriteerde het me dat het me zo'n plezier deed. Om de een of andere reden stond ik op van de bank en ging tegenover hem staan om hem toe te spreken, wat ik meteen idioot van mezelf vond, terwijl hij onderuitgezakt in zijn stoel naar me glimlachte, alsof ik een komische act opvoerde die hij met genoegen gadesloeg.

'Ik wil van je weten of je me wilt helpen,' zei ik formeel. 'Het is stom, ik weet het. Ik weet best dat we niet zo goed zijn. Ik ben me ervan bewust dat het allemaal niet belangrijk is, dat het geen uitdaging voor je is en dat er eigenlijk geen reden is waarom je je er überhaupt mee zou bemoeien.'

'Allemaal tot je dienst, maar er is natuurlijk wel een reden,' zei hij.

'Ik wil alleen maar zeggen dat je maar uit de band moet stappen als je niet in staat bent om je te voegen in onze gezamenlijke onderneming. Dat is verder oké, daar heb ik begrip voor. Maar ik wil niet dat je voor de lol mensen op het verkeerde been zet.'

'Ik kan niet weg.'

'Wat bedoel je?' Ik had ineens een droge mond en had moeite met spreken.

'Je weet wat ik bedoel.'

Hij bewoog zich nog steeds niet, en ik evenmin. We staarden elkaar aan. Ik voelde mijn hart in mijn borst bonzen, ik kreeg het warm en had het gevoel dat alles aan me loszat. Ik kon mijn blik niet afwenden, maar ik wist niet hoe lang ik nog zo voor hem zou kunnen blijven staan.

'Nee,' slaagde ik er ten slotte in uit te brengen. Ik dacht aan Neal. Ik probeerde zijn beeld voor ogen te houden, ik dacht aan zijn glimlach. 'Dat weet ik niet.'

Hij stak zijn hand uit en pakte de mijne. Ik liet hem begaan. Ik liet me door hem naar zich toe trekken.

'Jij bent me er eentje!' zei hij. 'Prikkelbare Bonnie Graham.'

'Dat ben ik niet,' zei ik.

'Je bent uniek.'

Ik zou kunnen zeggen dat het niet mijn bedoeling was geweest dat het zou gebeuren. Ik zou kunnen zeggen dat ik mezelf niet in de hand had – maar wat betekent dat eigenlijk, jezelf niet in de hand hebben, jezelf verliezen? Maar zo voelde ik me wel, ik voelde me verloren, losgeslagen op een vloedgolf van verlangen die me zo onverwacht had overweldigd dat het net leek alsof ik een stomp in mijn maag had gehad en geen lucht meer kon krijgen. Met een soort snik zonk ik naast de bank op mijn knieën. Ik zou kunnen zeggen dat ik het niet had gewild, dat ik het niet zelf deed, dat het me is overkomen, maar ik nam wel zijn gezicht in mijn beide handen, het gezicht van iemand die ik niet kende, die me niet vertrouwd was, en ik koesterde dat gezicht zo lang, zo oneindig lang dat ik me op een gegeven moment weer bewust werd van het verstrijken van de tijd, van het feit dat er buiten auto's voorbijreden, van de stemmen van mensen. En ten slotte overdekte hij mij met kussen en overdekte ik hem met kussen. Ik realiseerde me dat ik hiervoor gekomen was, en ik realiseerde me dat hij op mij had zitten wachten.

'Nee,' zei ik, terwijl hij me op de bank tilde, maar ik meende het niet – ik weet dat ik het niet meende, want toen hij 'Bonnie?' zei, zei ik: 'Ja. Ja.'

ERNA

Ik lag in bed en staarde naar het licht dat nu achter het gordijn opgloeide en dat de strepen daarop op de vloerbedekking projecteerde. Wat was het plan? Er was eigenlijk geen plan. Er viel niets meer te doen. Behalve dan steeds weer alles de revue te laten passeren en te bedenken waar we een fout hadden gemaakt. Want altijd wordt er wel een fout gemaakt. Wisten we zeker dat niemand ons had gezien? Wisten we zeker dat we geen spoor hadden achtergelaten? Was het wel de juiste plek geweest om het lijk te laten verdwijnen? Hoe lang zou het duren voordat de auto werd gevonden? We hadden geen van beiden een idee hoe de gang van zaken op de parkeerplaats was. Wie daar zijn auto neerzet gaat twee weken op vakantie, of misschien wel drie of vier. De auto's komen en gaan er als in een getijdenstroom. Welke procedures zijn er om te zien of een auto niet wordt opgehaald? Zou het kunnen dat we iets in de auto hebben achtergelaten? Zou het slim zijn om na een week of twee terug te gaan en de auto ergens anders op de parkeerplaats neer te zetten? Dan kon ik gelijk nagaan of we er iets in hadden laten liggen. Of was dat een domme gedachte? Je leest weleens dat misdadigers teruggaan naar de plaats van hun misdaad. Het is haast een cliché. Gaat het daarbij om een bepaalde fascinatie die je ernaartoe trekt, zoals de zwaartekracht aan je trekt? Of misschien is het net zoiets als dat zeurende gevoel dat je kunt hebben dat je naar huis moet om te controleren of je het gas wel hebt uitgedraaid of het raam niet open hebt laten staan. Dat het een soort waanzin was, begreep ik doordat ik me dingen probeerde te herinneren die ik was vergeten. Wat waren die leemten precies? Wat was dat precies wat zich net aan mijn waarneming onttrok? En hoe zat het met mijn spullen? Mijn schoudertas? Waar was die gebleven?

Ik kon er in elk geval zeker van zijn dat het nooit duidelijker voor me zou worden dan het nu was. Als er verder niets gebeurde, als er niets ontdekt werd, zou ik de rest van mijn leven proberen te bedenken welke fouten ik had gemaakt en proberen niet te denken aan de afschuwelijke dingen die ik had gedaan.

ERVOOR

Ik had de hele dag niets gegeten en voelde me slap en onvast ter been. De kale planken leken onder me heen en weer te bewegen toen ik naar de badkamer liep. Uit de douchekop kwam slechts een miezerig straaltje water. Het leek alsof alles een beetje vreemd was en net niet klopte, ongeveer zoals wanneer je in een stad in het buitenland aankomt en je het leven ineens op een andere manier ziet dan je thuis gewend was. Ik richtte de douche op mijn gezicht, probeerde mijn haar niet nat te laten worden, maar gaf dat op, vond achteraan op het bad een flesje shampoo en waste daar mijn haar mee. Lichamelijk was ik broos en gevoelig, maar wat voelde ik? Wat voelde ik in mijn hoofd? Wat voelde ik in mijn hart? Ik legde een hand op mijn borst en deed mijn ogen dicht. Wat had ik gedaan?

Ik had Hayden bij Sally thuis gezien, ik had opgemerkt hoe hij met zijn lange lijf en zijn opvallende nonchalance de hele ruimte overheerste. Als hem iets te eten werd aangeboden, had hij het opgegeten, en hij had zo pontificaal en van zichzelf overtuigd op de bank gezeten dat er voor een ander geen ruimte was. Hij leek in een voortdurend heden te leven, waarin het verleden werd vergeten of ontkend, de toekomst genegeerd of in elk geval buiten beeld gehouden werd en oorzaak en gevolg irrelevant waren. Wat er tussen ons was gebeurd, bestond slechts in een tijdruimte van niet-verbonden momenten, zonder context en zonder betekenis. Moest het op die manier: bij zonsopgang, als de vogels begonnen te fluiten, je kleren pakken en weggaan, en bij de volgende ontmoeting doen alsof je vreemden voor elkaar was?

Met Amos was seks een natuurlijk bestanddeel van ons leven geweest, iets wat in de orde der dingen paste. We zochten elkaar op, we gingen naar de bioscoop, naar concerten, naar cafés en naar clubs, we spraken af met vrienden, we gingen uit eten of we aten thuis, we maakten wandelingen, we knuffelden elkaar, we hielden elkaars hand vast, we vrijden. Maar dit? Ik wist het niet. Het was alsof ik een hap voedsel was, een exquise, smakelijke delicatesse, waar Hayden zijn zinnen op had gezet en die hij met grote aandacht en veel genoegen en gevoel voor kwaliteit had geconsumeerd – intiem en tegelijkertijd onpersoonlijk.

Ik pakte een handdoek, ging op de rand van het bad zitten en droogde me zorgvuldig af, zelfs de onderkant van mijn voeten, en probeerde te bedenken wat ik voelde en te voelen wat ik dacht – ik wist niet precies wat het verschil was. Met Amos was het altijd duidelijk geweest: soms was het fijn, soms niet zo fijn, soms teder, soms met meer passie en soms zat het verkeerd, en dan konden we daarover praten. Maar wat moest ik hiervan denken? Hoe was het voor mij geweest? Ik wist het niet. Ik wist niet eens of ik vond dat het beter niet had kunnen gebeuren of dat ik blij was dat het wel was gebeurd. Het voelde als iets nieuws, als iets wat ik nooit eerder had gedaan. Op de een of andere manier was er geen vangnet meer.

Toen ik met de handdoek om me heen de kamer weer binnen kwam, draaide Hayden zijn hoofd in mijn richting, maar het was nog te donker om te kunnen zien of hij zijn ogen open had. Hij zei niets en verroerde zich niet.

Ik moest op mijn knieën onder een stoel en onder de bank kijken waar mijn kleren waren gebleven. Het viel niet mee om ze te vinden tussen alle andere kleren en de rommel die er lag. Mijn panty was verfrommeld en mijn onderbroek zat erin gedraaid. Mijn beha en mijn jurkje lagen achteraan op het bed. Mijn schoenen waren willekeurig links en rechts opzij gesmeten. Ik legde alles op een stapel, en trok toen vlak voor Hayden langzaam een voor een mijn kleren aan. Hij had zijn handen inmiddels achter zijn hoofd gevouwen en ik voelde dat hij naar me lag te kijken. Ik stelde me hem uitdrukkingsloos en met een strakke blik voor, en hoewel het donker was, voelde ik me meer dan ooit bekeken. Terwijl ik mijn kleren aantrok, dacht ik eraan terug hoe hij ze met grote aandacht en zorg van me had afgepeld, alsof ik iets kostbaars was en zou kunnen breken.

Toen ik klaar was, liep ik naar de bank en ging naast hem zitten.

'Ik ga,' zei ik.

'Het is nog niet licht.'

'Het is maar een paar minuten lopen.'

'Blijf nog even. Niemand zou alleen moeten zijn in de kleine uurtjes.'

'Waarom niet?'

'Wie naakt in het donker ligt, heeft geen plek om zich te verstoppen.' Hij schoof wat op. 'Kom alsjeblieft nog even naast me liggen.'

Ik ging weer op de bank liggen en drukte zijn blote lijf tegen mijn aangeklede lichaam, liet mijn handen over zijn rug gaan en streek met mijn vingers door zijn haar en over zijn gezicht. Zijn wangen waren nat.

'Maak je geen zorgen,' zei ik – het klonk idioot – terwijl ik hem nog dichter tegen me aan trok. 'Stil maar. Het komt goed. Alles komt goed.'

'Je moet het niet doen,' zei hij.

'Wat moet ik niet doen?'

'Je moet niks met mij beginnen. Ik deug niet, voor niemand. Ik zal je teleurstellen.'

'Wie heeft het over iets beginnen?' Ik probeerde het luchthartig te houden.

'Ik heb je gewaarschuwd, Bonnie. Je moet het niet doen, echt niet.'

Zo bleven we liggen totdat het licht tussen de gordijnen door begon te schijnen. Zijn ademhaling werd steeds zwaarder, en uiteindelijk viel hij in slaap. Maar ik was klaarwakker en bleef lang naar hem liggen kijken, naar zijn ogen die trilden in de droom en naar de manier waarop zijn gezicht zich ontspande en zijn uitdrukking zachter werd. Toen maakte ik hem wakker, of half wakker – want hij deed nauwelijks zijn ogen open, hoewel hij wel glimlachte. Ik draaide me naar hem toe en maakte mijn jurkje los, en samen glipten we weer onder water, de donkerte in, doezelig en vervuld van een traag, sterk verlangen. Naderhand stond ik heel stilletjes op en ging weg, en ik trok de deur resoluut achter me dicht.

ERNA

Hoe laat was het? Ik ging rechtop zitten en keek naar de digitale wekker, waarvan de groene cijfers zacht opgloeiden in het door de dunne gordijnen gefilterde licht. Ik snakte naar schaduw, koelte en halfduister in de kamer, maar het was twee uur 's middags en de hitte van de dag drong tegen de ramen op. Ik was zweterig en had behoefte aan een douche. De telefoon ging weer, en ik hoorde de stem van Sonia. Iets over de repetitie. Er ging een huivering door me heen: over een uur was er repetitie. We zouden er allemaal weer zijn, alleen hij niet. Maar zijn afwezigheid zou zoiets zijn als een zwart gat midden in de kamer, waar iedereen in gezogen werd. Iedereen zou het weten, iedereen zou naar mij kijken. Ik zou moeten doen alsof ik niet wist waar hij was. Sonia niet aankijken. Verwarring voorwenden, berusting, ergernis. Een en al leugenachtigheid zou het zijn in die kamer, en iedereen zou in de ban zijn van die afschuwelijke poppenkast. Ik zou de mensen in de ogen kijken. Mijn schouders ophalen. Banjo spelen. De stilte vullen waarin zijn muziek zou hebben moeten klinken.

Ik stapte uit bed, trok een oude gestreepte katoenen broek aan die los genoeg zat om niet te schrijnen, een lang wit hemd – het leek een beetje op een nachthemd – met lange mouwen en een hoge kraag, die mijn hals aan het zicht onttrok. Ik wilde mezelf geheel bedekken, en een betere combinatie dan deze, waarin ik eruitzag als een kruising tussen een kelner en een gevangene, kon ik niet bedenken. Ik maakte mijn haar nat en kamde het zo dat het plat tegen mijn hoofd zat. Nu zag ik er een beetje uit als een puber na een avondje doorzakken.

De repetitie was vandaag in het huis van iemand anders: een vriend die er met enige tegenzin in had toegestemd zijn zaterdagmiddag te laten verstoren. Ik wierp in de spiegel nog een laatste blik op mezelf om te kijken of ik niet een of ander geheimzinnig teken van mijn schuld uitstraalde, pakte mijn banjokoffer en ging de deur uit.

ERVOOR

Terwijl ik in de vroege ochtend, toen de sterren aan de heldere hemel al begonnen te vervagen en de maan vlak boven de daken hing, de tweeënhalve kilometer naar mijn appartement terugliep, beluisterde ik het bericht dat Neal op mijn voicemail had ingesproken. 'Als je niet te laat terug bent van je gesprek met Hayden, kunnen we misschien wat afspreken. Je zou bijvoorbeeld met me uit eten kunnen gaan. Laat het me even weten.' Zijn stem klonk warm en verlangend – het wordt wel wat tussen ons, zoiets.

'Bonnie.' Neals stem op mijn antwoordapparaat thuis. 'Bel me zodra je dit hoort. Ik wil je erg graag spreken. Doet er niet toe hoe laat het is.' Er volgde een korte pauze, waarna hij bijna over zijn woorden leek te struikelen: 'Ik kan toch niet slapen. Ik denk aan jou.'

Neal was hoffelijk, behulpzaam en een beetje verlegen. De vrouw van wie hij had gehouden was bij een auto-ongeluk om het leven gekomen. Hij vond het moeilijk zijn gevoelens te tonen. Maar nu toonde hij zijn gevoelens wel aan mij. Hij was blij met het vooruitzicht van wat er tussen ons stond te gebeuren. Maar ik had hem die avond laten zitten, was naar Hayden gegaan en met hém naar bed geweest.

Wilde ik nog wel dat er iets zou gebeuren tussen Neal en mij? Wilde ik dat er nog iets zou gebeuren tussen Hayden en mij? Ik ging op de rand van mijn bed zitten, trok mijn schoenen uit en wreef over mijn pijnlijke voeten. Ik wist het niet. Ik wist helemaal niets. Mijn lichaam deed zeer en voelde vreemd aan, alsof het door wat er met Hayden was gebeurd op de een of andere manier was veranderd. Ik hoefde maar even aan Hayden te denken of er ging al een rilling van verlangen door me heen.

Ik zou Neal morgen opbellen – hoewel, vandaag was natuurlijk allang overgegaan in morgen. Ik zou tegen hem zeggen... ja, wat? Dat ik ziek was, dat ik griep had. Ja, dat zou ik doen. Ik zou alles een dag of twee opschorten, me schuilhouden voor hem en voor mezelf.

ERNA

Toen ik in het huis van mijn vriend was aangekomen, zette ik de fles wijn die ik voor hem had gekocht op de keukentafel en liep naar de huiskamer om op de anderen te wachten. Ik ging in de leunstoel zitten, maar stond weer op, liep rond en bekeek de boeken in de boekenkast en de foto's op de schoorsteenmantel. Het was vijf over drie. Er zou zich onderhand toch wel iemand gemeld moeten hebben. Had ik de afspraak wel goed onthouden?

Om tien over drie werd er gebeld. Het was Sonia. Ze droeg een enkellange zwarte rok en een lichtgeel T-shirt en had haar donkere haar opgestoken. Ze zag er schoon en fris uit, sterk en volkomen op haar gemak. Ik had geen idee wat ik moest doen of zeggen en hoe ik me moest gedragen. Ik had zin om in tranen uit te barsten en wilde door haar geknuffeld worden, en tegelijkertijd wilde ik dat zij zou doen alsof er helemaal niets was gepasseerd, zodat het gebeuren van de vorige avond nog slechts een droom voor me zou zijn waar overdag niet veel van overbleef.

Sonia keek me onderzoekend aan en knikte me toe.

'Mooi,' zei ze. 'Ik was al bang dat je niet zou komen.'

'Dat scheelde ook niet veel.'

'Zijn er nog geen anderen?'

We stonden in de kamer alsof we een feestje gaven en op onze gasten wachtten. Elke conversatie zou iets kunstmatigs hebben gehad. Ik had het beklemmende gevoel dat onze vriendschap ten einde liep, omdat ze mij zo'n enorme dienst had bewezen dat ik daar niets tegenover kon stellen.

'Sonia,' begon ik, maar toen werd er weer aangebeld – drie keer kort.

Het was een warme dag, maar Joakim droeg een dik sweatshirt met capuchon en mouwen die tot over zijn handen vielen. Hij had zijn viool onder zijn arm, en zijn gezicht was krijtwit. Hij had paarsige wallen onder zijn ogen.

Hij bromde iets bij wijze van begroeting.

'Is je vader niet meegekomen?' vroeg ik.

Hij bromde nog wat.

'Je ziet er een beetje afgeleefd uit,' zei Sonia opgewekt.

'Ik voel me klote,' zei Joakim. Hij liet zich op de bank vallen. 'Waar is iedereen? Ik dacht dat ik de laatste zou zijn.'

Hij kroop tegen de kussens aan als een dier dat zich in zijn hol verschanst. Ik ging naar de keuken, en toen de bel weer ging bleef ik daar en liet Sonia opendoen. Ik hoorde geroezemoes, maar zag pas wie er was binnengekomen toen ik met Joakims koffie de huiskamer in liep. Het was Guy, in wat voor vrijetijdskleding moest doorgaan – een gestreken denim broek en een blauw overhemd met korte mouwen. Hij was bezig zijn drumstel naar binnen te brengen, knikte me toe en keek toen weer naar Joakim.

'Waar was je nou, verdomme?'

Joakim haalde zijn schouders op. 'Ik was weg.'

'Had je niet even kunnen bellen? Je moeder was in alle staten!'

'Jezus, ik ben achttien, hoor.'

'Je woont nog bij ons, en zolang dat het geval is... Wat is er?'

'Ik ben een beetje misselijk.'

'O, in godsnaam.'

'De plee is die kant op,' zei ik, wijzend, en Joakim sprong op.

Er werd op de deur gebonsd, niet aangebeld, en deze keer ging ik wel opendoen. Het was Neal, en ik wendde me van hem af, zodat ik hem niet aan hoefde te kijken. Mijn keel was droog en ik was schor. Ik wist niet hoe het me lukte om overeind te blijven.

'Het spijt me dat ik te laat ben,' zei hij.

Ik reageerde niet, wilde tegen hem zeggen dat hij weg moest gaan en me met rust moest laten. Ik had het gevoel dat ik hem niet in mijn buurt wilde hebben, dat ik niet door hem met zijn donkere, begrijpende ogen bekeken wilde worden.

'Ben ik de laatste?'

'Nee. We zijn nog niet compleet.' Toen pas keek ik hem aan, hij keek mij aan, en even stonden we elkaar midden in de kamer aan te staren. Vlak onder mijn linkeroog kreeg ik een zenuwtrekje – dat zou iedereen toch moeten zien, zo'n trillend teken van mijn schuld. 'We wachten nog op Hayden en Amos,' zei ik, dwong ik mezelf te zeggen. Mijn woorden klonken te luid in de stilte die ineens was gevallen. Sonia kwam naar me toe en legde een hand op mijn schouder, en langzaam leek de kamer tot rust te komen. Ik sloeg mijn ogen neer. Mijn ooglid trilde. Joakim kwam bleker dan ooit de kamer weer in gewankeld.

'Misschien kun je beter naar huis gaan,' zei Sonia tegen hem.

'Nee.' Guys stem klonk scherp. 'Hij heeft gezegd dat hij erbij zou zijn, en belofte maakt schuld.'

'Die jongen is ziek.'

'Mijn zoon heeft een kater.'

'Dat hebben we allemaal weleens gehad,' zei Neal begripvol tegen Joakim, die weer op de bank in elkaar was gezakt.

'Waar blijven ze nou?' Guy keek op zijn horloge en slaakte een diepe, geïrriteerde zucht. 'Godverdorie, waarom kunnen ze nou niet eens één keer op de afgesproken tijd komen? We moeten allemaal woekeren met onze tijd.'

'Misschien moeten we maar vast beginnen,' opperde ik.

'Wat heeft dat nou voor zin?'

'We kunnen in elk geval vast een beetje inspelen,' zei ik, en ik liep naar mijn banjokoffer.

Door het raam aan de voorkant zag ik Amos langzaam over straat op het huis af lopen. Hij had zijn handen in zijn zakken en zijn gitaar als een rugzak op zijn rug. Hij liep met gebogen hoofd en had een lichte frons op zijn gezicht, alsof hij in gedachten verzonken was. Ik staarde naar mijn vingers, waarmee ik aan het slotje op de koffer frunnikte. Zag dan niet iedereen het? Het kon toch niet dat ze het niet zagen? Toen er werd gebeld, ging Neal opendoen.

Ik hoorde mezelf zeggen: 'En waar blijft Hayden nou weer?'

'Hoe staat het ermee?' vroeg Liza.

'Wat bedoel je?' zei ik.

Ze lachte en vouwde haar benen onder zich. Ze droeg een wel heel erg paarse overall, die iets weg had van een groot, gekreukeld kruippakje, en ze had vlechten in haar haar, waarvan ze er een steeds in haar mond stak om aan te sabbelen. 'O, dat is gewoon zo'n standaardvraag. Je weet wel, zoals je bij een ontmoeting zegt: "Hoe is het?" en de ander antwoordt: "Prima." '

'Ja, dat weet ik wel.'

'Dus, hoe staat het ermee?'

Ik zat op haar grote, gestreepte bank, waarop je onmogelijk rechtop kon zitten. Aan de muur tegenover me hing een prachtig schilderij – een oranje veeg op een lichtblauwe achtergrond. Liza zelf was een chaoot, maar haar appartement was keurig op orde: alle rariteiten en snuisterijen die ze had meegebracht uit de landen die ze had bezocht stonden netjes op de planken, en ze was er waarschijnlijk uren mee bezig geweest om alles een plaats te geven. In de vensterbank en op de schoorsteenmantel stonden weelderige planten, en het gebladerte riep associaties op aan zachte regens en koele wouden. Ik dacht aan de waanzinnige wanorde en al het stof in mijn appartement en werd al moe bij de gedachte aan de inspanning die me te wachten stond. Die ellendige Amos.

'Wil je een glas wijn?'

'Kan ik beter niet doen.'

'Ik neem er zelf wel een.'

Liza liep naar de keuken en kwam terug met een fles, twee glazen en een grote zak pistachenoten.

'Ik sta erop dat je er een neemt,' zei ze.

'Nou, een bodempje dan.'

Ze schonk in beide glazen meer dan een bodempje in en reikte mij er een aan.

'Ik bedoelde eigenlijk: hoe staat het met de muziek?' Behendig pelde ze een paar pistachenoten en stopte die in haar mond. 'Zijn jullie zo'n beetje klaar voor de bruiloft?'

Ik nam een slok wijn.

'Die is pas half september, en we zijn pas een paar keer bij elkaar geweest.'

'Moedig van je om het op te pakken. Ik had niet gedacht dat je het zou doen.'

'Ik heb nou eenmaal de gewoonte om dingen aan te gaan zonder erbij na te denken,' zei ik. 'En als ik er dan achter kom waarom ik iets niet had moeten doen, is het te laat.'

'Heb je de oude ploeg bij elkaar kunnen krijgen?'

'Niet echt.'

'Wie doen er mee?'

'Neal zit erbij. Amos en Sonia. En ik heb een leerling van me weten te strikken. Nou ja, een oud-leerling. En zijn vader. En nog een man.'

'O ja, over hem heb ik al iets gehoord,' zei Liza.

'Het nieuws verspreidt zich snel, zeg! Van wie weet je het?'

'Van Amos. Een echte musicus. Hoe heet hij?'

Over hem praten riep iets in me wakker, een zintuiglijke herinnering. Ineens rook ik hem en wist ik weer hoe zijn huid en zijn haar aanvoelden.

'Hayden. Hayden Booth. Ik geloof dat hij even niks omhanden heeft.'

'Maar het is wel een beetje problematisch.'

'Hoe bedoel je?'

'Een professional die meespeelt met een stel amateurs – dat klinkt als een recept voor conflicten.'

'Er komen geen conflicten. Behalve de gebruikelijke, die je altijd hebt.' Ik forceerde een glimlach. 'Echt, het is te gek. Ik hoop alleen dat we op de avond zelf goed kunnen improviseren.'

Er viel een stilte. Liza nam een slok wijn en wierp er een paar nootjes achteraan.

'Ik wil niet roddelen over muzikanten, hoe leuk dat ook is. Ik heb je toch verteld dat ik op reis ga?'

'Naar India.'

'Bijna goed,' zei Liza. 'Hoewel, het is nog wel een eind daarvandaan. Thailand en Vietnam. Maar goed, dat doet er niet toe. Wat ik wilde zeggen, of vragen, is of jij, omdat je volgens mijn naspeuringen dichter bij mij woont dan alle andere mensen die ik ken, elke dag, of om de dag, maar elke dag is beter, even langs zou willen komen om de planten water te geven en te kijken of het huis niet is afgebrand. Alsjeblíéft. Ik zou je zo dankbaar zijn. Als tegenprestatie zal ik alles doen wat je me vraagt.'

'O, prima,' zei ik. 'Geen enkel probleem.'

'Of als je iemand kent die er tijdelijk in zou willen trekken, dan is dat ook prima.'

'Ik zal eens nadenken.'

'Ik zou het anders zelf wel hebben geregeld, maar ik ben er steeds niet toe gekomen. Nou ja, het is in elk geval een optie. Jij krijgt de sleutel.'

'Zeg maar waar de planten staan, en het komt voor elkaar.'

'En misschien wil je daar de post op een stapel leggen.' Ze gebaarde naar een grenenhouten tafeltje tegen de muur. Er stond een vaas met bloemen op en een groen pennenbakje in de vorm van een schildpad.

'Oké, doe ik.'

'Je zou hier ook zelf kunnen gaan zitten.'

'Ik heb een huis, hoor.'

'Je zou hier kunnen gaan wonen terwijl jouw huis wordt opgeknapt.'

'Ik ga het zelf opknappen.'

'Ja, dat bedoel ik.'

'Liza, het komt allemaal goed. Je planten zullen met liefde verzorgd worden.'

ERNA

'Zo is het wel genoeg voor vandaag,' zei ik.

'Denk je?' vroeg Amos.

'Niet, dan?'

'Volgens mij hadden we het niet te pakken.'

'Misschien zijn we niet in de juiste stemming,' zei ik.

'Het lukt niet zonder Hayden,' zei Joakim. 'Dat ene nummer draait helemaal om zijn partij.'

'Waar is hij verdomme dan ook?' zei Guy. 'Heeft hij tegen jou niks gezegd, Bonnie?'

Ik was hier niet goed op voorbereid. Wat zou ik wel en niet moeten weten? Hoe boos werd ik geacht te zijn? Ik regelde de repetities en zorgde dat iedereen op de afgesproken tijd kon komen. Moest ik dan nu verbaasd zijn? Moest ik doen alsof ik gekwetst was?

'Nee,' zei ik. 'Er zal wel iets tussen gekomen zijn.'

'Misschien is hij het gewoon vergeten,' opperde Amos. 'Volgens mij zijn we niet bepaald zijn eerste prioriteit.'

'Zou kunnen.'

'Als hij nog ergens anders mee bezig is, zou het goed zijn om dat te weten,' zei Guy. 'Dan kunnen we een vervanger voor hem gaan zoeken.'

'Hij is onvervangbaar,' zei Joakim.

'Niemand is onvervangbaar.'

'Dan zouden we opnieuw moeten beginnen.'

'Daar hoeven we nu niet over na te denken,' zei ik. 'Ik zal hem bellen en uitzoeken wat er aan de hand is.'

'Doe dat dan nu,' zei Amos.

'Oké.'

'Nu meteen, bedoel ik.'

Ik haalde mijn mobiel tevoorschijn en ging mijn telefoonlijst af totdat ik het nummer vond waarvan ik wist dat het niet meer in gebruik was en nooit meer in gebruik zou zijn. Ik belde naar een toestel dat inmiddels in stukken verspreid over Noord-Londen lag. 'Hallo,' hoorde ik de stem van Hayden zeggen. 'Ik ben kennelijk even bezig. Spreek een boodschap in.'

'Hayden,' zei ik. Trilde mijn stem? Dit gaf me bijna een nog ellendiger gevoel dan al het andere, bijna nog erger dan toekijken hoe zijn lichaam onder water verdween. 'Hayden. Met Bonnie, waar ben je? We hebben je gemist op de repetitie. Bel me even, oké?'

Ik klapte mijn telefoon dicht.

'Nou, daar schieten we niet veel mee op,' zei Guy.

'Hij belt wel terug,' zei ik.

'Je had wat meer moeten aandringen,' zei Amos.

Terwijl de instrumenten opgeborgen werden, brachten Sonia en ik de kopjes naar de keuken om ze af te wassen. Ik draaide de kraan open en keek haar aan. Ze reageerde niet, en ik kon het niet opbrengen iets te zeggen. Toen voelde ik dat er iemand achter me stond, wiens ogen in mijn rug priemden. Ik draaide me om. Het was Neal.

'Hoe gaat het met je?' vroeg hij zachtjes, terwijl hij zich naar me toe boog.

Ik deed een stapje terug. 'Prima,' zei ik. 'En met jou? Alles goed?'

'Ik ben een beetje moe,' zei hij, en hij zag er inderdaad vermoeid uit, alsof zijn huid strakker zat. Ondanks alles welden er schuldgevoel en genegenheid in me op. Hij haalde even zijn schouders op. 'Ik kon niet slapen.'

'Aha,' zei ik, wat nergens op sloeg.

'Het was niet zo'n beste repetitie, hè?'

Ik keek Sonia aan, die onverschrokken zei: 'Het zal wel beter gaan als Hayden er weer is.'

'Ja, natuurlijk.' Neal keek me doordringend aan, en ik wendde me af. 'Maar denk eraan, zoals Guy zei: niemand is onvervangbaar.'

Neal vertrok als eerste van iedereen, en ik keek hoe hij met lange passen en gebogen hoofd over straat beende. Toen gingen Guy en Joakim samen de deur uit. Joakim zag er flets en nukkig uit, Guy nog steeds nors. Sonia vroeg of ik met haar en Amos iets wilde gaan drinken, maar zonder haar te durven aankijken, zei ik dat ik niet kon. Sally belde me op mijn mobiele telefoon en zei dat ze het fijn zou vinden als ik een uurtje langs kon komen om op Lola te passen, terwijl zij even een boodschap ging doen. Ik zei tegen haar dat ik niet kon, dat ik iets anders te doen had – wat ook waar was. Het had de hele middag al door mijn hoofd gespeeld, en mijn verlangen om de gedachte in daden om te zetten was naarmate de repetitie langer duurde steeds moeilijker te onderdrukken geweest, zodat ik ten slotte al overwoog om me bij de anderen te excuseren en me snel uit de voeten te maken.

Ik dwong mezelf te wachten totdat iedereen weg was, waarna ik de voordeur dubbel op slot deed en de sleutel door de brievenbus naar binnen gooide. Op een sukkeldrafje en met een pijnscheut bij elke stap rende ik naar het metrostation, waar ik twaalf minuten moest wachten, die ik vol ongeduld doorbracht met ijsberen over het perron totdat de volgende metro arriveerde.

Toen ik in Kentish Town aankwam probeerde ik zo normaal mogelijk te doen, maar ik kon het gevoel niet onderdrukken dat de mensen naar me keken, dat ze met hun ogen al mijn bewegingen volgden. Misschien gedroeg ik me toch niet zo normaal. Ik ging een drogisterij binnen en kocht een pakje plastic handschoenen – de eerder gebruikte hadden we weggegooid.

Met een paar snelle blikken over mijn schouders om er zeker van te zijn dat er geen bekenden in de buurt waren, liep ik het laantje in. De garage was vandaag open. Binnen stond een auto op de brug, en daaronder was een man in een smerige overall aan het werk. Ik beende er snel langs en liep op de voordeur af. Het was niet te zeggen of de jongeman boven thuis was of niet. Ik stak de sleutel in het slot en probeerde geen geluid te maken toen ik de deur opendeed en de hal betrad. Het was er stil en er was niemand. Gisteren om deze tijd was hier niets aan de hand geweest, maar twaalf uur geleden hadden Sonia en ik het lichaam van Hayden hier weggehaald om het in het donkere water van het spaarbekken te laten glijden en hadden we gekeken hoe het water zich boven hem sloot. Ik haalde een paar handschoenen uit het pakje en trok ze met een petsgeluid aan.

De deur van Liza's appartement ging open met een gekraak dat me ineen deed krimpen, en toen ik naar binnen liep, deed ik de deur langzaam achter me dicht. Even stelde ik me voor dat hij daar nog zou liggen, de armen gespreid, het donkere bloed. Maar er was alleen maar een leegte, een groot niets. Hij was weg.

Het idee dat ik iets had laten liggen bleef maar door mijn hoofd spoken. Had ik die sjaal echt meegenomen? (Natuurlijk – ik had hem bij de luchthaven om mijn hoofd gehad.) Had ik echt die cd van Hank Williams gepakt? (Ik wist dat ik het had gedaan, maar stel dat het niet zo was.) Had ik de deurkrukken goed afgeveegd? Wat was ik vergeten, welk detail had ik over het hoofd gezien? En bovenal, waar was mijn schoudertas gebleven? Waarom had ik die niet kunnen vinden? Misschien had ik in mijn paniek niet goed gekeken. Dat moest het zijn. Hij moest ergens liggen, onder het bed of achter een kast, en ik moest hem zien te vinden voordat iemand anders hem vond. Toch wist ik waar ik hem had laten liggen: op de vloer bij de bank – ik zag het voor me.

Sonia en ik hadden gisteravond de vingerafdrukken weggeveegd. Waarom hadden we dat gedaan? Een paranoïde stommiteit was het. Als ze het ooit zouden nagaan, zou het wel erg verdacht zijn als er niet overal vingerafdrukken van mij te vinden zouden zijn. Tenslotte was ik een vriendin van Liza, ik had vele uren in haar appartement doorgebracht, en bovendien had ik de eerste paar dagen van haar vakantie haar planten water gegeven en haar post van de mat geraapt. Ik snelde de kamer door en legde mijn handen op planken en vensterbanken, op het tafeltje en op de rugleuning van de stoelen. Ik was me er wel van bewust dat ik het er niet beter op maakte, maar kon er niet mee ophouden.

Ik keek om me heen. We hadden de omgevallen tulpen opgeruimd en de stoel overeind gezet, maar we hadden de post op de vloer laten liggen, dus raapte ik die op en maakte er op tafel een keurig stapeltje van. De gitaar waar Hayden zo van had gehouden lag nog op de vloer, met een groot gat erin. Ik pakte hem op en koesterde hem even in mijn armen. Ik zag zijn gezicht voor me terwijl hij erop speelde, zag hoe hij met een zowel dromerige als bezeten uitdrukking in de muziek opging. Misschien toonde die uitdrukking wel zijn ware aard, dacht ik – niet charmant en onbesuisd, niet kwaad, minachtend of waakzaam, maar vredig en onzelfzuchtig, in een universum waarin hij niets hoefde te bewijzen en niets te verliezen had.

Ik stopte de gitaar in de koffer en deed die dicht, waarna ik weer op zoek ging naar mijn schoudertas. Ik zocht op alle plekken waar ik eerder ook al had gekeken. Ik zocht op plekken waarvan ik wist dat hij er niet kón liggen, onder het beddengoed (en kon toen mezelf niet bedwingen: ik legde mijn hoofd even op het kussen waarop het zijne had gelegen en rook zijn geur), in de kast in de badkamer waar de boiler hing, in het kastje onder de gootsteen waar Liza haar schoonmaakmiddelen bewaarde – waar we trouwens gisteren ook al hadden gekeken toen we bezig waren alle sporen weg te poetsen. Hij was nergens te vinden. Ik ging op de bank zitten en ondersteunde mijn bonzende hoofd met mijn zweterige handen. Wat nu?

Ik moest hier weg en er nooit meer terugkomen. Maar terwijl ik dit dacht hoorde ik iets, een voetstap in het appartement boven, en zag ik het rode lampje van het antwoordapparaat flitsen. Wat zou daarop ingesproken zijn? Stond mijn stem daar bijvoorbeeld op? Ik kon er niet over nadenken, en ik kon evenmin bedenken of het wat uitmaakte of niet. Langzaam stond ik op, als een oude vrouw, en schuifelde naar de deur. Maar ik bleef staan: ik was nu toch weer iets vergeten. In de keuken vulde ik het minuscule gietertje, waarna ik alle planten langsliep en stroompjes water uitgoot over de al opdrogende potgrond van Liza's planten totdat die vochtig en sponzig werd. Er kwam een herinnering bij me boven dat ik al eerder zo met dat gietertje had gestaan en dat Hayden me dat uit handen had genomen en het op het aanrecht had gezet, waarna hij me aan mijn riem naar zich toe had getrokken, zonder een moment te glimlachen maar met een blik alsof hij me iets dringends moest zeggen – en de herinnering was zo levendig dat ik dacht dat ik hem zou zien staan als ik me snel omdraaide. Hij had niets gezegd. Hij was niet iemand die alles mooi wist te verwoorden, wij allebei trouwens niet. Hij had ooit beloofd een liedje voor me te schrijven, maar dat was er nooit van gekomen.

Ik goot het laatste water uit het gietertje en zette het met een klapje weer op zijn plaats. Toen liet ik nog een laatste keer mijn blik rondgaan – naar het bed waar we samen in hadden gelegen, naar de bank waarop ik hem achterover had geduwd en hem hard had gekust op zijn heerlijke mond, naar de vloer waarop zijn lichaam uiteindelijk terecht was gekomen – en ging net zo stil weg als ik was binnengekomen.

ERVOOR

Hayden belde mij niet, en ik hem niet. Neal belde vaak, maar ik verzon uitvluchten. Ik wachtte af, ongemakkelijk en met een bang voorgevoel, dat zich in mijn buik nestelde. Ik wachtte af en nam mezelf kwalijk dat ik afwachtte. Ik ondernam een halfhartige poging om met opknappen te beginnen – die voornamelijk neerkwam op het leegmaken van laden en planken en de rommel vervolgens niet opruimen. Toen een stel vrienden me vroeg om mee te gaan naar een nieuw driedaags muziekfestival in de Yorkshire Dales, keek ik even rond in mijn appartement, met het half van de muren getrokken behang en de dozen vol borden met barsten, niet bij elkaar passende glazen en weg te gooien rotzooi, en aarzelde niet. Ik stuurde alle leden van de band een sms'je dat de repetitie van die week was afgelast en dat ik contact zou opnemen over de volgende keer. De enige wie het iets leek te kunnen schelen was Sally, die het blijkbaar heerlijk vond dat we zo vaak bij haar thuis speelden. Ik vond het naar om te beseffen hoe eenzaam ze was geworden nu haar hele leven om Lola draaide. Ik zocht wandelschoenen, een korte broek, een slaapzak en een beschimmeld tweepersoonstentje waar de regen doorheen kwam bij elkaar en trof mijn vrienden op het station. Ik knapte er ineens een stuk van op, en mijn melancholie verdween. Gedurende de drie warme, slonzige dagen met veel muziek en te weinig slaap dacht ik niet aan Neal, Hayden, interieurontwerpen of naderende bruiloften. Ik at noedels, tofuburgers en toastjes met kaas en dronk lauw bier en vieze koffie, danste en lag in de zon, waarbij ik mijn schouders en het puntje van mijn neus verbrandde. Het was zomer. Ik had vakantie. Ik wilde me amuseren.

Toen ik thuiskwam, zat ik vol nieuwe energie. Ik gooide bijna al mijn kleren weg en verfde de houten vloer van mijn slaapkamer wit – al moet ik zeggen dat de oude kleur er hier en daar doorheen kwam en het er niet uitzag zoals ik had verwacht. Ik gooide oude tijdschriften weg, tassen die ik nooit gebruikte, schoenen die ik niet droeg, pennen die het niet deden, muziek die ik niet draaide, etenswaren die ik nooit zou opeten, foto's waar ik niet naar wilde kijken en brieven die me herinnerden aan tijden waaraan ik niet terug wilde denken. Ik ging de deur uit en kocht blikken verf. Ik had zoveel energie dat ik niet wist of ik euforisch of manisch was. Ik dacht erover om een tatoeage te laten zetten – een kleintje op mijn schouder misschien – maar bedacht dat ik bang ben voor naalden. Toen ging de telefoon. Het was Neal. Hij kwam niet met verwijten, hij vroeg alleen maar of ik alsjeblieft, alsjeblieft, langs wilde komen. Ik stelde me voor hoe hij met zijn knappe gezicht met die wijd uit elkaar staande ogen naar me zou glimlachen als hij me zag.

'Goed,' zei ik. 'Ik kom eraan.'

In de gang kuste hij me op mijn schouder en op mijn mond. In de huiskamer deed hij mijn schoenen uit – hij maakte de veters netjes los en zette de schoenen keurig naast elkaar. Op de trap naar boven legde hij zijn warme hand vertrouwelijk op mijn rug. In de slaapkamer knoopte hij mijn bloesje los, waarna hij mijn kin vasthield zodat ik niet weg kon kijken en zei: 'Waarom heb ik al die jaren nooit gezien hoe mooi je bent?'

Maar toen hij me op het bed neervlijde, zei ik: 'Neal, ik moet je iets zeggen.'

'Wat dan?'

'Je moet niks met mij beginnen.' Ik hoorde de stem van Hayden terwijl ik het zei. 'Dat moet je niet doen.'

'Als jij het zegt...'

Hij dacht dat ik een grapje maakte, en ik wist niet zeker of hij daar geen gelijk in had. Ik voelde me wazig worden onder zijn aandachtige blik en de warmte van zijn lijf. Soms is het moeilijk om het verlangen van de ander los te zien van je eigen verlangen. Ik vlijde mijn handen om zijn gezicht en kuste hem. Ik hoorde hem zuchten.

Toen ik in de vroege ochtend wakker werd en een brede baan goudkleurig licht door het open raam naar binnen zag schijnen, draaide ik me om en keek hoe hij lag te slapen en zijn lippen bij elke diepe ademhaling iets naar buiten blies. Ik legde mijn hand op zijn heup. Ik bedacht dat ik Hayden maar moest vergeten, zoals hij mij nu al vergeten was. Het was een bizarre misstap geweest, die niet veel te betekenen had, een fout die ik snel kon corrigeren. Niemand hoefde het ooit te weten.

ERNA

Ik schrok wakker en bleef nog even als verstijfd en badend in het zweet onder mijn laken liggen. Mijn hart ging tekeer. Ik probeerde de droom van me af te schudden, maar ik had van Hayden gedroomd, hoe hij onder water verdween, met het gat in zijn hoofd en zijn ogen nog open. Ik ging rechtop zitten en ademde diep in en uit, rilde en voelde hoe het zweet op mijn voorhoofd opdroogde totdat ik het koud kreeg en klam aanvoelde. Wat had ik gedaan? Wat had ik gedaan? Ik kroop in het donker het bed uit, wist de badkamer maar net te bereiken en gaf over in de toiletpot. Ik waste mijn gezicht, poetste mijn tanden en ging toen liggen wachten tot het ochtend werd.

Toen de deurbel ging, stommelde ik uit bed, trok een badjas aan over mijn T-shirt en onderbroek en rende de gemeenschappelijke hal door.

'Bonnie Graham?'

'Ja.'

'Pakje voor u.'

Ik tekende het formulier dat me op een klembord werd toegestoken, waarna ik een zacht aanvoelend pakket in bruin papier kreeg aangereikt, waar mijn naam met grote kapitalen op geschreven stond.

Ik legde het pakket op tafel en zette een kop thee, maar ontdekte toen dat ik geen melk had. Ik nipte er toch maar van en begon het pakket open te maken. Maar halverwege hield ik op. Wat was dit nu? Ik bleef stil zitten staren naar het pakket, haalde toen diep adem en scheurde het laatste stuk papier eraf. Ja, daar was hij.

Mijn schoudertas. De tas waar ik in het appartement van Liza naar had gezocht. Die ik daar had laten liggen. Ik liet mijn tong langs mijn droge lippen gaan en raakte hem aan. Geen twijfel mogelijk. Dit was mijn schoudertas. Iemand had hem uit Liza's appartement meegenomen en naar mij opgestuurd. Waarom? Wie? Was het een boodschap? Een waarschuwing?

Ik wist dat ik hem open had achtergelaten, maar de gespen zaten nu goed dicht. Ik maakte ze los, maar aarzelde voor ik de tas opende. Maar toen dacht ik: erger dan wat ik al heb gezien kan het niet zijn.

Ik deed hem open en trof er alleen mijn eigen spullen in aan: het boek dat ik aan het lezen was, een paar ongeopende rekeningen die ik er inderhaast in had gepropt en waar ik niet meer aan had gedacht, een tijdschrift, mijn agendaatje, een portemonnee met vijf biljetten van een pond en een handvol munten, een paar pennen zonder dop en een vel bladmuziek. Mijn schort zat er ook in, netjes opgerold, en mijn kookboek. En, onderin, een fluwelen zakje met daarin, zag ik toen ik het snoertje waar het mee was dichtgebonden losmaakte, een dun zilveren halskettinkje dat ik niet kende. Het voelde koel en glad aan toen ik het door mijn vingers liet gaan.

Wie zou dit gedaan kunnen hebben, en wat betekende het? Ik bekeek het handschrift op het bruine papier, maar de keurige blokletters boden geen aanknopingspunten. Er stond geen afzender op vermeld. Ik maakte een prop van het papier, duwde die diep in de vuilnisbak en staarde toen weer naar mijn schoudertas, naar het versleten bruine leer en de dof geworden gespen. Ik deed het kettinkje om mijn pijnlijk aanvoelende hals, sloot mijn ogen en zette mijn vingertoppen op mijn kloppende oogleden.

ERVOOR

Ik dacht dat ik de meeste zaaltjes in Noord-Londen wel kende, maar van The Long Fiddler had ik nog nooit gehoord. Hayden vertelde me dat het aan Kilburn High Road lag, maar ik moest het opzoeken om het precieze adres te weten te komen. Toen ik er aankwam, realiseerde ik me dat het niet echt een zaaltje was, maar eigenlijk meer een café met achterin een podium. Toen ik om me heen keek, zag ik dat Hayden er al was – hij stond met twee mannen aan de bar. Toen ik op hem af liep, stak hij bij wijze van begroeting nonchalant zijn hand op.

'Ik zie je zo,' zei hij. Een paar dagen geleden hadden we gevrijd en had hij in mijn armen gehuild, en nu deed hij alsof ik zomaar een kennis was.

Ik bestelde voor mezelf een biertje en een zakje chips en ging aan een tafeltje zitten opzij van het podium, net ver genoeg ervandaan om niet direct in Haydens gezichtsveld te zitten. Ik keek op mijn mobiel of ik nog sms'jes had ontvangen, en er was er een van Neal, die me vroeg hem te bellen, een van Joakim, die wilde weten wanneer de volgende repetitie was, en een van Liza, die me nog eens herinnerde aan haar planten. Ik rommelde in mijn schoudertas. Er zat allerlei schoolwerk in, maar niets om te lezen, zodat ik niet veel anders kon doen dan maar een beetje kijken naar het groepje aan de bar. Een van de mannen droeg leren laarzen, een spijkerbroek, een soort werkmansjasje en op zijn hoofd een zwarte Stetson. Hij had een warrig, grijzend sikje. Kortom, de onmisbare uitrusting voor wie stieren wilde vangen of met een bandje optreden in een bar. De andere man droeg een bruin suède jack en een spijkerbroek. Hij keek wat aarzelend, niet erg op zijn gemak. Ik kon niet verstaan wat ze zeiden, maar af en toe werd er met stemverheffing gepraat. Zo te horen liep het gesprek niet naar wens.

Hayden zei niet veel, maar hij had een harde, sarcastische uitdrukking op zijn gezicht. Op een gegeven moment zag ik dat hij met zijn vinger in de borst van de man in het suède prikte, waar de man echter niet op reageerde. Naast hem op de bar stond een bierflesje, dat hij met zijn hand omsloot en schuin hield, nu eens de ene kant op, dan weer de andere, alsof hij uitprobeerde hoe schuin hij het kon houden voordat het omviel.

Ik dronk mijn biertje op en vroeg me af waarom ik hier in godsnaam naartoe was gekomen. Ik dacht erover om op te staan en weg te gaan, ertussenuit te knijpen als Hayden even de andere kant op keek. Hij had me een uurtje geleden opgebeld om te vragen of ik wilde komen, en toen had ik geweigerd.

'Bekijk het maar,' had hij gezegd, als een van mijn leerlingen. 'Ik dacht dat je misschien weleens zou willen horen wat voor muziek ik speel.'

Hij had gelijk, dat wilde ik. Daarom was ik hier, tegen beter weten in, en keek ik hoe hij in zijn wereld leefde. Ik had mezelf beloofd een paar nummers aan te horen en dan weg te gaan.

Een tijdje later werd de man in het suède op zijn mobiel opgebeld en kwamen Hayden en de man met het sikje naar mij toe en gingen aan mijn tafeltje zitten. Hayden stelde hem aan me voor als Nat, de bassist. Nat nam nauwelijks notitie van me en keek Hayden aan.

'Je had wel wat aardiger mogen zijn.'

'Het spijt me,' zei Hayden. 'Heb ik nou onze carrièrekansen verprutst? Heb ik kolonel Tom Parker beledigd? Heeft hij zijn chequeboekje opgeborgen?'

Ik keek naar de man in het suède verderop, die nog stond te telefoneren.

'Ik weet niet of het erg is,' zei ik, 'maar hij kan waarschijnlijk horen wat je zegt.'

Hayden haalde alleen zijn schouders op.

'Die man wilde ons spreken,' zei Nat. 'Over een contract.'

'Ach, schei toch uit,' zei Hayden. 'Hij is de assistent van de assistent van de assistent.'

'Maar hij is wel hier. Daar gaat het verdomme om.'

'Ze houden ons aan het lijntje.'

Nat keek naar mij en toen weer naar Hayden. 'Ze denken over een cd,' zei hij. 'Weet je, een voorschot zou best goed uitkomen. Zeker voor jou.'

Langzaam nam Hayden een teug van zijn bier. 'Je krijgt je geld heus wel,' zei hij.

'Sorry,' zei ik. 'Zal ik jullie niet liever alleen laten?'

'Je weet hoe het gaat als een band uit elkaar gaat, hè?' zei Hayden. 'Dan hebben ze het altijd over creatieve verschillen van inzicht, maar is er eigenlijk ruzie over geld.'

'En met ruzie over geld bedoelt Hayden dat iemand het geld in zijn zak heeft gestoken dat eigenlijk voor de hele band was bedoeld,' zei Nat.

'Als man en vrouw uit elkaar gaan, maken ze ruzie wie de kinderen krijgt,' zei Hayden. 'Bij bands gaat het erom wie het geld krijgt.'

Ik dacht aan Amos. 'Man en vrouw kunnen ook ruzie maken over het geld.'

'Het gaat er hier helemaal niet om wie het geld krijgt,' zei Nat.

Hayden lachte. 'Alsof er überhaupt geld zou zijn.'

'Ik ben hier gekomen om jullie te zien spelen,' zei ik.

'We waren aan het warmdraaien,' zei Hayden. 'Om in de stemming te komen.'

Ik bestelde een rondje voor ons, waarna Nat er ook nog een bestelde, terwijl het langzamerhand drukker werd, zonder dat het echter te vol dreigde te worden. Op een gegeven ogenblik arriveerde ook Ralph, hun derde man, met zijn gitaar. Hij droeg een geblokt overhemd, een linnen broek en sportschoenen zonder veters.

'Is hij er?' vroeg hij, toen hij met een glas bier aan het tafeltje kwam zitten.

Nat gaf een hoofdknikje in de richting van de man in het suède, die inmiddels druk iets intoetste op zijn Blackberry.

'Hij leek nogal enthousiast,' zei Nat. 'Maar Hayden heeft het afgewimpeld.'

Ralph keek somber maar niet verbaasd en nam alleen een slok van zijn bier.

'Kunnen we?'

Ze stonden op en baanden zich een weg tussen de tafeltjes door. Het publiek bestond grotendeels uit mensen die ze kenden. Een paar mannen stonden op om hen te begroeten. Een vrouw slaakte een gilletje, liep op hen af en sloeg haar armen om Hayden heen. Er ging een steek door me heen die aanvoelde als jaloezie. Maar dat was belachelijk. Hoe kon ik jaloers zijn? Hij sloeg zijn handen niet om haar heen, maar legde alleen een hand op haar rug, alsof hij haar hielp om haar evenwicht te bewaren. Even was het alsof die hand op mijn rug rustte en niet op de hare, en ging er een golf van verlangen door me heen. Hier was ik voor gekomen. Want zelfs als ik niet aan Hayden dacht en hem uit mijn gedachten wilde bannen, was ik me van hem bewust. De herinnering aan hem lag in mijn lichaam opgeslagen. In flitsen dacht ik steeds weer aan de nacht die ik met hem had doorgebracht: als ik naar muziek luisterde, een boterham at of op de bus stond te wachten, voelde ik ineens weer hoe hij zijn lippen op mijn schouder drukte of zijn handen op mijn lijf legde. Maar nog terwijl ik dit stond te bedenken, kwam er weer een sms van Neal. 'Denk aan je,' was de hele tekst. Hij dacht aan mij, ik probeerde niet aan Hayden te denken. Hayden was... ja wat? Hij was voor mij niet te doorgronden.

Zonder introductie gingen ze met z'n drieën het podium op. Nat liep naar de zijkant en haalde niet zoals ik had verwacht een basgitaar tevoorschijn, maar een haveloze oude contrabas. Terwijl ze de stoelen opzij schoven, de microfoonstandaards verplaatsten en andere voorbereidingen troffen, zag ik hen veranderen. Toen ze aan het tafeltje zaten, waren ze prikkelbaar, ruw en kritisch geweest, maar op het podium hadden ze iets soepels, een soort vertrouwdheid met elkaar, een intimiteit die alleen mensen hebben die met elkaar muziek hebben gemaakt. Snel stemden ze hun instrumenten, Hayden gaf een knikje, en zonder verdere aankondiging gingen ze van start.

Hier had ik op gewacht. Ik kende Hayden. Ik zou genoegen hebben kunnen nemen met een clichébeeld: ik had bij hem geslapen, ik had naakt tegen hem aan gelegen, ik wist hoe hij rook en smaakte, hij was in me geweest en ik wist wat voor geluid hij maakte als hij klaarkwam. We hadden gepraat. Ik had hem zien spelen. Maar toch had ik het gevoel dat ik hem helemaal niet kende. Hij was muzikant, maar zelfs tijdens onze repetities had hij zich ingehouden, zoals een grote zeevogel op het land zijn vleugels niet uitslaat. In het gezelschap van mensen als Amos en Neal kon hij niet veel anders. Wat ik wilde, was hem zien vliegen, hem de lucht in zien gaan, in vrije vlucht.

Meteen was alles anders. Ze begonnen met een countrynummer dat ik niet kende, en onmiddellijk wist ik dat ik in goede handen was. Ze communiceerden met een korte blik of een enkel hoofdknikje naar elkaar, en je kon zien dat ze elkaar vertrouwden, zoals acrobaten die niet eens hoeven te kijken of hun partner klaarstaat om hen op te vangen. Nat was zeer aanwezig achter zijn bas, waar hij genietend en naar Ralph grijnzend aan stond te plukken. Het was duidelijk dat zij de begeleiders waren. Hayden stond vooraan, met zijn ogen halfdicht, in een eigen wereldje. Toch was hij zich ervan bewust dat zij achter hem stonden en de leemten vulden. Toen het eerste nummer afgelopen was, klonk er een daverend applaus en geroep, en zelfs een enkele uitgelaten kreet. Haydens gezicht ontspande zich, hij glimlachte. Hij leek een beetje verlegen. Ik wierp een blik opzij naar de man in het suède, die nog met zijn Blackberry in de weer was. Toen ik weer naar het podium keek, kruiste mijn blik die van Hayden. Hij glimlachte even naar me, wat me een bijzondere, haast puberale opwinding bezorgde – de leadzanger in de band had naar me geglimlacht, alleen naar mij!

Bij de eerste akkoorden van het tweede nummer had ik het gevoel dat ik iets miste, en het duurde enkele ogenblikken voordat ik wist wat het precies was. Ik verlangde naar een sigaret. Het gaf op de een of andere manier geen goed gevoel om in een café bier te zitten drinken zonder een sigaret tussen mijn vingers.

Het ene nummer volgde op het andere, met tussendoor gekscherende opmerkingen en grapjes bedoeld voor ingewijden, die aan bepaalde tafeltjes gelach veroorzaakten. Ze speelden een paar eigen nummers. Het viel me op dat Ralph niet zo goed was als de andere twee. Betekende dit dat hij een invaller was? Of was hij een van de oprichters van de band, en was het Hayden nooit gelukt hem definitief te lozen? Hij paste er qua uiterlijk wel goed bij. Ik kon me voorstellen hoe ze er op een poster van de band uit zouden zien.

Maar voornamelijk genoot ik ervan om naar Hayden te kijken. In normale omstandigheden maakte hij een slungelige en onverzorgde indruk, maar hier op het podium had hij een vreemde, boeiende charme, zoals hij zijn gitaar in een omhelzing vasthield en zijn lange vingers over de snaren liet gaan. Hij hield het publiek in zijn ban. Maar ik bedacht ook iets anders.

Vele jaren geleden, als tiener, had ik getennist. Ik had toen zelfs een tennisleraar, een man van één meter tachtig van halverwege de twintig met lang haar, op wie ik natuurlijk verliefd was. Hij was leraar bij de plaatselijke tennisclub, en op een gegeven moment hoorde ik dat hij zou meedoen aan een wedstrijd tegen een andere vereniging. Als hij ons lesgaf sloeg hij de bal weleens met een keiharde forehand een millimeter over het net heen, en dat vond ik dan altijd zo sterk en sexy. Ik besloot te gaan kijken hoe hij in die wedstrijd speelde, en dat was een vreemde ervaring. Ineens zag ik hem daar voluit spelen, serveren en naar het net rennen, maar hij won niet! Hij reageerde niet alsof hij zich vernederd voelde, hij misdroeg zich niet, hij smeet zijn racket niet neer, hij maakte geen ruzie met de scheidsrechter en hij weigerde niet om na afloop zijn tegenstander de hand te drukken, maar hij had niet gewonnen. Wat ik me toen, op mijn dertiende of zo, ineens realiseerde, was dat mijn leraar wel goed was, maar ook weer niet zo goed, en dat de speler die hem had verslagen beter was, maar eigenlijk ook niet zo goed.

Bij muziek is dat waarschijnlijk niet helemaal hetzelfde, maar toch kreeg ik na ongeveer het zevende of achtste nummer een soortgelijk gevoel. Hayden was heel goed. Hij was veel beter dan Neal. Hij was heel veel beter dan Amos. Misschien was hij zelfs beter dan heel goed. Hij was een uitstekend gitarist en hij had een boeiende stem, af en toe omfloerst, maar werkelijk heel mooi. Het was niet zo dat je er een vinger achter kon krijgen en kon zeggen: dat en dat mankeert eraan. Hij was een betere muzikant dan mijn tennisleraar tennisser was. Die zou nooit op Wimbledon hebben gespeeld. Bij muziek valt er niks te winnen, maar daar gaat het net zo goed om dat toegevoegde, onvoorspelbare element, dat er ineens is als de ervaring buiten je hersenen om bij je binnenkomt en je iets gewaarwordt wat je nooit had kunnen bedenken. Dan is het alsof je een dreun op je hoofd krijgt of dat je nekharen of wat voor haren dan ook rechtovereind gaan staan. Dan is het zo bijzonder dat je antwoord krijgt op vragen die nooit bij je zijn opgekomen. En dat kreeg zelfs Hayden niet voor elkaar. Hij had iets ongrijpbaars. Nou, én? Hij was goed. Was dat dan niet voldoende?

Ze speelden ruim een uur, en speelden toen als toegift een nummer dat verscheidene mensen in het publiek leken te kennen. Terwijl ze speelden keek ik naar de plaats waar de man in het suède had gestaan, maar hij was weg. Toen het nummer afgelopen was, was de betovering verbroken en was het podium geen podium meer, maar nog slechts een verhoging met een vloerkleed erop. Hij werd meteen omstuwd door een stel mensen die hem op de schouders sloegen en omarmden. Een lange, jonge vrouw kuste hem op zijn mond.

Het duurde een hele tijd voordat iedereen weg was, maar ten slotte stonden we dan buiten op Kilburn High Road, waar het nog warm was, hoewel het al na elven was en er een verfrissend, koel briesje stond. Ik hield een taxi aan. Hij leek ervan uit te gaan dat hij met mij mee naar huis ging. Zou hij er ook van uitgaan dat we weer samen in bed terecht zouden komen, omdat we toevallig aan het einde van de dag bij elkaar waren? Zo ja, dan stond hem een verrassing te wachten, dacht ik bij mezelf. Ik wilde niet dat dat vanzelfsprekend zou zijn. Maar ja, mijn appartement lag wel op de route. Hij kon een kop koffie krijgen, en dan zou ik hem wegsturen. Mijn besluit stond vast. Daarna zou ik Neal bellen. Tijdens de rit was hij niet erg spraakzaam. Ik had het idee dat ik wist wat hij voelde. Als je hebt opgetreden, heb je er soms behoefte aan om je te ontspannen en heb je geen zin om van alles onder woorden te moeten brengen. Omdat je dan denkt dat je datgene wat je net hebt meegemaakt tekortdoet.

Toen we tussen de rommel in mijn appartement stonden, zette hij zijn gitaar voorzichtig tegen de bank. Hij zag er ineens weerloos uit, als een klein kind.

'Ik weet niet wat ik met mezelf aanmoet,' zei hij, half glimlachend en toch serieus. 'Ik ben helemaal leeg vanbinnen, Bonnie.'

Ik werd overspoeld door een verschrikkelijke genegenheid voor hem, die me de adem benam. Ik liet mijn schoudertas op de grond vallen.

'Kom hier,' zei ik.

Ik trok zijn jasje uit. Zijn lichaam onder zijn overhemd voelde warm en vochtig aan. Ik drukte me tegen hem aan. Hij rook naar bier – naar gist, lekker. Hij drukte zijn lippen op mijn kruin en sloeg zijn armen om me heen. Onze harten bonsden tegen elkaar aan. Ik deed mijn ogen dicht. Doorgaans voel je je veilig, beschermd en getroost als iemand zijn armen om je heen slaat, maar zo was het bij Hayden niet – zo was het bij hem nooit. Ik kreeg er een draaierig gevoel van, alsof we ons op de rand van een afgrond aan elkaar vast klemden en we elk moment naar beneden konden storten.

Ten slotte maakten we ons van elkaar los. Hij zuchtte en wreef zijn ogen uit alsof hij uit een droom ontwaakte.

'Wat vond je ervan? Eerlijk zeggen.'

'Het was heel goed,' zei ik. 'Geweldig. Ik heb genoten.'

Hij keek me aan met een gespannen frons.

'Kom nou, Bonnie.'

'Jullie hadden een paar geweldige nummers,' zei ik. 'En jij en Nat waren echt goed op elkaar ingespeeld.'

'Je vond er niks aan.'

'Jawel. Echt. Ik vind je fantastisch als je speelt.'

'Doe niet zo laf.'

'Ik vond het prachtig, Hayden. Echt waar.' Mijn stem klonk zwak en weinig overtuigend.

'Wie denk je verdomme wel dat je bent?'

'Hè?'

Ineens voelde ik een stoot in mijn rug doordat ik tegen de muur werd geduwd, en tegelijkertijd had ik het gevoel alsof ik me midden in een vuurwerkexplosie bevond en talloze kleurrijke lichtstralen alle kanten op schoten. Ik vroeg me af wat er gebeurd was, en toen het tot me doordrong, was het bijna alsof ik het tegen mezelf moest zeggen: hij heeft me geslagen. Hayden had me geslagen.

Secondenlang stonden we in volstrekt stilzwijgen tegenover elkaar, hij met zijn hand nog omhoog en ik tegen de muur geleund. We staarden elkaar aan, en het was alsof een diep verborgen aspect van hem ineens zichtbaar was geworden. Ik stond als aan de grond genageld en kon geen woord uitbrengen.

Toen kromp hij in elkaar, als een vel papier dat in brand vliegt en ineens desintegreert. In grote verwarring en met een vertrokken gezicht klapte hij dubbel en zeeg hij op zijn knieën naast me op de vloer ineen.

'Het was niet mijn bedoeling om... Ach, je gezicht.'

Ik kromp ineen en bracht mijn hand naar mijn wang. Hij voelde zacht en rauw aan, en toen ik hem terugtrok zat er bloed aan mijn vingers. Hayden stak zijn arm uit alsof hij mijn hand wilde pakken, maar ik sloeg hem weg.

'Waag het niet me aan te raken.'

Toen krabbelde hij overeind. Ik herkende zijn gezicht nauwelijks, zo buiten zichzelf van ellende was hij.

'Ik heb je gewaarschuwd. Je moet je niet met mij inlaten,' zei hij. 'Niemand. Wie ik liefheb laat ik lijden.' Hij herhaalde zijn eigen woorden met een soort gehuil dat achter uit zijn keel leek te komen. 'Wie ik liefheb laat ik lijden.'

'Het klinkt als een sentimenteel rotliedje,' zei ik. 'Maar je hebt me geslagen!'

'Je hebt gelijk dat je me haat.'

'Haat? Je moet gewoon opsodemieteren. Nu.'

'Alsjeblieft.'

'Nu meteen.'

Hayden liet zich op de bank zakken, sloeg zijn handen voor zijn gezicht en deinde zachtjes naar voren en naar achteren.

'Hou op,' zei ik. Ik liep naar hem toe en bleef naast hem staan.

'Alsjeblieft, alsjeblieft, alsjeblieft, alsjeblieft, alsjeblieft,' jankte hij.

'Zo is het wel genoeg.'

En ik legde mijn hand heel licht op zijn hoofd.

Zodra ik hem aanraakte, viel hij abrupt stil, waarna hij zich voorover boog en zijn gezicht tegen mijn buik drukte, zijn armen om me heen sloeg en met nieuwe energie begon te huilen. Doordat hij zo onbedaarlijk snikte, schudde ook ik heen en weer. Uiteindelijk hield hij ermee op en keek hij op. Zijn gezicht was nat en glansde en was van een verschrikkelijke schoonheid.

'Doet het erg pijn?' fluisterde hij.

'Ik weet het niet.'

Hij streek met twee vingers over mijn gezicht. 'Jezus, Bonnie.'

Hij leidde me naar de badkamer. Op mijn linkerjukbeen ontstond een blauwe plek – hij werd donkerder terwijl ik ernaar keek. Mijn neus klopte, en ik proefde bloed in mijn mond. Hayden hield een dot watten onder de warme kraan en depte de wond heel voorzichtig – hij beet op zijn onderlip toen ik mijn gezicht vertrok van de pijn.

'Nu moeten we er een ijskompres op doen,' zei hij. 'Om de zwelling tegen te gaan.'

'Dat kan ik zelf wel.'

Maar ik liet me door hem naar een stoel brengen in mijn bedompte keukentje, waarna hij in het vriesvak van mijn koelkast rommelde. Hij brak een aantal ijsklompjes uit de kromgetrokken plastic vorm en verpakte die in een smoezelige theedoek, die hij tegen mijn wang hield. Zijn oogleden waren dik, en zijn gezicht was nog nat van de tranen.

'Er kwam iets afschuwelijks over me,' zei hij.

'Je voelde je door mij vernederd,' zei ik. 'Dat was het. Ik heb je niet genoeg geprezen, of gedaan zoals die groupies van je doen. Ik heb niet tegen je gezegd dat je geniaal bent.'

'Ik weet het niet meer,' zei hij. 'Het was een afschuwelijk, brullend zwart gat, en toen ineens stond ik te kijken naar jou en die wond op je wang.'

'Lekker makkelijk: je was het zelf niet echt.'

'Nee. Nee. Ik weet het wel. Ik was het wel. Het is iets in me. Dat is juist het enge.'

Als Hayden met wat voor excuus dan ook was gekomen, het uit had willen leggen of had geprobeerd me ervan te overtuigen dat zijn gewelddadige woede-uitbarsting een rationele achtergrond had, zou ik hem de deur hebben gewezen en hem nooit meer hebben willen zien. Dat denk ik tenminste, want ik zou de gedachte niet kunnen verdragen dat dit niet het geval was. Maar dat deed hij niet. Hij kwam naast me zitten en hield die ijsblokjes tegen mijn wang, en hij zag er zo verslagen uit. Het was alsof ik hem zag zoals nog nooit iemand anders hem had gezien. Zou ik op dat moment pas echt voor Hayden zijn gevallen, toen hij me had geslagen en begon te huilen?

'Ik heb honger,' zei ik na een tijdje. Het was waar. Ik had ineens een leeg gevoel vanbinnen.

Hayden haalde het kompres weg. 'Zullen we wat gaan halen? Indiaas? Hier verderop zit een Indiër.'

'Goed.' Er viel een stilte, waarin Hayden wat onzeker naast me bleef staan. 'Mijn portemonnee zit in mijn tas.' Ik gebaarde naar mijn schoudertas naast de bank.

Korte tijd later zaten we op de bank zwijgend en gulzig uit de bakjes van metaalfolie te eten. Toen nam ik een douche en liet het lauwe water uit de douchekop over mijn gezicht met de blauwe plek en mijn vermoeide lijf stromen. Toen ik in mijn badjas de huiskamer weer in kwam, was Hayden diep in slaap, en uit zijn half geopende mond ontsnapte een licht, sonoor gesnurk. Hij leek volkomen ontspannen. Ik bleef lang naar hem kijken, en ik weet niet wat ik dacht of wat ik voelde. Het was alsof ik onder water was en me traag door een onbekende wereld bewoog, terwijl de wereld die ik wel kende ver weg was.

Ik ging naar mijn slaapkamer, pakte de slaapzak uit de kast, ritste hem open, legde hem over Hayden heen zonder hem wakker te maken en zorgde ervoor dat de ritssluiting niet tegen zijn huid aan kwam. Toen liep ik terug naar mijn slaapkamer, deed de deur goed achter me dicht en stapte in mijn bed. De wond op mijn gezicht klopte, en ik voelde me volkomen leeg en uitgeput. Toch lag ik die nacht een paar keer wakker, piekerend over Hayden, die aan de andere kant van de muur als een hulpeloze baby lag te slapen. Toen het ochtend werd, ging ik naar hem toe en nam ik hem in mijn armen om hem te troosten voor het feit dat hij mij pijn had gedaan.

ERNA

'Je bent er niet op gekleed, Bonnie. Je kunt je keuken niet gaan slopen in je pyjama.'

Ik was vergeten dat Sally vanmorgen langs zou komen om te helpen met mijn klus. Gekleed in een oude, versleten spijkerbroek met scheuren in de knieën en een overmaats T-shirt met een beer erop stond ze in de deuropening. Haar haar had ze met een sjaaltje opgebonden.

'Ik moet me nog aankleden,' zei ik, en ik probeerde te verbergen dat ik geschrokken was haar ineens voor me te zien. 'Maar eerst koffie – je wilt toch wel koffie, hè?'

'Ja. Ik ben zo moe dat ik staand in slaap zou kunnen vallen.'

'Houdt Lola je wakker?'

'Nee. Er is van alles. Je kent het vast wel, dat je in bed ligt en dat je gedachten maar door je hoofd malen.'

'Dat ken ik, ja,' zei ik. 'Waar heb je over liggen piekeren?'

'O, het leven,' zei ze vaag. 'Paniek in de kleine uurtjes.'

Op elk ander moment zou ik haar hebben aangespoord erover te praten, maar nu niet, niet vanochtend.

'Is Lola bij Richard?'

'Hij ziet me aankomen,' zei Sally. 'Mijn moeder past een paar uurtjes op. Zo krijgt ze de kans haar kleindochter te leren kennen. Het is voor het eerst dat ze alleen met haar is.'

'Je zou eigenlijk iets leuks moeten gaan doen, naar een museum gaan, koffie drinken. En dan bedoel ik echt koffie drinken, bij een goede koffiebar, en niet hier gaan klussen.'

'Nee, je hebt het mis, Bonnie. Dit heb ik juist nodig. Een ochtendje gewoon een normaal mens zijn, niet verplicht zijn haar te voeden, te zorgen dat ze gaat slapen, of als ze eindelijk in slaap is gevallen me over haar heen buigen om te horen of ze nog wel ademt. Had ik je verteld dat ik dat nog steeds doe?'

'Nee.'

'Niemand heeft me ooit verteld hoe het is om moeder te zijn. Ze hebben wel gezegd hoe afschuwelijk de bevalling is, maar niet hoe het is om zo van je baby te houden dat je eigenlijk een gevangene van haar wordt. Gewoon normaal doen is al een hele opluchting voor me. Als jij je nou gaat aankleden, zal ik wel koffie zetten.'

Terwijl ik in een vuilniszak zocht naar iets om aan te trekken, besefte ik dat ik me nu al moe en zwak voelde. Ik had moeite om eten binnen te houden, en vooral nadat die schoudertas bij me was bezorgd, was ik voortdurend misselijk en had ik het idee dat ik nauwelijks op mijn benen kon staan. Ik liep naar de keuken, waar Sally koffie aan het zetten was, en ik probeerde naar haar te glimlachen terwijl ik me zo rot voelde dat ik dacht dat ik een inwendige bloeding had.

'Dit doet me zo goed,' zei ze, terwijl ze me de beker aanreikte, en ik schaamde me meteen voor mijn neiging haar weg te sturen en de deur achter haar dicht te slaan. Ook met de band was ze heel gastvrij geweest. Ik nam me voor om vriendelijk te zijn, mijn best te doen en iets aardigs te zeggen. Ik had me de moeite kunnen besparen, want ik kreeg niet eens de kans om iets te zeggen. Sally gedroeg zich als een gevangene die na jaren van eenzame opsluiting is vrijgelaten, wat ze wel vaker deed als we met z'n tweeën waren en ze zich even niet hoefde te bekommeren om haar kind, dat haar uit haar slaap hield. Ze praatte en ze praatte maar. Ze praatte natuurlijk over de frustraties van haar huiselijk leven, die nu scherper aangezet leken dan normaal al het geval was. Het was niet de gewone bezorgdheid die ik van haar kende – dat ze fulltime moeder was, terwijl Richard werkte, waardoor de relatie met haar man onverwachts uit balans was geraakt – maar ze had nu iets wat veel leek op paniek of zelfs een soort angst, dacht ik. Ik vroeg waarom ze niet aan het werk ging, zodat ze weer de gelijke van haar man kon zijn, maar toen schudde ze heftig haar hoofd.

'Dat is het niet,' zei ze. 'Je snapt het niet.'

'Wat snap ik niet?'

'Het gaat er niet om of ik werk of niet. Het gaat erom... dat ik mezelf niet ben. En trouwens, ik wil Lola niet alleen laten. Dat zou net zoiets zijn als mijn hart uitrukken.'

'Maar je wilt steeds van haar verlost worden!'

'Nee. Niet op die manier. Dat ik van haar... af wil, dat is alleen op bepaalde momenten.'

'Gaat het nu slechter tussen jou en Richard?' vroeg ik. Ik probeerde te doen wat ik een paar weken geleden gedaan zou hebben. Ik probeerde me te herinneren hoe ik mezelf kon zijn – mezelf zijn op een manier die ik tijdelijk even kwijt leek te zijn bij alle ellende en alle waanzin. 'Je kunt er altijd met mij over praten.'

'Hmm,' zei ze. Het leek alsof ze meer ging zeggen, maar ik kon aan haar zien dat ze zichzelf het zwijgen oplegde, waarna ze wat heen en weer liep en me vragen stelde over mijn plannen met het appartement. Afgezien van mijn voornemen om wat te schilderen, de oude keuken eruit te slopen – ik had geen idee hoe dat moest – en een paar extra planken op te hangen, had ik die niet.

Maar dat gaf niet, want Sally had ineens heel veel plannen, al waren die over het algemeen niet erg praktisch. Ze liep rond, klopte op muren en maakte opmerkingen over de barsten in het stucwerk. Het kon me nu niet schelen. Ik had geen zin om te praten of zelfs om na te denken en vond het wel rustig om van mijn koffie met veel melk te nippen en nergens aan te denken terwijl Sally ideeën spuide over het opknappen van mijn appartement, ideeën die ik nooit van mijn leven zou kunnen realiseren. Dat er zoveel melk in de koffie zat was wel een beetje een probleem. Hij smaakte daardoor als een soort babyvoeding, maar was wel warm en bevatte waarschijnlijk de broodnodige vitaminen en mineralen.

Toen Sally plompverloren aankondigde dat we nodig aan het werk moesten, was ik bijna teleurgesteld.

'Waarmee zullen we beginnen?' vroeg ze.

'Met het schilderen van deze muur,' zei ik. 'Meer had ik voor vandaag niet op het programma staan. Met één muur zal ik me al een stuk beter voelen.'

Sally wierp een bedenkelijke blik op de muur.

'Moet daar niet eerst een basislaag op?'

'Ik had gedacht om maar door te gaan met verven totdat we de kleur eronder niet meer zien.'

'En eigenlijk zou je die grote scheur eerst moeten opvullen.'

Sally ging er met haar nagel langs.

'Die wordt wel opgevuld door de verf,' zei ik. 'Gedeeltelijk. Het is maar tijdelijk. Als ik ooit nog eens geld heb, doe ik het goed. Trouwens, als ik ooit geld heb ga ik verhuizen.'

'Je komt vast gauw iemand tegen,' zei Sally. Ik was zo onvoorbereid op haar spontane opmerking dat die aanvoelde als een mes tussen mijn ribben. 'Ik voorspel: je komt iemand tegen en je wordt weer verliefd.' En een beetje melancholiek voegde ze eraan toe: 'Mannen zijn dol op je.'

Ik staarde haar getroffen aan en kon geen woord uitbrengen.

'O, Bonnie, kijk me niet zo aan! Ik bedoelde er niets mee,' zei ze.

'Oké,' was alles wat ik zeggen kon.

'Ik moet mijn grote mond eens leren houden.'

'Niks aan de hand.'

'Is het vanwege Amos?'
'Nee. Nee.'
'Kom hier. Kom, geef me je beker, je morst.'
Terwijl ze de beker van me aanpakte, keek Sally me plotseling aan, zo te zien tegelijkertijd verbaasd en in de war. Toen onze blikken elkaar kruisten, kreeg ze een vuurrode kleur en keek ze weg. Ze liep terug naar de keuken met de bekers, en ik hoorde de kraan lopen. Veel tijd kostte het niet om de twee bekers om te spoelen, maar het gaf me even de gelegenheid om tot mezelf te komen. Om toch de indruk te wekken dat ik de zaken enigszins professioneel aanpakte, spreidde ik voor de muur een oud laken op de vloer uit. Niet omdat de vloerbedekking beschermd moest worden – die zou er mét verfspatten misschien zelfs beter uitzien. Ik haalde het laken meteen weer weg. Toen Sally de kamer weer in kwam, leek ze verstrooid.
'Ik heb deze twee kwasten in huis,' zei ik, met de bedoeling ons op te monteren. 'Je mag de grote of de kleine.'
Sally leek me niet gehoord te hebben.
'Ik zei...' begon ik.
'Sorry,' zei ze. 'Het klinkt stom, maar het viel me op dat je aan je hals...'
Ik deinsde achteruit. Ik was bijna vergeten dat ik een blauwe plek had, die inmiddels vaalgeel was geworden en een beetje opgezet. 'O, dat is niets,' zei ik. Ik kon geen enkele goede smoes bedenken om de blauwe plek in mijn hals te verklaren. 'Ergens tegenaan gestoten.'
'Nee. Dat is het niet,' zei ze. Sally knipperde een paar keer met haar ogen. 'Ik wil niet vervelend zijn, maar zou je me misschien kunnen vertellen hoe je aan dat halskettinkje komt, alsjeblieft?'
Met een ongemakkelijke hoofdbeweging keek ik ernaar. Waarom had ik het in godsnaam omgedaan? Het begon me te duizelen.
'Ik weet het niet,' zei ik. 'Ergens gevonden, geloof ik.'
'Zou ik het wat beter mogen bekijken?'
'Is er soms wat mee?' hoorde ik mezelf vragen. Wat was er aan de hand? Had ik een fout gemaakt?
'Nee, nee, helemaal niet. Ik wil het alleen even bekijken.'

'Als je dat wilt,' zei ik, en ik maakte het los en reikte het haar op de palm van mijn hand aan. Ze pakte het op en bekeek het nauwkeurig.

'Denk je dat het wat waard is?' vroeg ik in een zwakke poging om er een grapje van te maken.

'Ik vind het vervelend om te zeggen,' zei Sally, 'maar ik geloof dat het van mij is.'

Het leek ineens een stuk kouder. 'Dat gelóóf je?'

'Ik bedoel, ik weet zeker dat het van mij is. Ik heb het cadeau gekregen toen we op vakantie waren in Turkije. Van Richard.'

Ik probeerde mezelf te dwingen om na te denken. Het was alsof ik een vastgeroeste oude machine op gang probeerde te brengen. Het kettinkje was me toegestuurd in het pakket met de spullen uit Liza's appartement. Hoe kon het van Sally zijn?

'Weet je het zeker?' vroeg ik. 'Die dingen lijken soms erg op elkaar.'

'Ik draag het altijd,' zei Sally. Ze hield het omhoog. 'Er zit een nieuw sluitinkje op. Het oude was kapot. Ik heb het laten vervangen, maar het is net even iets anders.'

We zwegen terwijl we elkaar aankeken. Wat was er gaande? Beschuldigde Sally me ervan dat ik haar kettinkje had gestolen? Ik keek haar aan. Nee. Ze was net zo onzeker als ik. En toen ze begon te praten, kwamen haar woorden er in een stortvloed uit.

'Ik snap het wel, het gaat natuurlijk heel makkelijk,' zei ze. 'Het moet gebeurd zijn toen je aan het repeteren was. Ik zal het wel afgedaan hebben. Toen ik ging schoonmaken of zo. Anders blijf je er ergens mee achter haken. Je weet hoe dat gaat. En toen heb jij het zien liggen en het zonder erbij na te denken omgedaan, gewoon automatisch.'

Ik begreep het niet. Dit was onzin. Dat doe je niet: per ongeluk midden in een muziekrepetitie het kettinkje van iemand anders omdoen. Ze zocht een uitvlucht voor me. Bijna alsof ze zich verontschuldigde. Bovendien wist ik natuurlijk dat ik het niet bij haar thuis had meegenomen.

'Het is zo'n vergissing die iedereen zou kunnen maken,' zei ze bijna luchtig. 'Je pakt het op en je doet het automatisch om. Ik vroeg me al af waar het gebleven was. Richard zou het wel vreemd hebben gevonden om dat kettinkje om jouw nek te zien. Dat zou wel grappig zijn geweest.'

Aan haar gezicht was te zien dat ze het helemaal niet grappig vond. Nu wist ik het. Sally had het kettinkje in het appartement van Liza laten liggen. Sally met Hayden... Ik keek haar aan. Ze had rode konen. Ze wist het. En nu wist ze dat ik het ook wist. Dat kon niet anders. En wat wist ze nog meer van me? Wat vermoedde ze? Wat vermoedde ze van Hayden? Wat dacht ze dat er met hem was gebeurd?

'Ja,' zei ik traag. 'Wat stom van me. Ik moet het zonder erbij na te denken hebben gepakt. Je moet me maar goed in de gaten houden. Zo meteen vergeet ik mijn eigen hoofd nog. Haha. Nog een geluk dat je het zag. Nou, laten we maar gaan schilderen.'

Met een schroevendraaier wrikte ik het deksel van een pot verf. Het zag eruit als wit, een soort wit althans, maar om de een of andere reden heette de kleur 'String'. We begonnen de verf aan te brengen. Sally was ineens niet meer zo babbelziek.

Sally met Hayden. Hayden met Sally. Kon je jaloers zijn als het om een dode ging, kon je je achteraf bedrogen voelen door iemand wiens lijk je net had gedumpt? Tenslotte had ik wat hem betrof geen illusies gehad. Als er muziek werd gemaakt, deed hij mee. Als er eten voor hem werd neergezet, at hij het op, met een eeuwig onstilbare honger. En met vrouwen was het net zo. Hij zou zich over een wanhopige, eenzame, verwaarloosde, verveelde vrouw hebben ontfermd, hij zou ervoor gezorgd hebben dat ze zich beter voelde, weer bijzonder, weer onder de levenden. Hij zou zijn handen over haar lichaam hebben laten gaan en tegen haar hebben gezegd dat ze mooi was, en dan zou ze ook mooi zijn geworden. Ik deed mijn best me hen niet samen in bed voor te stellen, hun blote lijven verstrengeld, hij met zijn vertrouwde geur. Hoe hij naar haar glimlachte, een glimlach die voorzichtig begon en zich dan over zijn hele gezicht verspreidde en er warmte aan gaf. Ik hield even op met schilderen en bleef met de druipende kwast in mijn hand staan – totaal overmand door het verlies dat ik voelde.

Toen ging ik verder met mijn klus: verf uitsmeren over dat saaie, beige vlak. Wanneer had dit zich afgespeeld? Waar was ik geweest toen het gebeurde? Was het toen ik naar dat muziekfestival was? Dat moest wel, ja. Alleen, zat hij toen al in Liza's appartement? Ik wist het niet meer. Ik had blubber in mijn hersenen. Wat hadden ze voor smoezen moeten verzinnen? Ik probeerde het me te herinneren. Had Sally tegen mij iets over Hayden gezegd, had Hayden iets gezegd over Sally? Hoe dan ook, het was allemaal zo stom, zo ellendig en zo fout, want welk recht had ik om me bedrogen te voelen? Hoe je het ook wendde of keerde, welk recht had ik?

En wat wist Sally? Wist ze het van ons tweeën? Dat moest wel, tenzij ze zich in allerlei bochten had gewrongen om het niet te hoeven weten.

Het had iets bevredigends om de kleverige substantie van de verf op te brengen en het zompige geluid te horen wanneer ik de kwast neerzette en hem iets draaide, zodat er geen zakkers ontstonden. Het liefst had ik mijn handen in het blik gestoken en zo de verf op de muur gesmeerd.

Hayden met Sally, en Hayden met mij. Maar natuurlijk school er onder deze vragen nog iets emotioneels, iets wat veel belangrijker was – de oceaan onder deze rimpeling. Ze had het kettinkje achtergelaten in het appartement van Liza. Het moest op het nachtkastje hebben gelegen. Was het een kwestie van bijgeloof geweest: had Sally gevonden dat ze het halskettinkje dat ze van haar man had gekregen moest afdoen voordat ze vreemdging? Had het haar tegengestaan het om haar hals te voelen terwijl ze ineengestrengeld lag met Hayden? Het had op het nachtkastje gelegen, iemand had het daar zien liggen, moest gedacht hebben dat het van mij was en besloten hebben het aan me op te sturen. Maar waarom? Was het een waarschuwing? Een boodschap? Iets in de geest van: ik weet dat jij daar was, ik weet dat jij daar iets van jezelf hebt laten liggen, je kunt niet ontsnappen, niemand ontsnapt.

Ondertussen stonden Sally en ik zwijgend naast elkaar te schilderen. Het was bizar. Ik dwong mezelf de stilte te verbreken.

'Hoe gaat het?' vroeg ik.

'Ik weet niet of deze kleur wel goed dekt,' zei ze.

'Goed genoeg,' zei ik.

Neal kwam aanzetten met een fles witte wijn die zo koud was dat er druppeltjes condens op stonden en met een glimlach zo breed en vol zelfvertrouwen dat ik het gevoel had dat ik onderuit werd gehaald. Ik keek hem aan, zoals hij daar voor de deur stond, met zijn haar netjes geborsteld – wat eigenlijk niet bij hem paste – en zijn mooie linnen overhemd, dat hij vlak voordat hij de deur uit ging gestreken moest hebben.

'Hallo, Neal,' zei ik. Ik voelde me als een moordenaar die op het punt stond de fatale klap toe te dienen.

'Wat is er met jou gebeurd?'

Ik streek even met mijn vingers over mijn opgezwollen kaak. 'Ik ben gevallen.'

'Je ziet eruit alsof je aan een bokswedstrijd hebt meegedaan.'

'Het ziet er erger uit dan het voelt,' zei ik, niet naar waarheid.

'Waar ben je gevallen?'

'Doet dat ertoe?' zei ik. Ik had het vervolg niet voorbereid en probeerde iets aannemelijks te bedenken. 'In de badkamer. Ik was op de rand van het bad gaan staan om iets van de plank te pakken. Mijn voet gleed weg, en ik viel met mijn gezicht op de rand.'

'Hè, bah,' zei Neal meelevend. 'Wanneer was dat?'

'Gisteravond.'

'Het ziet er nog vers uit. Ik heb gisteravond nog geprobeerd je te bellen, maar er werd niet opgenomen.'

'Ik zal wel met ijs op mijn wang op mijn bed hebben gelegen,' zei ik. Het was niet eens helemaal onwaar.

'Ik had gedacht om te gaan picknicken,' zei hij. 'Als jij daartoe in staat bent, natuurlijk. Het is een prachtige dag.' Hij zoende me op mijn mond, heel voorzichtig om me niet nog meer pijn te doen. Ik voelde aan zijn lippen dat hij glimlachte en week achteruit.

'Laten we naar binnen gaan,' zei ik.

Ik ging tegenover hem aan de keukentafel zitten. 'Thee of koffie?' vroeg ik om tijd te rekken.

'Geen van beide,' zei hij. Hij had een lichte frons op zijn gezicht en keek enigszins ongerust.

Met mijn rug naar Neal gekeerd, zodat ik zijn gezicht niet hoefde te zien, vulde ik de waterkoker en zette die aan.

'Ik heb er nog eens over nagedacht,' zei ik.

'Dat klinkt niet goed.' Hij probeerde onbezorgd te klinken.

'Over jou en mij,' zei ik.

'Het is tijden geleden dat ik dit voor iemand heb gevoeld,' onderbrak hij me, om te verhinderen dat ik zou gaan zeggen wat hij al voelde aankomen. 'Dat weet je.'

'Ik heb je onrecht aangedaan.' Ik verkrampte – het klonk als een regel uit een oubollig countrynummer. Toch voelde ik het zo. Ik had hem onrecht aangedaan.

'Ik heb me afgesloten, om niet gekwetst te worden.'

'Ik ben er niet klaar voor,' zei ik vertwijfeld.

'Wat wil dat zeggen?'

'Het is te snel gegaan, en het komt voor mij op een ongelukkig moment.'

'Ik wil je niet opjagen.'

'We kunnen toch goede vrienden zijn?'

Terwijl ik dit zo nonchalant zei, schaamde ik me al.

'Wat is er gebeurd? Ik begrijp het niet.'

Ik draaide me naar hem toe en keek hem aan, dwong mezelf hem in de ogen te kijken. 'Er is niets gebeurd, Neal. Ik heb er nog eens over nagedacht.'

'Ik heb het kennelijk helemaal verkeerd begrepen.' Hij wreef met zijn hand over zijn gezicht alsof hij spinrag wegveegde. 'Ik dacht dat jij hetzelfde voelde als ik.'

'Het was fijn, Neal. Maar ik ben niet iemand met wie je een vaste relatie zou moeten willen.'

'Maar ik wil het wel,' zei hij. Hij gaf het niet op. Hij was niet van plan me te laten gaan.

'Het heeft geen zin.'

'Is er iemand anders?'

'Daar gaat het niet om.'

Terwijl hij me aanstaarde veranderde er iets in zijn gelaatsuitdrukking. 'Ja, er is iemand anders, hè?' zei hij. 'En je gezicht? Je bent niet gevallen, hè? Iemand heeft je geslagen.'

'Zo is het genoeg,' zei ik. Hij had me een excuus gegeven om kwaad te worden en hem eruit te gooien, en die kans liet ik niet onbenut. 'Je moet nu gaan.'

Neal liep om de tafel heen en bleef op een paar centimeter van me af staan. Hij stak zijn hand uit en raakte mijn blauwe plek aan.

'Zo makkelijk kom je niet van me af, Bonnie.'

'Je moet gaan.'

'Het is niet voorbij,' zei hij.

'Ik speel geen spelletje met je.'

'Het kan niet voorbij zijn. Dat laat ik niet gebeuren. Ik wacht wel tot je van gedachten verandert.'

Ik voelde steken in mijn huid van ergernis. 'Heb je niet gehoord wat ik zei?'

'Ik heb je wel gehoord. Ik geloof je alleen niet.'

Een uur later kwam Hayden. Ik deed de deur open en trok hem naar binnen. We zeiden niets. Hij drukte zijn lippen op mijn blauwe plek en maakte de knoopjes van mijn bloesje los. Ik knielde neer en ontknoopte zijn veters. Toen ik opkeek, zag ik in zijn gezicht zo'n hongerige blik dat ik het bijna uitschreeuwde. We deden het rechtop tegen de muur, vlak achter de voordeur, allebei met onze kleren nog aan, en daarna gingen we naar de slaapkamer. Hij trok heel langzaam mijn kleren uit, keek naar me alsof ik een godswonder was en raakte me aan alsof ik breekbaar was. Urenlang lagen we op mijn bed, soms in innige omarming en soms staarden we alleen maar naar elkaar. Ik had het gevoel alsof ik diep in zijn wezen keek, naar iets wat mensen maar zelden te zien krijgen. Toen het licht buiten zachter begon te worden en we steeds minder zagen, stonden we op en douchten we, waarna we naar een tapasbar op enkele minuten van mijn appartement gingen. We bestelden aardappelkroketjes, milde groene pepers, kruidige bonensalade, punten van een dikke omelet en zoute kaas, en dat alles spoelden we weg met een karaf goedkope rode wijn. Ik had een lege maag en at gulzig met mijn vingers, en de wijn sloeg ik met grote teugen achterover.

Innig gearmd liepen we terug naar mijn appartement. Hij hield me dicht tegen zich aan. Het kon me niet schelen wat er verder zou gebeuren. Niets deed er nog toe. Alleen dit.

'Ik zou verdomme weleens willen weten waar Hayden uithangt.' Amos beende met zijn gitaar door de kamer. Hij had een rood hoofd, maar ik wist niet of het van de warmte of van kwaadheid was. 'De grap heeft nu lang genoeg geduurd.'

Het was die woensdagavond drukkend warm toen we voor de repetitie weer bij elkaar kwamen in het huis van de lankmoedige Liam. Liam was deze keer thuis, maar had zich teruggetrokken in zijn slaapkamer. Ik had de repetitie willen afzeggen, maar Joakim had er met klem op gewezen dat we nog geen twee weken verwijderd waren van 12 september en de bruiloft. We stonden er inderdaad belabberd voor, we waren absoluut niet klaar voor het optreden.

'Ik weet zeker dat hij wel komt opdagen,' zei ik. 'Hij is alleen een beetje laat.'

Guy keek nog eens op zijn horloge. 'Bijna een halfuur al.'

'Er is vast iets aan de hand,' zei Guy.

'Wat bedoel je?' Sonia klonk kalm en oprecht geïnteresseerd in wat hij te zeggen had.

'Heb jij iets van hem gehoord, Bonnie? Heeft hij nog gereageerd op je ingesproken bericht?'

'Nee.' Dat was in elk geval waar.

'Dat kan zo toch niet?'

'Je weet hoe dat gaat,' zei ik. 'Hij zal wel weg zijn met zijn band.'

'Hij is niet bij zijn band.' We draaiden ons allemaal naar Joakim en keken hem aan. 'Ik ben een paar dagen geleden naar een van hun optredens geweest. Hij was er niet. En ze hadden een waardeloze avond, dat kan ik jullie wel vertellen,' voegde hij er met enig genoegen aan toe. 'Zonder Hayden stellen ze niets voor.'

'Ik snap niet dat je niet ongeruster bent.' Sonia weer. Ik keek haar ongelovig aan. 'Ik bedoel, hoe lang is hij nou al zoek?'

'Pas een week,' zei ik. En toen, in de mist van mijn gedachten, begreep ik ineens waar Sonia op aanstuurde: mijn natuurlijke reactie zou er een van bezorgdheid hebben moeten zijn, en het was eigenaardig dat ik zo laconiek reageerde. 'Tja, dat is eigenlijk wel erg lang,' voegde ik eraan toe.

'Dat is het zeker, voor mensen die hun verantwoordelijkheid nemen!' Amos sprak met stemverheffing. Sonia legde een hand op zijn schouder, en ik zag dat hij kalmeerde. De spanning leek van hem af te vallen. Hij glimlachte dankbaar naar haar, ze glimlachte terug, en ik dacht: ze hebben iets met elkaar, en zo niet, dan zal het er snel van komen. En bovendien zou dat voor allebei goed zijn, Sonia zou in elk geval goed zijn voor Amos: ze zou zijn neiging tot ongebreideldheid inperken zonder zelf last te hebben van zijn prikkelbaarheid. Ze zou voor hem zorgen, want daar was ze goed in en daar hield ze van. Zo iemand was ik niet voor Amos geweest. En Hayden en ik waren in onze relatie geen van beiden ook maar enigszins rationeel of geduldig geweest. We waren samen recht op een muur afgestormd. Toch was hij mijn ex-vriend, de man met wie ik had gedacht misschien voor eeuwig het leven te zullen delen – of althans voor zolang eeuwig voor iemand als ik voorstelbaar was – en mijn beste vriend. Nu meer dan ooit. Mijn handlanger, met wie ik door een gedeeld geheim en schuldgevoel verbonden was. Ineens schoot het door me heen: zou ze het hem hebben verteld? Alsof ze mijn bezorgdheid aanvoelde, draaide Sonia haar hoofd en keek mijn kant op. Ze glimlachte even vertrouwelijk naar me.

'Waar Hayden ook is, we moeten maar doorgaan alsof hij niet meer komt,' zei ik. 'We kunnen het wel zonder hem. Joakim op de gitaar. De anderen moeten maar voor compensatie zorgen.'

'Nee,' zei Joakim. Hij keek me aan alsof hij bijna buiten zinnen was, en hij had een kleur van opwinding op zijn magere gezicht. 'We kunnen niet zonder hem doorgaan, alsof hij er niet toe doet.'

'Jo...' begon Guy sussend, alsof hij nog maar een kind was, maar Joakim draaide zich met een ruk om.

'Jij bent blij, hè? Hij heeft jou te kakken gezet en mij gestimuleerd voor mezelf de balans op te maken. En dat staat jou niet aan. Jij wilt helemaal niet dat hij terugkomt, hè?'

'Doe niet zo kinderachtig.' Maar Guy keek ontsteld, en er viel een pijnlijke, vervelende stilte in de kamer.

'Laten we eens naar het tweede nummer kijken,' zei ik opgewekt.

'Joakim heeft gelijk, we zouden eigenlijk iets moeten doen,' zei

Guy in een doorzichtige poging zijn kalmte te bewaren.

'Wat denk jij ervan?' Sonia keek naar Neal, die ineengezakt in een stoel zat. Hij had zijn handen voor zijn gezicht geslagen alsof hij vreselijke kiespijn had.

'Wat Bonnie al zei, dat we ervan uit moeten gaan dat hij niet meer komt en dat we zonder hem verder moeten.'

'Gelul,' zei Joakim. 'Stom gelul.'

'Joakim!'

'Hij zal wel gewoon weg zijn gegaan,' vervolgde Neal. Zijn stem klonk zacht en monotoon, en we moesten moeite doen om hem te verstaan. 'Zo'n man is het. Hij trekt mensen aan en dan laat hij ze vallen. Hij gebruikt ze en hij misbruikt ze. Laten we er een punt achter zetten, zodat we verder kunnen. Hayden is weg, hij is 'm gesmeerd. Oké?'

'Jij bent ook niet bepaald vrolijk, zeg,' zei Amos strijdbaar. 'Wat is er met je?'

'Tweede nummer, zei je, Bonnie?' vroeg Sonia.

'We zouden eens moeten gaan kijken waar hij woont,' zei Joakim.

'Hij heeft gelijk,' zei Sonia.

'Vind ik ook, ja,' dwong ik mezelf te zeggen, tegen mijn gevoel in. 'Misschien is er wel iets gebeurd.'

'Maar waar is dat dan? Ik dacht dat hij op het moment ergens op de etage van een vriend zat.'

'Bonnie weet het,' zei Amos behulpzaam. 'Het is het appartement van Liza. Bonnie heeft dat geregeld. Hayden zit daar nu zij op reis is, hè Bonnie?'

'Ja,' zei ik. 'Ik heb ook al geprobeerd hem daar te bellen. Er werd niet opgenomen.'

'Dan gaan we even kijken,' zei Joakim. Hij was niet van plan het op te geven. 'Wat is het adres?'

'Nu?'

'Wanneer anders?'

'We hebben geen sleutel,' wierp Sonia tegen. 'We kunnen daar toch niet de deur intrappen.'

'Nee, zeker niet,' beaamde ik. Ik had een sleutel aan mijn sleutelbos, de sleutelbos in mijn tas, op nog geen meter afstand. Ik was bijna bang dat het ding zo meteen alarmsignalen zou gaan afgeven.

'Waarom niet?' zei Joakim. 'Misschien is hij wel ziek.'

'Weet je wat?' Guy praatte tegen zijn zoon, kennelijk met de bedoeling iets goed te maken. 'Laten we dit nou eens verstandig aanpakken.' Hij keek mij aan. 'Liza heeft jou een sleutel gegeven, nietwaar?'

'Ja, en die heb ik aan Hayden gegeven.'

'Heeft ze nog gezegd of ze een sleutel bij de buren zou achterlaten of zo?'

'Eh, ik weet het eigenlijk niet meer.'

'Vast wel,' zei Joakim.

'Als we nou eens contact opnemen met Liza om te vragen of er iemand een reservesleutel heeft? Maar maak haar niet ongerust, zeg dat Hayden weg is en dat we de planten water moeten geven.'

'Contact met haar opnemen?' zei ik dommig.

'Stuur haar een sms,' zei Joakim.

'Ze zit helemaal aan de andere kant van de wereld. Ik wil niet dat ze zich zorgen maakt over haar appartement en zoekgeraakte sleutels.'

'Wat gaan we dan doen?'

Ik haalde diep adem en zei wat ik ook gezegd zou hebben als ik niet Haydens lijk in een vloerkleed het appartement uit had gesleept.

'We moeten daar langsgaan en kijken of alles in orde is.'

'Precies!' Joakim stond als eerste overeind en was al bijna op weg naar de deur.

'Na de repetitie, Joakim,' zei ik, en hij ging weer zitten.

'Laten we nu gaan oefenen. Tweede nummer.'

Sonia had een prachtige stem, ongeschoold en verre van volmaakt, maar wel krachtig, een beetje hees en met een klaaglijke ondertoon, die goed bij deze muziek paste. Ze bezat een bepaalde uitstraling, een kwaliteit waarmee ze ook klassen van dertig pubers bij de les hield als het over scheikundige formules ging. Ze zong over haar beminde. Neal slaagde er nauwelijks in wijs te houden, Joakim speelde onstuimig en Guy raakte de maat kwijt, maar

Sonia slaagde erin de band bij elkaar te houden, alsof de muziek het enige was wat haar bezighield.

'Heel goed,' zei ik toen het afgelopen was. 'Dat was tot nu toe het beste.'

'Zullen we dan maar?' zei Joakim, terwijl hij zijn viool opborg en de sluitinkjes dichtsloeg.

'Oké.' Ik probeerde een onbezorgde indruk te maken. 'Stel nooit uit tot morgen...'

ERVOOR

'Ik heb Liza gesproken, en je kunt hier de komende weken blijven op voorwaarde dat je haar planten water geeft,' zei ik tegen Hayden.

'Prima.'

'Echt haar planten water geven, bedoel ik. Elke dag. Zorg dat ze niet doodgaan. Ze is er erg aan gehecht. Het zijn een soort kinderen voor haar.'

'Oké.'

'En maak niet zo'n vreselijke rommel.'

'Je klinkt nou net als een moeder.'

'Alleen omdat jij wel een kind lijkt.'

'Is dat zo?'

'Ja. Hier is de sleutel.' Hij stak hem in zijn zak. 'Ze heeft er ook nog een bij de bovenbuurman achtergelaten.'

'Kon hij de planten geen water geven?'

'Nee, ze vertrouwt het hem niet toe. Wil je hier niet blijven?'

'Natuurlijk wel. Het is fantastisch. Ik zal de planten water geven en stofzuigen, en voordat ik wegga zal ik nog een cadeautje voor haar kopen ook.'

ERNA

'Raar weggetje,' zei Guy toen we het laantje in sloegen dat naar Liza's appartement voerde. 'Net alsof ze het vergeten zijn. Ze zouden hier best een paar flats kunnen neerzetten.'

'Daar is Liza nou juist bang voor,' zei ik. 'Er staan hier maar een paar huizen, en deze garage.' De garage was verlaten, de luiken waren dicht en het ijzeren uithangbord zwaaide heen en weer aan zijn hengsels. Het was bijna negen uur, en het licht begon al zwakker te worden, waardoor zelfs het struikgewas er een beetje spookachtig uitzag en het wat armoedige laantje bijna iets schilderachtigs kreeg. 'Het is daar aan het einde, het huis dat met de achterkant naar de spoorweg staat.'

Ik kon nauwelijks geloven dat ik daar nu weer aan de voordeur stond. Ik belde aan en wachtte.

'Hij doet dus niet open,' zei Joakim. 'Druk eens op de andere bel.'

Met tegenzin drukte ik erop, en ik deed een schietgebedje dat er niet opengedaan zou worden.

'Volgens mij is er niemand,' zei ik na een paar seconden.

'Even wachten.' Joakim drukte een paar keer flink hard op de bel, alsof die daardoor harder zou klinken. 'Ik geloof dat ik iemand hoor.'

En jawel, we hoorden voetstappen snel op de deur af komen.

De jongeman die opendeed had een donkere huid, droeg een enorme bril en had zijn haar in een pony gekamd. Ik had hem wel eerder gezien, maar hij leek zich mij niet te herinneren.

'Hallo,' zei ik. 'Sorry dat we je lastigvallen.'

'Wat is er?'

'Ik ben een vriendin van Liza.'

'Liza is er niet.'

'Dat weet ik.'

'Heb je een sleutel van haar appartement?' Joakim onderbrak me ongeduldig.

De jongeman verplaatste zijn blik van mij naar hem. 'Pardon?'

'We moeten dringend het appartement in. Heb je een sleutel?'

'Als ik die had, waarom zou ik jullie er dan in laten?'

'Heb je er een?'

'Mijn zoon drukt zich wat ongelukkig uit,' zei Guy. 'Een vriend van ons woont zolang in het appartement, en we maken ons zorgen om hem. We wilden even kijken of alles in orde is met hem.'

'Een vriend van jullie?'

'Hayden,' zei Joakim. 'Hayden Booth. Misschien is hij wel ziek en heeft hij hulp nodig. Hij neemt de telefoon niet op en komt niet naar onze repetities. Je moet ons erin laten.'

'Hebt u een sleutel?' vroeg Guy.

'Hoe moet ik weten dat jullie zijn wie jullie zeggen te zijn?'

'Mijn naam is Guy Siegel,' zei Guy lachwekkend gewichtigdoenerig. 'Ik ben advocaat.'

'Advocaat? Wat heeft hij gedaan, die vriend van jullie?'

'Nee, dat is alleen mijn beroep. We willen gewoon nagaan of alles in orde is.'

'Bonnie hier is een vriendin van Liza,' zei Joakim.

'O, jij bent Bonnie? Zeg dat dan meteen.'

'Sorry?'

'Liza had jou gevraagd haar planten water te geven. Dat heeft ze mij verteld. Je wist dus al dat ik een sleutel had.'

'O ja?'

'Ze zei dat ze het jou had verteld.'

'O. Nou, dat was ik dan blijkbaar vergeten.'

'Mogen we dan nu de sleutel?' Joakim stond zowat te trappelen van ongeduld, alsof Haydens redding geen uitstel verdroeg.

'Natuurlijk. Wacht even.' Hij rende naar boven en kwam bijna meteen weer terug. 'Kijk eens. Krijg ik hem wel terug voor jullie weggaan?'

Maar Joakim was nog niet klaar met hem.

'Heb je Hayden de laatste tijd nog gezien?'

'Ik weet het niet. Is hij weg dan? Een paar dagen geleden was hij er in elk geval nog wel. Volgens mij heeft zijn vriendin bij hem gelogeerd.'

'Ik wist niet dat hij een vriendin had. Wist jij dat, Bonnie?'

'Laten we maar even gaan kijken,' zei ik, en ik liep vast naar de deur van Liza's appartement, zodat ze niet zouden zien wat een kleur ik kreeg.

'Wanneer was dat?' vroeg Joakim, die nog bleef staan.

'Even denken. Vijf dagen geleden? Een week? Langer? Ik weet het niet. Ik heb er niet goed op gelet.' Er trok een bezorgde blik over zijn gezicht.

'Prima. Bedankt voor je hulp,' zei ik. 'Kom mee, jullie tweeën.'

Ik stak de sleutel in het slot, duwde de deur open en liep naar binnen. Even verwachtte ik, net als de vorige keer, Haydens rottende lijk op de vloer te zien liggen, met een plas bloed om zijn hoofd, een arm uitgestrekt en zijn vingers gekromd. Een brandend gevoel in mijn borst maakte het ademhalen pijnlijk.

'Hallo,' riep Guy, terwijl hij achter mij de kamer inkwam. 'Hallo? Hayden? Ben je hier?'

'Hayden,' echode Joakim. 'Hallo.'

Ik kon mezelf er niet toe brengen zijn naam te roepen. Na alles wat ik had gedaan zou dit slechts getuigen van een onbeduidende hypocrisie, maar ik kon het gewoon niet. Ik wachtte af, of deed in elk geval alsof.

'Er is hier niemand,' zei ik.

'Laten we dan maar eens rondkijken,' zei Guy.

'Waarom eigenlijk?' zei ik, en op het moment dat ik dat zei, zag ik iets.

'Misschien heeft hij iets achtergelaten waaruit we kunnen afleiden waar hij naartoe is gegaan, zodat we hem kunnen opbellen en hem de huid vol schelden.'

'Wat?' zei ik dommig. Ik had niet goed geregistreerd wat hij zei, want daar bij de muur, alsof het de gewoonste zaak van de wereld was, hing mijn lichtgrijze katoenen jack over een stoel. Ik werd ineens overvallen door een soort waanzin. Zo moest krankzinnigheid zijn – niets sluit nog bij elkaar aan, er is geen scheiding meer tussen oorzaak en gevolg, tussen binnenwereld en buitenwereld. Het was voor mij een volstrekt raadsel wat er gebeurde. Mijn eigendommen die hier in het appartement hadden gelegen werden bij me thuisbezorgd, en nu troffen we hier dit voor mij belastende kledingstuk aan. Wie deed me dit aan? Wat was de bedoeling? Pas na een paar seconden drong het tot me door dat ik zelf degene was die het jack hier had achtergelaten. Ik dwong mezelf me te concentreren, en ik kon me duidelijk herinneren dat ik het jack had uitgetrokken voordat ik Sonia ging helpen met opruimen. En toen kon ik me ook herinneren – als het tenminste mogelijk is je het ontbreken van iets te herinneren – dat ik het jack niet had aangetrokken toen we weggingen. Of liever gezegd: ik kon me niet herinneren dat ik het wél had aangetrokken. In elk geval had ik het de rest van die nacht niet aan gehad. En toch was ik sinds die afschuwelijke avond nog een keer hier in het appartement geweest en had ik het niet gezien. Vroeg ik erom om tegen de lamp te lopen?

Zonder te weten dat de hele situatie hier eigenlijk een decor was dat door Sonia en mij was gecreëerd, liepen Guy en Joakim door het appartement. Guy pakte de post die achter de deur lag en bekeek die argwanend.

'Hier zit niks voor hem bij,' zei hij.

'Volgens mij is hij niet het type man dat veel post krijgt,' zei Joakim.

'Iedereen krijgt post,' zei Guy.

Ik wilde iets zeggen, maar kon niets bedenken wat normaal en neutraal was.

'Ik krijg geen post,' zei Joakim.

'Ik heb het over volwassenen – maar misschien moeten we Hayden niet beschouwen als een volwassene.'

Ik moest mezelf dwingen om niet te kijken. In plaats daarvan deed ik alsof ik de voorwerpen bekeek die ik zelf zo had neergezet.

'De keuken,' zei ik plotseling.

'Wat?' vroeg Guy.

'Denken jullie niet dat we daar eens moeten kijken?' zei ik. 'Mensen houden daar lijstjes bij. Lijstjes van dingen die gedaan moeten worden. En die hangen ze met magneetjes aan de koelkast.'

Het klonk ongelooflijk zwak, en Guy keek weifelend. Ik besloot mijn toon wat luchtiger te maken. 'Dan kijken we gelijk even wat hij in de koelkast heeft staan.'

Zelfs het gebruik van de tegenwoordige tijd kostte me moeite – 'heeft', en niet 'had'. Wat Joakim en Guy betrof was Hayden op dit moment gewoon elders iets anders aan het doen. Hij stond misschien wel net op het punt hier binnen te komen lopen. Zij konden zich nog aan hem ergeren of zich door hem in de war gebracht voelen, en dat kun je niet meer als je weet dat iemand dood is. Je kunt hem of haar dan nog wel haten of liefhebben, je kunt om zo iemand rouwen, maar je kunt je niet meer ergeren of je aan hem of haar storen. Guy leek heel erg geïrriteerd, en hij liep in zichzelf te mompelen terwijl hij met enige tegenzin op weg ging naar de keuken. Joakim liep achter hem aan, waarschijnlijk uit belangstelling voor wat hij in de koelkast zou aantreffen.

Ik liep de kamer door en griste het jack van de stoel. In paniek keek ik om me heen. Ik had geen tas bij me, en ik kon niet helder nadenken. Ik kon niet besluiten of ik door te proberen het jack ergens te verstoppen nu wel of niet iets doms deed en een groot risico nam. Ik hoorde geluiden uit de keuken. Omdat ik niks anders wist te bedenken trok ik het jack maar aan. Ik hoorde de stemmen luider worden. Ze kwamen terug. Het kwam nu op de eerste paar seconden aan. Ik had weleens gehoord van experimenten om te testen of mensen wel of niet iets registreerden. Als je afgeleid was, was het soms verbazend wat je niet opviel. Op de schoorsteenmantel stond een slanke, zwarte vaas. Hij zag er sierlijk, duur en breekbaar uit. Ik pakte hem op, en terwijl ze de kamer weer in kwamen, liet ik hem vallen. Op de stenen voor de open haard viel hij in stukken uit elkaar.

'Shit,' zei ik.

Ze snelden allebei toe.

'Wat was dat in godsnaam?' vroeg Guy.

'Het was een vaas,' zei ik. 'O god, wat onhandig. Ik schaam me dood.'

Guy keek me aan met een boosaardige grijns.

'Geeft niks. Als we de scherven opruimen, kunnen we er zonder bezwaar Hayden de schuld van geven.'

'Wat gemeen van je.'

Ze maakten zich vrolijk over mijn onhandigheid terwijl ze samen op zoek gingen naar stoffer en blik en de scherven opveegden. Ze zeiden geen woord over het jack. De afleidingsmanoeuvre had gewerkt. Maar het kwam natuurlijk ook doordat het mannen waren. Als Sally erbij was geweest, zouden zelfs honderd kapotvallende vazen haar er niet van hebben kunnen weerhouden te vragen waar dat jack ineens vandaan was gekomen.

'En, zijn we klaar?' vroeg ik, toen de scherven van wat waarschijnlijk een erfstuk van Liza was geweest in een oude boodschappentas waren gestopt.

'Volgens mij wel,' zei Joakim somber, met een blik op zijn vader.

Guy reageerde niet. Hij stond met een teleurgesteld gezicht nog om zich heen te kijken. Toen ik nadacht over wat ik had gedaan en wat ik bijna had laten gebeuren, begon ik me onpasselijk te voelen. Sonia en ik hadden dingen anders neergezet in het appartement, we hadden meubels verschoven, bewijsmateriaal verwijderd, en ik had gewoon mijn jack over de rugleuning van een stoel laten hangen, waar iedereen het had kunnen vinden. Als ik daar al toe in staat was, wat was er verder dan niet allemaal aan mijn aandacht ontsnapt? Er moesten zoveel dingen veranderd, verschoven, verzonnen en verborgen worden, en ik hoefde maar één ding verkeerd te doen. Het was een kwestie van concentratie, maar hoe moest ik het aanpakken, wilde ik erachter komen wat ik had vergeten of over het hoofd gezien? Zo zou het de rest van mijn leven blijven, tenzij het misging en alles aan het licht kwam. Het vooruitzicht ontmaskerd te worden had ineens bijna iets rustgevends.

'Jullie hebben in de keuken niks gevonden?' vroeg ik, terwijl ik probeerde de spanning in mijn stem te onderdrukken.

'Weet je wat zo grappig is?' zei Guy.

'Nee,' zei ik. 'Wat dan?'

'Het kenmerkende van Hayden is dat hij zo'n ongetemde, spontane muzikant is, hè? Hij komt onverwachts niet opdagen op een repetitie, zonder de moeite te nemen ons op de hoogte te brengen, en wij moeten kennelijk zelf maar bedenken dat hij de stad uit is, weer op tournee is of een optreden heeft dat hij niet kon afzeggen.'

'Ik weet het niet.'

'Heeft hij echt hier gewoond?'

'Hoe bedoel je?'

'Natuurlijk wel. Er staat een koffer in de hoek die duidelijk van hem is, en ik heb tussen Liza's kleren in de kast ook een paar overhemden van hem zien hangen. In de koelkast staan een paar biertjes, die me ook van hem lijken. Maar verder ziet het er hier niet naar uit dat er net een rock-'n-roller is vertrokken. Er staat geen geschifte melk in de koelkast en er slingeren nergens vuile overhemden of oude kranten rond.'

Ik dwong mezelf om niet te reageren. Ik concentreerde me op het reguleren van mijn ademhaling. Waar wilde hij heen?

'Weet je wat ik denk?'

Ik vertrouwde het mezelf niet toe iets te zeggen en schudde alleen mijn hoofd.

'Ik geloof helemaal niet dat dit zo plotseling was. Ik denk dat hij lang van tevoren van plan was om weg te gaan. En dat hij het ons niet heeft verteld, is gewoon zijn manier om nog eens zijn middelvinger naar ons op te steken.'

'Pa,' begon Joakim, op boze, protesterende toon.

'Hij vond ons een stelletje amateurs en dat wilde hij ons eens goed inwrijven. Is dat niet precies zijn manier van doen?'

Ik keek naar de gekwetste, teleurgestelde Joakim.

'Het zou kunnen,' zei ik.

'Er is één manier om daar achter te komen,' zei Guy.

'Hoe dan?'

Hij antwoordde niet, maar begon in de laden van het tafeltje te rommelen.

'Wat ben je aan het doen?'

'Ik ben op zoek naar iets,' zei hij geheimzinnig.

'Naar wat?'

'Nou, waar is zijn paspoort, bijvoorbeeld?'

'Wat moet je met zijn paspoort?'

'Niks. Ik wil alleen weten of het hier ligt, want als dat niet het geval is, heeft hij het meegenomen, en als hij het heeft meegenomen, betekent het dat hij ergens naartoe is. Einde verhaal. Waar zou hij het anders hebben moeten bewaren?'

Ik bleef Guy volgen terwijl hij laden opentrok, tussen papieren keek en zelfs de zakken van Haydens jasjes en broeken naging.

'Geen paspoort,' zei hij triomfantelijk tegen Joakim. 'Geen paspoort, geen portefeuille, geen telefoon. Accepteer het, hij is ervandoor.'

'Dat zou hij nooit doen.'

'En...' vervolgde Guy, terwijl hij naar de badkamer liep, 'geen tandenborstel en geen scheerapparaat. Hij is weg, jongen.' Zijn uitdrukking werd wat milder toen hij zag hoe aangedaan Joakim was. 'Sorry,' zei hij.

'Het spijt je helemaal niet. Je bent er blij om. Je vond dat hij een slechte invloed op me had.'

'We waren het niet met elkaar eens, maar ik vind het jammer dat het op deze manier is geëindigd,' zei Guy. 'Ik weet hoe jij over hem dacht.' Hij legde een hand op Joakims schouder, maar Joakim rukte zich los en rende bijna de huiskamer weer in.

'We moeten maar gaan,' zei ik, terwijl ik achter hem aan liep. 'Hij komt hier niet meer terug.'

'Hij heeft zijn gitaar laten staan,' zei Joakim ineens, en hij wees naar de gitaar, die in de koffer tegen de bank stond.

'Is dat de zijne?' vroeg ik dommig.

'Die zou hij nooit achtergelaten hebben. Hij was gek op dat ding.'

Joakim knielde neer, opende de koffer en haalde de gitaar tevoorschijn. Hij staarde naar het versplinterde instrument en de gebroken snaren, waar hij voorzichtig zijn vingers overheen liet gaan, alsof het een ding van vlees en bloed was en hij het zo kon genezen.

'Hij is vernield,' zei hij ten slotte. 'Wie heeft dat gedaan?'

'Hijzelf, natuurlijk,' zei Guy. 'Wie anders?'

'Nee. Je snapt het niet. Dat zou net zoiets zijn als iemand van wie je houdt in elkaar slaan.'

'O ja? Dat gebeurt anders om de haverklap.'

'We moeten weg,' herhaalde ik mijn aansporing. Mijn huid tintelde van angst. Ik had het gevoel dat ik geen minuut langer in dit huis kon blijven, dat als we niet gauw weggingen, ik iets afschuwelijks zou doen of zeggen.

Ik trok de deur achter ons dicht, en we gingen de trap op om de sleutel af te geven.

'En, nog wat gevonden?' vroeg de bovenbuurman.

'Het lijkt erop dat hij vertrokken is.'

'Het zal wel niet belangrijk zijn, maar ik heb laatst wel vreemde geluiden gehoord uit het appartement.'

'O?'

'Ik weet alleen niet meer wanneer. Ik dacht dat hij en zijn vriendin het wel zouden zijn.'

'Dat zal ook wel.'

Overdag schraapte ik behang van de muur, sprak ik af met vrienden, zat ik in het park naar mijn muziek te luisteren en ging ik winkelen. 's Nachts lag ik in het donker bij Hayden, terwijl de koplampen van de auto's lichtbanen trokken over het plafond van de slaapkamer waar we ineengestrengeld van elkaar lagen te genieten. Het waren verschillende werelden, waartussen blijkbaar geen verband was. Als ik wezenloos en met een gevoel van onwerkelijkheid in de spiegel keek, herkende ik mezelf bijna niet. Soms maakte dat me bang, maar niet bang genoeg om ermee op te houden.

'Ik was bijna iets begonnen met Neal.'

Ik zat bij Sonia in de auto; ze reed me naar het huis van haar zus in een dorp in Hertfordshire, waar we zouden gaan lunchen en vervolgens aardbeien plukken bij een zelf-pluk-boerderij in de buurt. Het was Sonia's idee – dit was iets waar ik zelf nooit op zou komen. Ze zei dat ze dit jaar voor al haar vrienden jam ging maken.

'Ik weet het,' zei ze.

'Je weet het?'

'Ik dacht het al.'

'Was het zo duidelijk?'

'Ja. Voor mij tenminste wel. Zoals hij naar je keek, je met zijn ogen volgde. En waarom heb je het niet gedaan?'

'Ik had er geen goed gevoel over,' zei ik. Ik wilde met Sonia praten, maar zonder het over Hayden te hebben; ik wilde het aan haar kwijt, maar zonder het haar te vertellen; ik wilde goede raad van haar, maar zonder dat ze zou weten waarin ze me adviseerde.

'Hij is aardig.'

'Té aardig misschien. Te gretig. Hij is zo'n man die je vraagt om te komen helpen als je thuis een klusje te doen hebt.'

'Is dat dan zo erg?'

'Je weet wel wat ik bedoel.'

'Je bedoelt dat je een kant hebt die op mannen valt die niet aardig, gevoelig, respectvol en zachtmoedig zijn zoals Neal?'

'Maar zo wil ik niet zijn.' Het was makkelijker om zo'n soort gesprek te voeren in de auto, terwijl we allebei onze blik voor ons op de weg gericht hielden. 'Waarom is het zo moeilijk om hierover te praten?'

'Komt het alleen door Neal dat je hierover begint?'

'Min of meer.' Ik staarde uit het zijraampje naar de heggen, de landerijen en de koeien, die vredig bij elkaar aan het hek stonden. 'Mijn vader sloeg vroeger mijn moeder, heb ik je dat ooit verteld?' Ik wist dat ik het niet had verteld – ik vertelde het nooit aan iemand. Alleen al door het uit te spreken werd ik een beetje duizelig.

Sonia keek me even van opzij aan. Ik voelde mijn al vager wordende blauwe plek steken en kreeg het er warm van.

'Nee, dat heb je nooit verteld,' zei ze zacht. 'Maar ik ben blij dat je het nu doet.'

'Ik zeg tegen jou dingen waarvan ik dacht dat ik ze nooit zou kunnen uitspreken.'

'Dank je.' Ze klonk serieus en geruststellend.

'Je vertelt het niet verder, hè?'

'Dat hoef je niet eens te vragen.'

'Ook niet aan Amos?'

'Ook niet aan Amos. Het is jouw geheim, dus als je wilt dat een ander het weet, moet jij het zelf vertellen, en niet ik.'

'Ja.'

'Dus je bent bang dat oude patronen zich gaan herhalen?'

'Ik denk het, ja.'

'Maar gebeurt dat ook?'

'Misschien.' Ik dacht aan zijn vuist in mijn gezicht. 'Ik wil het niet.'

'Toch geloof ik niet dat jij het onderdanige type bent,' zei ze. 'Eigenlijk zou ik zelfs zeggen dat jij degene bent die doorgaans bepaalt wat er gebeurt.'

Nu was het mijn beurt om haar aan te kijken.

'Heb je het met Amos over mij gehad?'

'Nee.'

'Sonia?'

'Hij zegt weleens iets over je, natuurlijk. Jullie zijn lang bij elkaar geweest. Jij bent zijn verleden – het is voor hem onmogelijk om het daar met mij niet over te hebben. Dat begrijp je vast wel. Maar ja, het is wel vreemd, natuurlijk, omdat we vriendinnen zijn.'

'Jij en Amos...' Ik zweeg en wachtte totdat zij het zou overnemen, en toen ze dat niet deed, maakte ik het af en zei: 'Zijn jullie nu echt samen?'

'Vind je het vervelend?'

'Waarom zou ik het vervelend vinden?'

'We hoeven er niet omheen te draaien. Amos en ik...' Nu was het haar beurt om te zwijgen.

'Als jij en Amos samen iets hebben, ben ik heel blij voor jullie.' Was ik dat echt? Het was niet dat ik Amos voor mezelf wilde hebben, maar het had iets vreemds dat een van mijn beste vriendinnen een relatie had met mijn ex met wie ik jaren had samengewoond. Het had bijna iets incestueus.

'En dat meen je echt?'

'Echt,' zei ik, haar sceptische blik trotserend. 'Ik ben er blij om. Jullie moeten alleen niet met elkaar over mij praten, dat is alles. Ik bedoel, ga je gang maar – natuurlijk doen jullie dat. Zeg het alleen niet tegen me.'

Aan het einde van de straat waar Sally woonde stopte ik.

'Ik ga eerst. Jij wacht een paar minuten.'

'Waarom?'

'Zodat niemand het weet.'

'Wat weet?'

Ik glimlachte naar hem en kuste hem op zijn mond. 'Niks.'

Ze zaten allemaal te wachten.

'Waar was je nou?' vroeg Amos. 'Jij bent wel de bandleidster, hoor.'

'Zoals jij het zegt, is het net alsof we een stelletje padvinders zijn.'

'Waar is Hayden?' vroeg Joakim.

'Hou nou eens op over Hayden,' zei Guy in een plotselinge uitval. Zijn hals was vuurrood.

'Maar wat...'

'Hou er gewoon over op.'

Sally kwam met een taart de keuken uit gestormd. Ze had iets met haar haar gedaan en had lippenstift op. Toen ze in mijn buurt kwam, rook ik haar parfum.

'Waar is Hayden?' vroeg ze.

'Hier ben ik,' zei Hayden, terwijl hij de kamer in kwam. 'Hallo, allemaal. Zaten jullie op mij te wachten? Sally, wat zie je er vandaag leuk uit. Nee maar, hallo Bonnie!' Hij deed overdreven verbaasd. 'Hoe is het met jou?' Grijnzend kleedde hij me uit met zijn ogen, waar iedereen bij was.

'Laten we maar beginnen,' zei ik, terwijl ik me van hem afkeerde. Neal keek naar Hayden en toen naar mij. Het was alsof ik er regelrecht getuige van was hoe het tot hem doordrong – als vergif. Hij wist het nu. En toen we elkaar aankeken, zag ik dat hij zich realiseerde dat ik dat had gezien.

'Wie wil er taart?' vroeg Sally opgewekt. 'Koffie met walnoot. Jij, Bonnie?'

'Nu even niet.'

'Ik wil wel,' zei Hayden. Hij pakte een groot stuk en terwijl iedereen toekeek, stak hij de helft ervan in zijn mond, kauwde en slikte het door. Hij likte zijn vingers af.

'Neal?'

'Nee.' Zijn stem klonk zacht en vermoeid. Ik keek de andere kant op om zijn gezicht niet te hoeven zien, maar ik voelde dat zijn blik op mij gericht was.

'Wat heb jij aan je gezicht?' vroeg Amos.

'O, niks,' zei ik luchthartig.

'Had je haar tegenstander moeten zien,' zei Neal. Het was als grapje bedoeld, maar het klonk te hard, te ruw. Er viel een stilte.

'Ik ben tegen de rand van het bad gevallen,' zei ik. 'Het doet al bijna geen pijn meer.'

'Het is helemaal geel.'

'Dank je.'

'Zullen we beginnen?' Joakim stemde zijn viool. De pure, hoge tonen bleven in de kamer hangen.

'Klaar, Sonia?' vroeg ik.

Ze knikte en hield haar armen langs haar zij, met de handpalmen iets naar buiten gedraaid – de houding van een zangeres.

'Sonia zal ons laten horen hoe "It Had to Be You" gezongen hoort te worden,' zei ik.

'Ze heeft een stem die klinkt naar rook en fluweel,' zei Hayden.

'Goh, wat aardig van je, Hayden,' zei Sonia ironisch.

'Heel sexy.'

Ik voelde dat bij Amos, die in de hoek zat, alle stekels overeind gingen staan. Het was benauwd in de kamer. Door het raam zag ik Richard en Lola in de tuin. Hij was de rozen aan het snoeien en zij zat op de grond met een aandachtige blik naar de aarde te turen. Het was koel en helder daar, een wereld van verschil vergeleken met de warme, bedompte lucht hier binnen. Het zweet stond in mijn handen, en ik voelde de druppeltjes over mijn borst naar beneden lopen. Ik wilde het liefst ver weg zijn, ergens waar het groen en vredig was, zonder kibbelende mensen in de buurt.

'Ik tel tot drie,' zei ik. 'We gaan eens wat Billie Holiday laten horen.'

ERNA

Vlak naast me ging keihard de telefoon, zodat ik met een ruk uit mijn overbevolkte dromen werd gewekt. Nog maar half wakker stak ik mijn hand uit, tastte naar de telefoon en hield hem tegen mijn oor.

'Ja?' zei ik.

'Bonnie, met mij. Sally.'

'Hoe laat is het?'

'Iets voor zevenen.'

'Wat is er? Toch niets met Lola?'

'Ik heb de politie gebeld.'

'Waarom?'

'Ik heb gezegd dat ik Hayden als vermist wil opgeven.'

'Waarom?'

'Omdat hij vermist ís.'

Ik probeerde helder na te denken en dwong mezelf te reageren zoals iemand normaal gesproken zou reageren.

'Niet vermist op de manier dat je er de politie voor moet bellen, Sally. We zijn in zijn appartement geweest. Hij is waarschijnlijk gewoon vertrokken.'

'Ik heb het al gedaan. Ik kan het nu niet meer terugdraaien. Ga je met me mee, alsjeblieft?'

Ik kon geen overtuigend excuus bedenken om het niet te doen. Het kon ook wel nuttig zijn om te horen wat Sally had te zeggen. Toen ik had neergelegd, probeerde ik na te denken. Het was alsof mijn hersenen doordraaiden, als autowielen die nutteloos rondwentelen en almaar dieper in de modder wegzinken. Sally wilde naar de politie gaan. Wat betekende dat? Zouden ze een onderzoek instellen naar Haydens verdwijning of haar bezorgdheid afdoen als hysterisch gedrag van een verliefde vrouw? Zouden ze willen praten? Met ons? Met mij? En wat zou ik zeggen? Zouden ze naar het appartement gaan en een sporenonderzoek doen? Als ik mijn jack daar had achtergelaten, zomaar over de rug van een stoel, wat had ik dan nog meer over het hoofd gezien, vergeten, laten slingeren, veronachtzaamd? Zaten overal mijn vingerafdrukken op? Had Hayden misschien met anderen over ons gepraat? Ik dacht dat ik alles onder controle had, maar realiseerde me ineens dat ik mezelf maar wat wijsmaakte. Er zouden aanwijzingen aan het licht komen die ik me niet eens kon voorstellen. Eén enkele haar was al voldoende om achter de tralies terecht te komen. Mijn haren zaten op zijn hoofdkussen, mijn zweet op zijn handdoeken en lakens, mijn vingerafdrukken op zijn kopjes en glazen, op een beveiligingscamera stonden videobeelden van mij. Misschien was er op het moment dat we Haydens lijk in het donkere water van het spaarbekken hadden laten zakken wel een lens op ons gericht geweest. Je blijft nergens onopgemerkt. Iemand die ik nooit eerder had gezien zou naar beelden van mij wijzen en zeggen: 'Zij daar. Ja, zij is het. Zonder enige twijfel.'

Ik moest me niet zo opwinden. Wat konden ze doen? Zolang Sonia maar niets zei, konden ze me niets maken. Maar kon ik Sonia wel vertrouwen? Ja toch? Ze was mijn vriendin. En trouwens, ze kon het niet aan iemand vertellen zonder ook zichzelf verdacht te maken. Maar er was nog iemand anders die iets wist. Degene die mij mijn schoudertas toegestuurd had. Mijn schoudertas met al mijn spullen die ik in het appartement had achtergelaten en het kettinkje van Sally. Wat betekende dat? Er was iets gaande, en ik wist niet wat. Ik voelde me belaagd, in alle hoeken en gaten lagen vervelende verrassingen op de loer.

Ik trok een spijkerbroek en een gestreept truitje aan. Ik zag er androgyn en onvolgroeid uit, als een jongen vlak voordat hij in de fase van de jeugdpuistjes terechtkomt, of als zo'n lappenpop met vlassig haar en slappe beentjes. Ik tuurde in de spiegel naar mezelf. Wat had Hayden in me gezien, die keren dat hij me met zo'n intense blik had bekeken, wie had hij toen gezien? Waarom had hij zo naar me verlangd?

Ik dronk twee koppen zwarte koffie en strooide cornflakes in een kom, maar ontdekte toen dat de melk zuur was. Ik had ineens een enorme honger, maar in de kast stond alleen een blikje maïs. Ik maakte het open en nam er een paar grote lepels van, maar als ontbijt was het niet zo geslaagd, en bovendien was ik misselijk, ondanks mijn honger.

Toen Sally kwam, bleek ze zich aangekleed te hebben alsof ze naar een sollicitatiegesprek moest – een zwarte broek die haar te strak zat, een getailleerd jasje en een witte bloes. Ze had haar haar opgestoken en droeg gouden oorknopjes.

'Wat zie jij er netjes uit!'

Ze trok een gezicht. 'Je zult me wel een halvegare vinden.'

'Helemaal niet. Kom binnen. Je kunt koffie krijgen, maar zonder melk, of thee, ook zonder melk.'

'Koffie, alsjeblieft.'

We gingen aan mijn tafeltje zitten, en ze begon te ratelen over een gebroken nacht, maar ineens zweeg ze. Toen ze me aankeek, welden de tranen op in haar ogen.

'Dit is een schijnvertoning. Je weet het, hè?'

'Wat weet ik?' Natuurlijk wist ik het, maar het weten was iets anders dan het horen uitspreken.

'Van Hayden.'

'Vertel het eens,' zei ik, en ik moest moeite doen om mijn stem in bedwang te houden. Ik voelde hoe mijn gelaatsuitdrukking zich verhardde tot een karikatuur van wat die normaal was.

'Daarom ben ik naar de politie gegaan. Hij kan niet zomaar verdwenen zijn. Dat kan ik niet geloven. Dat zou hij nooit doen. Hij zou er iets over tegen me hebben gezegd, dat weet ik zeker.' Maar ze had een vragende intonatie in haar woorden gelegd, en ze lachte door haar tranen heen. 'Ik ben niet goed te volgen, hè? Sorry. Het is ook zo… Ik ben helemaal in de war, als je het echt weten wilt. Heb jij een zakdoekje bij de hand?'

Ik liep naar de wc en kwam terug met een rol toiletpapier, die ik haar aanreikte.

'Ik had het je al eerder willen vertellen. Ik wist dat je me er niet om zou veroordelen. Maar ik... ik schaamde me zo. En ik was ook zo gelukkig. Voor het eerst sinds tijden had ik weer het gevoel dat ik leefde. Hij gaf me het gevoel dat ik leefde.'

'Hayden, bedoel je?'

'Ja. Sorry. We hadden... iets met elkaar. Misschien wist je het al, toen al, bedoel ik? Ik dacht dat het wel duidelijk was.'

'Pas toen met dat kettinkje.'

'Weet je wat het is? Hij was zo aardig voor me. Stom woord eigenlijk. "Aardig" is geen woord dat bij iemand als hij past. Vanaf het allereerste moment dat ik hem ontmoette, gaf hij me het gevoel dat ik bijzonder was, alsof hij zag wie ik echt was – niet Sally de huisvrouw of Sally de moeder, maar degene die ik werkelijk ben. Hij zei dat ik beeldschoon was. Weet je hoe lang het geleden is dat iemand dat tegen me heeft gezegd? Weet je, als je een kind hebt, raak je zelf buiten beeld. Richard gaat 's morgens naar zijn werk en komt 's avonds thuis, en dan is hij moe en ben ik moe en praten we eigenlijk nergens over, behalve over dingen die geregeld moeten worden, en ik kan me niet eens meer herinneren wanneer we voor het laatst gevrijd hebben. En al mijn vriendinnen staan in het volle leven – ook jij, Bonnie, maar jij kunt er niks aan doen, hoor. Jullie worden verliefd, jullie hebben lol, jullie werken en verdienen geld, en ik heb het gevoel dat dat voor mij allemaal voorbij is. Ik zit in een dip, ik loop rond met vet haar, kleren met vlekken erop en wallen onder mijn ogen, en plotseling komt er zo'n man die me weer het gevoel geeft dat er iemand naar me verlangt. Snap je wat ik bedoel?'

'Ja.' Maar ik wilde er niet over nadenken of me hen samen voorstellen. Ik zou gek worden als ik daaraan dacht.

'Ik hou van Lola en zou haar niet willen missen. En ik hou ook van Richard. In zekere zin. Maar we leven eigenlijk langs elkaar heen. En dan is daar ineens Hayden – je weet hoe hij is.'

Ik maakte een onbestemd geluid, en hoewel ik me al gejaagd voelde door te veel cafeïne nam ik een slok van mijn koffie.

'Hij at de taarten die ik maakte, hij dronk de thee die ik voor hem zette en hij zei dat ik een knappe vrouw was, dat ik er mooi uitzag. Hij lachte om wat ik zei, hij speelde met Lola zodat ik even mijn handen vrij had en hij vroeg me dingen over mezelf alsof hij die echt wilde weten. Het was alsof ik weer een tiener was, weet je wel, met vlinders in mijn buik. Voordat ik hem ontmoette, wilde ik alleen maar de hele tijd slapen. Ik was zo moe dat ik wel dagen achter elkaar had kunnen slapen zonder dat er aan mijn vermoeidheid een einde kwam. En ineens was ik vol energie, het spatte eraf!'

'Dus jullie hadden een verhouding.' Mijn stem klonk zo droog als een hoop dorre bladeren.

'Zo kun je het eigenlijk niet noemen.' Sally's stem klonk onvast. 'Dan lijkt het heel wat. Het was uiteindelijk maar twee keer. En toen leek het ook niet alsof het afgelopen was – hij glimlachte nog naar me, hij raakte me nog aan en behandelde me nog alsof ik iets bijzonders was, maar hij deed er niets meer mee.'

'Wanneer was dit allemaal?' Ik wilde weten of het in dezelfde tijd was geweest.

Maar Sally gaf geen antwoord. In plaats daarvan zei ze ernstig: 'Ik geloof dat hij een beschadigd mens is. Hij moet ooit gekwetst zijn, en nu is hij... nou ja, ik neem het hem niet kwalijk. Ik denk dat ik wel echt iets voor hem betekend heb. Ik weet het zeker. Dat moet wel. Misschien is hij gestopt omdat hij mijn huwelijk niet in gevaar wilde brengen.' Ze maakte een geluid dat het midden hield tussen slikken en hikken en streek weer met haar hand over haar ogen. 'Ik dacht dat ik hem kon helpen, hem liefde kon geven en een beter gevoel over zichzelf. Niet lachen.'

'Dat deed ik niet. En Richard?'

'Of hij het weet, bedoel je? Ik was doodsbang dat hij erachter zou komen. Ik dacht dat er vast wel iemand zou zijn die vermoedde hoe het zat en die het tegen hem zou zeggen of zo... Maar het rare is dat ik het zelf heb verraden. Ik heb het zelf verteld. Gewoon gezegd. Het ging zo beroerd tussen ons, hij voelde wel dat er iets niet klopte en zei vreselijke dingen over Hayden, hij noemde hem een... nou ja, laat dat maar zitten. Hij vermoedde dus wel iets, daarom wilde hij ook niet dat de band nog bij ons thuis repeteerde. Hij had alleen niet gedacht dat ik hem ontrouw was. Hij zag me niet meer als een seksueel wezen, dus ik denk dat hij zich daarom ook niet kon voorstellen dat een ander me wel zo zag. En misschien wilde ik hem ook wel kwetsen, wilde ik hem losrukken uit zijn onverschilligheid. Of misschien dacht ik wel dat hij weer oog voor me zou krijgen als ik het hem vertelde.' Ze lachte hard. 'Nou, dat was zeker zo.'

'Hoe reageerde hij?'

Ze huiverde. 'Laten we het erop houden dat hij het niet kalm opnam. Hij zei steeds maar dat hij niet begreep hoe ik Lola zoiets kon aandoen. Mijn god, ik deed Lola toch niets aan? Ik hou van Lola, en ik zou haar nooit pijn doen, en als ik dacht... Maar waar het om gaat, is dat hij niet helemaal blind is, Richard. Hij weet – half bewust misschien – dat het niet alleen mijn schuld was. Als het beter was gegaan tussen ons, zou het niet gebeurd zijn. Ik was zo eenzaam, Bonnie.'

Ik legde mijn hand op de hare. 'Je had het me eerder moeten vertellen.'

'Jij lijkt altijd alles onder controle te hebben. Jij zou nooit een man hebben die je behandelde alsof je er alleen maar was om het huis schoon te houden en eten klaar te maken. Jij zal nooit meemaken dat je iemand tegenkomt die een paar keer met je neukt en je dan in de steek laat zonder zelfs maar te zeggen dat hij weggaat.'

'Ja, zo lijkt het voor de buitenwereld,' zei ik. 'Maar voor mij voelt dat niet zo.'

'Wat er met Hayden is voorgevallen was erg belangrijk voor mij, en ook voor Richard. Misschien is ons huwelijk er zelfs door kapotgemaakt, hoewel we dat volgens mij geen van beiden willen. Maar ik heb nu het idee dat het voor Hayden misschien niks betekende. Dat ik gewoon een van de velen was. Hij zal me wel gauw vergeten – misschien is hij me nu al vergeten.'

Alles wat ze zei kwam me bekend voor. In zekere zin was haar verhaal ook het mijne – behalve dan dat ze nu probeerde weer bij haar man terug te komen, op haar schreden terugkeerde en weer wilde opvatten wat ze had laten liggen voordat ze Hayden ontmoette. Maar ik had een grens overschreden en bevond me op vreemd terrein, vanwaar geen terugkeer mogelijk was. Mijn oude leven zoals het was geweest voordat Hayden me in zijn armen sloot en me kuste leek ver weg – mooi, maar onbereikbaar en met de zachte glans van wat onherroepelijk verloren is. En niet alleen mijn oude leven was verloren gegaan, ook mijn oude ik. Ik kon nooit meer de vrouw zijn die ik was geweest, dacht ik. Ik had iets gedaan wat niet opgebiecht kon worden en waarvoor geen vergiffenis bestond.

'We moeten eens goed praten over wat er is gebeurd,' zei ik. 'En over hoe het nu verder moet met jou en Richard. Maar jij gaat zo meteen naar het politiebureau, dus vertel me eens waarom je hem als vermist hebt opgegeven.'

'Ik werd bang.'

'Bang?'

'Het klinkt stom. Ik weet wel dat hij gewoon zijn eigen leven weer heeft opgepakt. Ik geloof niet dat hij weet wat continuïteit is, zoals jij en ik. Het is bij hem het ene moment dit en het volgende moment weer wat anders, zonder dat er verband tussen bestaat. Ik denk trouwens dat hij, zelfs toen hij met mij was, ook nog iemand anders had, al heeft hij dat nooit gezegd. Dat gevoel had ik gewoon. Ik denk ook dat hij daarom na die tweede keer niet meer teruggekomen is. Maar ik heb zitten denken… over iets wat hij een keer tegen me heeft gezegd.'

'Wat dan?'

'Dat hij een waardeloze man was. Dat ik niks moest beginnen met iemand als hij.'

'Zei hij dat?' Letterlijk hetzelfde als wat hij tegen mij had gezegd, en wat ik vervolgens tegen Neal had gezegd.

'Ja.'

'Denk je dat hij zelfmoord gepleegd zou kunnen hebben?'

'Nee! Ja. Ik weet het niet; ik denk niet dat hij het echt zou doen, maar toen ik eenmaal op dat idee gekomen was, kon ik het niet meer van me afzetten. Ik wilde naar hem toe – ik heb hem op zijn mobiel gebeld en op zijn vaste telefoon, en toen ben ik langsgegaan op het adres waar hij logeerde en heb ik aangebeld. Ik was ervan overtuigd dat hij er was, dat hij wist dat ik het was die aanbelde en dat hij me niet wilde zien. Het was afschuwelijk.'

Nee, ik was daar, dacht ik bij mezelf – met Sonia en met Haydens lijk. We hoorden je en hoopten dat je snel weg zou gaan. Ik rilde bij de herinnering.

'En?' zei ik, bij wijze van aansporing.

'Ik heb gisteren tegen Richard gezegd dat ik het bij de politie zou gaan aangeven, en dat leek zelfs hem wel verstandig.' Ze keek me aan met roodomrande ogen. 'Heb ik daar goed aan gedaan, Bonnie?'

'Je hebt gedaan wat je moest doen.'

'Ik realiseer me nu dat ik in feite niks van hem weet. Ik weet niet waar hij is opgegroeid, wie zijn ouders zijn, wie zijn vrienden zijn, niets.'

Ik wist ook niet veel. Stukjes en beetjes, losse informatie die hij weleens had laten vallen. Hij had een keer gezegd dat hij van olifanten hield, omdat die bij het lopen nooit geluid maakten, maar alles heel stil en voorzichtig deden, en dat ze rouwden als er één van hun kudde doodging, en toen ik hem vroeg hoe hij dat wist, vertelde hij dat hij ooit een tijdje in Afrika was geweest. Het beeld van Hayden die in een wildpark door een verrekijker naar olifanten en leeuwen stond te kijken was zo idioot dat ik erom had moeten lachen. En hij had het natuurlijk ook over vrouwen gehad – dat was een felle, die was knettergek – maar nooit noemde hij een naam of gaf hij specifieke bijzonderheden. Hij had over hen gepraat alsof ze niet meer dan fantasieën, dromen of mythen waren. En hij had verteld over bands, festivals, losse optredens in obscure kroegen, maar zonder er data of plaatsen bij te vermelden. Ik wist dat hij ergens in het zuidwesten van Engeland was opgegroeid, dat zijn vader een hopeloos geval was geweest en zijn moeder een trieste vrouw, dat hij een hekel had gehad aan school, waar die school dan ook gestaan mocht hebben. Ik vroeg me af of dat de reden was dat vrouwen zo gek op hem waren. Hij had altijd de indruk gewekt alsof hij uit het niets was opgedoken, en hij had een air om zich heen gehad van mysterie en gekwetstheid. We hadden het raadsel dat hij was geweest willen oplossen, hem willen genezen van zichzelf. Even zag ik zijn door woede vertrokken gezicht en zijn opgeheven vuist voor me. Stom, stom, stom.

'Ik ben zo blij dat je het nu weet,' zei Sally.

'Ik ook.' Maar wat wist zij? Vermoedde ze het? Dat moest toch haast wel? En waarom vroeg ze me niet hoe ik aan dat kettinkje was gekomen? 'Ik ga met je mee naar de politie.'

Want wat kon ik anders? Dit was Sally, mijn geheime rivaal, mijn onwetende informant, mijn oudste vriendin.

ERVOOR

'Sally heeft gebeld; ze zei dat we niet meer bij haar thuis kunnen repeteren,' riep ik naar de badkamer.

'Balen.' Hayden zat in bad. Hij zat er al ongeveer een uur. Om de zoveel tijd trok hij de stop eruit om er wat water uit te laten lopen, waarna hij de warme kraan even opendraaide. Ik zag hem nauwelijks door de wolken stoom.

'Zo te horen was ze erg van streek. Ik denk dat Richard er genoeg van had.'

Hij stak zijn grote teen boven water en draaide aan de kraan. 'Er zal wel een andere plek te vinden zijn.'

ERNA

Zo had ik me het politiebureau niet voorgesteld. Het – althans het deel waar ze ons toelieten – had meer weg van een derderangs bankfiliaal. De agent die ons te woord stond, zat achter een loket met kunststof tralies. Je kon je voorstellen dat hier regelmatig vreemde types binnenkwamen, mensen die stemmen hoorden of met een wapen zwaaiden, die hun recht wilden halen of wraak eisten of iets anders dat misschien niet helemaal begrijpelijk was. Zelfs de politie moest beschermd worden.

De agent werd geheel in beslag genomen door het formulier dat hij aan het invullen was en keek nauwelijks op toen Sally iets zei. Zijn gezicht vertoonde rimpels van concentratie, en zijn kalende schedel glansde van de inspanning die het werk hem kostte. Toen Sally zei dat ze kwam om een vermissing aan te geven, keek hij met een ruk op, maar toen ze vervolgens omslachtig begon te vertellen wat er gebeurd was en waarom het zo belangrijk was, verslapte zijn aandacht zichtbaar.

'Moeten we een verklaring afleggen of zoiets?' vroeg Sally.

'Wanneer hebt u hem voor het laatst gezien?' vroeg de agent.

'Negen dagen geleden,' zei Sally. Ze keek mij aan. 'Wanneer hebben wij hem nog gezien, Bonnie?'

'De achttiende, geloof ik. Of zoiets.'

'Van deze maand?' vroeg de agent.

'Ja,' zei Sally. 'Tien dagen geleden. Bijna. Hij is gewoon verdwenen, zonder een woord te zeggen. Er is hem iets overkomen. Ik weet het zeker.'

De agent tikte een paar keer met zijn pen op zijn bureau, maar schreef niets op.

'We gaan niet weg voordat u een onderzoek begint,' zei Sally.

De agent keek mij aan. Ik trok een gezicht waarvan ik hoopte dat het uitdrukte dat ik Sally wel steunde, maar niet al te nadrukkelijk.

'Neemt u daar even plaats, alstublieft,' zei de agent. 'Dan stuur ik iemand om u te woord te staan.'

We gingen op een houten bank tegen de muur zitten en keken naar de affiches die ons op onze rechten wezen en adviseerden onze deuren af te sluiten en onze waardevolle bezittingen te markeren. Voortdurend kwamen er mensen binnen om aan het loket aangifte te doen van vandalisme of kleine criminaliteit of om er hun soms onbegrijpelijke grieven te uiten. Het was alsof de mensen gewoon hun verhaal kwijt wilden, zonder dat het duidelijk was of ze nu behoefte hadden aan een politieman, een arts, een priester of gewoon maar iemand die bereid was naar hen te luisteren. Soms maakte de agent een notitie, maar wat hij voornamelijk deed was geduldig knikken en iets mompelen wat wij, aan de andere kant van de wachtruimte, niet konden verstaan.

Na een hele tijd klonk er een zoemer. De gepantserde deur ging open, en een vrouw in politie-uniform kwam naar buiten en ging naast ons zitten. Ze stelde zich voor als Becky Horton ('u mag wel Becky zeggen') en zei dat ze begrepen had dat wij ons zorgen maakten.

'Zorgen?' zei Sally boos, en ze begon opnieuw met haar verhaal, maar zweeg ineens. 'Schrijft u helemaal niets op?'

De politieagente boog zich voorover en legde geruststellend een hand op Sally's arm.

'Vertelt u eerst eens waar u zich precies zorgen om maakt.'

Sally keek achterdochtig. 'Praat u nou als een therapeut? Wilt u me geruststellen of bent u van plan echt op zoek te gaan naar Hayden Booth?'

'We moeten eerst duidelijk hebben wat er gebeurd is,' zei Becky. Ze was meer Becky dan agent Horton. Ze was onze vriendin, leek de bedoeling. 'En dan beslissen we hoe we verder gaan.'

Sally vertelde dus haar verhaal van Haydens verschijnen en verdwijnen en zei dat ze ervan overtuigd was dat er iets ernstigs gebeurd moest zijn.

'Snapt u het dan niet?' zei ze, met een blik naar mij, op zoek naar bevestiging. 'Hij was aan het repeteren voor een concert binnenkort, en toen is hij ineens verdwenen, zonder een woord te zeggen, en niemand weet waar hij is of wat er met hem gebeurd is.'

'Hebt u pogingen gedaan om daar achter te komen?'

'Natuurlijk. Bonnie en een stel andere mensen zijn bij zijn appartement langs geweest om te kijken of hij er was.'

'En wat hebt u aangetroffen?' vroeg Becky met een blik op mij.

Ik voelde me ineens een acteur die het toneel op geduwd is. Niet alleen kende ik mijn tekst niet, ik had niet eens besloten welke rol ik zou moeten spelen. Het was van belang dat ik de indruk wekte loyaal te zijn aan Sally, dat ik het met haar eens was en dat ik haar steunde. Maar het was van groter belang, van veel groter belang, dat ik in die rol niet zó overtuigend was dat de politie daadwerkelijk een zoektocht naar Hayden op touw zou zetten. Ik had over dit alles van tevoren na moeten denken, maar daar was geen tijd voor geweest.

'Hij is niet verschenen op een repetitie, en we konden hem niet bereiken, dus toen zijn we bij zijn appartement langs geweest om te kijken of hij iets had achtergelaten waaruit zou blijken waar hij was.' Ik kreeg een ingeving. 'Als ik het over zijn appartement heb, bedoel ik niet letterlijk dat het van hem is. Hij was niet...' Ik corrigeerde mezelf. 'Hij is niet de eigenaar. Niet eens de huurder. Het is van een vriendin van me die met vakantie is, en hij logeerde daar tijdelijk.'

'En wat hebt u aangetroffen?'

'Niets, eigenlijk. Geen paspoort, geen mobiele telefoon en

geen portefeuille. We dachten dat hij die had meegenomen.'

'Ze hebben ontdekt dat zijn gitaar kapot was,' zei Sally. 'Vindt u dat niet verdacht? Hij is muzikant, en zijn enige gitaar is kapotgeslagen, terwijl hijzelf onvindbaar is.'

'Het is niet zijn enige gitaar,' zei ik.

'Nou, zijn favoriete gitaar dan.'

'Hebt u contact opgenomen met zijn werkgever?' vroeg Becky.

Ik gaf hier geen antwoord op. Ik liet het aan Sally over om haar eigen betoog te ondergraven.

'Hij heeft geen werkgever,' zei ze. 'Hij is muzikant.'

Becky leek hierdoor in de war gebracht.

'Wat voor muzikant? Heeft hij een band, treedt hij regelmatig ergens op?'

'Dat weet ik niet,' zei Sally. 'Ik geloof het niet.'

'Hoe lang zat hij al in... nou ja, waar hij nu woont.'

'Weet ik niet. Een paar weken,' zei Sally.

'En daarvóór?'

Sally had een rood hoofd gekregen. Ze was van de wijs gebracht.

'Dat weet ik niet. Weet jij het, Bonnie?'

'Nee,' zei ik. 'Voordat hij in Liza's appartement trok, kwam hij bij anderen over de vloer.'

'Over de vloer?'

'Nou ja, daar sliep hij dan op de bank of zo. En daarvóór speelde hij ergens buiten Londen, geloof ik. Ik weet niet waar.'

'Misschien is hij daar weer naartoe,' zei Becky.

'Nee, dat is hij niet,' zei Sally. 'Dat is gewoon niet zo. Dat weet ik zeker. Hij zou nooit zomaar weggaan. Hij zou het gezegd hebben. Luistert u eens, ik snap dit niet. Als er iemand een vermissing komt aangeven, is het dan niet uw werk om de vermiste op te sporen? Zo gaat het op tv – dan zie je rijen mensen een bos doorzoeken of in een meer dreggen.'

Toen Sally dit zei, voelde ik een steek door me heen gaan, alsof iemand me diep in mijn innerlijk had geraakt. Toen Becky weer wat zei, deed ze dat op rustige toon, als een moeder die een hysterisch kind kalmeert.

'Vermist zijn betekent niet altijd hetzelfde. Als een peuter een halfuur vermist is, slaan we alarm. Bij een volwassene ligt dat anders. Volwassenen hebben het recht om zomaar weg te gaan als ze dat willen. Dat kan heel kwellend zijn voor hun naasten. We krijgen hier soms afschuwelijke verhalen te horen van mannen die hun gezin zomaar in de steek laten. Maar tenzij we redenen hebben om aan te nemen dat er een misdrijf is gepleegd, kunnen we in zo'n geval niet veel uitrichten.'

'Maar daar is hier wel reden voor,' zei Sally. 'U hebt toch gehoord wat ik allemaal gezegd heb?'

'Deze man is een soort popmuzikant, klopt dat?'

'Zoiets, ja.'

'Ik weet er niet zoveel van, maar ik heb begrepen dat dit soort mensen vaak een onregelmatig leven leidt. Ze gaan op tournee, en dan ineens hebben ze weer een baantje – allemaal heel los.'

'Hij is niet zomaar weggegaan,' zei Sally. 'Hij is van de aardbodem verdwenen zonder een spoor achter te laten.'

Op Becky's gezicht lag nu een uitdrukking van lichte achterdocht.

'Had u misschien een relatie met deze man?'

Ik zag Sally bezorgd met haar ogen knipperen. Wat ging ze op het spel zetten?

'We waren vrienden,' zei ze.

Toen viel er een langdurige stilte. Ik zag dat Becky hierover nadacht en zich misschien afvroeg of ze ons maar niet gewoon weg zou sturen.

'Als u me uw adres geeft, zal ik of een collega bij u langskomen om nog eens met u te praten, en dan zullen we kijken of er een basis is voor verder onderzoek.'

'Dank u,' zei Sally. 'Dat is alles wat ik vraag.'

'En u moet maar bedenken dat het misschien niets te betekenen heeft,' zei Becky. 'Als u straks thuiskomt, zit hij daar waarschijnlijk al op u te wachten.'

Soms zit alles tegen en kun je daar niets aan veranderen. Omdat er geen tijd was om iets anders te regelen wat enigszins aanvaardbaar zou zijn, zou de volgende repetitie bij mij thuis plaatsvinden. De huiskamer was eigenlijk te klein voor ons allemaal, en ik zei van tevoren al dat we zo zachtjes mogelijk moesten spelen, omdat ik niet het risico wilde lopen ruzie te krijgen met mijn nieuwe buren.

Guy kwam niet opdagen, wat niet bepaald een ramp was. Er zou geen plaats zijn geweest voor hem en zijn drumstel, en hij zou te veel herrie hebben gemaakt. Ik was me zeer bewust van de aanwezigheid van Hayden. We waren pas vlak voordat de repetitie zou beginnen uit bed gekomen, en hoewel ik had gedoucht en me had gewassen en geboend, had ik het gevoel dat iedereen zijn geur aan mij zou kunnen ruiken. En dan die bezitterigheid van hem: hij bekeek al mijn spullen, pakte mijn boeken op en liet zijn kleren slingeren. Zo was hij natuurlijk overal waar hij kwam. Overal nam hij de hele ruimte om zich heen in beslag. Maar hij leek nu wel erg zijn stempel te drukken op mijn appartement. Dat kon iedereen zien.

Ik had overwogen hem te vragen naar buiten te gaan en dan aan te bellen, maar zo'n voorstel zou hij volstrekt niet begrepen hebben, of hij zou meteen iets hebben uitgehaald om mij voor gek te zetten. Toen ging de bel en kwam Joakim binnen. Hij had iets geagiteerds over zich. Voor een deel zou dat wel toe te schrijven zijn aan de opwinding om nu eens bij zijn voormalige lerares over de vloer te mogen komen, en hij was natuurlijk ook altijd wat gespannen als Hayden in de buurt was. Hoewel, niet meer dan ik op het moment.

Ik was niet erg blij met de aanwezigheid van Amos in mijn huis. Hij ging mijn boekenkast na om te zien of er boeken van hem bij stonden.

'We moeten nu eens definitief onze spullen verdelen,' zei hij.

'Dit lijkt me niet het geschikte moment,' zei ik.

Hij haalde zijn agenda tevoorschijn en opperde enkele data, totdat ik tegen hem uitviel en hij verontwaardigd reageerde. Het ergste van alles was het spelen. Ik weet niet waarom. Misschien lag het aan de beperkte ruimte of aan mijn vreemde, door Hayden geïnspireerde nervositeit en geagiteerdheid. Het was net als met het weer: als er storm op komst is, kun je zo'n onrustig gevoel krijgen en ernaar gaan verlangen – dan is het maar voorbij, denk je dan. Ook Sonia was niet op haar best. Ze had last van hooikoorts en was hees. Niet sexy hees, zoals Nina Simone, maar schor, en ze zong vals. Onopvallend liep ze naar de keuken om voor zichzelf iets warms te drinken te maken.

Ik wilde een nieuw nummer met hen uitproberen, 'Honky Tonk', waarvan ik dacht dat we de mensen er op een bruiloft wel mee aan het dansen konden krijgen, maar het ging niet. Neal had een rothumeur. In het nummer moest hij een soort arpeggiomotief spelen – het nummer stond of viel ermee – maar het lukte hem steeds niet. Drie keer achter elkaar begonnen we, maar elke keer ging de basgitaar de mist in en daarmee de hele uitvoering. De aanwezigen keken elkaar gegeneerd aan.

'Geeft niks,' zei ik. 'Misschien moeten we maar gewoon met iets anders verder gaan.'

'Nee,' zei Neal te hard. 'Ik kan het. Het ging uitstekend toen ik het gisteravond instudeerde. Kom op. Een, twee, drie...'

We begonnen, maar hielden al snel weer op, alsof we getuige waren geweest van een auto-ongeluk in slow motion. Je zou het bijna grappig kunnen noemen, maar dat was het helemaal niet. Ik hoorde Neal binnensmonds vloeken, en vervolgens ook buitensmonds. Hij begon in zijn eentje opnieuw, maar ook deze keer deed hij het verkeerd.

'Het spijt me,' zei hij. 'Ik ben het kwijt. Het wordt alleen maar erger, in plaats van beter.'

'Wacht maar even,' zei Hayden. Hij legde zijn gitaar neer, stond op en pakte die van Neal, die te verbaasd leek om iets te zeggen of überhaupt te reageren.

'Luister,' zei Hayden.

Hij speelde de baspartij, en die klonk meteen vloeiend en swingend, en ik moest er spontaan om glimlachen, wat ik echter snel onderdrukte, in de hoop dat Neal het niet had gezien. Hayden ging door met spelen alsof hij vergeten was dat wij er waren, en hij bracht hier en daar nog wat variaties aan waardoor het alleen nog maar beter klonk. Ineens leek hij zich te realiseren waar hij was en hield hij op. Hij gaf de basgitaar terug aan Neal.

'Zoiets dus,' zei hij.

Neals ogen glommen van woede. 'Waarom speel je het zelf niet?' zei hij.

'Dat zou ik wel willen, maar wat ga jij dan spelen?' zei Hayden. Onvergeeflijk.

Op Neals gezicht verscheen een uitdrukking van ongeloof en van grote woede.

'Dat klonk onaardiger dan het bedoeld was,' zei Hayden. 'Ik zou de baspartij eens voor je kunnen bekijken. Een beetje vereenvoudigen.'

Ik vroeg me af of Neal Hayden een klap zou geven of van woede spontaan zou ontploffen.

'Natuurlijk,' zei hij met verstikte stem. 'Dat zou mooi zijn.'

ERNA

Ik sliep die nacht heel diep en werd pas laat wakker, nog in de war van de laatste restanten van een droom die ik me niet kon herinneren. Ik staarde naar het vlekkerige plafond en bleef nog lang wakker liggen onder mijn dekbed, terwijl ik mezelf eraan herinnerde waar ik was. Het was een warme, windstille dag, de hemel was staalblauw en de zon voelde als een vlammenwerper. De bladeren aan de bomen voor mijn huis waren donker vuilgroen, en het gras op het pleintje verderop was geel gebleekt. Het zou niet meevallen om in deze hitte niet volkomen lusteloos te zijn. Het was eind augustus en de zomer liep op zijn einde. Toen ik mijn bed uitkwam om naar buiten te kijken, zag ik de hond van twee huizen verder languit in zijn voortuintje liggen, en in het huis tegenover mij stond een klein bloot meisje tegen het raam van de bovenste verdieping gedrukt, alsof haar roze lijfje aan het glas koelte kon ontlenen. Ik bedacht dat ik aan de gang moest met het verven van de badkamer of het afscheuren van het behang in mijn slaapkamer, die er met die losse repen al zo ontveld uitzag. Maar het was te warm. Ik zou hier niet moeten zijn, in dit benauwde appartementje, waar ik bij elk geluidje hartkloppingen en pijn in mijn buik kreeg. Ik had deze zomer weg moeten gaan, naar een Grieks eiland bijvoorbeeld. Even stelde ik me voor hoe ik daar in een boot zou zitten, met mijn voeten in helder, turkoois water en met op de achtergrond zo'n prachtig dorpje met witgekalkte huisjes. Ouzo drinken, dansen, wit zand onder je voeten, vrij zijn – niet hier zijn, niet gevangen zitten in wat ik gedaan had en stiekem pogingen doen om onder mijn leugens, halve waarheden en angsten uit te komen.

Toen er iemand van de politie belde en zei dat ze langs wilden komen om me te spreken, had ik de neiging alles op te geven en meteen maar via de telefoon een volledige bekentenis af te leggen. Het zou misschien een opluchting zijn geweest. Maar ik sprak af hen te ontvangen, hier in mijn appartement, om twee uur die middag. Ze zouden niet veel tijd nodig hebben, zei de agent.

Ik belde meteen Sonia op. Ik had haar niet meer echt gesproken sinds die verschrikkelijke avond. We hadden wel blikken gewisseld, elkaar bemoedigend op de schouder geklopt en geruststellend naar elkaar geglimlacht, maar we hadden geen woord gezegd over datgene wat we gedaan hadden. Dat lag tussen ons in als een diepe kloof. Ik zei dat we moesten praten.

'Niet nu,' zei ze. 'Ik sta op het punt om naar Amos te gaan.'

Ik vertelde dat Sally naar de politie was geweest.

'Ik weet het,' zei ze. 'Ze hebben mij ook gebeld, en Amos ook. Sally heeft onze namen genoemd. Maar het is vast niet meer dan een formaliteit.'

'We moeten zorgen dat ons verhaal klopt.'

'Bonnie.' Haar stem klonk nu afgemeten. 'We hebben geen verhaal. Hou het simpel en hou het kort.'

'Vind je niet dat we moeten afspreken wat we gaan zeggen?'

'Dat is niet nodig.'

Ik beende door het huis. Ik trok nog wat repen van de muur. Ik haalde de deur van een vaste kast die ik pas had willen weghalen als ik daarvoor het juiste gereedschap had gekocht – geen afgesloten kasten meer, had ik besloten, alleen open ruimtes om mijn kleren in neer te leggen en op te hangen. Ik dronk lauwe koffie en vond op internet goedkope hangsystemen, waarvan ik er drie bestelde, wat te veel was. Daar had ik helemaal geen ruimte voor. Ik ging na wat voor kleren ik in mijn kast had hangen en vroeg me af wat ik voor het gesprek met de politie aan zou trekken. Niets leek me geschikt. Wat was daar überhaupt geschikt voor? Ik studeerde vast in wat ik zou zeggen: 'Nee, ik wist eigenlijk niet veel van hem...'; 'Ja, ik heb voor hem dat appartement geregeld, om mijn vriendin een plezier te doen...'; 'Nee, hij heeft nooit gezegd dat hij zou vertrekken...'; 'Wanneer ik hem voor het laatst gezien heb? Even denken. Dat moet bij de laatste repetitie geweest zijn. Wilt u weten wanneer dat precies was...'; 'Volgens mij is hij gewoon weer eens verderop gaan kijken. Zo iemand was hij...' Ik moest een behulpzame indruk wekken, ironisch, niet echt bezorgd.

Ik werd in mijn overpeinzingen gestoord doordat de telefoon ging, wat me aan het schrikken maakte. Het was Neal.

'Hoi,' zei ik, en ik voelde rillingen van angst over mijn lichaam gaan. 'Alles goed met je?'

Er viel een stilte aan de andere kant van de lijn, en toen zei Neal: 'Wil je praten?'

'Nee. Nee, ik wil niet praten.'

'O, ik dacht misschien van wel.'

'Nee. Ik denk niet dat we daar wat aan zouden hebben. Maar als jij iets wilt zeggen, doe het dan. Hoewel, als iets eenmaal gezegd is, is het niet meer terug te draaien.'

'Jij hebt verdomme wel lef, hè, Bonnie Graham?'

'Gaat het je erom dat de politie ons wil spreken?'

'Natuurlijk gaat het me om de politie. Wat dacht jij dan?'

Ik dacht aan de raad die Sonia mij had gegeven.

'Hou het simpel. Dan komt het goed.'

'O ja, komt het dan goed? Is er niets waarvan je vindt dat ik het tegen hen moet zeggen – of juist niet moet zeggen?'

Ik zuchtte. 'Nee, Neal,' zei ik langzaam. 'Er is niets wat je van mij wel of niet moet zeggen.'

'Weet je dat heel zeker?'

'Ja.'

'Als je wilt dat ik...'

'Dank je, ik red me wel.'

Toen hij had opgehangen, voelde ik me wankel op mijn benen staan en trilden mijn handen zo dat het me eerst niet eens lukte de kraan open te draaien. Ik maakte mijn gezicht en hals nat en dronk twee glazen water. Toen ging ik aan de keukentafel zitten, legde mijn hoofd in mijn handen en wachtte op de dingen die komen gingen.

Becky Horton belde aan, met in haar gezelschap een politieman. Vanaf het eerste moment keek hij duidelijk verveeld, alsof het hem niet kort genoeg kon duren. Dat gaf me een goed gevoel. Koffie wilden ze niet.

'We zullen niet veel beslag leggen op uw tijd,' zei Becky bemoedigend.

'We hoeven ons vast geen zorgen te maken,' zei ik. 'Hij zal wel weer opduiken, in Newcastle of Cardiff of zo, waar hij waarschijnlijk in een of andere rare kroeg speelt.' Ik moest mijn mond houden. Zo meteen zou ik hun nog alles vertellen, al was het maar om de stilte te vullen.

'Hoezo Newcastle?' vroeg de politieman ineens geïnteresseerd.

'Ik noemde maar een willekeurige stad,' zei ik.

'Willekeurig?'

'Ik noemde ook Cardiff.'

Uiteindelijk zei ik hetzelfde wat ik de vorige dag in het gezelschap van Sally ook had gezegd: dat ik Hayden een dag of negen geleden voor het laatst had gezien, dat ik twee dagen geleden in zijn appartement had rondgekeken en de indruk had dat hij was vertrokken, dat ik geen idee had waarnaartoe, maar dat ik me niet echt zorgen maakte.

'Hoe goed kende u meneer Booth?' vroeg Becky.

'Niet goed. Ik heb hem bij toeval ontmoet. Hij speelde in onze band.'

'U ging niet vriendschappelijk met hem om?'

Ik zweeg even. Ik wilde niet op leugens betrapt worden.

'Alleen voor zover je dat doet als je samen in een band speelt,' zei ik. Dat kon van alles inhouden.

'Kende u vrienden van hem?'

'Nee,' zei ik.

Ik was niet dronken genoeg of zij waren te dronken, of allebei. Wat bij hen hilariteit teweegbracht leek mij helemaal niet grappig – zeker niet toen ze herinneringen begonnen op te halen aan alle plaatsen waar ze in de tijd dat ze rondtrokken de beest hadden uitgehangen. Nat en Ralph waren er – het tweetal dat ik eerder had gezien, die avond in The Long Fiddler – en nog een paar jongens met wie Hayden had gespeeld en op tournee was geweest.

'Weten jullie nog, toen we die prullenbak in de fik hadden gestoken?' zei Jan, ik geloof tenminste dat hij Jan heette – hij was lang, mager en slungelig en had blond haar en lichtblauwe ogen. Hij droeg laarzen met vastgekoekte modder eraan, die hij op Liza's mooie tafeltje had gelegd, tussen de bakjes van de Indiase afhaalmaaltijd.

'En dat we het vuur probeerden te doven met een fles whisky?' Dat was Mick, die een litteken over zijn lip en donkerrood haar had.

Er ging een bulderend gelach op. Jan wilde zijn blikje bier pakken, maar greep mis en gooide het om. Het bleef verderop op het vloerkleed liggen, en de lichtgekleurde vloeistof liep eruit en verspreidde zich, terwijl Jan een ander blikje pakte.

'Weten jullie nog, dat appartement in Dublin?' zei Ralph, waarmee hij een volgende golf hilariteit in de kamer veroorzaakte.

'En van die kakkerlakken die op ons neervielen toen we lagen te slapen?'

Ik raapte het blikje op en duwde Jans voeten van het tafeltje. Hij merkte het nauwelijks. Ik beende naar de keuken om een doekje te pakken. De verhalen over kotsen, drugs en lekkere wijven drongen ook daar tot me door, terwijl ik me als een zeurderige echtgenote met een chagrijnige blik zorgen stond te maken over de vlekken in het vloerkleed, de kringen op het tafeltje, de breekbare zwarte vaas op de schoorsteenmantel en Liza's dierbare spulletjes.

Toen ik de kamer weer in kwam, zat Hayden schokschouderend en met tranen in zijn ogen te giechelen als een puber. Ik had nog nooit een man zo mooi horen giechelen, hikkend en aanstekelijk. Hij had al een grote hoeveelheid bier en whisky achter de kiezen, en hij had iets los en slungeligs over zich.

'Ik denk dat ik maar eens ga,' zei ik toen zijn vrolijkheid bedaard was.

Hij pakte mijn pols. 'Ga nou niet weg.'

'Nee, ik moet echt gaan.'

'Alsjeblieft. Je kunt niet weg. De jongens gaan zo meteen.'

'O ja?' zei Nat.

'Bonnie?'

'Je nodigt ons uit, en je gooit ons eruit als je wat beters te doen hebt.' Dit zei Jan. Ik keek hem even aan, maar hij leek zich daar niets van aan te trekken.

'Nee, ik moet echt weg,' zei ik koeltjes.

'Let maar niet op hen. Het zijn hufters,' zei Hayden. Hij stond met enige moeite op, sloeg zijn armen om me heen en leunde tegen me aan. Ik voelde het gewicht en de warmte van zijn lijf en zijn adem tegen mijn wang. Er ging gejoel op in de kamer.

'Sodemieter op,' zei Hayden. Hij kuste me op mijn wang, maar ik deinsde achteruit. Ik voelde dat de stemming in de kamer in rap tempo omsloeg.

'Weten jullie nog van Hayden met die ouwe vrijster?' Mick probeerde de sfeer van dronkemansnostalgie weer op te roepen.

'En weten jullie nog van Hayden en dat geld dat vreemd genoeg ineens zoek was?' zei Jan. 'Dat was pas lachen.'

Hayden pakte mijn hand. Hij draaide mijn duimring langzaam rond en keek niet naar Jan, leek hem niet eens gehoord te hebben.

'Nu niet, jongen,' zei Mick zachtjes.

'Jij hebt makkelijk praten. Jij bent geen geld kwijtgeraakt. Jij hoeft niet zo'n kloteschuld af te betalen.'

Hayden bleef aan mijn ring frunniken.

'Heb je daar niks op te zeggen?'

Toen keek Hayden op, zo te zien ineens broodnuchter. In zijn stem klonk minachting. 'Wat wil je dat ik zeg? Als je op zoek bent naar zekerheid, moet je maar boekhouder worden. Je bent muzikant. Zeggen ze.'

'Nou, nou,' zei Mick.

'Ik word kotsmisselijk van je zelfmedelijden.' Hayden klonk akelig gemoedelijk. Hij legde zijn hand op Jans wang en liet die daar even rusten.

Jan kreeg vlekken in zijn gezicht van woede. 'Jij hebt dat voorschot – ons voorschot – in je zak gestoken en opgemaakt. Ik noem dat diefstal.'

'Ooit gehoord van onkosten?'

'Je bedoelt dat je het hebt opgezopen.'

Hayden haalde zijn schouders op. 'Ik heb gedaan wat het beste was voor de band,' zei hij. 'Zet je er eens overheen.'

'Wat? Dat jij mijn geld en mijn meisje hebt afgepikt? Moet ik me daar overheen zetten?'

'Bij mij heeft het goed gewerkt.'

Ik had de indruk dat Hayden om een pak slaag vroeg. Hij kwam in elk geval niet in beweging toen Jan door de kamer op hem af stormde, en toen Jans vuist hem in zijn maag trof, liet hij alleen een zacht waarderend gebrom horen. Ik pakte Jans arm, maar hij rukte zich los en sloeg nog twee keer op Hayden in, een keer op zijn hoofd, terwijl zijn vuist de tweede keer nogal onhandig in zijn nek belandde, waarna Mick en Nat hem wegtrokken. Hayden ging zitten en glimlachte naar me – een poeslieve glimlach was het, die me bang maakte. Hij had tranen in zijn ogen.

'En nou eruit,' zei ik tegen het viertal, waarna ze langs me heen schuifelden. Liza's appartement zag eruit als een slooppand. Ik keek Hayden aan en zei: 'Je bent een idioot.'

'Ja,' zei hij.

'Had jij dat geld gepikt?'

'Natuurlijk niet.'

'Maar je hebt het wel opgemaakt?'

'Het is opgegáán. Zoals dat gaat met geld.' Hij wreef over zijn gezicht, en toen hij zijn hand weghaalde, was zijn glimlach verdwenen en zag hij er alleen nog maar moe uit. 'Als je bedoelt dat ik een hopeloos geval ben: natuurlijk ben ik dat. Ik heb je meteen al gezegd dat je niks met mij moest beginnen.'

'En ik heb jou gezegd dat ik niks met je begon.'

'O nee?'

'Nee. Het is voor mij een vakantiescharrel.'

Hij lachte zacht.

'Dacht je dat?'

Ik werd met een schok wakker. Wat was er? Was er iemand in huis? Ik bleef een paar seconden liggen luisteren. Er reed een auto voorbij. Ik hoorde stemmen, maar van veraf, ergens op straat. Nee, dat was het niet. Het was iets in mijn droom geweest, maar niet alleen in de droom, het was iets belangrijks. Ineens doemde het vanuit het niets bij me op. De sleutel. De sleutel van Haydens auto. Waarom had ik die bewaard? Dat was ongelooflijk stom geweest. En dat ik hem op een slimme plek had verstopt, maakte het nog stommer. Als de politie mijn appartement zou doorzoeken en de sleutel gewoon ergens vond, zou ik altijd nog kunnen zeggen dat Hayden me tijdens onze verhouding de reservesleutel had gegeven – dat zou ik dan tenminste kunnen beweren. Maar als ze de sleutel onder in de suikerpot vonden, was er geen onschuldige verklaring mogelijk. En die zouden ze vinden. Ik had hem in paniek verstopt, en zij waren professionele speurders. Ze wisten waar idioten als ik dingen verstopten, en als ze het niet wisten, zouden ze hem evengoed wel vinden, want als ze iets wilden vinden, lieten ze geen steen op de andere. Niet dat het nou zo'n briljante bergplaats was, want stel je voor dat er hier iemand kwam die iets wilde doen waar veel suiker voor nodig was, zoals limonade maken of een taart bakken, en hij of zij die suikerpot zou leegmaken. Die zou dan de sleutel vinden. En het klonk stom, maar wat zou ik dan zeggen?

Ik stond op, rende naar de keuken en stak mijn hand in de suikerpot. Ineens dacht ik: stel je voor dat hij er niet in zit. Maar natuurlijk was hij er wel. Ik legde de sleutel op tafel en keek ernaar. Het was een talisman, een symbool van het contact dat ik met Hayden had gehad en van mijn schuld. Hij straalde bijna energie uit, zodat ik hem nauwelijks aan durfde te raken. Ik dacht er zo diep over na dat ik bijna duizelig werd. Wat me te doen stond was hem weggooien, samen met de sleutel van het appartement die ik nog had, op een plaats waar ze nooit gevonden zouden worden. Waarom in godsnaam had ik dat niet meteen gedaan? Ja, waarom niet? Ik probeerde de motieven na te gaan van die andere persoon, degene die ik toen was geweest, die de auto weg had gezet.

Er moest een reden voor zijn geweest, hoewel die voor mijzelf op dat moment niet duidelijk was geweest.

Ik dwong mezelf hierover na te denken, ook al was het iets uit het verleden en wilde ik niets liever dan dit maar vergeten. Ja, er was een reden geweest om de sleutel te bewaren. Als ik hem had weggegooid, zou ik daarmee mijn laatste kans hebben weggegooid om nog iets met de auto te doen. Als ik me later zou herinneren dat ik iets fout had gedaan, iets had laten liggen bijvoorbeeld, zou ik er niets meer aan hebben kunnen doen. Nu moest ik weer sterk denken aan de auto en de plaats waar hij stond. Was het echt zo'n goed idee geweest om hem daar achter te laten? Als de politie naar zijn auto zou gaan zoeken, zou de parkeerplaats van zo'n luchthaven dan niet een van de eerste plaatsen zijn om te gaan kijken? Ze hoefden dan ook niet al die duizenden auto's een voor een te controleren, maar konden waarschijnlijk volstaan met het intoetsen van het kenteken in een database om precies te kunnen zien wanneer de auto daar was aangekomen. Dan konden ze daaruit het moment van Haydens verdwijning afleiden en eventuele alibi's onderzoeken. Was het echt aannemelijk dat we in de auto geen enkel spoor hadden achtergelaten? Zelfs als het zo was, zouden ze aan de foto van onze aankomst op de parkeerplaats kunnen zien dat er een vrouw achter het stuur had gezeten. Er waren te veel zwakke punten. Ik dacht diep na, en met een gevoel van misselijkheid drong het ineens tot me door waar mijn gedachten me naartoe voerden. Ik was als iemand met last van hoogtevrees die zichzelf dwingt om langs een steile afgrond te lopen en zich zo ver mogelijk voorover te buigen en in de diepte te kijken.

Snel waste ik me en kleedde ik me aan, maar het was te vroeg om al de straat op te gaan. Ik moest wachten totdat de winkels open waren, en ik wilde pas naar de luchthaven gaan als er veel mensen op de been waren. Terwijl de sleutel voor me een gat in de tafel brandde dronk ik de ene kop koffie na de andere, en ik keek in het telefoonboek totdat ik had gevonden wat ik zocht. Ik scheurde een hoekje van een krant en schreef daar het adres op. Het was halfnegen toen ik ten slotte het appartement verliet. Eerst ging ik naar een pinautomaat en haalde driehonderd pond van mijn rekening. Ik stond nu tweehonderddertig pond rood –

hoe moest ik volgende week mijn hypotheek betalen en eten kopen? Ik liep de winkelstraat door totdat ik bij een winkel kwam die ik me vaag herinnerde maar waar ik nog nooit een voet binnen had gezet. Ze verkochten er rare kleren tegen ongelooflijk lage prijzen. Ik kocht er voor vijf pond een opzichtige kastanjebruine broek, voor twee pond een afschuwelijk sweatshirt met het opschrift SPALSBORO SPORTS CLUB en een afbeelding van een adelaar, en voor twee pond vijftig een paar katoenen handschoenen. Ik liep terug naar huis, trok alles aan en keek in de spiegel. Ik zag er vreemd uit. Arm. Maar het maakte niet uit hoe ik eruitzag. Het enige wat ik nodig had, was het geld en de sleutel.

Ik reisde per trein naar Stansted, met om me heen allemaal mensen met bagage die op vakantie gingen. Ik keek uit het raam naar de kanalen, de uitgestrekte bouwprojecten en het onbebouwde terrein dat ten slotte voor korte tijd overging in boerenland. Weer werd ik overvallen door paniek. Het kaartje van het parkeerterrein, wat hadden we daarmee gedaan? Ik wist bijna zeker dat we het in de auto hadden laten liggen. Ik dacht erover om Sonia op te bellen, maar besloot het niet te doen. Ik zou haar dan moeten zeggen wat ik van plan was, en dat wilde ik pas achteraf vertellen. Lag het in de auto? Wat ging ik doen als dat niet het geval was? Dan moest ik de auto maar gewoon laten staan, dan moesten we maar vasthouden aan het oude plan en zou ik me de rest van mijn leven zorgen moeten maken.

Toen ik bij het eindpunt aankwam en het busje naar de parkeerplaats wilde nemen, realiseerde ik me dat ik moest weten welke parkeerplaats ik moest hebben. Er waren er zesentwintig, voor elke letter een. Ik had daar wel eerder een auto geparkeerd, en ik had de letter altijd onthouden door hem te verbinden met iets wat ik kende, iemands naam, een plaatsnaam, de naam van een huisdier. Maar dat had ik deze keer niet gedaan. Ik had niet gedacht hier terug te zullen komen. In gedachten ging ik de letters van het alfabet langs. Ze leken allemaal zo neutraal. A, B, C, D, E, F, G… Ja, die was het. De G van God. De alwetende, de almachtige, die tot alles in staat was, maar die niet bestond. Althans, dat hoopte ik. Ik stapte in de bus.

Toen ik bij de auto kwam, vond ik het kaartje meteen in het

handschoenenkastje. Alles ging van een leien dakje. Ik moest bij het kantoor naar binnen om tachtig pond twintig af te rekenen, maar het meisje achter de balie keek me nauwelijks aan, en er was geen camera te zien toen ik naar de slagboom reed. Ze maken zich niet druk over je als je weggaat, zolang je maar betaald hebt.

Toen ik in Londen kwam sloeg ik af naar Walthamstow en ging op zoek naar het adres dat ik had opgeschreven. Het was perfect. De SupaShine 24/7 Car Cleaning Service was gevestigd in een pand dat vroeger een tankstation of een autoshowroom geweest moest zijn. Toen ik er naar binnen reed, zag ik een stel jongemannen in overall met waterslangen en sponzen aan het werk aan een rij auto's. Omdat ik er met mijn handschoenen aan krankzinnig uitzag, trok ik ze snel uit. Ik stapte uit, en meteen kwam er een extreem dikke man met een klembord naar me toe.

'Wilt u het standaardprogramma wassen en in de wax zetten?' vroeg hij.

'Wat zijn er nog meer voor mogelijkheden?'

Hij wees naar een bord aan de muur.

'Wat houdt "interieurverzorging" in?' vroeg ik.

Hij snoof. 'Stofzuigen en met shampoo behandelen van alle textiel, ook in de kofferbak. Alles wordt schoongemaakt, alle rommel verwijderd, ook uit de asbakjes.' Hij keek met een bedenkelijke blik naar de auto. Die was vreselijk smerig.

'En de buitenkant dan?' vroeg hij.

De buitenkant deed er niet zoveel toe, maar ik wilde niet dat hij zich mij zou herinneren, en hij zou waarschijnlijk nog nooit opdracht hebben gehad een auto alleen vanbinnen schoon te maken en niet vanbuiten.

'De buitenkant ook,' zei ik. 'Natuurlijk.'

De man liep naar de auto toe en bekeek Haydens krakkemikkige oude Rover met zijn roestende deurstijlen en gladde banden wat beter.

'Doorgaans vragen ze alleen voor bedrijfswagens het Executive-programma,' zei hij.

'Ik heb hem te leen,' zei ik. 'Ik heb beloofd hem te laten schoonmaken voordat ik hem terugbreng.'

'Dat wordt dan negentig pond,' zei hij schouderophalend.

'Een koopje,' zei ik, en ik telde het geld uit.

'Het duurt ongeveer een halfuur,' zei hij. 'We hebben een wachtkamer.'

'Ik red me wel,' zei ik.

Het volgende halfuur stond ik in het warme zonnetje in een buurt van Londen waar ik nog nooit was geweest en keek ik hoe de mannen deden wat Sonia en ik hadden moeten doen: elke vierkante centimeter boenen, stofzuigen en een verbazingwekkende hoeveelheid rommel verwijderen, waar in elk geval enige zaken bij moeten zijn geweest die wij – of waarschijnlijker ik – er per ongeluk in hadden laten liggen. En het kwam me helemaal goed uit dat ik de mannen met elkaar hoorde praten in een taal – of talen – die ik niet verstond. Ik kende dit soort bedrijven. Recent aangekomen immigranten, lage lonen, geen lastige vragen, hoge omzet. Niemand zou zich mij herinneren. Niemand zou hier trouwens nog werken tegen de tijd dat er mogelijk vragen gesteld zouden worden. Niemand zou zich de vrouw van de niet-bestaande Spalsboro Sports Club herinneren.

Ik trok mijn handschoenen weer aan en reed weg, maar al na een paar honderd meter sloeg ik links af, een drukke straat in met vervallen internetcafés, winkels waar ze goedkope paraplu's verkochten, groentewinkels met kisten vol mij onbekende soorten fruit, een sjofele zaak waar je dieren kon laten opzetten, een kapper, een winkel met kanaries, hamsters en parkieten in op elkaar gestapelde kooien in de etalage, een winkel in huishoudelijke artikelen. Het was een arme, overbevolkte buurt, uitstekend geschikt voor mijn doeleinden. Ik zette de auto neer achter een witte bestelauto die frisdrank aan het bezorgen was, keek of ik niks had laten liggen dat me in moeilijkheden zou kunnen brengen, zette de motor af maar liet de sleutel in het contactslot zitten, stapte uit en wandelde zo nonchalant mogelijk weg. Nu moest er iemand langskomen en de auto stelen. Lang kon dat niet duren.

Ik was van plan geweest meteen weer naar huis te gaan, maar ik merkte ineens dat ik zo moe was en zo duizelig, misschien door de honger maar misschien ook door de angst, dat ik nauwelijks mijn ene voet voor de andere kon zetten. Ik wankelde de straat door totdat ik bij een café kwam met twee tafeltjes bij het raam en een bar vol met donuts en gebakjes. Ik bestelde een kop thee en een bosbessenmuffin en ging aan een tafeltje zitten om die op te eten. De thee was lauw en had te lang getrokken, zodat ik hem met snelle, kleine slokjes moest opdrinken, en de muffin had betere tijden gekend. Hij voelde als zaagsel in mijn mond, maar toch was hij zoet, en ik voelde dat ik er weer energie van kreeg.

Buiten voor het raam ging het leven zijn gang. Er liepen vrouwen voorbij die peuters achter zich aan sleepten, kwekkende tieners, mannen in hun eentje, sommigen langzaam en anderen met snelle, doelgerichte passen. Veel auto's, die nauwelijks voortgang maakten door de verkeersopstopping. En motorfietsen en vrachtwagens. En – ik moest even met mijn ogen knipperen, maar een vergissing was uitgesloten – een takelwagen met een roestige, oude Rover erachter. Haydens Rover. De Rover die ik met de sleutel in het contactslot had achtergelaten. Hoe had dat kunnen gebeuren? Ze hadden nog geen halfuur nodig gehad om de auto weg slepen die ik had willen laten stelen. Had ik hem neergezet op een plek waar dat niet mocht? Nee toch zeker. Haydens auto werd nu door de verkeerspolitie weggesleept en niet, zoals mijn bedoeling was geweest, door een dief weggereden, die er, nadat hij er andere kentekenplaten op had gezet, verder in Londen mee rond zou rijden. Had ik nu de boel verpest? Maar toen dacht ik: misschien niet. Misschien was het toch een goede manier om de auto kwijt te raken. Of was het een ramp? Ik wist het niet en kon er ook niets meer aan veranderen. Daarvoor was het te laat.

Een uur later was ik weer thuis. Ik deed mijn rare kleren uit en trok weer normale aan, waarna ik een ommetje door Camden maakte en me bij vier verschillende afvalbakken ontdeed van de broek, het sweatshirt en de twee handschoenen. Toen belde ik met grote tegenzin Sonia op en zei dat ik haar moest spreken, dat het – inderdaad, ja – dringend was, maar dat ze zich nergens zorgen over hoefde te maken, en dat het – inderdaad, daar had ze gelijk in – een gesprek onder vier ogen moest worden, waarop zij de naam van een café verderop bij haar in de straat noemde. Toen ik haar daar trof, bestelde ik twee glazen wijn, waarna we buiten op de stoep in de zon gingen staan en ik haar alles vertelde wat ik had gedaan. Toen ik klaar was, bleef Sonia zwijgen.

'Nou?' zei ik.

'Idioot die je bent,' zei ze hardop.

'Sonia,' siste ik, om me heen kijkend. Aan een van de picknicktafels op het trottoir zat een stel, waarvan de man naar ons keek.

'Jij stomme, stomme idioot,' zei ze nog een keer, maar deze keer op woedende fluistertoon. 'Waar ben jij in godsnaam op uit?'

'Ik dacht dat het te riskant was om hem op de parkeerplaats te laten staan,' zei ik. 'We zouden sporen achtergelaten kunnen hebben. We hadden hem eerst moeten schoonmaken, om alle mogelijke aanwijzingen weg te wassen. We moeten sporen hebben achtergelaten. Vezels. Ik weet niet... iets in elk geval. En die zouden ze snel gevonden hebben als hij daar was blijven staan.'

'Hoe weet jij dat?' zei Sonia. Het leek haar moeite te kosten haar stem te dempen. 'Hoe kun jij dat nou weten?'

'Ze moeten een systeem hebben om een achtergelaten auto er na een paar weken tussenuit te halen,' zei ik. 'Anders krijgen ze op parkeerplaatsen van luchthavens steeds mensen die daar auto's dumpen.'

'En stel dat je onderweg pech had gekregen?' zei Sonia. 'Of een ongeluk? Of dat je geflitst bent omdat je te hard reed?'

'Het lijkt gek...'

'Dus je hebt Haydens auto gewoon in handen van de politie gespeeld? Was dat je plan?'

'Het was niet wat ik had bedacht, maar het is niet echt de politie,' zei ik. 'Er is wel vaker een auto van me weggesleept. Ze brengen ze naar een speciaal terrein.'

'Ja?' zei Sonia kwaad. 'En dan?'

'Daar heb ik over nagedacht. Ik neem aan dat hij daar dan gewoon blijft staan,' zei ik. 'Ze zullen de eigenaar wel een brief sturen, en dan nog een, maar omdat hij geen vast adres had, kan het ik weet niet hoe lang duren voordat ze erachter komen. En al bemoeit de politie zich er wel mee, wat dan nog? Wat is er voor verdachts aan? En nu zullen ze het niet in verband brengen met het tijdstip van Haydens verdwijning.'

Sonia nam een slokje wijn en vervolgens een grote teug.

'Er klopt iets niet,' zei ze. 'Er zijn vast opnamen van je op bewakingscamera's of zo.'

'Dit was de juiste beslissing,' zei ik.

'Overal hangen camera's. Weleens gehoord van de nachtwakerstaat?'

'Ja,' zei ik. 'Maar ik vond dat hij goed schoongemaakt moest worden. Dat heb ik in elk geval laten doen.'

'We hadden een plan,' zei Sonia. 'Ik heb dit niet eerder gezegd, maar ik wil het nu wel zeggen. Jij hebt mij hierbij betrokken. Ik heb jou geholpen, we hadden een plan. Je kunt niet zomaar midden in de nacht wakker worden, een ideetje bedenken en dan alles omgooien en mij pas achteraf op de hoogte brengen.'

'Ons plan was niet goed.'

'Dat was het wel. Of als het niet goed was, was het in elk geval niet zo verkeerd dat het teruggedraaid moest worden en er een ander plan bedacht moest worden dat ook niet goed is. Als ze de auto bij de luchthaven hadden gevonden, zouden ze gedacht hebben dat Hayden het land had verlaten. Wat zullen ze nu denken?'

'Ik weet het niet,' zei ik ongelukkig. 'Het doet er niet toe. Ze zullen waarschijnlijk helemaal niks denken. Volgens mij kan het niemand eigenlijk wat schelen, behalve ons.' En toen herinnerde ik me ineens dat mijn tas per post was thuisbezorgd en voelde ik weer een adrenalinestoot van angst door mijn lijf schieten. 'Bijna niemand.'

ERVOOR

'Mevrouw Graham! Mevrouw Graham! Ik ben geslaagd!'

Ik keek naar het papiertje en vervolgens naar haar. Ze grijnsde zo breed dat haar gezicht erdoor in tweeën werd gedeeld, en twee dikke tranen rolden over haar wangen. Ik sloeg mijn armen om haar heen en kuste haar.

'Fantastisch, Maud,' zei ik. 'En zeer verdiend.'

'Ik kan het niet geloven. Ik ben zo blij. Zo blij.' En weg was ze. Ze rende over het gras naar een stel meisjes die elkaar omhelsden en elkaar onder het slaken van gilletjes met hun mobieltjes fotografeerden. Ik keek om me heen naar alle jonge mensen – allemaal oud-leerlingen van me – die in groepjes of in hun eentje ofwel met een gespannen, bezorgd gezicht de school binnengingen, ofwel met een envelop in de hand naar buiten kwamen.

Ik heb een hekel aan de dagen waarop de examenresultaten bekend worden gemaakt. Al zijn er nog zoveel leerlingen met mooie cijfers, er zijn er altijd een paar bij wie alle hoop de bodem in wordt geslagen. De meesten zijn wel geslaagd, maar de leerlingen die te weinig hebben gedaan en van wie je vanaf hun eerste dag op school al wist dat ze het waarschijnlijk niet zouden halen, zijn eigenlijk komen opdraven voor een rituele openbare vernedering. Om me heen kijkend naar de verschillende groepjes, zie ik meteen wie het er slecht van af hebben gebracht. Niet alleen Amy, die hete tranen schreit op de schouder van haar beste vriendin, maar ook Steven Lowe, die staat te lachen, zijn schouders ophaalt en doet alsof het hem niks kan schelen, waarmee hij niemand voor de gek houdt, en een verlegen jongen als Rob, die eruitziet alsof hij een stomp in zijn maag heeft gehad en moeite heeft om overeind te blijven, en Lorrie en Frank, die vertwijfeld aan een sigaret staan te trekken.

Samen met negen andere docenten was ik hier vanaf halfnegen, en het was nu tien uur. In het algemeen werd het er met het verstrijken van de tijd niet beter op: de leerlingen die toch al dachten dat ze het er goed van af hadden gebracht waren vroeg. De anderen kwamen later, met tegenzin en zogenaamd ongeïnteresseerd – alles om het moment van de bittere en al wel verwachte waarheid maar zo lang mogelijk uit te stellen.

Toen zag ik een bekende figuur, die nonchalant met de handen in de zakken van zijn spijkerbroek en een sigaret bungelend aan zijn onderlip met slungelige pas aan kwam lopen. Joakim zag me en zwaaide, maar bleef niet staan, en ik zag hem naar de tafel slenteren waar zijn envelop lag. Ik keek naar zijn gespannen nek en zijn stijf opgetrokken schouders, en zag toen dat hij zich ontspande. Dit was zijn manier om uiting te geven aan zijn opluchting en blijheid. Losjes rolde hij het stuk papier op, bleef even staan praten met een vriend, liet zich door een meisje met blonde staartjes overladen met lippenstiftkussen, schudde de hand van Joe Robbins, de rector, en draaide zich toen om met de bedoeling om weg te gaan.

'Oké?' vroeg ik, toen hij langsliep.

'Prima.' Er verscheen een glimlach om zijn lippen, en hij reikte me zijn cijferlijst aan om te bekijken.

'Geweldig,' zei ik, en ik legde mijn hand op zijn arm. Ik zag hem glimmen van genoegen. 'Je zult wel trots zijn.'

'Bedankt.'

'Ga het maar vieren,' zei ik, terwijl een jongen in een groepje riep dat hij naar hen toe moest komen. 'Ik zie je vanavond.'

'O ja?'

'Bij ons optreden – tijdens de barbecue. Je hebt het zelf geregeld.'

'O, dat.'

'Je komt toch wel?'

'Ja, hoor. Ik zou er toch al naartoe zijn gegaan. Op zo'n feest kun je je ellende verzuipen. En ons optreden is een mooie gelegenheid om even op te houden met drinken.'

Tegen de tijd dat we begonnen te spelen, dreigde het te gaan regenen. Een warme wind trok dikke druppels uit de hemel. Er waren minstens zo'n honderdvijftig jongelui, voor het merendeel bij aankomst al dronken, en als ze het niet waren, deden ze er alles aan om het zo snel mogelijk te worden – ze sloegen blikjes bier achterover, rookten joints en aten verbrande worstjes en grauw uitziende hamburgers. Een jongen die ik een aantal jaren in de klas had gehad, zag ik huilend en jammerend overgeven in de bosjes. Niemand besteedde veel aandacht aan onze muziek, behalve om Joakim toe te juichen en uit te fluiten. Velen kenden Sonia en mij, in elk geval van gezicht, en het was komisch om te zien hoe ongelovig ze reageerden toen we het podium op kwamen. Veel belangstelling viel ons als vertegenwoordigers van de oude garde niet ten deel. De voormalige aanvoerder van het schoolelftal verdween met een meisje van twaalf achter een bijgebouw, waar hij kennelijk meende onzichtbaar te zijn. De voorzitter van de schoolraad gooide een steen naar een kat. De band speelde door.

'Heb je Joakims lijst gezien?' vroeg Guy tijdens de pauze met nauwelijks verholen zelfvoldaanheid. 'Heb je hem gesproken?'

'Ja, ik heb het gezien. Fantastisch.'

'Hij is briljant,' voegde Sonia eraan toe.

‘Het is zo’n opluchting!’

Hayden was bij een groepje tieners achter in de tuin gaan staan, waar ook Joakim bij stond, en flarden van hun gelach drongen door tot de plek waar wij stonden. Ze gaven een dikke joint aan elkaar door, en ik zag Guy steelse blikken in hun richting werpen en dan weer wegkijken.

‘Hij gaat naar Edinburgh, hè?’ vroeg ik om hem af te leiden.

‘Ja. Over krap zes weken. Zijn moeder zal hem missen.’

‘En jij?’

‘Ik?’

‘Zul jij hem niet missen?’

‘Voor een vader ligt dat anders,’ zei Guy. Ik opende mijn mond om een tegenwerping te maken, maar deed hem weer dicht. ‘En trouwens, we hebben de laatste tijd zo vaak ruzie dat het voor ons beiden goed zal zijn om even niet op elkaars lip te zitten. Hij wil niks liever dan het huis uit. Ik zei...’ – hij begon harder te praten toen zijn zoon en Hayden op ons afkwamen – ‘... dat je niets liever wilt dan van huis weggaan.’

‘Dat zou ik niet zo willen stellen.’ Joakim keek Hayden smekend aan.

‘Ik neem het je niet kwalijk,’ zei Guy. ‘Ik ben de laatste tijd misschien wat te streng voor je geweest.’

‘Mwoah...’ Joakim ging van zijn ene been op het andere staan.

‘Ik zei net tegen Bonnie en Sonia dat je moeder je zal missen. Maar ik ook, hoor.’

‘O, maar jullie hoeven nog geen afscheid van hem te nemen,’ zei Hayden luchthartig.

‘Over zes weken wel.’

‘Zes weken, zes maanden,’ zei Hayden. ‘Wie zal het zeggen, in de krankzinnige wereld waarin wij leven?’

‘Hoezo?’

‘Het gaat om Edinburgh, pa.’

‘Wat is er met Edinburgh?’

‘Ik zit eraan te denken er misschien toch een jaar tussenuit te gaan.’

‘Waarvoor?’

‘Volgens mij moeten we weer spelen,’ onderbrak Amos het gesprek.

Guy negeerde hem. 'Wanneer heb je dat besloten?'

'Ik loop er al tijden over na te denken.'

'Maar je weet toch wat je wilt? Naar de universiteit.'

'Er is ook nog zoiets als de universiteit van het leven.' Het was Hayden die dit zei.

'Zit jij hier soms achter?' vroeg Guy.

'We hebben het erover gehad,' zei Hayden met een vage glimlach, alsof hij genoot van de uitwerking die het bericht op Guy had.

'Heb je wel in Edinburgh geïnformeerd of ze je inschrijving willen opschorten?' vroeg Sonia.

'Ik heb het nog maar net besloten,' zei Joakim.

'Besloten?' zei Guy, met overslaande stem.

'Jullie moeten het na het optreden maar bespreken,' zei ik. 'Samen.'

'Misschien ga ik het zo ook wel maken en hoef ik helemaal niet te studeren,' zei Joakim, langs mij heen tegen zijn vader. 'Ik weet niks. Ik begin bij nul.'

'Hoezo ga je "het maken"?' Guys stem klonk schor. 'Hoe bedoel je, "het maken"?'

'Hayden heeft gezegd dat hij me wil helpen.'

Hayden hief zijn handen op in een gebaar van bescheidenheid. 'Ik zal doen wat ik kan. Joakim is in elk geval veelbelovend.'

'Hou jij je hierbuiten,' zei Guy. 'Doe het niet, Jo. Alsjeblieft. Gooi niet alles zomaar weg.'

'Het is míjn leven,' zei Joakim.

'Is dat wat je wilt? Als je ouder wordt merken dat je een mislukkeling bent, die bij anderen bivakkeert en op de zak van zijn vrienden teert in afwachting van het moment dat hij het gaat maken?'

'Genoeg,' zei Sonia. 'We gaan spelen.'

'Ik heb er geen zin in,' mopperde Joakim.

Ik boog me naar hem toe. 'Joakim, als je succes wilt hebben in de muziek, moet je leren om de zaken een beetje professioneel aan te pakken. Laten we nu gaan spelen, dan praten we straks.'

'Ik ben er klaar voor.' Hayden pakte zijn gitaar.

'Jij hebt heel wat op je geweten,' zei Guy.

'Ik heb niks op mijn geweten.' De glimlach was ineens weg. Haydens gezicht stond hard en misprijzend. 'Want ik ben vrij. En dat kun jij niet hebben, hè?'

De kat waar een jongen net een steen naar had gegooid streek langs Guys benen, waarop hij hem zo'n gemene trap gaf dat het beest luid miauwend wegrende.

'Pa!'

'Een, twee, drie...' zei ik, waarna de muziek in de tuin opklonk en het begon te regenen.

Na afloop zei Hayden opgewekt: 'Dat was helemaal niet slecht. Dat gaan we vieren.'

'We gaan wat drinken, bedoel je?'

'Nee. Dit is voor de kids. Wij gaan naar een feestje van volwassenen.'

Ik kreeg een akelig voorgevoel – zijn pupillen waren verwijd en hij sprak enigszins met dubbele tong.

'Ik ga naar huis,' zei Guy met een dikke stem van kwaadheid. 'Mijn vrouw zit op me te wachten, en zij en ik hebben wat te bespreken.' Om de een of andere reden refereerde hij als Hayden in de buurt was altijd aan Celia als 'mijn vrouw', alsof hij zichzelf zo aan zijn onaantastbaar stabiele positie in het leven moest herinneren.

Hayden haalde zijn schouders op. 'Je moet doen waar je zin in hebt. Maar een vriendin van me geeft een feestje. We kunnen daar best even langsgaan om te kijken of het wat is – het is niet ver van hier. Tien minuten lopen, hooguit.'

'Wat voor feestje?' vroeg Amos.

'Een feestje voor volwassenen.' Hayden grijnsde erbij. 'Kijk niet zo bang.'

'Waarom zou ik bang zijn?'

'Weet ik dat? Zeg het zelf maar.'

'Ik ben niet bang.'

'Dus je gaat mee?'

'Ja,' zei Amos.

'Ik dacht dat wij met z'n tweeën ergens zouden gaan eten,' zei Sonia. Ik begreep dat ze hem een kans bood om zich terug te trekken.

'Ik heb geen honger,' zei Amos. 'Ik heb trouwens al een hamburger op.'

'Jij kunt beter ook maar meekomen, Sonia,' zei Hayden joviaal.

'Kun je een beetje op hem letten. Zorgen dat hij niet uit de band springt.'

Sonia keek hem ijzig aan. Zij was de enige van ons voor wie Hayden weleens een begin van vrees leek te voelen, maar vanavond niet. Hij legde zijn hand op haar schouder en zei: 'Wou je met die woeste blik zeggen dat je meegaat?'

'Als jij het wilt, ga ik mee,' zei Sonia tegen Amos, terwijl ze Hayden de rug toe keerde.

'Mooi. En jij, Neal?'

'Nee,' zei Neal.

'Nee?'

'Ik ben niet in de stemming,' zei Neal.

'Oké. Dan gaan we met z'n vieren.'

'Je hebt niet goed geteld,' zei ik.

'Jij, Sonia, Amos en ik – ik neem tenminste aan dat onze jonge vriend Joakim hier bij zijn vrienden blijft.'

'Je hebt mij niks gevraagd. Je gaat er zomaar van uit dat ik meega.'

'Je vindt het vast leuk.' Hij streek over de rug van mijn hand. 'Zo'n feestbeest als jij.'

'Dit feestbeest is moe en heeft er genoeg van.'

'Alsjeblieft.' Hij boog zich voorover en zei zachtjes in mijn oor: 'Ik wil vannacht bij jou zijn.'

Ik was blij dat het halfdonker was en niemand kon zien dat ik bloosde. 'Nou, even dan.'

'Tja.' Neal wilde ontspannen overkomen, maar slaagde daar niet in. 'Als jullie allemaal gaan, kan ik net zo goed ook maar meegaan.'

Hayden keek hem met een brede glimlach aan. 'Natuurlijk,' zei hij. 'Waarom niet? Hoe meer zielen, hoe meer vreugd.'

Het was een groot feest in een klein huis. Alle kamers puilden uit, zoveel mensen waren er. Zelfs de trap en het smalle tuintje stonden vol. De muziek dreunde door het huis; ik voelde de muren en de vloeren trillen. Voor zover ik het in het rokerige halfduister kon beoordelen, was het een vreemd allegaartje – sommige aanwezigen waren jong, zelfs zo jong als Joakim, anderen veel ouder, mannen met grijs haar in een paardenstaart en naar muskus geurende vrouwen met tatoeages op hun schouders. Je waande je in een muziektent op het popfestival van Glastonbury, behalve dan dat hier het bier gratis, koud en in grote hoeveelheid voorradig was.

Hayden werd opgeslokt in de zee van mensen, van wie de meesten hem leken te kennen. Ik zag een vrouw met mooi rood haar haar armen om zijn hals slaan. Sonia en Amos liepen samen de tuin in; later zag ik hen in het lange gras onder een dood boompje zitten, waar ze samen uit één glas wijn dronken en spraken met een hoogzwangere vrouw. Neal kwam achter me aan toen ik door de kamers dwaalde op zoek naar een drankje en een plekje om te zitten en naar de mensen te kijken. Als tiener had ik het vreselijk gevonden om op feestjes te zijn waar ik niemand kende en geconfronteerd te worden met dat kwellende gevoel dat je hebt als je je in een ruimte bevindt met alleen maar onbekenden, die elkaar in de armen vallen, zoenen en geanimeerd praten. Want wat moet je dan met jezelf aan? Een blik trekken van wat kan het me schelen? Veel tijd doorbrengen op de wc en mensen die nodig moeten aan de deur laten morrelen? Doelbewust rondlopen alsof je op zoek bent naar een vriend van wie je weet dat hij er niet is? Ik weet niet meer wanneer het was, maar op een gegeven moment ben ik ermee opgehouden om me opgelaten te voelen – ik zou wel zien wat er gebeurde.

'Waar gaan we heen?' vroeg Neal.

'Ik ga maar op de trap zitten, denk ik.'

Bovenaan vonden we een vrije trede, en ik nam een teug uit het bierblikje dat ik uit de met ijsblokjes gevulde badkuip had gevist. Van hieraf kon ik Hayden zien. Als hij opkeek, zou hij mij ook zien, maar hij keek niet op. Iedereen met wie hij praatte had zijn volle aandacht – op dit moment twee vrouwen en een man, die allemaal lachten. Ik had van Hayden begrepen dat hij en ik binnenkort ieder ons weegs zouden gaan. Er heerste een soort duizeligmakende sfeer tussen ons. Alsof we op een schommel zaten en hoog opzwaaiden, maar in de wetenschap dat we snel de top zouden bereiken en dan weer naar beneden zouden zwaaien. En dan zou het voorbij zijn.

'Is deze tree vrij?' vroeg een vrouw met een knap gezicht en grijs haar, waarvoor ze eigenlijk nog te jong was.

Ik glimlachte naar haar. Ze nam vlak onder Neal en mij plaats en leunde met haar hoofd naar achteren, zodat het tegen mijn knie rustte, alsof we oude vrienden waren.

'Ik ben Bonnie,' zei ik. 'En dit is Neal. We kennen hier niemand.'

'Ik heet Sarah. Maar als je niemand kent, hoe kom je dan hier?'

'We zijn met Hayden meegekomen.'

'Hayden?'

'Precies.'

'Ik wist niet dat hij hier was.'

'Hij staat daar beneden.' Ik knikte in zijn richting. Hij had een fles whisky opgeduikeld en schonk zichzelf en de vrouw met wie hij stond te praten in.

'Ja, nou zie ik het. Weer zo'n onnozel vrouwtje aan het versieren.'

'Ken jij hier veel mensen?' vroeg Neal. Zijn stem klonk onvast; hij leek merkwaardigerwijs zonder iets te hebben gedronken toch dronken te zijn.

'Niet zoveel als ik had verwacht, gezien het feit dat het mijn eigen feest is.'

'O! Dus jij woont hier?'

'Ja. Ik ben doodmoe, maar er ligt iemand in mijn bed. Twee mensen, moet ik zeggen. Hallo, Hayden.'

Met de fles nog in zijn hand kwam hij de trap op. De vrouw met wie hij had staan praten, met grote, met kohl omrande ogen en een sigaret tussen haar lippen, volgde in zijn kielzog.

'Dit is Miriam Sylvester,' zei Hayden. 'Zij is ook lerares.'

'Hoi.' Ik stak mijn hand op. Ze keek me bevreemd aan.

'Jij bent die vriendin van Sonia.'

'Zoals jij het zegt, klinkt het alsof daar iets mis mee is,' zei ik lachend. 'Weet je, ik dacht dat ik hier helemaal niemand zou kennen. Maar iedereen lijkt Hayden te kennen, en nu ontmoet ik ook een oude kennis van Sonia.'

'Nou, we waren in Sheffield collega's.'

'Vertel maar eens iets gênants over haar,' zei ik. 'Iets wat ik een keer tegen haar kan gebruiken.'

Miriam nam een lange haal van haar sigaret. De askegel werd steeds langer en viel toen op de grond.

'En Sarah,' zei Hayden, 'kent een ex-vriendin van Amos.'

Ik bekeek haar met hernieuwde belangstelling. 'Je bedoelt Jude?' zei ik.

‘We hebben samen op school gezeten,’ zei Sarah. ‘Je kent haar?’

‘Bonnie was haar opvolgster,’ zei Hayden.

‘Dit is krankzinnig,’ zei ik. ‘Kan iemand me alsjeblieft voorstellen aan iemand die niet iedereen kent die ik ken?’

Miriam stak nog een sigaret op.

‘Dus jij kent Sonia?’ zei ze, met zo’n irritante blik in haar ogen die mensen kunnen hebben als ze iets van je weten. ‘En ik weet iets van jou.’

‘Van mij?’

‘Banjo!’ zei ze triomfantelijk.

‘Daar schaam ik me niet voor,’ zei ik. ‘Daar ben ik zelfs trots op.’

Ik zag Amos en Sonia vanuit de tuin naar binnen komen en stak een hand op om hun aandacht te trekken. Sonia keek op, en ik trok een grimas. Ik wenkte haar, maar ze aarzelde en schudde toen haar hoofd, pakte Amos’ hand en liep met hem naar de voordeur. Ik kon wel raden hoe ze zich voelde. Het was misschien wel leuk om mensen te ontmoeten die vrienden van me kenden, maar het had ook iets benauwends. Liza is toch maar een bofkont, viel me plotseling in: rondreizen in den vreemde, waar ze niemand kent. Maar ja, een pechvogel als ik zou waarschijnlijk zelfs boven op de Mount Everest nog een oud vriendinnetje van Hayden tegen het lijf lopen.

Maar ze had nog een reden om ons te ontwijken. Ik zag aan Amos dat hij erg dronken was. Ik kende alle stadia van zijn dronkenschap: eerst moest er over alles gediscussieerd worden, wat in feite niet meer was dan een uitvloeisel van zijn normale neiging om de confrontatie te zoeken, vervolgens werd hij emotioneel en vertrouwelijk, daarna moest je als vriendin horen dat je met hem zou moeten trouwen en heel veel kinderen krijgen, met jouw haar en zijn ogen, dan raakte hij gedeprimeerd, en ten slotte viel hij met zijn kleren aan in slaap.

Miriam had inmiddels haar hoofd in Haydens schoot gelegd, en zijn hand rustte op haar hoofd, alsof ze een klein kind was. Ze had haar ogen dicht. Hij glimlachte naar me, haalde met een hulpeloos gebaar zijn schouders op en vormde geluidloos met zijn lippen een woord dat ik niet begreep. Ik beantwoordde zijn glimlach niet, en langzamerhand verdween toen ook de glimlach van zijn lippen en keken we elkaar alleen nog maar uitdrukkingsloos aan. Neal, naast me, snurkte zacht en liet zijn hoofd op mijn schouder zakken. Met allemaal slapende mensen om me heen bleef ik met Hayden op de trap zitten wachten.

ERNA

Op maandagochtend om tien voor halfacht werd ik wakker doordat de telefoon ging. Het was Daniëlle. Ze klonk buiten adem, alsof ze net terug was van het joggen. Ze moest begrepen hebben dat ze me wakker had gebeld.

'Als je over de band belt,' zei ik. 'Je hoeft je geen zorgen te maken. Het loopt allemaal.'

'In zekere zin gaat het wel over de band, ja.'

'Wil je niet meer dat we komen spelen? Prima, hoor.' Prima was nog zwak uitgedrukt: het zou fantastisch zijn, maar dat zei ik niet.

'Nee, nee, nee. Ik kijk ernaar uit dat jullie komen spelen. Zeker nu.' Ze klonk opgewonden. 'Al zullen jullie misschien geen zin meer hebben.'

'Waar heb je het over?'

'Hayden Booth speelde toch ook mee?' zei ze.

'O, heb je het gehoord? Maak je maar niet druk. We redden het prima zonder hem.'

'Dat klinkt wel een beetje hard, Bonnie.'

Ik ging rechtop in bed zitten en hield de hoorn tegen mijn andere oor.

'Hoe bedoel je?'

'Heb je het niet gehoord?'

Ik hoorde mezelf vragen: 'Wat gehoord?' Ik hoorde Daniëlle tegen me zeggen dat het lijk van een man dat gisteravond in het spaarbekken van Langley was gevonden geïdentificeerd was als dat van Hayden Booth. Ze had het net een paar minuten geleden op de radio gehoord.

Wat zou iemand zeggen die van niets wist?

'O, mijn god.'

'Verschrikkelijk, hè?'

'Verschrikkelijk, ja. Wat je zegt. Verschrikkelijk. Mijn god.' Ik dacht, ik moet Sonia bellen, en Neal, en wist Joakim het al? En Guy? En Sally. Wist die arme Sally het al?

'Ik voel met je mee. Ik bedoel, ik heb hem nooit ontmoet, maar het is een grote schok. Hij was een van jullie beste spelers, hè?'

'Hij was een klasse apart.'

'Maar kunnen jullie dan toch nog... Snap je?'

'Ik zal het je laten weten. Maar het zal wel lukken.'

'Het is nog maar een paar dagen.'

'We zullen er zijn,' zei ik met enige stemverheffing.

'Ik geef de boodschap alleen maar door, Bonnie.'

ERVOOR

Hij lag op zijn rug in het water, met zijn armen gespreid. Het was mijn dagje uit, mijn snippertje zomervakantie. Zijn lichaam bewoog zachtjes heen en weer op de golven, die zich, nadat ze hem waren gepasseerd en het strand naderden, tot brekers ontwikkelden. Ik zwom naar hem toe; hij had zijn ogen dicht tegen de zon, maar hij stak zijn arm uit en trok me naar zich toe, zodat we allebei onder water verdwenen en naar lucht hapten. Zijn benen omstrengelden de mijne, ik stak mijn handen uit, voelde zijn lange natte haar en zijn koele hals, en toen ik bovenkwam zag ik zijn lachende gezicht – een lachend gezicht dat ineens weer ernstig stond toen hij me tegen zich aan trok en we elkaar knuffelden, elkaar al watertrappelend vasthielden, terwijl het zout in onze huid prikte, de koude golven tegen ons aan kabbelden en het licht in duizelingwekkende flitsen op het zeewater weerkaatste. Met zijn lippen op mijn schouder, mijn oogleden, mijn mond, zonken we en kwamen we weer omhoog, en ten slotte liepen we het strand op, waar niemand was die ons zou kunnen zien en waar we op het korrelige zand gingen liggen en onder het gekrijs van de zeemeeuwen en het ruisen van de golven stukjes schelp in ons vel voelden prikken. Toen renden we weer het water in en spoelden we elkaar af. Hij droogde me af met zijn overhemd en wreef het zand weg tussen mijn tenen.

Naderhand wilde Hayden met alle geweld bij de strandtent een dozijn oesters kopen. We gingen aan een geboende houten tafel zitten en persten citroensap uit op het lillende slijm. Hij at er elf, ik één. Naar mijn smaak leefden ze nog te veel en waren ze te slijmerig en te zout.

Hayden leek die dag gelukkig – lief en zonnig was hij. Hij zal toen ook wel een vakantiegevoel hebben gehad.

ERNA

Ik probeerde Sonia te bellen, maar het was een hopeloze onderneming. Ik kon me voorstellen dat men elkaar opgewonden en zich verkneukelend aan het bellen was, zoals mensen doen als er iets ergs is gebeurd, omdat het een van de grote genoegens van het leven is om boodschapper te zijn van slecht nieuws – heb je het al gehoord, heb je het al gehoord? Ik sms'te haar: bel me. Ik zette mijn antwoordapparaat aan en luisterde als verdoofd de ene ingesproken boodschap na de andere af. Twee waren er van Joakim, in de eerste klonk hij verdoofd, in de tweede schreeuwde hij het uit van verdriet. Toen hoorde ik een bliep, na een korte aarzeling gevolgd door de stem van Sonia. Ik rende naar de telefoon en pakte hem op.

'Ja, Sonia, met mij. Ik ben er.'

'Ik kreeg net je sms'je.'

'Ja? En?'

'Ik heb het gehoord.'

Ik had wel bedacht dat ik Sonia moest spreken, maar ik had er niet echt over nagedacht wat ik wilde zeggen.

'Ik weet het nou niet meer,' zei ik. 'Dit was niet gepland.' Er viel een stilte aan de andere kant. 'Ben je er nog?'

'Jawel.'

Het was me niet duidelijk of ze geschrokken was of boos of gechoqueerd, of dat ze gewoon zichzelf was.

'Nu komt er een onderzoek.'

'Natuurlijk komt er een onderzoek,' zei ze. 'Er is een lijk gevonden dat in een spaarbekken was gedumpt. Het staat in de krant. Er is een moord gepleegd, en daar zal de politie een onderzoek naar instellen.'

Ik haalde diep adem.

'Sonia, het spijt me dat ik jou erbij heb gehaald. Als je naar de politie wilt gaan...'

'Voor dat soort dingen is het nu te laat.'

'Ja, daar zul je wel gelijk in hebben.'

'Als jij maar niet probeert slim te zijn.'

'Dat zal me niet veel moeite kosten,' zei ik.

'Ik meen het, Bonnie. Geen briljante improvisaties meer. We doen niets en we zeggen zo weinig mogelijk.'

'Ik ben bang.'

'Natuurlijk ben je bang. Maar hou je gedeisd.'

Ik legde de telefoon neer, maar voordat ik het antwoordapparaat weer aan kon zetten, ging hij weer.

'Je spreekt met Nat, een vriend van Hayden. De bassist.' Hij sprak met dikke stem – het was onduidelijk of dat van smart was of van de drank.

'Ja, ik weet wie je bent.'

'Heb je het gehoord?'

'Ja.'

'Shit, wat vreselijk. We moeten praten.'

'We praten nu toch?'

'Persoonlijk, bedoel ik. Ik ben over een halfuur bij Camden Lock, op de markt.'

Ik stemde aarzelend in, en hij gaf me uitgebreide aanwijzingen waar ik hem kon vinden – iets met een falafelkraam en een mandenmaker. Toen zette ik het antwoordapparaat weer aan en mijn mobiel uit en keek ik op mijn computer. Vierendertig mails had ik, en de meeste waren niet bedoeld om me iets te verkopen. Terwijl ik ze bekeek kwamen er nog een vijfendertigste, een zesendertigste en een zevenendertigste binnen. Ik las ze vluchtig. Er waren er vier bij van Sally. O god, Sally. Ik zette de computer uit, sloeg mijn handen voor mijn gezicht en probeerde alle ellende van me af te zetten.

Alles stond uit. De deur was op slot. Maar toch had ik het gevoel dat ik anders altijd alleen had op dagen dat ik een uitvoering had. Dan deed ik dingen die ik normaal ook deed, maar wel steeds met het idee dat ik later op de dag voor een publiek zou staan in een situatie waarin de dingen goed of verkeerd konden gaan zonder dat ik daar veel aan kon doen. Ik zette koffie voor mezelf en trok een spijkerbroek, een bloesje en een trui aan waarin ik er nonchalant gekleed maar niet shabby uitzag. Ik bekeek mezelf in de spiegel. Ik kreeg de kriebels van de hitte, dus trok ik de trui uit en deed een ander bloesje aan. Hoewel ik geen trek had, at ik een warme geroosterde boterham met boter. Toen deed ik een beetje make-up op, net genoeg om te voorkomen dat ik er uitgeput uit zou zien. Precies op het moment dat ik de deur uit wilde gaan, werd er gebeld, en toen ik opendeed, stonden daar twee mensen, een man en een vrouw, allebei in pak. Het hadden verzekeringsagenten kunnen zijn, maar nog voordat ze iets hadden gezegd, wist ik dat ze van de politie waren. Ze haalden hun identiteitsbewijzen tevoorschijn en toonden me die.

'Ik ben inspecteur Joy Wallis,' zei de vrouw. 'En dit is mijn collega inspecteur Wade. We hebben slecht nieuws voor u.'

'Ik heb het gehoord,' zei ik. 'Iemand belde me erover.'

Was dat alles, vroeg ik me af. Kwamen ze me het nieuws alleen maar meedelen? Niet waarschijnlijk. Ik was niet met hem getrouwd.

'Ik wilde net weggaan.'

'We hadden gehoopt dat u een ogenblikje voor ons zou hebben,' zei de vrouw.

Ik ging hun voor naar binnen. Ik nam plaats op de enige stoel, en zij op de enige bank. Misschien dachten ze vanwege de enorme rommel in mijn huis wel dat ik geestelijk gestoord was. Inspecteur Wallis had een dossier bij zich, dat ze voor zich op het tafeltje legde. Ik had de neiging om maar wat te kakelen en te zeggen dat ik het heel erg vond, zoals iemand dat in een normale situatie zou doen, maar ik dacht aan de woorden van Sonia en besloot mijn mond te houden.

'Het moet een hele schok voor u zijn,' zei inspecteur Wade.

'Ja,' zei ik. 'Een enorme schok.'

Inspecteur Wallis boog zich voorover en sloeg met één vinger het dossier open.

'U hebt een collega van ons gesproken,' zei ze. 'Vorige week. U zei dat u ongerust was over meneer Booth. U hebt hem zelfs als vermist opgegeven.'

'We hebben hem niet werkelijk als vermist opgegeven,' zei ik. 'Ik was met mijn vriendin Sally Corday naar het bureau gegaan, maar ze hebben ons weggestuurd. Ze zeiden dat we ons geen zorgen moesten maken.'

'Waarom was u bezorgd?'

'We zouden met een stel mensen binnenkort een concert geven – op 12 september. Hayden zou ook meespelen, maar ineens kwam hij niet meer opdagen. Sally maakte zich het meest bezorgd. Ik dacht dat hij ergens anders naartoe was gegaan.'

'Waarom dacht u dat?'

'Hij is muzikant. Ik zag hem als iemand die gewend was om zijn eigen gang te gaan als er iets beters op zijn pad kwam.'

'Maar nu blijkt hij vermoord te zijn.'

'Weet u dat zeker?' vroeg ik.

De twee politiemensen keken elkaar aan.

'Hoe bedoelt u?' vroeg inspecteur Wallis.

'Kan het geen ongeluk geweest zijn?'

'We hebben hem nog maar pas gevonden,' zei ze. 'Maar als iemand verzwaard met stenen en met sporen van zware slagen op het hoofd op de bodem van een spaarbekken wordt gevonden, gaan we ervan uit dat er sprake is van moord en richten we het onderzoek daarop in.'

Ik had mezelf niet meer in bedwang – ik moest het weten.

'Hoe hebben ze het lijk dan kunnen vinden?' vroeg ik. 'Als het op de bodem van een spaarbekken lag?'

'Het lag wel midden in het spaarbekken, maar dat is niet zo diep,' zei ze. 'Ik heb begrepen dat een visser er met zijn lijn in is vastgeraakt.'

Ik dacht eraan hoe ik als kind ooit met mijn vader tijdens een vakantie in Schotland was gaan vissen, dat de lijn toen ergens aan bleef haken en afbrak, en dat we er toen maar helemaal van af hebben gezien.

'Dat was dan een gelukje,' zei ik.

'Een collega van ons heeft al een gesprek gehad met uw vriendin mevrouw Corday, en zij zei dat we bij u moesten zijn voor de namen van mensen die Hayden Booth hebben gekend.'

'Ik ken er wel een paar,' zei ik. 'Maar niet veel.'

Inspecteur Wallis zweeg even en liet haar wijsvinger langs de rand van het dossier gaan

'Was u goed bevriend met hem?'

Dit moment kwam te vroeg. Wat wisten anderen over Hayden en mij? Wat zouden zij tegen de politie zeggen? Ondertussen ging de telefoon steeds en hoorden we keer op keer mijn antwoordapparaat aanslaan.

'Iedereen heeft het nieuws blijkbaar gehoord,' zei ik. 'Sorry. Het is een vreselijke schok. Ik kende hem eigenlijk pas een paar weken. Ik heb met een vriendin afgesproken om op haar bruiloft te spelen, en daar moest ik een paar muzikanten voor bij elkaar halen. Ik heb hem via een vriend van me leren kennen. Ik kan het maar niet geloven.'

'Ik leef met u mee,' zei inspecteur Wade. 'Het zal moeilijk voor u zijn, maar u kunt ons van grote dienst zijn bij de opsporing van de dader.'

'Natuurlijk,' zei ik. 'Wilt u misschien thee of koffie?'

Koffie wilden ze, wat mij de gelegenheid gaf in de keuken te rommelen en de dingen voor mezelf op een rijtje te zetten. Met een dienblad met koffie en koekjes kwam ik de kamer weer in. Ik haalde mijn adresboekje, mijn mobiele telefoon en mijn laptop tevoorschijn en las de paar adressen, telefoonnummers en e-mailadressen voor van degenen die Hayden hadden gekend of misschien hadden gekend, of die wellicht mensen kenden die hem hadden gekend, en inspecteur Wade noteerde alles uitgebreid op twee vellen papier. Moderne techniek kwam hier niet aan te pas.

'Vertelt u eens wat over hem,' zei inspecteur Wallis toen de lijst compleet was.

'Wat wilt u weten?'

'Wat u maar invalt.'

Ik gaf een kort en zorgvuldig geredigeerd verslag van mijn ontmoeting met Hayden en van onze repetities samen en vertelde dat ik een paar van zijn vrienden had ontmoet. Inspecteur Wallis bladerde zo langzaam en omslachtig door het dossier dat ik bijna de neiging had haar te gaan helpen. Op een gegeven moment leek ze te hebben gevonden wat ze zocht.

'Een collega van me heeft met u gesproken,' zei ze.

'Ja. Becky heette ze, geloof ik.'

'Becky Horton. Tegen haar hebt u gezegd dat u geen vrienden van hem kende.' Ze keek op naar me. 'Is dat juist?'

Mijn gezicht gloeide. Kreeg ik een kleur? Politiemensen hebben het waarschijnlijk meteen in de gaten wanneer je iets probeert te verbergen. 'Ik heb nog een paar mensen ontmoet met wie hij heeft gespeeld. Ik weet niet of zij nou echt vrienden van hem waren.'

'En wat kunt u ons vertellen over zijn privéleven?' vroeg inspecteur Wade.

'Ik weet niet wat u daarmee bedoelt,' zei ik. 'Hij was niet iemand die zijn leven in vakjes onderverdeelde. Hij maakte muziek, hij ging naar het café, dat was het wel zo'n beetje.'

'Ik bedoel, had hij een relatie?'

'Ik geloof niet dat hij iemand was die vaste, permanente relaties had, als u dat bedoelt.'

'Dus hij had geen vriendin?'

'Niet dat ik weet,' zei ik, wat de waarheid was, of in elk geval niet ronduit een leugen. Ik zou mezelf nooit hebben betiteld als zijn vriendin.

'Kent u iemand die dit volgens u gedaan zou kunnen hebben?' vroeg inspecteur Wade.

'Als u mensen spreekt over Hayden, zult u ontdekken dat hij er een talent voor had om mensen tegen de haren in te strijken. Hij kon heel charmant zijn, maar soms was hij ook heel... nou ja, lastig.'

'Vond u hem lastig?'

'Ik geloof dat zo'n beetje iedereen dat vond. Het was geen kwaaie kerel, maar hij gebruikte mensen, en dan ging hij weer verder. Hij heeft heel wat mensen tegen zich in het harnas gejaagd, zoals u zult ontdekken.'

'Hier was meer aan de hand dan dat hij iemand tegen zich in het harnas had gejaagd,' zei Wade. 'Iemand heeft hem doodgeslagen en zich vervolgens een hoop werk op de hals gehaald om het lijk weg te werken.'

'Dat lijkt mij ook, ja,' zei ik. 'Ik snap het niet.'

'Had hij financiële problemen?' vroeg inspecteur Wallis.

'Natuurlijk had hij die,' zei ik. 'Hij was popmuzikant, en dat zijn in principe allemaal armoedzaaiers. Behalve Sting en Phil Collins.'

'Was dat een bron van conflicten?'

'Bij de namen die ik u gegeven heb, zijn er ook een paar van mensen met wie hij heeft gespeeld en met wie hij gedonder heeft gehad over geld. Dat zullen ze u wel vertellen.'

'Groot gedonder?'

'Het is iets wat in alle bands speelt. Het gaat altijd over geld: het komt niet, de verkeerde persoon krijgt het in handen of het wordt over de balk gegooid. Het was gewoon het normale gedoe. Maar dit is de maffia niet. Het was niet iets om iemand voor te vermoorden.'

'U moest eens weten waar soms moorden om worden gepleegd,' zei inspecteur Wade. 'De mensen hebben vaak maar een kort lontje.'

'Zo zonde van een mensenleven,' zei ik, toen het even stil bleef.

Inspecteur Wallis bladerde door haar notities alsof ze naar iets zocht. Toen hief ze haar hoofd op en keek mij aan.

'Mocht u hem?' vroeg ze.

'Of ik hem mocht?'

'Ja,' zei ze. 'Mocht u hem?'

Het was een simpele vraag, maar ineens was ik er helemaal door van de kaart. 'Dat lijkt me niet het juiste woord als het om iemand als Hayden gaat,' zei ik. 'Dat is te ongecompliceerd.'

Ik had het idee dat ik te veel had gezegd. Ik had bijna de waarheid opgebiecht.

Toen, eindelijk, belde ik Sally. Ik was bang voor het gesprek, maar Richard nam op. Hij zei dat ze voor een tijdje met Lola naar haar moeder was. Toen ik vroeg wanneer ze weer terug zou zijn, zei hij dat hij het niet wist. Hij klonk triest. Alleen zijn stemgeluid maakte me al droevig. Ik wist waarom Sally naar haar moeder was, en waarschijnlijk wist hij ook dat ik het wist, maar we zeiden er geen van beiden iets over.

Ik belde Sally op haar mobiel, maar kreeg haar voicemail. Ik sprak een boodschap in dat ik er voor haar was als ze me wilde spreken. Dat was het minste wat ik kon doen.

ERVOOR

Toen we die avond terugkwamen van het strand, allebei verbrand door de zon, gingen we in Liza's bed liggen. Soezerig zoenden we elkaar, we vrijden en bleven ineengestrengeld liggen. Ik doezelde weg, en toen ik wakker werd, was hij er nog en lag hij naar me te kijken. Misschien maakte het niet uit hoe lang dit zou duren. Het was tenslotte zomer, en wat er 's zomers gebeurde was als een droom, die, geïsoleerd van wat eraan voorafging en van wat erop zou volgen, gehoorzaamde aan zijn eigen, onmogelijke wetten. Ik kon mezelf erin verliezen tot september, wanneer het werk en het echte leven weer een aanvang zouden nemen.

ERNA

Tussen cartoonesk uitziende punkers met enorme hanenkammen, gothics en toeristen baande ik me een weg door Camden Market. Nats instructies bleken niet erg nauwkeurig, en het duurde een tijdje voordat ik de plek had gevonden waar we elkaar zouden treffen. Eerst zag ik Nat niet. Ik keek om me heen en zag hem toen een eindje verderop staan, vlak bij het water tegen een meerpaal geleund. Toen ik dichterbij kwam zag ik ook Jan, die er enigszins gebogen bij stond, zoals lange mensen vaak doen, alsof ze in hun leven te vaak rekening hebben moeten houden met lage plafonds.

'Waar bleef je nou?' vroeg Nat.

'Het spijt me. Net toen ik weg wilde gaan, kreeg ik bezoek. Politie.'

'Jezus,' zei Nat.

'Waarom wilde je me spreken? Was daar een reden voor?'

'Ze hebben net een vriend van ons uit een spaarbekken gevist,' zei Nat. 'Dat lijkt me wel een goede reden.'

'Dat bedoelde ik niet.'

Nat tastte in de zak van zijn jasje en haalde er een pakje sigaretten en een aansteker uit. Hij hield mij het pakje voor.

'Ik ben gestopt,' zei ik.

'Dan is het verdomme tijd dat je weer begint.'

Hij reikte Jan een sigaret aan, en beiden staken op. Ik had een sterke behoefte om mee te doen, maar propte om te verhinderen dat ik er een zou aannemen mijn handen in mijn zakken.

'En?' zei ik. 'Je wilde me spreken?'

Hij wierp een blik in Jans richting en vervolgens keek hij mij aan.

'Ja, hallo hé!' zei hij met stemverheffing. 'Hayden is verdomme dood en in een spaarbekken gedumpt.'

'Het is een vreselijke schok,' zei ik.

'Dat is het zeker,' zei Jan met vreemde, gedempte stem. Het was voor het eerst dat hij iets zei.

'Hoe ben je aan mijn telefoonnummer gekomen?' vroeg ik.

'Dat heeft Hayden me een keer gegeven,' zei Nat. 'Ik heb in mijn opschrijfboekje wel dertig verschillende nummers die hij me heeft gegeven en waar hij in verschillende perioden te bereiken was. De meeste zijn inmiddels doorgestreept. En nu kan ik ze allemaal doorstrepen. Zullen we een eindje gaan lopen? Ik krijg het koud nu we hier zo staan.'

'Het is anders een warme zomerochtend,' zei ik.

'Ik krijg het altijd koud als ik lang stilsta.'

We begonnen te lopen en maakten langzaam voortgang in de menigte.

'Wat is dat met al die punkers?' vroeg Jan kribbig. 'Punk is iets uit de tijd dat ik klein was, en toen zagen ze er niet zo uit. Echte punkers zagen er niet uit als punkers.'

'Hoe bedoel je, ze zagen er niet uit als punkers?' zei Nat.

'Kijk maar naar oude foto's van de Sex Pistols. Die zagen er niet uit als punkrockers. Dat kwam pas later, dat ze er allemaal hetzelfde uitzagen.'

'We conformeren ons allemaal,' zei Nat. Hij keek naar mij. 'Alleen jij niet. Heb jij nooit bij een groep gehoord?'

'Ik geloof het niet,' zei ik. 'Bij mij ging het altijd alleen om de muziek.'

'Geen wonder dat Hayden en jij iets met elkaar hadden.'

'We hadden niet echt iets met elkaar...' begon ik.

'Ik ben net als die punkers,' zei Nat. 'Wat we spelen – speelden, moet ik misschien zeggen? – is een soort alternatieve country, dus kleed ik me alsof ik in Texas geboren ben. Terwijl ik uit Norfolk kom, godbetert. Hayden was niet zo. Hij zou er de zin niet van hebben ingezien.' Hij bleef staan en keek om zich heen. 'We moeten op hem proosten.'

Ik keek op mijn horloge. 'Het is tien over twaalf.'

'We moeten op hem proosten.'

Jan keek me aan en haalde zijn schouders op, en toen liepen we achter Nat aan naar een pub bij het kanaal. We gingen buiten aan een tafeltje zitten, Nat liep naar binnen en kwam terug met een dienblad met daarop drie glaasjes met daarin een donkere vloeistof en drie zakjes chips. Hij ging zitten en deelde ze rond.

'Bourbon,' zei hij. Hij pakte zijn glas, bekeek het en keek toen naar mij. 'Bonnie, wil jij een paar woorden zeggen?'

Er volgde een lange stilte, want ik wilde eigenlijk niets zeggen. En ik wilde niet midden op de dag bourbon drinken met twee muzikanten die ik nauwelijks kende.

'Ik weet niet wat ik zeggen moet,' zei ik. 'Ik kende Hayden niet zoals jullie hem kenden.'

'Dat is waar,' zei Jan op een toon waar ik misselijk van werd.

'Hayden was een groot muzikant,' zei ik. 'Maar ik geloof dat hij er op de een of andere manier nooit in geslaagd is er een succes van te maken. Het had niet zo mogen eindigen voor hem.'

'Shit, nee, natuurlijk had het niet zo mogen eindigen,' zei Nat. 'Dat is geen manier om hem te gedenken.'

Ik keek Jan aan. 'Misschien kun jij het beter?'

Jan stak zijn vinger in de whisky en streek ermee over zijn tong. Hij pakte zijn glas en zei: 'Op de nagedachtenis van Hayden Booth. Hij heeft geld van me gestolen, hij heeft mijn carrière verneukt en hij heeft mijn meisje afgepikt. Maar het goede van Hayden was: als hij je een loer had gedraaid, zeurde hij er verder niet over. Hij was niet rancuneus. Op Hayden en op de zegeningen van een slecht geheugen.'

'Dat stelt ook niet veel voor als eerbetoon,' zei Nat.

'De laatste keer dat ik jullie samen zag, hadden jullie slaande ruzie,' zei ik.

Nat bromde wat. 'Zoals ze zeggen: it's only rock-'n-roll. Ik kan het wel beter. Op Hayden, die deed wat hij moest doen.'

'Fuck, hij deed niet wat hij moest doen,' zei Jan. 'Mooie praatjes had hij wel, ja, maar hij deed niet wat hij moest doen, die eikel.'

'Drinken we die borrel nou nog op of niet?' vroeg Nat.

'Ik wil alleen geen onzin horen over die gast.'

'Oké, oké. Wat dacht je dan hiervan? Op Hayden. Hij is jong gestorven – nou ja, wat je jong noemt. Hij is jong gestorven en is een prachtig lijk. Hoe vind je dat, Bonnie? Kun je daar achter staan? Is hij een prachtig lijk, of niet?'

Tot dat moment had het contact iets vreemd onverschilligs gehad. Ik had het ontspannen gevonden om met mensen te praten die ik amper kende en met wie ik ook geen band had, maar ineens trof het woord 'lijk' me en zag ik zijn lichaam daar weer op de grond liggen, inclusief het bloed, zijn onnatuurlijke houding en zelfs een bepaalde geur, die ik helemaal vergeten was. Ik moest mezelf ertoe zetten om te knikken.

'Ja,' zei ik, op nauwelijks meer dan fluistertoon. 'Ik denk het wel.'

'Mooi,' zei Nat. 'Op Hayden.'

Ik hief mijn glas. Eerst voelde ik alleen de vloeistof tegen mijn lippen, maar toen ik ze opende, voelde ik de drank op mijn tong prikken en sloeg ik het hele glas in één teug achterover. Nog voordat ik het goed en wel in de gaten had, was Jan naar binnen gegaan en teruggekomen met een nieuw glas bourbon voor me. Nerveus scheurde ik een zakje chips open en propte er een aantal van in mijn mond. De zoute en zoet-kruidige smaak stond me tegen en ik moest mezelf dwingen ze door te slikken.

'Waarom ik?' zei ik. 'Waarom hebben jullie mij gebeld? En waarom zijn jullie allebei hier?'

'Wat heeft de politie je gevraagd?' zei Jan.

'Toen jullie belden, had ik de politie nog niet gesproken.'

'Maar het lag voor de hand dat het zou gebeuren, hè? Jij ging met hem. Jij was de eerste met wie ze zouden willen praten.'

'Ik ging niet met hem.'

'Je speelde samen met hem,' zei Nat. 'Je hebt woonruimte voor hem geregeld.'

'Ik heb bemiddeld, meer niet,' zei ik. 'Het was tijdelijk, voor iemand die met vakantie was.'

'Ik heb jullie samen gezien,' zei Nat. 'Ik heb gezien hoe hij naar je keek. Hij vertrouwde op je.'

'Hij aanbad je.'

'De politie heeft niks bijzonders gevraagd. Ze stellen een onderzoek in omdat hij waarschijnlijk vermoord is. Ze hebben gewoon de vragen gesteld die je zou verwachten.'

Jan pakte zijn glas en zette het heel voorzichtig weer neer, zonder ervan geproefd te hebben. 'En wat waren dat voor vragen?' zei hij.

'Of hij vijanden had, of bijzondere vrienden, of hij problemen had met geld – dat soort dingen.'

'Heb je het over ons gehad?'

'Had ik dat niet moeten doen?'

'Ja, dus?'

'Als je het echt weten wilt: ze stelden vragen over zijn leven en over de mensen die hij kende. Ik heb gezegd dat ik eigenlijk niemand kende. Maar ik heb wel namen genoemd van mensen met wie hij had gespeeld, en daar bedoel ik jullie mee. Maar is daar iets mis mee?'

'Nee,' zei Nat. 'Daar is niks mis mee. Ik neem aan dat ze wel contact zullen opnemen.'

'Ik heb jullie telefoonnummers niet gegeven, als je dat bedoelt. Maar ze zullen jullie wel opsporen. Ik bedoel, dat is hun werk. En wat ik ook gezegd heb, is dat ze een hele ris mensen zullen vinden die Hayden tegen zich in het harnas had gejaagd. Ze vroegen wie er kwaad zou kunnen zijn op Hayden.'

'Alleen de mensen die hem kenden,' zei Jan.

'Zoiets heb ik ook gezegd.'

Er viel een stilte, waarin ik in mijn glas tuurde. Ik kon er beslist niet meer van op. Aan het tafeltje naast ons zat een bont uitgedost stel mensen, een en al tatoeages, roze geverfde haren, laarzen tot boven de knie en tijgervellen. Wat deden deze mensen door de week? Werkten ze bij een bank, stonden ze voor de klas?

'Wat heeft Hayden over ons gezegd?' vroeg Nat.

'Niets,' zei ik. 'Althans niet voor zover ik me kan herinneren. Hoezo?'

'Die keren dat je ons gezien hebt, moet het je opgevallen zijn dat we niet bepaald de beste maatjes waren. We wilden alleen maar zeggen dat je daar geen verkeerd idee over moet hebben.'

In andere omstandigheden zou ik er moeite mee hebben gehad om niet te glimlachen. Maar vandaag niet. Vandaag had ik niet de minste neiging om te glimlachen.

'Hebben jullie me daarom opgebeld?' vroeg ik. 'Zijn jullie daarom met z'n tweeën hiernaartoe gekomen en hebben jullie me daarom volgegoten met drank, om me te vertellen dat jullie geen slechte relatie hadden met Hayden?'

'Nee,' zei Jan. 'We hadden wel degelijk een slechte relatie met hem. Of tamelijk slecht. Dat heb je gezien. Maar dat was niks nieuws. Zo was het nou eenmaal tussen Hayden en ons. Ons allemaal.'

'Prima,' zei ik. 'Ik geloof je.'

Nat keek achterdochtig. 'Maar heb je dan niet aan Hayden gevraagd wat er tussen ons was gebeurd?'

'Ik weet wat er tussen jullie is gebeurd. In elk geval alles wat ik weten wilde. Wat er volgens mij is gebeurd, is dat Hayden geld heeft opgemaakt dat jullie stom genoeg aan hem hadden toevertrouwd. En er zullen vast ook andere dingen spelen. Ik stel me voor dat jullie bijvoorbeeld niet veel aan Hayden hadden als het erop leek dat jullie succes kregen.'

'Niet bepaald, nee,' zei Nat. 'En hoe denk je dat dat kwam?'

'Je bedoelt, waarom is...' Ik zweeg. 'Waarom was Hayden zo? Wil je van me horen dat hij als kind is mishandeld? Dat hij een of ander trauma had, waardoor hij het gevoel had dat hij geen succes mocht hebben?'

'Dat zou ik niet willen zeggen,' zei Jan. 'Ik zou eerder zeggen dat het succes niet groot genoeg kon zijn voor Hayden.'

'Ik was zijn psychiater niet,' zei ik.

Jan glimlachte. 'Nee,' zei hij. 'Nee, dat was je niet.'

Ik werd hier onpasselijk van en wilde eigenlijk alleen maar weg, maar toen ik naar hen keek, naar deze twee niet erg succesvolle muzikanten van middelbare leeftijd, voelde ik tot mijn verbazing medelijden met hen.

'Ze pakken het groot aan,' zei ik.

'Hoe bedoel je?' vroeg Nat.

'Het politieonderzoek,' zei ik. 'Vandaag zijn ze begonnen. Het zal geen pretje worden voor degenen die Hayden gekend hebben.'

'Zeker niet voor die schooiers van muzikanten met wie hij werkte,' zei Jan. 'En dan bedoel ik ons. Niet jou.'

'Maar dat geeft niks, hè?' zei Nat. 'Want we willen toch alleen maar dat de dader wordt gepakt.'

'Vanzelf,' zei ik.

'Toen ik het hoorde, dacht ik eerst aan een straatroof,' zei Nat. 'Een uit de hand gelopen beroving. Maar toen hoorde ik van dat spaarbekken, en een straatrover gooit zijn slachtoffer niet verzwaard met stenen in een spaarbekken.'

'Ik heb niet veel verstand van straatrovers,' zei ik.

'Eén ding nog,' zei Jan.

'Ja?'

'Je zei dat Hayden ons geld had opgemaakt.'

'Ik zeg maar wat. Ik weet van niks.'

'Maar hij heeft jou geen geld gegeven? Om te bewaren of als cadeautje?'

'Mij?' zei ik.

'Het gaat niet alleen om ons,' zei Jan. 'Hayden was veel mensen geld schuldig. Veel mensen zijn boos.'

'Ik weet niet waar het geld gebleven is,' zei ik. 'Maar ik kan me niet herinneren dat Hayden überhaupt geld uitgaf. En zeker niet aan mij.'

Ik stond op en maakte aanstalten om weg te gaan.

'Je hebt je glas nog niet leeg,' zei Nat.

'Drink jij het maar op,' zei ik. 'Proost nog maar eens op Hayden. Sorry, dat klonk onaardig.'

'Dus jij denkt dat de politie ons zal willen spreken?'

'Ik denk dat ze iedereen willen spreken.'

'We hebben ze niet veel te vertellen.'

'Dan wordt het een kort gesprek,' zei ik.

'Weet je hoe je mij kunt bereiken?' vroeg Nat.

'Zal dat nodig zijn dan?'

Hij schreef zijn telefoonnummer op een bierviltje en reikte het mij aan.

'Je zou ons op de hoogte kunnen houden van wat er gebeurt,' zei hij. 'Voor het geval er iets is wat we moeten weten.'

Terwijl ik terugliep, ging ik voor mezelf nog eens na wat ik tegen de politie had gezegd. Wat was ik stom geweest. Ik dacht dat ik discreet was geweest wat Hayden en mijzelf betrof, dat het misschien onopgemerkt was gebleven. Maar er waren mensen die het wisten, misschien iedereen wel. De politie zou het binnenkort ook weten, en dan zouden ze van mij willen horen waarom ik niet de waarheid had gezegd. Ik moest erover nadenken wat ik dan zou antwoorden.

ERVOOR

Ik gaf een roffel op de deur die vroeger mijn voordeur was geweest en trok een onverschillig gezicht.

'Bonnie!'

'Hoi. Sorry dat ik wat te laat ben.'

'Te laat?'

'Ben je het vergeten?'

'Nee... dat wil zeggen, wat...'

'Ik kom mijn spullen ophalen. Dat hadden we op de laatste repetitie afgesproken.'

'Was dat vandaag?'

'Zondagochtend, want dan was jij zeker thuis. Mag ik binnenkomen?' Ik deed een stap naar voren, zodat ik op de drempel stond.

'Ik ben er niet helemaal klaar voor. Sorry. Kan het misschien een andere keer? Er is toch niet echt haast bij?'

'Dat kun jij makkelijk zeggen.' Ik schrok zelf van de scherpte van mijn stem. 'Weet je wat het is, ik heb nu de auto van Sally te leen. Het is niet veel, en jij zei dat je alles al in dozen had gestopt.' Ik liep nog iets verder naar binnen, en Amos week achteruit. Hij zag eruit alsof hij zo uit bed was gestapt, in een slobberige korte broek met vlekken en een versleten T-shirt, hij had een stoppelbaard en zijn haar stond rechtovereind.

'Nou, kom dan maar boven,' zei hij, en terwijl hij zich omdraaide en de trap naar zijn verdieping opging, wreef hij met de rug van zijn hand over zijn gezicht. Ik dacht terug aan de eerste keer dat we hier samen waren gaan kijken. De makelaar had de deur opengemaakt die Amos nu openduwde, en we waren de grootste kamer in gelopen, waar geen meubels stonden, een koele kamer waar de zon door de twee grote ramen schuin binnenviel en rechthoeken aftekende op de vloerbedekking. Ik was er meteen dol op geweest en had me voorgesteld hoe ik daar in de kamer zou zitten luisteren naar muziek, aan het einde van de dag nog een blik op straat zou werpen en hoe ik er mijn leven zou leiden. Langzamerhand was de ruimte vol met rommel geraakt en ook vol herinneringen. Nu was ik een vreemde, die hier was om rommel mee te nemen. Ik keek om me heen. Alles zag er net even anders uit dan me vertrouwd was. De bank stond op een andere plaats, er stond een salontafeltje dat er vroeger niet was geweest, met daarop een paar kopjes van na mijn tijd.

'Koffie?' vroeg Amos, die een beetje onbeholpen heen en weer drentelde en niet goed wist hoe hij tegenover me moest staan. Was ik een gast? Een indringer?

'Ja, lekker.'

'Met of zonder melk?' Hij kreeg een kleur. 'Ik bedoel, ik weet wel hoe je het vroeger dronk, maar ik dacht: misschien is dat veranderd.'

'Geeft niet. Alles nog hetzelfde. Wat de koffie betreft, dan.'

In de stilte die volgde hoorde ik dat er een wc werd doorgetrokken en daarna hoorde ik een kraan lopen.

'Ik, eh... Ik had het moeten zeggen.'

Gedempte voetstappen, de deur ging open.

'Hallo Bonnie.' In de deuropening stond Sonia, gekleed in een zwart T-shirt met de tekst 'Als ik even niets doe, hou me dan niet tegen!' Ze was op blote voeten en had haar teennagels donkerrood gelakt.

'Dat is mijn T-shirt,' zei ik.

'Ik zal het wassen en aan je teruggeven.' Ze glimlachte vriendelijk naar me. Ik voelde me door hen samen op het verkeerde been gezet, ik voelde me verschrikkelijk slecht op mijn gemak in het huis dat tot voor kort mijn thuis was geweest. 'Hoe gaat het met je?'

'Goed. Prima. Fantastisch. Ik kom even mijn spullen ophalen. Ik ben zo weer weg.'

'Haast je maar niet. Laten we even koffie drinken, en dan kun je wat mij betreft je gang gaan.'

'Ik zal ze even pakken,' zei Amos, en half struikelend in zijn gretigheid om weg te komen, haastte hij zich het keukentje in dat aan de huiskamer grensde.

'Ik wist niet dat jij hier zou zijn.'

'En ik wist niet dat jij zou komen. Maar dat moet toch kunnen, vind je niet?'

'Het is wel raar.'

'Ja, inderdaad.'

'En jij en Amos...' Ik zweeg.

'Ja?'

'Dat is ook raar.'

'Je zei dat het prima was.'

'Prima, maar wel raar.'

'Oké.'

'Ik heb de neiging om hard weg te rennen.'

'Ik snap wel dat het raar is dat ik hier met Amos ben en dat jij in je eentje komt.'

'Dat is het niet,' zei ik, al was het dat natuurlijk wel. Ik voelde me ernstig in het nadeel.

'Je komt vast gauw iemand anders tegen.'

'Wat zeg je nou?'

De deur ging open, en Amos kwam binnen met drie koppen koffie.

'Je komt wel iemand tegen,' zei Sonia. Ze zei het zachtjes, maar ze had een heldere, dragende stem – zo'n stem die je in een volle ruimte overal bovenuit zou horen.

Mijn wangen gloeiden. Ik keek haar woest aan om haar te kennen te geven dat ze haar mond moest houden, maar ze begreep het kennelijk niet. Amos zette de kopjes voorzichtig op de salontafel neer, waarna hij me meelevend aankeek.

'Ze heeft gelijk,' zei hij.

'Ik wil helemaal niet iemand tegenkomen. Ik ben heel tevreden als ik niemand tegenkom, dank je wel. Leuk dat je bezorgd om me bent, Amos, maar nu ik weer onafhankelijk ben, besef ik dat ik in mijn eentje veel gelukkiger ben.' Ik ging maar door. 'Ik heb het heerlijk. Ik geniet van een fantastische zomer. Ik wil alleen mijn spullen terug.'

'Als ik dit op heb, doe ik even snel de boodschappen, oké?' zei Sonia tegen Amos.

'Ja, dat lijkt mij ook het beste.'

'Je mag best blijven als je wilt. Dan kun je scheidsrechter zijn.'

'Dat is volgens mij juist wat ik niet wilde zijn, Bonnie.' Sonia grijnsde.

'Ik snap dat het je misschien niet mee zal vallen. Die is trouwens van mij.' Ik wees naar een kleine zwart-witfoto van zwanen op een rivier.

'Ik dacht het niet,' zei Amos. 'Die hebben we samen gekocht, dat herinner ik me nog heel goed.'

'Die hebben we samen gekocht van mijn geld.'

'Zo herinner ik het me niet.'

'Ik geloof trouwens niet eens dat je er ooit iets aan hebt gevonden.'

'Misschien niet, maar daar gaat het niet om. En trouwens, zo langzamerhand wel.'

Sonia zuchtte en stond op. 'Het is geen wedstrijd, Amos,' zei ze vlak, en ik zag dat hij een dieprode kleur kreeg. 'Er valt niks te winnen of te verliezen. Je vindt er niks aan, dus zeur er niet over door.' Ze haalde de foto van de muur, veegde het stof van het glas met de onderkant van haar T-shirt – mijn T-shirt – en reikte hem me aan. Het was een demonstratieve actie tegenover mij. 'Nu ga ik wat aantrekken en de straat op. Ik zie je, Bonnie.' Ze boog zich voorover, legde haar handen op mijn gespannen schouders en kuste me, eerst op de ene wang en vervolgens op de andere. Ik rook haar schone, zeepachtige geur en voelde haar zachte, dikke haar tegen mijn wang. 'Sorry,' zei ze.

'Het is oké.'

'Ja.' Ze klonk streng, alsof het een bevel was. 'Zo is het.'

Het ging beter toen ze weg was, want toen konden we ons kinderlijk en kleingeestig gedragen zonder ons te hoeven schamen onder haar volwassen, oordelende blik. Ik mocht de glazen vaas hebben, maar hij hield de wok, die we geen van beiden ooit hadden gebruikt; ik kreeg de vier champagneflûtes die we van een vriend van ons cadeau hadden gekregen toen we in het huis trokken, hij hield de whiskyglazen. Ik ruilde de patchwork sprei tegen de badkamermatten. We kibbelden over boeken en kregen bijna slaande ruzie over een cd van Crosby, Stills en Nash. Je staat ervan te kijken wat je allemaal verzamelt. Ik had mezelf altijd beschouwd als iemand die niet aan bezit hecht, maar anderhalf uur later was Sally's auto afgeladen met printerinktpatronen, dvd's, een paar luidsprekers, oude nummers van muziektijdschriften, versleten wandelschoenen, lakens en kussenslopen, een zitzak, een krukje, een paar kussens, een staande spiegel, een cafetière en een theepot waar schilfers af waren, windgongs, posters, lampenkappen, potplanten, borden, bekers, een grote hamer, een kleine, roestige zaag, een zak vol knopen, een kalender van verleden jaar en een kerstboomstandaard met een doos kerstboomlampjes die het niet deden. De restanten van een heel leven: telefoonladers, adapters, pennen, sokken, klosjes garen, make-upspullen. Toen ze onbereikbaar voor me waren, hadden ze me intens begerenswaardig geleken en had de gedachte dat ze in het bezit waren van Amos me vervuld van woede en bittere wrok, en nu ze achter in de auto lagen, waren ze weer nutteloos, ongewenst en overbodig. Ik stopte bij een container en gooide daar een aantal zakken in, zonder eigenlijk goed te kijken wat erin zat. Toen kocht ik bij een bloemenzaak in Camden een grote bos bloemen om in de vaas te zetten waarvoor ik had gevochten en reed naar huis.

ERNA

Mijn volgende gesprek met inspecteur Wallis en inspecteur Wade vond niet plaats in mijn appartement, maar op het politiebureau, en deze keer was het geen informeel babbeltje, maar een formeel verhoor, dat werd opgenomen. Ze glimlachten niet naar me en stelden me niet gerust, en ik merkte dat mijn handen zo beefden dat ik ze op mijn schoot moest houden om het te verbergen. Mijn stem schalde door het kamertje, dat zo hel verlicht was dat ik het idee had dat elke zenuwtrek op mijn gezicht door hen opgemerkt zou worden en elke onwaarheid direct duidelijk zou zijn. Ik nam me voor zo weinig mogelijk te zeggen en te herhalen wat ik eerder had verteld, maar ik kon me niet precies meer herinneren wat dat was geweest. Mijn verhaal zoals ik het voor de geest had, leek te zijn opgelost in de blinde paniek die zich van me meester had gemaakt – of in elk geval zwermden de fragmenten die nog resteerden rond in een wirwar van gedachten en angsten. Ik was een actrice die slechts beschikt over een aantal teksten in willekeurige volgorde, terwijl ik een heel toneelstuk te spelen had, een concertpianist zonder bladmuziek, een schoolkind dat voor de nachtmerrie van het examen staat, maar niets meer weet en alleen nog beschikt over een ratjetoe van onsamenhangende feiten.

Ik had de ochtend doorgebracht met kranten lezen in de koffiebar verderop in de straat. Ik had een pot koffie besteld, die ik te snel had opgedronken, waardoor ik mijn lippen had verbrand en het gejaagde gevoel in mijn ledematen alleen maar was toegenomen, en een amandelcroissant waar ik nauwelijks van at omdat ik zo misselijk was dat ik bang was dat ik zelfs van een paar gesuikerde schilfers daarvan zou moeten overgeven. Alle kranten hadden verhalen over Hayden Booth, de begaafde musicus met een veelbelovende toekomst, wiens lijk in een spaarbekken was gevonden. De koppen riepen over mysterie, tragedie, de pijn van de nabestaanden. Welke nabestaanden? Had hij een moeder, een vader, broers en zusters over wie hij nooit iets had gezegd? Misschien had hij wel neefjes en nichtjes gehad, die hij over zich heen liet klauteren zoals Lola over hem heen had geklauterd. In bijna alle kranten stond een foto van hem die enkele jaren geleden was genomen, waarop hij met zijn gitaar op een podium staat, zijn gezicht half in de schaduw en de ogen geloken. Hij zag eruit als een beroemdheid, een knappe man. Mijn keel werd dichtgesnoerd toen ik zijn foto zag, ik sloeg mijn armen om mezelf heen en wachtte tot het bonzen van mijn hart wegebde en ik de letters in de krant weer scherp zag.

Ik wilde niet over hem lezen, maar ik kon er niet mee ophouden. Ik liet mijn blik over de regels gaan, in de verwachting ineens mijn naam eruit te zien springen of getroffen te worden door een of ander afschuwelijk feit, maar ik las niets wat ik niet al wist, behalve zijn leeftijd, die achtendertig geweest bleek te zijn, en de naam van zijn voormalige manager, Paul Boland. De artikelen waren de vorige dag inderhaast opgesteld, en de politiemensen die nu tegenover me zaten, wisten al een stuk meer. Ze wisten bijvoorbeeld dat ik hun niet de hele waarheid had verteld.

Toen ik ging zitten, voelden mijn blote benen warm en plakkerig aan op de plastic stoel. Ze hadden gezegd dat ze een advocaat voor me konden bellen. Daar had ik recht op.

'Als u geen advocaat hebt, kunnen we zorgen dat u er een krijgt.' Inspecteur Wade wachtte op mijn antwoord.

'Ik weet het niet. Ik geloof niet dat...'

Als ze aanboden een advocaat voor me te regelen, betekende dat dan dat ik – hoe heette het ook weer officieel – onder verdenking stond? Mijn eerste ingeving was om erop in te gaan. Ik stelde me er iemand bij voor – een man met zilvergrijs haar in een grijs pak en met een dunne aktetas onder de arm, of een slanke, verzorgde vrouw met hoge jukbeenderen, heel intelligent en met veel ironie – die naast me zou komen zitten en me door de gevaarlijke wateren heen zou loodsen en alles helder en veilig voor me zou maken. Maar dan, wat zou ik tegen die advocaat zeggen? Ik realiseerde me dat ik ook tegen hem of haar zou moeten liegen, dat ik zou moeten proberen mijn verhaal precies zo te vertellen als ik het eerder had gedaan, en bij de gedachte dat ik nog meer onwaarheden zou toevoegen aan mijn al zo wankel geconstrueerde relaas raakte ik zo in paniek dat ik er draaierig van werd.

'Nee,' wist ik uit te brengen. 'Ik wil geen advocaat.' Ik probeerde een luchtig zelfvertrouwen uit te stralen. 'Wat moet ik met een advocaat?'

'Tja, wat u zegt,' zei inspecteur Wade. 'Goed...'

We begonnen – en uiteraard begonnen we met het feit dat ik Hayden Booth aanzienlijk beter had gekend dan ik eerder had gezegd.

'U vertelde ons...' zei Wade, door zijn notitieboekje bladerend. 'Ja, u zei dat hij geen vriendin had.'

'Ja,' zei ik. 'Dat wil zeggen: ja, dat heb ik gezegd.'

'Zou u die uitspraak nog op enigerlei wijze willen veranderen?'

'Hoe bedoelt u?'

'Blijft u bij uw verklaring dat hij geen vriendin had?'

Golven van warmte welden in me op. Mijn gezicht gloeide.

'Nee, die had hij niet. Ik bedoel, het is niet het juiste woord.' Ze wachtten allebei. Joy Wallis liet haar potlood zachtjes op de tafel stuiteren, *tik-tik-tik*. 'Zo was het niet met Hayden.' Een stilte opende zich voor me, en even dacht ik dat ik me erin zou storten en in een enorme woordenstroom alles eruit zou gooien, alles zou vertellen. Ik slikte moeizaam en keek op. 'Hij was niet het soort man om een vaste vriendin te hebben.'

'Dat zei u vorige keer ook.'

'Nou dan.'

'U hebt ons misleid.'

'Ik begreep het niet.'

'Wat begreep u niet?'

'Ik weet het niet.' Ik begon opnieuw. 'Het spijt me. Het was niet mijn bedoeling u te misleiden. Maar het is wel waar dat ik Haydens vriendin niet was.'

'Hoe dat zo?' zei inspecteur Wade nadenkend.

'We hadden geen vaste relatie,' zei ik. 'Ik kende hem pas een paar weken, via de band. U weet wel. Dat heb ik u al gezegd.'

'Had u seksueel contact met meneer Booth?'

'Ja.'

'Oké. Dus u was niet zijn vriendin, maar u had wel seksueel contact met hem?'

'Ja.'

'U ging met hem naar bed?'

'Ja, dus.'

'Hoe vaak?'

'Pardon?'

'Hoe vaak ongeveer bent u met Hayden Booth naar bed geweest?'

'Is dat van belang?'

'Dat weten we pas als u het ons hebt verteld.'

'Ik weet het niet precies.'

'Eén keer? Twee keer? Drie keer? Vaker?'

'Eerder dat laatste, ja.'

'Meer dan drie keer?'

'Ja.'

'Hoeveel keer meer?'

'Weet ik niet. Een paar keer.'

'Zullen we zeggen zes of zeven keer in die periode van nog geen twee weken dat u niet zijn vriendin was?'

'Nee. Dat was ik niet.'

'Was het geheim?' Dit was een vraag van Joy Wallis.

'Min of meer.'

'Waarom?'

'Dat was het gewoon. We wilden niet dat de mensen het zouden weten. Dat ze van alles zouden gaan denken. Dat soort dingen.'

'Dat ze zouden gaan denken dat jullie een stel waren?'

'Zoiets, ja.'

'Dus niemand wist het.'

'Nou, Jan en Nat wel, denk ik. Min of meer. De jongens in zijn band, die wisten dat we... wat hadden.'

'Dat u wat met elkaar had...' Wade drukte zich zorgvuldig uit, alsof het een exacte beschrijving was van wat er was geweest tussen Hayden en mij, '... was dat nog het geval toen hij doodging?'

'Ik neem aan van wel.'

'Sorry... u neemt aan van wel?'

'Ja, dat was het geval.'

'Waar trof u elkaar?'

'In mijn appartement. Of het zijne. Dat is van een vriendin van me, die er op het moment niet is... Maar dat heb ik u al verteld.'

'Had u weleens ruzie?' Joy Wallis weer. Ze had een zachtere stem dan Wade, en ze keek onder het spreken niet naar mij, maar in haar notitieboekje, waarin ze, zag ik, niets opschreef.

Ik kromp in elkaar. Even zag ik weer Haydens vuist op mijn gezicht afkomen. Terwijl ze me aankeken en wachtten op mijn antwoord, voelde ik de inmiddels vervaagde blauwe plek in mijn hals kloppen, alsof hij me zou verraden. Die moesten ze toch zien.

'Nee. We vielen natuurlijk weleens tegen elkaar uit. U kent dat wel.'

'Nee, eigenlijk niet. Gaat u door.'

'Hij was een beetje een sloddervos.'
'Dus u had ruzie over de rommel?'
'Een beetje. Soms.'
'Was hij u trouw?'
'Ik heb u al gezegd, ik was zijn vriendin niet. Hij hoefde niet trouw te zijn.'
'Dus hij was u ontrouw?'
'Het woord is niet van toepassing.'
'Waren er andere vrouwen?'
Ik dacht aan Sally, die hij had versierd en in de steek gelaten. 'Ik weet het niet,' zei ik.
We draaiden voortdurend om de hete brij heen. Het was benauwend warm en mijn hoofd bonsde. Het zweet stond in mijn handen. En toen vroeg inspecteur Wade: 'Had meneer Booth een auto?'
'Ja.' Ik klonk schor. Ik kneep mijn vingers samen en probeerde mijn stem krachtiger te laten klinken. 'Hij had een auto. Ik heb er een keer in meegereden.' Dat was voor het geval er ondanks de schoonmaakbeurt nog sporen van me in te vinden zouden zijn.
'Weet u nog wat voor merk het was?'
'Het was een blauwe. Meer weet ik niet. Een oude blauwe.'
'Een blauwe Rover, dertien jaar oud.' Hij noemde het kenteken erbij, dat in het dossier stond dat hij voor zich had liggen.
'Zou kunnen.'
'Weet u waar hij hem had staan?'
'Bij Liza voor de deur, neem ik aan, waar hij tijdelijk woonde.'
'Juist, ja.' Hij leunde achterover in zijn stoel, schoof zijn vingers in elkaar en legde zijn handen op zijn achterhoofd. 'Ik zal u wat zeggen over die auto, mevrouw Graham. Die staat daar nu niet voor de deur.' Ik mompelde iets nietszeggends. 'Hij is op de middag van zondag 30 augustus aangetroffen in Walthamstow, op Fountain Road, geparkeerd op een plek waar dat niet mocht.' Hij keek nog eens in zijn opschrijfboekje. 'De bekeuring is uitgeschreven om zeven minuten over drie, en het voertuig is twintig minuten later weggesleept.'
Er viel een stilte.
'Dan is hij misschien gestolen,' zei ik.

'Het sleuteltje zat nog in het contact.'

'Nou, en?' zei ik.

'Is dat niet vreemd?'

'Sorry,' zei ik. 'Ik wil niet brutaal zijn, maar wat maakt het uit wat ik daarvan vind?'

'Weet u waar de auto daarvóór was?'

'Nee.'

'Toen stond hij op de luchthaven Stansted, op het terrein voor lang parkeren.'

'Waarom stond hij daar?' zei ik.

'Hij is daar op 22 augustus even na vier uur 's nachts neergezet. Degene die hem bestuurde droeg een zonnebril en een hoofddoek. Midden in de nacht.'

'Denkt u dat het Hayden geweest kan zijn?' vroeg ik.

'Dat lijkt niet erg waarschijnlijk. Wij denken dat het een vrouw was.'

'Aha,' zei ik.

'Blank, tamelijk jong.'

Ik maakte een geluid dat er vreemd uitkwam, als een schor gekras.

'Op de vroege ochtend van 30 augustus is de auto rijdend in de richting van Londen op de M11 gesignaleerd, waarna hij in westelijke richting de North Circular op is gegaan, maar toen meteen weer is afgeslagen.' Ze keek in haar dossier. 'En toen is de auto achtergelaten, met het sleuteltje in het contact, zoals ik al zei.'

'Klinkt raar.'

Ik hoorde in gedachten Sonia roepen: idioot die je bent.

'Ja, raar hè? Kunt u een reden bedenken waarom de auto een week op de luchthaven heeft gestaan en toen is verplaatst?'

'Misschien is hij gestolen?'

'Dat lijkt me uiterst onwaarschijnlijk – ik heb de auto gezien. Er zou iets in gelegen kunnen hebben, dat ergens afgeleverd moest worden. Iets waardevols.'

'Is er iets gevonden?' vroeg ik.

'Helemaal niets. Wanneer hebt u meneer Booth voor het laatst gezien?' vroeg inspecteur Wade.

'Dat heb ik u al gezegd. Dat moet op de repetitie zijn geweest.

Die woensdag, denk ik. U kunt het navragen bij de anderen.'

'En waar was u, mevrouw Graham?'

'Wanneer?'

'Waar was u tussen de ochtend van 21 augustus en de ochtend van 22 augustus?'

'Dat is makkelijk,' zei ik. 'Toen was ik bij Neal. Neal Fenton.'

'De hele dag?'

'Ja.'

'En de hele nacht?'

'Ja. Hij is mijn vriend, moet u weten.'

Ze hielden me ruim zes uur op het politiebureau vast. Steeds weer werd mijn verhaal nageplozen, en toen werd ik naar een andere kamer gebracht, waar me door een vrouw vingerafdrukken werden afgenomen, waarna ze een wattenstaafje in mijn mond stak voor een DNA-monster. Pas toen mocht ik weg. Toen ik in de late namiddagzon de straat op liep, had ik zin om stil te blijven staan en me ter plaatse op het trottoir tot een balletje op te rollen en het uit te schreeuwen, maar ik bedacht dat iemand me misschien in de gaten hield en liep door totdat ik vanuit het bureau niet meer te zien was – ik bleef in mijn rol van normaal mens, iemand die niets op haar geweten heeft. Toen haalde ik mijn mobiel tevoorschijn en zocht met trillende vingers het nummer dat ik wilde bellen.

'Neal. Niet de deur uitgaan. Ik kom nu bij je langs.'

ERVOOR

'Ik ben ongeveer twee minuten van je huis. Ik kom langs.'

'Nee, Neal.'

'Ik heb je iets te zeggen.'

'Dat heeft geen zin.'

'Twee minuten,' herhaalde hij.

En jawel, twee minuten later stond hij voor de deur.

'Wat is er?'

'Mag ik binnenkomen?' Zijn gelaatsuitdrukking verhardde toen het hem begon te dagen. 'Hij is er, hè?'

Ik deed niet alsof ik niet wist waar hij het over had. 'Ja.' Ik keek naar zijn gezicht, dat strak stond van ellende. 'Luister eens, het spijt me... van alles. Echt.'

'Wat ik wilde zeggen,' begon hij, alsof hij me niet had gehoord, 'is dat ik denk dat je niet weet waar je mee bezig bent.'

'Misschien niet.' Hij maakte aanstalten om te antwoorden, maar ik was hem voor. 'En misschien bevalt het me wel om dat niet te weten.'

'Maar als het voorbij is, ben ik er nog wel voor je.'

Ik wist niet wat ik moest zeggen. Ik kon niet besluiten of dit walgelijk of aandoenlijk was; waarschijnlijk allebei een beetje. Of misschien, bedacht ik, zag de liefde er zo uit wanneer die niet wederzijds was – benauwend, misplaatst, een beetje gênant, beschamend zelfs.

'Bedankt.'

'Oké dan.'

Ik kreeg het warm nu hij me zo stond aan te staren en verplaatste mijn gewicht van mijn ene been op het andere.

'Dus je weet het, Bonnie.'

ERNA

Toen ik bij Neal aankwam, had ik het idee dat we twee bange, paniekerige vreemden waren die niet wisten hoe ze met elkaar moesten omgaan. Neal vroeg of ik iets wilde drinken, maar dat sloeg ik af. Ik was al duizelig, en door het misselijkmakende gevoel van vervreemding vond ik het al moeilijk genoeg om gewoon te blijven staan en rustig te praten. Ik wilde zo gauw mogelijk zeggen wat ik te zeggen had en dan opkrassen.

'Ik stond net op het punt zelf wat te nemen,' zei hij. 'Een glaasje wijn of een biertje.' Hij keek op zijn horloge. 'Het is bijna zes uur, dus als je aan iets sterkers toe bent... Er is ook whisky, en ik had wodka meegenomen uit Krakau.'

'Met een glas water ben ik al blij,' zei ik. 'Gewoon kraanwater.'

Hij schonk twee grote bekerglazen in en reikte mij er een aan. Ik sloeg het zonder enige moeite achterover en had toen nog dorst. Toen ik hem het glas teruggaf, reikte hij me het andere aan, dat ik half leegdronk.

'Gaat het wel?' vroeg hij.

'Ik heb met de politie gepraat,' zei ik.

'Dat wist ik.'

'Nee, ze hebben me weer verhoord. Ik ben er net de hele dag geweest.'

Neal keek onaangedaan. 'Zijn er problemen?'

Ik haalde diep en trillerig adem. 'Toen ik ze de eerste keer sprak, ben ik een beetje ontwijkend geweest over mijn... nou ja, je weet wel, mijn contact met Hayden.'

'Je bedoelt over het feit dat je met hem naar bed ging?'

Ik was moe na dat urenlange gesprek met de politie, waarin ik steeds goed had moeten nadenken om mijn verhaal kloppend te houden. Ik had het gevoel dat ik dat nu niet meer kon.

'Ze hadden me gevraagd of hij een vriendin had, en ik had gezegd van niet – want weet je, dat was ik niet, niet echt. Daarna hebben ze anderen gesproken die hebben gezegd dat ik zijn vriendin was, dus dachten ze dat ik had gelogen en dus ook wel een reden zou hebben gehad om te liegen. Daarom hadden ze me heel wat te vragen. Ze waren behoorlijk agressief. Ik kom nu rechtstreeks van het politiebureau.'

'Vervelend voor je,' zei Neal. 'Wat wil je dat ik doe, Bonnie? Ik bedoel, je had toch wel degelijk een reden om te liegen?'

De manier waarop hij zich uitdrukte maakte me onzeker. Ik had er even de tijd voor nodig te antwoorden. 'Wij tweeën hebben het nog helemaal niet gehad over wat er gebeurd is, en dat begrijp ik. Dat wilden we geen van beiden. Er zijn van die dingen die beter onuitgesproken kunnen blijven. Maar nu moet ik iets belangrijks aan je kwijt, en wel voordat je er met iemand anders over spreekt.'

Er viel een stilte. Ik stond op het punt om te gaan zeggen wat ik mezelf dagenlang had verboden, maar waar ik me nu toe gedwongen zag.

'Ja?'

'De politie was achterdochtig,' zei ik. 'Ze waren speciaal geïnteresseerd in de avond van 21 augustus. Ze hebben me zelfs gevraagd waar ik toen was.'

'Dat zal best. En wat heb je gezegd?'

Ik wilde gaan zitten, mijn handen voor mijn gezicht slaan en de hele wrede wereld buitensluiten. Ik stond te trillen op mijn benen. 'Daarom ben ik hier. Ik heb gezegd dat ik bij jou was, dat jij mijn vriend was.' Ik keek Neal aandachtig aan, keek naar zijn koele, uitdrukkingsloze gezicht. 'Snap je het, Neal? Ik heb je een alibi verschaft.'

Neal wendde zich van me af en streek met zijn hand over zijn voorhoofd. Ik zag hem denken, alsof het een fysieke inspanning was die hem grote moeite kostte. Ten slotte draaide hij zich weer om en keek me aan. Toen hij sprak, deed hij dat langzaam en nadrukkelijk.

'Je wilt dat ik jouw alibi ben? Is dat het?'

'Nee. Waarom zeg je dat? Ik weet het, Neal. Jij en ik weten dat deze hele poppenkast nu eindelijk afgelopen is. Jij hoeft de schijn niet meer op te houden, en ik ook niet.'

'Wat wil je nou eigenlijk zeggen?'

'Neal?' Alles leek ondergedompeld in duister onbegrip. 'Luister je? Ik heb jou een alibi verschaft voor de avond dat Hayden werd vermoord.'

'Jij hebt *míj* een alibi verschaft?'

Ik stak mijn hand op om hem te laten zwijgen. 'Je hoeft niks te zeggen. Ik wil er eigenlijk niet eens over praten. Ik wil het 't liefste maar allemaal vergeten. Aanvaard het gewoon, oké?'

'Ik zal er misschien spijt van krijgen dat ik het vraag, maar waarvoor heb je mij een alibi bezorgd?'

'Ach, schei uit, Neal, dat weet je best. Maak het nou niet moeilijker dan het al is.'

'Nee, Bonnie, ik weet het niet. Wat wil je nou verdomme eigenlijk zeggen?'

'Je wilt dat ik het luid en duidelijk zeg?'

'Ja, toe maar.'

Ik haalde diep adem en bleef hem in zijn ogen kijken terwijl ik me eindelijk uitsprak. 'Ik heb je een alibi verschaft omdat jij Hayden hebt vermoord.'

Zo. Het was eruit. Ik had gedacht dat Neal emotioneel zou reageren, dat hij kwaad zou worden of dat hij in zou storten en huilend zou zeggen dat hij het niet zo had bedoeld, dat het een ongeluk was geweest, een uitbarsting van geweld waardoor zijn leven in een nachtmerrie was veranderd. Maar hij keek me alleen maar aan, met open mond, uitdrukkingsloos.

'Hè?'

'Je hebt me gedwongen het te zeggen. Ik was het niet van plan.'

'Ik heb Hayden vermoord?'

'Ja.'

'Waar slaat dat op?' zei hij. 'Ik heb Hayden niet vermoord.'

'Ik weet dat je het hebt gedaan, Neal. Je hoeft hier niet mee door te gaan.'

'Nee. Nee, Bonnie. Dit is... Nou ja, dit is wel de grootste...' Hij zweeg en liet een luid hinnikend, angstaanjagend gelach horen. 'Waar denk jij verdomme dat je mee bezig bent?'

'Ik?'

'Kom nou toch, Bonnie.'

'Ik snap het niet,' zei ik. 'Wat dan? Wat is er?'

'Dit is zo ontzettend... Natuurlijk heb ik Hayden niet vermoord. Maar ik weet wie het heeft gedaan.'

'Hè?'

'Je hebt me goed gehoord.'

'Nee. Maar ik weet niet... ik weet niet waar jij mee bezig bent. Wil je me soms gek maken?'

'Dat zeg jij? Nou wordt-ie helemaal mooi!'

'Neal. Hou op. Hou hiermee op. Het is voorbij. Je hoeft er niet meer over te liegen, je hoeft niet meer te doen alsof.'

'Wacht even.' Neal stak zijn hand op om me het zwijgen op te leggen. 'Hou eens even je mond.'

Hij stond op en begon zonder op of om te kijken doelloos door de kamer te dwalen. Hij leek op de man die ik ooit na een ongeluk uit zijn auto had zien stappen en die onder invloed van de schok over de weg had gezwalkt.

'Wil je nou echt beweren dat jij hem niet hebt vermoord?' De draagwijdte van wat hij net had gezegd trof me ineens. Het was alsof de vloer ineens onder me weg was gezakt en ik me nergens meer aan vast kon houden. Ik plofte neer in de leunstoel en stak mijn gebalde vuist tussen mijn tanden.

'Stop,' zei hij. 'Laat me nadenken. Waarom hebben ze je verhoord? Wat kunnen ze je maken?'

'Ze kunnen me niks maken,' zei ik. 'Voor zover ik weet, tenminste. Maar zoals ik al zei... Ik bedoel, ze weten dat ik iets had met Hayden. En er is die nacht een foto genomen van zijn auto met een vrouw erin. Daarom zijn ze achterdochtig.'

Weer viel er een stilte.

'Ik heb nou zo'n idee dat jij en ik maar wat in het duister tasten,' zei Neal. 'Ik weet niet eens welke vraag ik zou moeten stellen. Wat ik in elk geval niet begrijp, is hoe en waarom Haydens lichaam ineens terecht is gekomen in een spaarbekken op meer dan honderd kilometer ten noorden van Londen.'

'Nee. Ik wil eerst terug naar de vraag wie de moordenaar van Hayden is. Je kunt het me gerust vertellen. Ik ben de enige ter wereld die je kunt vertrouwen.'

Hij boog zich voorover en pakte me zo hard bij mijn schouders dat het bijna pijn deed.

'Luister, Bonnie. Ik zeg het nog één keer luid en duidelijk: ik heb Hayden niet vermoord.'

'Jij moet het gedaan hebben. Ik heb je zelf weg zien lopen.'

'Ik heb het niet gedaan. Natuurlijk niet. En dat weet je, dus hou hier nou mee op. Jij bent de enige ter wereld die weet dat ik Hayden niet heb vermoord. Je draait het precies om.'

'Wat wil dat zeggen? Ik snap niet wat je bedoelt.'

'Wat wil dat zeggen?' echode hij. Zijn gezicht leek ineens ouder en zachter. Hij keek verbijsterd, alsof hij een klap had gehad en nog op zijn benen tolde. 'Je moet antwoord geven op mijn vraag.'

'Maar waarom vraag je dat?' zei ik, of misschien schreeuwde ik het wel. 'Want zo gaat het toch met mensen die vermoord zijn? Die worden in een kanaal, een rivier of een spaarbekken gedumpt. En soms worden ze gevonden. Ik ben niet de grootste speurneus ter wereld, maar het lijkt me dat jij dit alleen zou vragen als je Hayden in zijn appartement had vermoord en zijn lijk daar had laten liggen. Want dan zou je verbaasd zijn dat zijn lijk niet daar gevonden was.'

'Nee,' zei Neal. 'Er zijn meer verklaringen mogelijk.'

'Ik ben nu niet op mijn helderst,' zei ik. 'Ik ben nog nooit zo onhelder geweest. Vertel het me dus maar: welke andere verklaring is er dan?'

'Wil je echt dat ik het je vertel?'

'Jezus, laten we hier nou eens een eind aan maken. Ja!'

'Goed dan, Bonnie. De poppenkast is nu eindelijk voorbij. De reden waarom ik verbaasd was dat Haydens lijk in het spaarbekken van Langley is gevonden, is dat ik hem dood op de vloer van zijn appartement heb zien liggen.'

'Jij hebt het lijk zien liggen?'

'Ja.'

'Natuurlijk heb je dat! Jij was degene die...'

'Néé. Ik heb Hayden niet vermoord.' Hij zweeg toen ik mijn handen voor mijn mond sloeg en lang en zachtjes jankte. 'Toen ik aankwam, trof ik zijn lijk daar aan. Dat is alles.'

'Ik snap het niet. Je hebt zijn lijk gevonden en niet de politie gebeld?'

'Precies.'

'Waarom niet?'

'Omdat ik wist dat jij het had gedaan.'

'Hè?'

'Ik wist dat jij het had gedaan.'

'Hoe wist je dat?'

'Ik wist dat hij je weer had geslagen en ik wist dat je naar hem toe zou gaan. Je hebt het me zelf verteld. Ik kon het niet meer verdragen. Ik dacht dat ik gek zou worden als hij dat ongestraft kon doen. Dus wilde ik naar hem toe gaan om hem te waarschuwen, om tegen hem te zeggen wat er zou gebeuren als hij je nog eens zou aanraken – op die manier aanraken, bedoel ik. Ik heb eerst een borrel genomen om mijn zenuwen te kalmeren – hij werkte me altijd op mijn zenuwen, Hayden, en ik wilde die dag per se degene zijn die het voor het zeggen had; ik wilde niet dat hij me weer de mond zou snoeren. Toen ik daar aankwam, ongeveer een halfuur nadat ik bij jou was weggegaan, stond de deur open en kon ik zo naar binnen lopen. Ik zag meteen wat er was gebeurd. Jij was kennelijk meteen na die afschuwelijke repetitie naar hem toe gegaan, en jullie hadden ruzie gekregen. Misschien had hij je zelfs weer geslagen. Je had om je heen gekeken en dat bronzen beeldje gepakt, dat zware bronzen beeldje. Eén klap zou al genoeg zijn geweest, maar ik kreeg de indruk dat hij twee keer geraakt was. Was de tweede keer jouw wraak voor wat hij je die eerste keer had aangedaan? Of wilde je hem daarmee definitief afmaken? Het klinkt afschuwelijk, maar eigenlijk was ik er blij om. Dat was mijn eerste reactie. Ik had de pest aan hem, dat zeg ik je eerlijk. Ik haatte hem zo erg dat ik hem dood wenste. Hij had jou van mij afgepakt, en toen had hij je als oud vuil behandeld en mij... Ja, hoe gedroeg hij zich tegenover mij? Neerbuigend, en hij maakte zich vrolijk over me. Ik had hem dood gewenst, en daar lag hij – dood. Jij had hem vermoord. En toen begon ik na te denken. Jij had hem vermoord, dus zou je daarvoor moeten boeten, en dat wilde ik niet. Het was niet eens een bewuste beslissing, meer een automatisme. Ik wilde het er laten uitzien alsof er een worsteling had plaatsgevonden, een worsteling waarbij nog iemand of misschien wel een paar man aanwezig waren geweest. Ik heb het een en ander omgegooid en wat dingen verplaatst. Toen ben ik het appartement door gelopen en heb ik alles wat ik kon vinden dat van jou was meegenomen. En ten slotte ben ik weggegaan. Jij hebt je schoudertas toch teruggekregen?'

Mijn tas. Het was dus geen dreigement geweest. Neal had het gedaan. Om me te helpen. Ik kon hem alleen maar aanstaren.

'Maar ik heb hem niet vermoord.'

Hij greep me bij mijn onderarm. Zijn gezicht zag er vreemd uit, vol schaduwen en vlakken die ik nooit eerder had gezien.

'Het geeft niet,' zei hij. 'Je hoeft tegen mij niet te liegen.'

'Maar ik heb het niet gedaan. Ik zweer het. Ik dacht dat jij het had gedaan.'

'Ik zou het je niet kwalijk nemen, Bonnie. Ik vond het zelfs terecht. En toen, toen je me aankeek alsof je me haatte...'

'Ik heb hem niet vermoord,' zei ik. 'Ik was inderdaad van plan om naar Hayden toe te gaan, maar ik ben daar pas na jou aangekomen. En toen trof ik Hayden aan, en de situatie zoals jij die had achtergelaten.'

Neal zag er verward uit. 'En wat heb je toen gedaan?'

'We...' Ik zweeg.

'Waarom ben je niet gewoon weggegaan?'

'Jij had het voor mij gedaan, dacht ik. Ik was de aanleiding. Ik kon jou er niet zomaar voor op laten draaien.'

'Maar ik had het niet gedaan.'

'Dat wist ik niet.'

Neal keek als iemand die slecht nieuws heeft gehoord en vervolgens nog slechter nieuws, als een bokser die na afloop van het gevecht nog de ene klap na de andere moet incasseren.

'Wie heeft het dan gedaan?' vroeg hij op fluistertoon. 'Wie heeft hem vermoord? Shit.'

'Ik weet het niet. Ik weet niks meer. Verdomme. Er loopt een moordenaar vrij rond. Ik zag jou niet als een moordenaar, het was een ongeluk geweest. Maar nu? Dit is iets anders.'

'Bonnie, Bonnie, Bonnie.' Het leek alsof hij kreunde. 'Toen het lijk niet werd gevonden, dacht ik dat ik hartstikke gek zou worden.' Hij keek me aan. 'En dat was jouw werk?' Ik reageerde niet. 'Jij dacht dat ik hem had vermoord, en je wilde mij beschermen?'

'Ik voelde me verantwoordelijk.' Ik boog me voorover en legde mijn hand op de zijne.

'Jij hebt mij beschermd, ik heb jou beschermd. En de dader ontspringt de dans.'

'Inderdaad. Maar bij de politie zullen ze denken dat ik het was. Of jij. Of wij samen.'

Hij legde zijn hoofd in zijn handen en wiegde zachtjes naar voren en naar achteren. Ik hoorde hem mompelen. Na een hele tijd keek hij op.

'Oké, we moeten het over onze alibi's hebben. Ik heb de situatie op de plaats waar de moord was gepleegd veranderd, maar jij hebt heel wat meer gedaan dan alleen maar iets wijzigen. Ik bedoel, je blijkt nu wel geen moord te hebben gepleegd, en dat is al heel wat, maar god mag weten welke wetten je allemaal hebt overtreden. En ik weet niet hoe lang jouw alibi overeind blijft. De auto, wat is daarmee gebeurd? Zijn auto?'

'Die is gevonden in Walthamstow.'

'Hoe is hij in Walthamstow terechtgekomen?'

'Ik heb hem daar achtergelaten.'

'Waarom?'

'Weet ik niet. Ik dacht dat dat verwarring zou scheppen.'

'Briljant idee,' zei Neal.

Ik geloof niet dat hij het echt meende. We keken elkaar aan, en ik had het duizeligmakende gevoel dat ik in een spiegel keek. Ik hoorde mezelf lachen – een giechelig proesten was het, dat helemaal niet van mij afkomstig leek. Neal glimlachte verbijsterd, maar hij had tranen in zijn ogen. Ik wilde eigenlijk ook huilen, maar in plaats daarvan bracht ik dat afschuwelijke, hinnikende gelach voort. Ik had het gevoel alsof ik de hilariteit en de verschrikking van dit alles niet meer de baas kon en geheel was overgeleverd aan de weerzinwekkende potsierlijkheid van het hele gebeuren.

'En ondertussen loopt degene die het wel gedaan heeft vrij rond,' zei Neal. 'Wij hebben, elk op onze beurt, door wat we gedaan hebben de dader ontlast, en die zal zich ongetwijfeld afvragen wat er in godsnaam gebeurd is en welke stappen hij of zij nu moet nemen.'

'Ja, dat is waar. Daar had ik niet aan gedacht.'

'Dus vertel me eens, Bonnie, wat doen we nu? Heb je nog een strategie achter de hand?'

'Mag ik eerst die wodka eens proeven?'

ERVOOR

Ik zette de cd van Hank Williams op die ik had meegebracht, maar toen Hayden en ik waren gaan zitten, een glas van de witte wijn die ik ook had meegebracht hadden gedronken en een sigaret hadden gerookt, leek dat na vijf of zes nummers met veel eenzaamheid, liefdesverdriet, scheiding en ontworteling bij nader inzien toch niet zo'n goed idee te zijn geweest en vroeg ik Hayden of hij niet liever iets anders wilde opzetten.

'Hoezo?'

'Vind je het niet een beetje deprimerend? Het is bij elk nummer weer een ander soort ellende. Mijn lief heb me in de steek gelaten, en ik ben zo eenzaam dat ik wel ken janken.'

'Als je het zo goed doet als hij, kan het niet deprimerend zijn,' zei

Hayden. 'Hij is ons grote voorbeeld. Laat Dylan en Buddy Holly maar zitten. Hank was de eerste grote zanger die zelf zijn teksten schreef. Hij zong over wat hij zelf meemaakte, hij ging het land in, hij onderging het leven en hij heeft er prachtige nummers over gemaakt.'

'En hij is doodgegaan toen hij vijfendertig of zo was,' zei ik. 'Hij is eraan ten onder gegaan.'

'Hij was negenentwintig,' zei hij. 'Net zo oud als Shelley. En hij was een betere dichter dan hij.'

'Ik stoorde me altijd aan die frutsels op zijn overhemden.'

'Hij is gestorven op de achterbank van een auto, op weg naar een volgend optreden,' zei Hayden. 'Zo hoor je dood te gaan.' Hij keek me aan en lachte. 'Dat geloof je niet, hè? Dat is omdat je een vrouw bent. Jij vindt het triest als iemand niet pas op hoge leeftijd overlijdt, te midden van zijn familie, met veel bezit, een goed pensioen en een boel geld op zijn bankrekening.'

'Stop me nou niet in zo'n hokje.'

'Maar het is wel waar, hè?'

'Is het zo erg om oud te worden, is het zo erg om spullen te bezitten?' zei ik.

'Je bedoelt het soort spullen waar je ruzie over maakt als je een relatie verbreekt?'

'De wijn die je drinkt heb ik voor je gekocht, het appartement waar je woont heb ik voor je geregeld.'

'Je probeert me uit mijn tent te lokken,' zei hij. 'Maar ik laat me niet uit mijn tent lokken. Vandaag niet.'

'Liza heeft voor dit appartement gewerkt,' zei ik. 'Aan het eind van de zomer na haar afstuderen heeft ze een baan gevonden, een jaar later heeft ze dit met een aanbetaling gekocht, en sindsdien betaalt ze elke maand trouw haar hypotheeklasten.'

'En wat wou je daarmee zeggen?' zei Hayden. Hij boog zich voorover en pakte het bronzen beeldje van de salontafel. 'Dit zal ze wel in een of andere galerie hebben zien staan en voor vijftig pond hebben gekocht. Of misschien heeft ze het van iemand gekregen. Maar als ze dood is, zal een of ander familielid van haar ernaar kijken en zeggen: "Shit, wat moeten we hiermee?" En dan zal het verder gebruikt worden als presse-papier of in een afvalcontainer terechtkomen.'

Hayden drukte zijn peuk uit in een van Liza's asbakken en maakte toen aanstalten om me te kussen. Maar ik duwde hem weg, al was het maar voor even. Ik liet mijn blik door de kamer gaan, langs de schilderijen, de kunstvoorwerpen en de boeken.

'Als ik hier als nabestaande om me heen zou kijken, zou ik een vrouw voor me zien die van haar spullen had gehouden, die er plezier aan had beleefd al waren het geen grote kunstwerken, er ook al zouden ze misschien in een afvalcontainer eindigen.'

'Doe niet alsof je zo bent,' zei hij. 'Jij weet wel beter, dat weet je best.'

'Beter? Beter, Hayden? Zou jij dan liever achter in een auto aan je eind komen, zonder iets?' zei ik. 'Zonder iemand die voor je zorgt?'

'Waarom zou er niet iemand zijn die voor me zorgt? Vrij zijn is niet hetzelfde als eenzaam zijn.'

Ik wist dat Hayden genoegen aan me beleefde. Soms adoreerde hij me zelfs, op zijn manier. Maar ik was toch niet meer dan de vrouw van het moment. Vóór mij waren er anderen geweest, en na mij zouden er weer anderen zijn. Er kwam een gedachte bij me op, die ik hardop uitsprak, voordat ik de tijd had om het in te slikken.

'Stel dat je doodgaat op de achterbank van een auto en je bent niet Hank Williams? Maakt dat nog verschil?'

Hij stak zijn hand op, de hand waarmee hij het metalen beeldje nog vasthield, en raakte er even mijn schouder mee aan, speels leek het, maar niet helemaal.

'Een beetje oppassen,' zei hij.

ERNA

'Oké. We moeten nadenken. Ik kan niet denken. Mijn hersenen doen het niet. Ik heb het gevoel alsof alles in mijn hoofd loszit, alle boutjes en moertjes.'

'Dat zal wel door de wodka komen,' zei ik, en ik hield de fles omhoog, die nu nog maar halfvol was.

'Nee. Door de wodka wordt alles helderder. Of langzamer of zoiets.'

'Ik voel me ook een beetje veraf staan van alles. Geïsoleerd misschien. Een hele opluchting, trouwens. Alsof ik een beetje afstand kan nemen van mijn leven en ernaar kan kijken alsof het iemand anders overkomt. Wat niet het geval is, dat weet ik natuurlijk ook wel.'

'We moeten nadenken, Bonnie.'

'Ja. Maar waarover? Ik bedoel, waar gaan we eerst over nadenken?'

'Ik heb een vraag.'

'Alweer een vraag.'

'Ik ben niet op mijn achterhoofd gevallen, hoor. Ik bedoel, ik mag dan wel verliefd op je zijn – kijk me niet zo aan, dat weet je best – en ook een beetje dronken, ik ben misschien in shock, en ik heb misschien iets ongelooflijk stoms gedaan, maar ik ben niet op mijn achterhoofd gevallen.'

'Dat weet ik.'

'Vertel het me dan.'

'Wat moet ik je vertellen?'

'Wie je erbij heeft geholpen.'

'Hoezo, geholpen?'

'Kom nou, Bonnie. Hij was groot en stevig. Je kunt zijn lijk niet in je eentje in de auto geladen en in het spaarbekken gegooid hebben.'

Ik deed mijn ogen dicht en probeerde orde te scheppen in de warboel in mijn hoofd. Kon ik Neal vertellen over Sonia, of pleegde ik dan nog eens extra verraad tegenover degene die me zo onvoorwaardelijk had geholpen? 'Ik weet niet wat ik moet zeggen.'

'Je bedoelt dat je niet weet of je het me wel moet vertellen?'

'Juist.'

'Er was iemand bij je toen je hem vond?'

'Niet helemaal, nee.'

'O, je hebt iemand gebeld en gevraagd om je te komen helpen?'

'Ja.'

'En je wilt het niet aan mij vertellen, omdat...'

'Omdat ik vind dat ik dit niet mag doorvertellen. Ik heb beloofd het voor me te houden.'

'Misschien zou het wel een opluchting voor hem of haar zijn.'

'Ik denk dat degene om wie het gaat het maar het liefst wil vergeten,' zei ik voorzichtig. Ik had moeite met de persoonlijke voornaamwoorden. Eén verkeerd woord en ik zou de boel verraden, dacht ik. Ik moest goed op mijn woorden letten.

Neal keek me aan. 'Vind je niet dat je met deze persoon moet overleggen wat we weten en wat we moeten zeggen?'

'Ik weet het niet. Ik weet niet wat ik vind.'

'Of we naar de politie gaan, bijvoorbeeld?'

'Naar de politie?'

'Naar de politie, ja. In hemelsnaam, mens, Hayden is vermoord.'

'Ja, dat zou ik nog bijna vergeten.'

'Alleen niet door ons.'

'Nee.'

'En vind je niet dat we, nu we dit weten, naar de politie moeten stappen?'

'Maar kijk nou eens wat we gedaan hebben.'

'We moeten er in elk geval over nadenken.'

'Ik denk na,' zei ik. 'En wat ik denk, is dat ik straks wakker zal worden en dat dit allemaal een droom zal blijken te zijn.'

'We kunnen niets besluiten zonder dat we die derde persoon gesproken hebben. Die derde man van jou. Of vrouw, natuurlijk.'

'Die persoon heeft het voor mij gedaan,' zei ik mistroostig. 'Omdat ik dat had gevraagd. Hoe kunnen we dan naar de politie stappen?'

'Heb je alle sporen goed uitgewist?'

'Weet ik niet. Als ik er 's nachts aan lig te denken wat ik allemaal had moeten doen, breekt het koude zweet me uit.'

'Je zei dat ze al verdenking tegen je koesteren.'

'Ik ging met hem naar bed. Daar heb ik over gelogen – zoals over veel andere dingen, natuurlijk, maar daar weten ze niets van. Nog niet, tenminste. Wat moeten we doen?'

'Wil je iets eten?'

'Ik weet het niet. Heb ik honger?' Ik legde mijn hand op mijn buik. Ik kon me niet herinneren wanneer ik voor het laatst iets had gegeten. De dagen hadden geen normale structuur meer, ik werd meegesleurd in een mallemolen, en het leven was verworden tot een tijdloze opeenvolging van perioden van angst, schuldgevoel en de vage notie dat, terwijl ik steeds had gedacht dat ik van alles wegvluchtte, ik er in feite op af was gerend, regelrecht in de armen van de rampspoed.

'Wat dacht je van een gepocheerd ei met een muffin? Dat neem ik weleens als ik aan het eind van mijn Latijn ben.'

'Oké.'

Ik keek naar hem terwijl hij eten klaarmaakte, vaardig en huiselijk, zoals Hayden dat nooit was geweest, en ik bedacht dat het zo makkelijk heel anders geweest had kunnen zijn. Ik had bij Neal kunnen blijven, de frontale aanvaring met Hayden kunnen vermijden. Ook dan zou hij nu misschien dood zijn, maar dan zou dit alles een ander zijn overkomen, niet mij, niet ons. We aten zwijgend, onze messen en vorken schraapten over de borden, en daarna zette Neal een pot sterke koffie. Ik dronk twee koppen en zei toen: 'Ik zal bellen.'

'Die derde persoon?'

'Ja.'

Terwijl de houtduiven zachtjes koerden werd het licht in Neals tuin langzaam minder, totdat het op het laatst geheel verdween en de dag overging in de nacht.

'Sonia, ik moet je iets zeggen.' Ik hoorde haar even zuchten, alsof ze dit moment al had verwacht. 'Neal weet wat we gedaan hebben.'

'Neal!'

'Hij weet niet dat jij het was, alleen dat er iemand anders bij me was.'

'Wat heb je gedaan, Bonnie?' Haar stem sloeg over.

'Dat is over de telefoon moeilijk uit te leggen. Alles is veranderd. Niets betekent nog wat ik dacht dat het betekende. Ik wil je zo snel mogelijk spreken.'

'Waar ben je?'

'Bij hem thuis.'

Er viel een lange stilte, die ik niet wilde verbreken. Ten slotte zei ze: 'Ik kom naar jullie toe.'

'Hij hoeft niet te weten dat jij het was.'

'Ik kom naar jullie toe, zei ik. Wat is zijn adres?'

Toen ik terugkwam bij Neal, keek hij op vanuit zijn stoel.
'Voordat je nog iets zegt,' zei hij, 'wil ik iets van je weten.'
'Vraag maar.'
'Hield je van hem?'
Voordat ik me had kunnen inhouden, gaf ik al antwoord. 'Ik weet het niet. Maar soms mis ik hem zo erg dat ik niet weet hoe ik het moet uithouden.'

ERVOOR

Ik liep achter Hayden aan de heuvel op. Ik zag onder zijn dunne hemd de spieren in zijn rug bewegen. Hij had brede, sterke schouders. Alsof hij in de gaten had dat ik naar hem keek, draaide hij zich om, en zijn gezicht werd zachter toen er langzaam een glimlach op verscheen.

Het is maar seks, zeggen ze weleens. Alsof het 'slechts' een verlangen is, 'slechts' iets fysieks. Ik weet niet wat dat betekent. Verlangen stroomde door me heen, in seks onderging ik een transformatie en voelde ik mezelf tot leven komen, begon iedere vezel in mijn lichaam te juichen van puur fysieke vreugde.

Ik ging naast hem lopen. We raakten elkaar niet aan, maar de ruimte tussen ons in vibreerde. Mijn zomer – niets ervoor en niets erna, alleen nu, alleen hij.

ERNA

In het begin voelden we ons ongemakkelijk en schaamden we ons bijna – alsof we de gruwelijkheid en de waanzin van wat we gedaan hadden niet onder ogen konden zien en ons verschansten in een soort sociale stijfheid. Geen van drieën leken we te weten hoe we ons moesten gedragen: Neal was ingehouden kwaad, Sonia deed koel en onpersoonlijk, en ik moest moeite doen om niet weer zo'n vreselijke aanval van de slappe lach te krijgen, hoewel mijn ogen prikten en ik steken had in mijn borst.

Dat we met z'n drieën waren, had echter vreemd genoeg ook

iets geruststellends. Het was gevaarlijk, wist ik. Het kon betekenen dat we het geheim niet zouden bewaren, dat het zou weglekken. Maar zo bij elkaar in Neals gezellige huisje voelde ik me voorlopig minder bang, alsof de angst minder groot was nu we die deelden. Ik keek naar hen beiden – Sonia gekleed in een broek van zachtgrijze katoen en een wit T-shirt, met een ernstige uitdrukking op haar knappe gezicht, en Neal die met zijn hand onder zijn hoofd grappige plukjes in zijn donkere haar zat te draaien – en bedacht wat ze voor me hadden gedaan, of in het geval van Neal: wat hij in zijn fantasie voor me had gedaan.

Toen Sonia binnenkwam, voelde ik de intensiteit van haar gevoelens van haar afstralen, en des te sterker omdat ze zich inhield. Ze leek te vibreren van emotie.

'Vertel op,' zei ze, toen ik de voordeur voor haar opendeed.

Ik liep met haar de tuin in, want ik wilde alleen met haar zijn wanneer ik het vertelde. Door het verlichte raam zag ik Neal in de huiskamer zitten. Ik vertelde Sonia alles en liet niets weg – de korte romance met Neal, waar ze toch al half van op de hoogte was, de relatie met Hayden, het geweld en de obsessie die daarbij een rol hadden gespeeld, het feit dat ik er bij het aantreffen van Haydens lijk van overtuigd was geweest dat Neal het had gedaan en dat hij het voor mij had gedaan. Alles bij elkaar had ik er niet al te veel tijd voor nodig, en toen ik uitgesproken was, viel er een stilte tussen ons.

'Ik wilde jou beschermen,' zei ze uiteindelijk.

'Ja, dat weet ik.'

'Van jou kreeg ik de indruk dat jij hem had vermoord.'

Ik zei niets – tenslotte had ze gelijk.

'Je hebt me misleid, Bonnie.'

'Ik kon het je niet vertellen, al wilde ik het wel. Je snapt wel waarom, hè?'

'Misschien.' Ze klonk nog zeer beheerst. 'Dus ik heb dit allemaal voor Neal gedaan, die ik nauwelijks ken?'

'Het spijt me, Sonia.'

Ze keek me aan – er viel in het halfdonker niets van haar gezicht af te lezen – en stond toen op.

'We moesten maar eens praten, lijkt me.'

'Wil je naar de politie gaan?'

'Ik weet het niet,' zei ik. 'Willen is niet het juiste woord, maar misschien zou het toch in alle opzichten het beste zijn – om te beginnen, en dat is het belangrijkste, kunnen ze dan al hun aandacht richten op de opsporing van de echte moordenaar. Wij zijn een storende factor. Ik ben voor hen een verdachte. Ze weten dat ik tegen hen heb gelogen, en het is beter dat ik hun alles vertel voordat ze er zelf achter komen. Beter voor ons allemaal, bedoel ik. Jullie tweeën kunnen erbuiten blijven. Ik zou kunnen zeggen dat ik het lijk heb gevonden en het vervolgens gedumpt heb omdat ik in paniek raakte.'

Sonia schudde haar hoofd. 'Hoe denk je ze wijs te kunnen maken dat je dat in je eentje hebt kunnen doen?'

'Ik zou kunnen zeggen dat ik geholpen heb.' Neal boog zich voorover in zijn stoel. 'Het is nog bijna waar ook.'

'Je bent bezorgd om het feit dat je gelogen hebt, en nu neem je je voor om nog meer leugens te gaan vertellen. Dat wordt niks.'

'Wat stel jij dan voor, Sonia?'

Ze zweeg langdurig, met een zwaar hoofd van het nadenken.

'Niets,' zei ze ten slotte.

'Niets?'

'Ik wil niet dat je het aan de politie vertelt. Je vindt steeds iets nieuws waarmee je jezelf dieper in de nesten werkt. En mij daarbij.'

'Dit is niet iets nieuws. Dit is gewoon de waarheid. We mogen hun onderzoek niet tegenwerken. Hayden is vermoord, en zij moeten zien te achterhalen door wie.'

'Dat vond je niet toen je nog geloofde dat het Neal was.'

'Omdat ik dacht dat Neal het per ongeluk had gedaan, voor mij,' zei ik mistroostig.

'Het is ingewikkeld,' zei ze. 'En ik ben bang.'

Ik keek haar verschrikt aan – om de een of andere reden had ik gedacht dat Sonia nooit bang was. Zij was mijn steun en toeverlaat, en ik was overtuigd geweest van haar onverzettelijkheid.

'Het spijt me ontzettend van alles,' zei ik mismoedig. 'Weet je, ik word elke nacht wakker met het gevoel dat er een rotsblok op mijn borst ligt waardoor ik niet kan ademen. Ik weet niet of ik het nog veel langer kan verdragen.'

'Ik wil de politie niet beletten erachter te komen wie het gedaan heeft, natuurlijk niet. Maar ik wil ook niet dankzij jou in de gevangenis terechtkomen.'

'Dat zal niet gebeuren.'

'Dat kun je niet weten, Bonnie.'

Neal stond op en ging bij het raam staan dat uitkeek op zijn tuin. 'Laten we het eens vanuit een ander gezichtspunt bekijken,' zei hij. 'Ik heb de situatie op de plaats van de moord verstoord, en vervolgens hebben jullie veel meer gedaan dan de boel verstoren: jullie hebben alle bewijsmateriaal weggehaald, inclusief het lijk zelf.'

'Dat is geen ander gezichtspunt,' zei Sonia. 'Je doet niks anders dan ons uitgangspunt opnieuw beschrijven.'

'Wat hebben we gezien?' vroeg Neal, alsof ze niets had gezegd.

'We hebben Hayden zien liggen.' Ik zei niet dat ik hem nog steeds zag. Het was een spookbeeld geworden dat me achtervolgde. Als ik 's nachts wakker werd, stond hij aan het voeteneinde van mijn bed naar me te kijken.

'We hebben niet hetzelfde gezien.'

'Dat snap ik niet.'

'Wat jij gezien hebt, was niet wat ik heb gezien, want ik heb de boel door elkaar gegooid, zodat alles er anders uitzag. Jij hebt niet gezien hoe het er werkelijk uitzag op de plaats waar de moord gepleegd is, maar een bewust geconstrueerde situatie.'

'Je hebt gelijk.'

'En waarom is dat van belang?' vroeg Sonia.

'Ik weet het niet, maar voor mijn gevoel is het relevant. Het is alsof iedereen steeds het verkeerde plaatje voor ogen heeft.'

'Van een plaatje is nu helemaal geen sprake meer,' zei ik. 'Dankzij Sonia en mij.'

ERVOOR

Guy kwam weer niet opdagen, en toen ik vroeg waar hij was, mompelde Joakim iets en ontweek mijn blik. Amos deed het niet zo slecht. Hij had geoefend, merkte ik. Hij maakte niet al te veel fouten, hij viel niet al te vaak verkeerd in. Maar hij maakte muziek alsof hij een rekensom aan het maken was, langzaam en met veel moeite. Neal had het die dag niet in de vingers en speelde echt slecht. Het was overduidelijk dat hij kwaad op Hayden was en iets tegen hem wilde zeggen, maar wat dat nou precies was, bleef onhelder, en in elk geval werd de muziek er niet beter van. Wat alles nog erger maakte, was dat Hayden niet reageerde. Hij maakte geen sarcastische opmerkingen, hij had geen commentaar op valse noten en hij deed geen suggesties voor verbetering. Hij had het blijkbaar gewoon opgegeven met hen, en dat was de grootste belediging. Hij keek verveeld, alsof hij met zijn gedachten ergens anders was. De enige keer dat hij enthousiast werd, was toen Joakim en hij zich in een hoek terugtrokken en samen oefenden op iets wat geen enkele relatie had met wat wij aan het doen waren. Ik liet ze hun gang maar gaan.

ERNA

Sonia vertrok, en ik wilde ook weggaan, maar Neal schonk nog een wodka voor me in. We spraken er verder niet meer over. Ik was er niet toe in staat. Ik wilde alleen maar weg, bij voorkeur naar een of ander onbewoond eiland, om erover na te denken, alles voor mezelf op een rijtje te zetten, het uit te tekenen en verbanden te leggen, om dan eindelijk de balans te kunnen opmaken en te weten wat ik nou feitelijk had gedaan, en pas als ik dat duidelijk had, zou ik misschien een idee krijgen van wat me vervolgens te doen stond. Wat een rationele volgende stap zou zijn. Wat de juiste handeling zou zijn, als dat tenminste nog enige betekenis had nu ik zoveel verkeerde dingen had gedaan. Terwijl ik mijn laatste glas leegdronk, zag ik Neal voorzichtige toenaderingspogingen doen, en ik vroeg me af of dit ons op de een of andere manier dichter bij elkaar zou brengen.

Langzaam en omslachtig, alsof mijn tong twee keer zo groot was geworden en niet goed meer in mijn mond paste, probeerde ik de situatie te verklaren.

'Ik geloof dat ik een beetje dronken ben,' zei ik. 'En in een shocktoestand. Ik weet niet of die shock het erger of minder erg maakt dat ik dronken ben. Ik ga maar even op de bank liggen, en als jij dan het licht uit zou willen doen, zou dat fijn zijn. En dan moet je me alleen laten. Als ik weer een beetje bij zinnen ben, sta ik op en loop ik naar huis.'

Hij knipte inderdaad het licht uit en ging de kamer uit, om even later terug te komen met een deken die hij over me heen legde, waarna hij de kamer verliet. In het donker werd ik sentimenteel en probeerde ik na te gaan waarom ik met Hayden een relatie had gekregen en niet met Neal, terwijl Neal duidelijk in alle opzichten een beter en fatsoenlijker mens was, die bovendien beter bij mij paste. Ik moest bijna huilen toen ik erover nadacht en vroeg me af of ik wel in slaap zou vallen. Maar toen ik met een schok wakker werd en op mijn horloge keek, zag ik dat het al bijna halfzeven was.

Ik voelde me vreselijk, veel ellendiger dan de vorige dag. Ik had hoofdpijn en een droge mond, mijn hersenen voelden aan alsof ik ze buiten in de regen had laten staan en ze waren gaan roesten, en mijn kleren gaven zo'n irritant kriebelig gevoel dat je hebt als je erin hebt geslapen. Ik kon Neal niet onder ogen komen. Vluchten wilde ik. Ik ging de deur uit en liep naar huis. Het was op de vroege ochtend nog lekker koel buiten, en door de aanblik van mensen op weg naar hun werk voelde ik me nog muffer en smoezeliger. Thuisgekomen nam ik een douche, waarna ik in bed kroop en het dekbed over mijn hoofd trok. Ik had geen vooropgezet plan, maar een diepgeworteld oerinstinct in mijn reptielenbrein leek te hebben bepaald dat ik een hele dag en vervolgens een hele nacht zou gaan slapen.

Ik droomde dat ik een trein moest halen, maar dat het me niet lukte om mijn spullen te pakken. Toen ik daar eindelijk in was geslaagd, kon ik geen kaartje kopen en vervolgens het juiste perron niet bereiken. Ik hoorde het fluitsignaal van een trein die aankwam of juist op het punt van vertrek stond, maar ik kon hem niet vinden, evenmin trouwens als mijn bagage, terwijl ik bovendien ergens onderweg mijn kaartje was verloren. Toen veranderde het fluitsignaal van de trein in een geluid dat ik vaag herkende, en ineens realiseerde ik me dat het de deurbel was en dat er iemand aanbelde. Nog half in mijn droom hoopte ik dat iemand anders zou opendoen. Mijn moeder misschien, of Amos. Maar toen trok ik het dekbed van me af en bedacht dat mijn moeder driehonderd kilometer hier vandaan woonde en dat ik niet meer met Amos samenwoonde. Het licht deed pijn aan mijn ogen. Toen ik de deur opendeed, stonden daar twee politiemensen in uniform.

'Moet het per se nu?' vroeg ik.

Joy Wallis was me inmiddels vertrouwd, maar in haar gezelschap was een politieman die ik niet eerder had gezien. Ze stelde hem aan me voor als hoofdinspecteur James Brook.

'Zeg maar Jim,' zei hij, terwijl hij zijn jasje uittrok en het over de rug van een stoel legde. Hij was een jaar of veertig en had heel kort geknipt haar, bijna geschoren leek het, grijze stoppels. Hij keek me aan met een glimlach. Hij stond aan mijn kant, moest die glimlach betekenen. We zaten in hetzelfde schuitje. We moesten elkaar helpen. Hij gaf me meteen een gevoel van onzekerheid. Joy Wallis ging iets van ons af zitten. Zo te zien had Brook vandaag de leiding. Ik stelde me voor dat hij zo'n speurneus was die er goed in was het vertrouwen van mensen te winnen en hen aan het praten te krijgen. Hij deed me denken aan mijn medestudenten van vroeger van wie je hoorde vertellen dat het grote versierders waren. In zekere zin stond die bewering er al garant voor dat dit inderdaad het geval was, en alleen om te achterhalen wat hun geheim was, had je al bijna zin om met ze naar bed te gaan. Maar doorgaans had het me alleen maar geërgerd, zoals hij mij nu irriteerde. Ik wou dat ik niet zo moe was, dat ik kon nadenken, ik wou dat ik niet zo wazig was en eigenlijk tot niets in staat.

'Is alles wel in orde met u?' vroeg Joy Wallis.

'Ik heb een nogal slechte nacht gehad.'

'Is er iets wat u aan ons kwijt wilt?'

'Hoezo?' vroeg ik. Er viel een korte stilte. 'Sorry. Dat klonk een beetje kribbig. Ik bedoelde alleen dat er niets te bespreken is.'

Brook leunde achterover en sloeg zijn armen over elkaar.

'Dit zijn moeilijke dingen, dat weet ik,' zei hij.

Zelfs met mijn vreselijke kater snapte ik waar hij mee bezig was. Hij probeerde een gesprek op gang te brengen waarin ik me zou laten gaan en, hetzij op eigen initiatief, hetzij overgehaald door hem, een terrein zou betreden dat ik niet wilde betreden. Aangezien er geen terrein bestond dat ik wel wilde betreden en ik volslagen in verwarring was, bestond er voor mij maar één strategie, namelijk me van de domme houden. Dat kon niet al te moeilijk zijn. Brook begon met de gebruikelijke vaststelling dat hij bezorgd was dat ik me niet juridisch liet bijstaan, waar ik toch wel voordeel bij zou kunnen hebben, maar ik herhaalde domweg dat ik dat niet wilde. Hij keek teleurgesteld, maar ook enigszins verward. Was mijn gedrag wellicht een teken dat ik onschuldig of dom was, of misschien wel allebei? Ten slotte haalde hij echter zijn schouders op, alsof hij tot zijn spijt tot het besef was gekomen dat hij niets meer kon doen om mij te helpen.

'Ik weet wat u allemaal doormaakt,' zei hij. 'Betrokken zijn in een zaak als deze, te moeten praten met mensen als wij, en dan nog al het gedoe met de media.'

'Ik ben er niet bij betrokken,' zei ik.

Brook keek verbaasd.

'Natuurlijk bent u erbij betrokken,' zei hij. 'U had intieme omgang met het slachtoffer. Of dacht u dat ik iets anders bedoelde?'

'Ik dacht dat u me ergens van beschuldigde,' zei ik.

Hij keek nu nog verbaasder, als een acteur die ook op de toeschouwers op de achterste rij zijn verbijstering wil overbrengen.

'Waar zou ik u van beschuldigen?'

Ik ging ervan uit dat hij probeerde mij zijn werk te laten doen, zodat ik mezelf zou beschuldigen van datgene waar hij mij mogelijk van verdacht. Ik mompelde iets. De aandrang om maar voor de dag te komen met de waarheid, het maar te laten komen, mezelf te ontlasten en eindelijk rust te krijgen, was bijna niet te weerstaan. Alleen de gedachte aan Sonia en Neal zorgde ervoor dat ik mijn mond hield.

'Ik heb het dossier bekeken,' zei Brook. 'Ik heb de getuigenverklaringen gelezen en met mensen gepraat. Die Hayden van u was een lastig geval. Hij had duidelijk een bepaalde aantrekkingskracht. In elk geval voor vrouwen.'

Ik klemde mijn kiezen op elkaar, zodat ik niks kon zeggen. Ik was niet van plan om ongevraagd met informatie of mijn mening te komen. Hij zou me specifieke vragen moeten stellen.

'Het is duidelijk dat hij een lastige kant had,' vervolgde Brook. 'Niet iedereen kon het goed met hem vinden.'

Nog steeds geen vraag.

'Bij het doorlezen van het dossier,' zei hij, 'ben ik hem gaan zien als iemand die bij mensen uitgesproken gevoelens oproept. Hij was iemand van wie je hield of die je haatte, iemand op wie je boos kon zijn. Heel boos.' Hij keek me aan. 'Bent u ooit heel boos op hem geweest?'

Alles in de verhoorkamer zag er een beetje vreemd uit, alsof de dingen en de mensen niet helemaal scherp omlijnd waren. Hoe lang had ik geslapen? Een paar uur? Iets minder misschien? Zo werden soms mensen gemarteld voordat ze een verhoor moesten ondergaan. Door hun slaap te ontzeggen. Maar ik had het zelf gedaan, voorafgaand aan mijn verhoor.

'Waarom vraagt u dat?' zei ik. 'Waarom stelt u al deze vragen? Wat heeft het voor zin? Hij is dood. Wat doet het er nog toe wat ik voor hem voelde? Dat is allemaal voorbij. Dat is verleden tijd.'

Ik hoorde mezelf praten. Ik klonk alsof ik een beetje dronken was, of gek. Ik klonk als iemand die op het punt staat om door te slaan. Brook glimlachte alleen meelevend en knikte.

'Het gaat steeds om het patroon,' zei hij. 'Met af en toe een detail.' Hij zweeg, alsof hij van mij een reactie verwachtte, die echter achterwege bleef. Toen verscheen er een uitdrukking van bezorgdheid op zijn gezicht. 'Hebt u ons alles verteld wat u weet?'

'Ik weet niet wat u daarmee bedoelt,' zei ik. 'Ik zal alle vragen beantwoorden die u me stelt.'

'Mijn collega heeft gelijk,' zei hij. 'U ziet er slecht uit. Problemen met slapen?'

'Niet echt,' zei ik.

Hij boog zich over de tafel heen, zodat hij onaangenaam dichtbij kwam. Ik zag de kraaienpootjes in zijn ooghoeken. Ik zag zelfs de kleine, gesprongen adertjes op zijn wangen.

'Ik doe dit werk nu twintig jaar,' zei hij, 'en als ik één ding heb geleerd, dan is het wel dat je jezelf geen groter plezier kunt doen dan door alles te vertellen, van je hart geen moordkuil te maken en met het hele verhaal te komen. Dat is de grootste opluchting die je je kunt voorstellen. Dat hoor ik altijd achteraf van de mensen. Ze bedanken me er zelfs voor. En dan zeggen ze dat ze voor het eerst sinds tijden weer een opgeruimd gevoel hebben.'

Ik wist dat hij gelijk had. Ik wilde niets liever dan het hele verhaal vertellen, zoals ik het nog niet eerder had verteld, ook niet tegen mezelf. En ik zou het ook gedaan hebben als het alleen om mij ging. Maar nu zou ik Neal en Sonia meeslepen in de ondergang. En zij waren allebei in een kwetsbare positie door wat ze voor mij hadden gedaan, allebei op hun eigen manier in verwarring door wat ze zichzelf hadden voorgespiegeld.

'Ik heb alle vragen beantwoord,' wist ik met moeite uit te brengen. 'Meer kunt u niet van me verwachten.'

'U had iets met hem,' zei Brook. 'Ze zeggen dat het stormachtig toeging.'

'Wie zegt dat?'

'U was allebei nogal driftig, u had allebei een eigen wil. U had nogal wat hoogte- en dieptepunten in uw relatie, vermoed ik?'

'Het stelde als relatie eigenlijk niet zoveel voor,' zei ik.

'U had méér gewild?'

Ik begreep dat hij me nog steeds het gesprek in probeerde te lokken, misschien om me te kunnen verleiden tot een roekeloze uitspraak, waar ik mezelf mee zou verraden. Ik haalde alleen mijn schouders op en gaf geen antwoord.

'Ik zou me kunnen voorstellen dat u ruzie hebt gehad,' zei hij. 'Slaande ruzie zelfs. Hij komt op u af, u pakt iets en slaat hem ermee op zijn hoofd. Als u dat zou bekennen, zou u er met een goede feministische advocaat van af kunnen komen met een voorwaardelijke straf wegens doodslag.'

Ik gaf geen antwoord. Brook begon enigszins duister te kijken.

'Maar als u niet bekent en er wordt een vervolging tegen u ingesteld, zal het eerder zoiets worden als moord met voorbedachten rade.'

'Het kan me niet schelen wat het wordt,' zei ik. 'Ik heb hem niet vermoord. Natuurlijk heb ik het niet gedaan. Waarom zou ik bekennen?'

'Luistert u eens, mevrouw Graham. U bent maar één vingerafdruk, één haar of één vezel verwijderd van arrestatie. En ik kan u wel vertellen dat ik geen genoegen zou nemen met de beschuldiging van doodslag. Wat mij bezighoudt, is de moeite die er gedaan is om het lijk te dumpen. Wat me bezighoudt, is dat we de plaats delict niet hebben kunnen vaststellen. We weten niet eens waar hij vermoord is. En wat me in het bijzonder bezighoudt, is wat er met de auto is gebeurd. Mij houdt de vraag bezig waarom iemand de auto naar de luchthaven zou brengen en waarom diezelfde persoon, of mogelijk iemand anders, hem daar een week later zou weghalen. Dat is de puzzel die we hebben op te lossen.' Hij reikte over de tafel heen en legde zijn hand op mijn onderarm. 'Zat uw vriend in moeilijkheden?'

'Hij was mijn vriend niet. Dat heb ik u al gezegd. Ik was bij Neal Fenton. Vraagt u het hem maar.'

'We zullen het later over uw alibi hebben.' Bij het woord 'alibi' stak hij zijn beide wijsvingers omhoog en bewoog die op en neer terwijl hij me aankeek. Ik deed mijn best om niet weg te kijken. 'Maar laten we ons eerst eens buigen over de vraag waar hij is vermoord.'

'Weet u dat dan?' vroeg ik. Mijn hart bonsde zo hard dat ik ervan overtuigd was dat ze het zouden kunnen horen.

'Natuurlijk ligt het voor de hand om met zoeken te beginnen op de plaats waar hij woonde – het appartement van uw vriendin, eens even kijken... Liza Charles, momenteel op reis en onbereikbaar.'

Ik kon geen woord uitbrengen, kon niet eens een instemmend geluidje produceren.

'We hebben de woning uiteraard aan een forensisch onderzoek onderworpen. U zou verbaasd staan wat je allemaal kunt vinden. Eén enkele losse haar, één enkel bloedvlekje.'

Ik dacht aan het lijk van Hayden, op zijn buik op Liza's vloerkleed. Aan het bloed dat uit zijn ingeslagen schedel was gevloeid en daarnaast een plasje had gevormd. Maar het vloerkleed hadden we weggegooid.

'En wat hebt u gevonden?' wist ik met moeite uit te brengen.

'Tja, de moeilijkheid was natuurlijk dat hij daar woonde. Er zijn overal sporen van hem te vinden. Dat maakt het niet eenvoudiger.'

'U bedoelt dat u niks gevonden hebt?'

'O nee, dat zou ik niet willen zeggen. Eén ding hebben we in elk geval ontdekt, en ik zal u vertellen wat dat is.'

'Wat dan?' Ik duwde mijn vingers zo diep mogelijk in de zachte huid van mijn handpalmen en wachtte.

'Voor een sloddervos van een muzikant die bij anderen inwoonde, hield uw vriend de boel opmerkelijk schoon, moet ik zeggen.'

'O.'

'Vreemd, vindt u niet?'

ERVOOR

'Guy, de repetitie is al afgelopen!' zei ik verbaasd, maar Guy was al halverwege zijn zin – hij moest eraan begonnen zijn zodra hij de bel indrukte.

'... dus mogen we alsjeblieft binnenkomen?' zei hij op ijzig beleefde toon, en zonder me de gelegenheid te geven om te antwoorden liep hij langs me heen, zodat ik plotseling oog in oog stond met een lange, magere vrouw, van wie ik me kon voorstellen dat ze in normale omstandigheden rustig en elegant was, maar die nu door zo'n woede en vertwijfeling werd overvallen dat het leek alsof ze elk moment kon ontploffen.

'Hallo,' zei ik. 'U bent vast...'

'Ik ben Guys vrouw, Celia. De moeder van Joakim.'

'En daarom zijn we hier,' zei Guy van onder aan de trap.

'Hallo, Celia,' zei ik. 'Volgens mij hebben we elkaar weleens op een ouderavond gesproken.' Ik stak mijn hand uit, maar die nam ze niet aan, en ineens drong het tot me door dat ze moeite had om niet in tranen uit te barsten. 'Kom binnen, alsjeblieft. Het is een beetje rommelig – de anderen zijn allemaal net weg, en ik heb nog niet opgeruimd. En ik ben aan het verbouwen...' Ik dwong mezelf op te houden met mijn geratel.

'Hij is hier geweest, is het niet?'

'Je bedoelt Hayden? Ja.'

'En Joakim?' vroeg Celia.

'Ja, die was hier ook.'

'Natuurlijk was hij hier.' Haar lippen verstrakten, alsof ze een schijfje citroen in haar mond had. 'Hij laat geen gelegenheid voorbijgaan om in de nabijheid van zijn grote voorbeeld Hayden Booth te zijn.'

'Celia is een beetje van streek,' zei Guy.

'Ja, dat zie ik,' zei ik behoedzaam. 'Willen jullie iets drinken? Thee? Koffie?'

'Ik ben niet een beetje van streek. Ik ben heel, heel erg van streek.'

'Wat vervelend voor je,' zei ik. Ik ging in de stoel zitten, maar omdat zij bleven staan, stond ik weer op.

'Heel erg,' herhaalde ze.

'Hij heeft een studieplaats in Edinburgh,' zei Guy.

'Ja, dat weet ik.'

'Maar hij gaat er niet naartoe.'

'Hij is zo onhebbelijk tegen me.' Celia's zin eindigde in een snik. 'Hij behandelt me alsof hij me minacht.'

'Ach, tieners,' begon ik, zonder te weten wat hierop zou volgen.

'Waar heb ik dit aan verdiend?'

'Wat ik zou willen weten,' zei Guy, 'is wat jij hieraan denkt te gaan doen.'

'Ik?'

'Ja.'

'Ik heb zijn hele leven voor hem klaargestaan, en nu hij een paar dagen met deze... deze gluiperd optrekt...'

'Ik snap het niet, Guy. Natuurlijk begrijp ik best dat je teleurgesteld bent, maar...'

'Jij bent zijn lerares.'

'Ik wás zijn lerares. Hij is sinds kort klaar met school.'

'Jij bent zijn lerares, en jij hebt hem bij die ellendige band gehaald, en nu heeft die tweederangs muzikant hem weg weten te lokken van alles waar hij voor gewerkt heeft.'

'Het is net een sekte. Net alsof hij door een sekte is gehersenspoeld.'

Ik deed er maar het zwijgen toe.

'Hayden zegt dit, Hayden doet dat, hij kleedt zich als Hayden, hij praat zoals Hayden en hij voert de hele dag niks uit zoals Hayden. Hij ontglipt me.'

'Celia, laten we proberen even rationeel te blijven, ja?'

'Ja, jij hebt makkelijk praten. Ik ben zijn moeder!'

'En ik ben zijn vader, hoor...'

Het was alsof ik in een familieruzie viel. Guy leek zich ineens weer bewust van mijn aanwezigheid.

'Het is een oplichter,' zei Guy. 'Hij heeft mijn zoon misleid, en daar ben jij verantwoordelijk voor.'

'Joakim is achttien,' zei ik.

'Jij hebt geen kinderen, dus hoe kan ik van jou verwachten dat je het zou begrijpen? Ik wist wel dat ze het niet zou begrijpen.' Ze keek me zo misprijzend aan dat ik me ineens scherp bewust werd van mijn piekerige haar, het sierknopje in mijn neus en mijn gescheurde truitje.

'Ik weet niet wat jij denkt dat ik eraan zou kunnen doen. Joakim is volwassen.'

'Hij is niet volwassen. Hij weet niet wat hij doet, hij begrijpt niet wat de consequenties zijn.'

'Heb je geprobeerd met hem te praten?'

'We zijn hier niet om jou advies te vragen over Joakim, dank je,' zei Guy. Zijn stem klonk gespannen van woede, en op zijn voorhoofd zag ik een adertje kloppen. 'We zijn hier om te zeggen dat jij de schade die je hebt aangericht moet herstellen.'

Ik begon geïrriteerd te raken.

'Denk je niet dat het probleem voor een deel schuilt in de manier waarop jullie over jullie zoon denken?'

'Nee,' bulderde hij. 'Ik denk godverdomme niet dat dat het probleem is. Het probleem is Hayden Booth. Je lost het maar op, want anders doe ik het. Begrepen?'

ERNA

Langzaam lopend, onvast ter been, verliet ik het politiebureau. Ik wist niet waar ik naartoe zou gaan, en de hete zon brandde op mijn hoofd en in mijn oogkassen. Ik moest zitten. Ik moest wat eten. Ik moest in bed liggen en slapen, slapen en liefst een jaar lang niet wakker worden, waarna alles voorbij zou zijn – maar nee: het zou nooit voorbij zijn, niet echt. Het liefst van alles zou ik willen dat dit nooit gebeurd was. Ik wilde niet zijn wie ik in het hier en nu was. Ik dacht terug aan de laatste dag van het schooljaar en het gevoel dat ik toen had gehad, met de zomer in het vooruitzicht, zo heerlijk leeg, zo vol van belofte. Ik wilde terug naar dat moment en het opnieuw beleven: niet ingaan op Daniëlles verzoek, niet door stomme pech Hayden ontmoeten, niet deze Bonnie Graham zijn – die met angst in het hart het politiebureau uit was gewankeld – maar de Bonnie Graham van toen, zorgeloos en niet op de proef gesteld. Terug wilde ik, terug, terug – en toen zag ik ineens zijn gezicht.

Ik stond voor een kiosk, en het keek me aan vanaf de voorpagina van een krant, die, onder de kop EINDE AAN EEN HECTISCH LEVEN, voor bijna de helft door het portret in beslag werd genomen. Het was niet de foto die de kranten tot nu toe steeds hadden afgedrukt. Hierop zag hij er heel wat jaartjes jonger uit, met lang haar en stoppels die al bijna een echte baard vormden. Hij glimlachte naar degene die achter de camera stond en had zijn wenkbrauwen iets opgetrokken, zodat hij een vragende, sardonische uitdrukking had, alsof hij een geheim deelde met de persoon tegenover hem. Zo had hij mij ook weleens aangekeken, alsof hij me begreep, iets in me herkende. Zo had hij ook Sally aangekeken. En wie allemaal nog meer? Honderden vrouwen ongetwijfeld, die zelfs als ze al wisten dat hij niet te vertrouwen was, voor die charme van hem gevallen waren. En toen had iemand hem vermoord – was het een vreemde geweest of iemand die hem kende, iemand die hem haatte, van hem hield, of hem haatte omdat hij of zij van hem hield?

Ik wilde de krant niet kopen, maar voordat ik er erg in had stond ik het geld uit te tellen en pakte ik de krant. Terwijl ik de straat uitliep probeerde ik het artikel te lezen. Het onderschrift bij de foto verwees me naar pagina 7, en bij de eerste de beste koffiebar hield ik stil en bestelde een cappuccino en een stuk worteltaart. Ik had het gevoel dat ik behoefte had aan een dosis koolhydraten en suiker. Pas toen ik het stuk taart half en de koffie helemaal op had, bladerde ik door naar pagina 7, en toen ik die opsloeg, sprong een andere foto in het oog – een foto van een veel jongere Hayden, met zijn arm om een vrouw die straalde van geluk. Het was een tengere vrouw met een bos kastanjebruin haar en een brede, lachende mond. Het onderschrift bij de foto vermeldde dat ze Hannah Booth heette.

Ik deed even mijn ogen dicht, maar toen ik ze weer opendeed, was ze er nog steeds. Ik vond dat ze er leuk uitzag. Het was iemand die ik me wel als een vriendin van me kon voorstellen, in een ander leven. Ik bekeek het onderschrift nog eens: de foto was genomen in 2002, zeven jaar geleden. Hayden zou toen een jaar of dertig zijn geweest – zijn gezicht was magerder en zachter dan ik het had gekend, gelukkiger misschien. Of misschien was dat gewoon omdat hij hier arm in arm met zijn vrouw stond. Waarom was ik verbaasd, waarom voelde ik een steek in mijn borst, en waarom prikte het achter mijn ogen?

Ik keek het verhaal vluchtig door, mijn blik sprong van alinea naar alinea. Het begin van het artikel was grotendeels een herhaling van het enigszins bloemrijke proza dat eerder in de kranten had gestaan – getalenteerd maar roekeloos levend muzikant, mysterieus aan zijn einde gekomen, geschokte vrienden, lichaam gevonden in spaarbekken, politie start sporenonderzoek. Maar in een middenkader stond een interview met Hannah Booth, die tegenover de verslaggever uiting gaf aan haar verdriet ('al heb ik altijd al gedacht dat hij jong zou sterven') nu haar man, van wie ze gescheiden leefde, was vermoord. 'Van wie ze gescheiden leefde' – ik bleef naar de zinsnede kijken en liet me er een beetje door troosten, totdat mijn oog op iets anders viel: het woord 'kind'. Ik had een gevoel alsof iemand me hard in mijn buik had gestompt. Hayden had een kind, een zoon, pas zesenhalf jaar, die 'zijn papa' een paar maanden geleden voor het laatst had gezien. Hij heette Josiah. Hayden was vier jaar geleden weggegaan bij Hannah en Josiah, toen zijn zoon nog maar een peuter was geweest. Hannah Booth vertelde hoe haar huwelijk, waarvan ze aanvankelijk zoveel had verwacht, steeds verder in het slop was geraakt. 'Ik geloof dat Hayden niet wist hoe hij tevreden kon zijn,' zei ze. 'Dat soort stabiliteit miste hij volkomen. Volgens mij heeft hij de realiteit van wat we samen hadden kapot laten maken door zijn ambities en dromen. En hij vond het vreselijk om ouder te worden – hij is in zijn hart altijd een kind gebleven. Een groot, lief kind. Maar je kunt niet een kind als man hebben, zeker niet als je samen een kind krijgt.'

Ik legde de krant even weg, lepelde het restje schuim uit mijn kopje en probeerde me te concentreren op de zoetige melksmaak. Tegen mij had hij gezegd dat hij nooit vader wilde worden, en ondertussen was hij dat al die tijd wel geweest; hij had tegen me gezegd dat hij niet gebonden wilde zijn, en al die tijd was hij getrouwd geweest. Oké, getrouwd met een vrouw die hij nooit zag, maar evengoed getrouwd. Ze droeg zelfs zijn naam. Waarom had hij het me niet verteld? Toen schoot me zijn haastig neergekrabbelde briefje te binnen, het laatste wat ik van hem had vernomen – was dat hetgeen wat hij me had willen vertellen?

Toen ik verderging met het artikel, las ik dat zijn moeder had gezegd dat Hayden een stout kind en een moeilijke man was geweest, dat zijn manier van leven haar goedkeuring niet had gehad, maar dat kinderen nooit vóór hun ouders horen te overlijden. Zijn drie jaar oudere zus zei dat hij een levenslustige man was geweest. Zijn grote vriend Mac was in zak en as, hij had Hayden een week voor zijn dood nog gesproken, en Hayden was toen enthousiast over het leven geweest, en weer gelukkig. Het waren allemaal mensen van wie ik nooit had geweten dat ze bestonden. Natuurlijk had ik wel beseft dat Hayden een eigen leven had, dat hij vrienden en relaties had met wie hij een gecompliceerd verleden deelde, maar ik had me nooit gerealiseerd dat ik maar zo'n klein hoekje van zijn bestaan in beslag nam en hoe weinig hij me in feite had verteld. Het was alsof hij alleen in een eeuwigdurend heden had kunnen leven, alles wat daaraan vooraf was gegaan en alles wat er nog op zou kunnen volgen negerend.

Ik sloeg de krant dicht en vouwde hem zo op dat ik zijn gezicht niet zou hoeven zien. Hij had een moeder en een zus, hij had een vrouw en een zoon die hij in de steek had gelaten, hij had goede vrienden die hem zouden missen, en waarschijnlijk had hij in de loop der jaren tientallen mensen tegen zich in het harnas gejaagd, mensen die hem dood gewenst hadden zoals de meeste leden van onze band dat op enig moment ook hadden gedaan. Ook ik. Er waren momenten geweest waarop ik hem misschien niet dood had gewenst, maar dan toch wel uit mijn gedachten had willen bannen en het liefst had gewild dat hij niet meer zou bestaan, dat hij verdwenen zou zijn zonder een spoor te hebben achtergelaten, zodat ik niet alleen hém kon vergeten, maar ook mezelf zoals ik bij hem was geweest.

Ik liet de krant op het tafeltje liggen toen ik wegging. Ik liep naar huis zonder iets te zien en ook zonder enig idee wat ik met mezelf aanmoest als ik daar eenmaal zou zijn aangekomen.

Sally huilde. Ze lag ineengedoken bij mij op de bank, haar rok tot boven haar knieën opgetrokken, haar bloes verfrommeld om haar middel en het haar half over haar gezicht, tegen haar natte wangen geplakt. Ik had haar nooit zo zien huilen, en eigenlijk ook nooit iemand anders, behalve mijn moeder toen het erg slecht met haar ging. Haar lichaam leek geheel en al in dienst te staan van haar ellende: ze snikte en snakte naar adem, de tranen stroomden uit haar ogen en liepen over haar gezicht en in haar hals, haar woorden klonken als zacht gejammer en gehik, en ze slaagde er niet in om lang genoeg op adem te komen om iets zinnigs uit te brengen. Haar huilen leek een ongecontroleerd kokhalzen. Ze kotste al haar ellende uit. En al die tijd stond Lola naast haar en stak af en toe een handje uit om Sally even ongerust aan te raken aan haar schouder of buik.

Ze leek niet van streek, eerder nieuwsgierig en een beetje zenuwachtig. 'Mammie?' zei ze zo nu en dan, maar dan begon Sally alleen nog harder te jammeren. Eerst probeerde ik haar te kalmeren, ik hurkte naast haar neer en legde een hand op haar schokschouderende lichaam of probeerde het snot en de tranen van haar wangen te vegen, maar na een tijdje gaf ik het op en beperkte ik mijn aandacht tot Lola.

'Wil je een koekje?' Ze staarde me aan. 'Of een beetje vruchtensap? Nee, sorry, ik heb geen vruchtensap. Melk heb ik wel. Ik geloof dat ik nog wat melk heb. Of anders...' Ik dacht na. Waar hield een kind van Lola's leeftijd van? 'Je zou een tekening kunnen gaan maken,' zei ik. 'Zal ik papier en potlood voor je pakken? Dan kun jij een mooie tekening maken voor Sally, om haar een beetje op te vrolijken.'

Lola bleef me aanstaren. Ze beet op haar dikke onderlip.

'Zo meteen is het weer over, hoor,' vervolgde ik. 'We huilen allemaal weleens. Als jij huilt, waar huil je dan om?'

Lola ging van haar ene been op het andere staan en vertrok haar gezicht van inspanning.

'Moet je plassen?'

Ze knikte.

'Kom maar.' Ik pakte haar warme handje en liep met haar naar de wc. 'Moet ik je helpen?'

Ze knikte weer.

Ik trok haar onderbroekje naar beneden en zette haar op de toiletpot. Haar beentjes bungelden naar beneden. Ze droeg rode schoentjes met kleurige veters. We wachtten. Ze stak haar duim in haar mond en keek me nadenkend aan. We hoorden Sally huilen; het gesnik leek een zekere regelmaat te vertonen, en ik vroeg me af of er nu eindelijk een einde zou komen aan haar huilbui.

'Klaar?' vroeg ik.

Ze schudde gedecideerd haar hoofd. Sally's uithalen gingen over in langgerekte, trillerige ademtochten, en toen werd het stil. Ik tilde Lola van de wc, veegde haar af tussen haar benen, trok haar onderbroek omhoog en waste toen haar handen onder de koude kraan. Toen we weer in de huiskamer kwamen, zat Sally overeind, ze had haar rok over haar knieën getrokken, haar bloes gladgestreken en haar haar achter haar oren geduwd. Ze had een opgezet gezicht en rode vlekken op haar wangen.

'Gaat het weer een beetje?'

'Ik geloof het wel. Sorry. Lola?' Ze spreidde haar armen, maar Lola week achteruit en ging met haar duim weer in haar mond tegen mij aan staan. 'Lola, kom je mama niet even knuffelen?' Er klonk lichte paniek in haar stem.

'Ik zal een pot thee zetten,' zei ik, en ik liet hen alleen.

Ik ging in de keuken uit het raam staan kijken naar de strakblauwe hemel en voelde me zo moe dat er geen plaats meer was voor gedachten of emoties. Ik hoorde het geroezemoes van de stemmen van Sally en Lola in de huiskamer. Toen het water kookte en er wolkjes stoom omhoogrezen, goot ik het uit over de theezakjes, waarna ik achter in de kast nog een paar zandkoekjes vond.

Ik liep ermee naar binnen en ging op de bank naast Sally zitten. Lola zat bij haar op schoot; ze had haar hoofd op haar schouder gevlijd en haar ogen begonnen net dicht te vallen.

'Ik zie er vast vreselijk uit, hè?' zei Sally.

'Ik heb je weleens florissanter gezien.'

Ze glimlachte vermoeid. 'Ik jou anders ook. Je ziet eruit alsof je de hele nacht op bent geweest.'

Ik deed mijn mond open om te zeggen dat dat inderdaad zo was, maar wist me in te houden. Ik kon tegenover Sally niet openhartig zijn, want één enkel woord kon al een stortvloed van bekentenissen losmaken.

Lola produceerde een langgerekt, gorgelend snurkgeluid, en ik zag hoe haar hele lijf zich ontspande en zich tegen Sally aan vlijde, die haar kin op het hoofd van haar dochter liet rusten en zuchtte.

'Hayden?' zei ik.

'O, Bonnie. Hayden, Richard, die hele rottige bende, als je begrijpt wat ik bedoel. Ik begrijp er zelf niks van. Een klotezooi is het. Ik heb er zo'n puinhoop van gemaakt.'

'Ja meid, ik snap het,' zei ik – ontoereikend.

'Ik heb even bij mijn moeder gelogeerd, maar dat was afschuwelijk. Ik kon niets aan haar kwijt – ik zou niet weten hoe. En toen belde de politie en moest ik weer een verhoor ondergaan. O god, Bonnie, het was vreselijk.'

'Hoezo vreselijk?'

'De manier waarop ze tegen me praatten, de vragen die ze me stelden. Ik heb ze alles verteld.'

'Over Hayden en jou?'

'Ik moest wel. Ze deden alsof ze het toch al wisten, en trouwens, ik bedacht ineens hoe kleinzielig en ongevoelig ik was door alleen maar bezorgd te zijn dat mijn kleine, onbenullige geheimpje bekend zou worden, terwijl zijn moordenaar nog vrij rondloopt. Toen heb ik ze alles maar verteld – niet dat er nou zoveel te vertellen is. En toen werden ze pas echt nieuwsgierig. Ze deden alsof ik het gedaan had. En ze vroegen hoe het dan met Richard zat, of hij het wist en hoe hij had gereageerd, of hij het jaloerse type was. Ik denk dat ze hem ook willen gaan verhoren. Ik heb iets vreselijks gedaan, ik weet het, en ik verdien het om daarvoor gestraft te worden – maar nu krijg ik het gevoel alsof de hele wereld het op mij gemunt heeft. Ik ben met een andere man naar bed geweest, maar daarom ben ik nog geen monster!' Ze snoof hartgrondig, en ik legde een hand op haar schouder.

'Je kunt beter maar openhartig zijn,' zei ik. 'Geheimen zijn gevaarlijk.'

'Ze denken dat ik het heb gedaan.'

'Welnee, vast niet.'

'Of Richard.'

'Nee, ze gaan gewoon alles na.'

'O Bonnie, ik weet niet wat ik zou hebben gedaan als ik jou niet had om mee te praten.'

'Als je mij niet had gehad, zou je Hayden niet hebben ontmoet en zou dit je helemaal niet overkomen zijn.'

'Iets zou me toch wel hebben moeten overkomen. Ik kon niet doorgaan zoals het ging.'

'Hoe is het nu tussen jou en Richard?'

'Ik weet het niet. Ik bedoel, soms is hij heel lief tegen me, en soms lijkt het alsof hij het niet eens kan opbrengen om naar me te kijken. Alsof ik een of andere enge ziekte heb.'

Ik knikte.

'Soms huilt hij. Niet waar ik bij ben, hoor. In de badkamer, als hij denkt dat ik het niet kan horen.'

'Het gaat wel over.'

'Denk je?' Ze huiverde en drukte een kus op Lola's hoofd.

'Zeker weet ik het natuurlijk niet.'

'Ik ook niet.' Ze wreef met de rug van haar hand over haar voorhoofd. 'Af en toe lijkt hij wel een beetje gestoord.'

'Gestoord?' Ik kreeg een ongemakkelijk gevoel.

'Nou, erg onvoorspelbaar in elk geval.' Ze keek naar Lola. 'Weet je wat het enige goede is dat hieruit is voortgekomen?'

'Nou?'

'Mijn gevoel voor haar. Ik ben nooit meer ongeduldig met haar. Ik wil alleen maar bij haar zijn en haar altijd bij me houden. Hoe heb ik dat allemaal op het spel kunnen zetten?'

'Dit soort dingen gebeurt nu eenmaal,' zei ik, geheel overbodig. 'Zonder dat we erop verdacht zijn.'

Zelfs nadat je het hebt uitgemaakt, duurt het nog een hele tijd voordat je voormalige geliefde ophoudt de aanspraken uit te oefenen die hij of zij meende te hebben. Maar in het geval van Amos vond ik pertinent dat hij ze onmiddellijk moest opgeven, zeker zijn recht om onaangekondigd bij me langs te komen en binnen te komen alsof we nog samenwoonden.

'Gaat het om iets dringends?' vroeg ik. 'Want ik stond op het punt om de deur uit te gaan.'

'Waarnaartoe?' vroeg hij.

'Ja, dat is nou zoiets wat je niet meer kunt vragen,' zei ik. 'Omdat we niet meer samen zijn.'

Amos haalde een vel papier uit de zak van zijn spijkerbroek en vouwde het open.

'Ik vind niet dat dit jouw schuld is,' zei hij.

'Wat?'

'Als je uit elkaar gaat, is het verdelen van de spullen altijd een ingewikkelde zaak.'

'Dat hebben we al gedaan, weet je nog?' zei ik. 'Dat is afgehandeld.'

'Er zijn nog een paar losse eindjes,' zei hij. 'Ik heb het steeds opgeschreven als ik iets bedacht.'

'Wou je zeggen dat ik dingen heb meegenomen waar ik geen recht op had?'

'Nee, nee, nee,' zei hij, alsof hij een al te uitbundige jonge hond tot bedaren wilde brengen. 'We hebben het alleen zo snel gedaan.'

'We moeten er toch eens een punt achter kunnen zetten,' zei ik.

Hij keek op het vel papier. 'De hele Shakespeare in één deel,' zei hij. 'Die heb ik in de zesde klas gewonnen. Die kun jij toch niet per ongeluk meegenomen hebben, hè?'

'Nee, dat zou ik niet hebben gekund,' zei ik. 'Want aan de binnenkant zit een groot etiket geplakt met jouw naam erop, dat je me steeds hebt laten zien als je me weer eens vertelde hoe je die prijs had gewonnen.'

'En heb je mijn cd-box van Steely Dan meegenomen?'

'Nee, dat heb ik niet,' zei ik. 'Omdat ik een vrouw ben.'

Amos keek gekwetst. 'Houden vrouwen daar dan niet van?'

'Blijkbaar niet.'

'Dan heb ik hem misschien wel uitgeleend.' Hij keek weer op zijn lijst. 'Er was ook nog een kleine ets.'

'Waarvan?'

'Weet ik eigenlijk niet meer. Hij was verbleekt. Ik geloof dat er een windmolen op stond, en een paard en een ezel. Ik had hem van een tante gekregen.'

'Ik kan me er niets van herinneren.'

Hij wierp weer een blik op het papier.

'Ik had een blauwe schaal, die ik ooit van mijn moeder heb gekregen. Ik heb er nooit veel aan gevonden, maar blijkbaar is hij gemaakt door iemand die beroemd is.'

Ik wilde weer ontkennen, maar ineens schoot er iets door me heen. Ik kreeg er een ongemakkelijk gevoel van. Ik zag ineens weer voor me hoe ik de schaal in een doos stopte. Een sierschaal was eigenlijk niks voor Amos, had ik altijd gevonden. Maar het kan ook zijn dat ik ervan was uitgegaan dat de schaal mijn eigendom was, omdat ik de enige was die hem ooit uit de kast had gehaald om hem als fruitschaal te gebruiken. De herinnering werd helaas gevolgd door een tweede herinnering, waarin ik weer duidelijk voor me zag hoe ik de schaal in een vuilcontainer gooide.

'Die heb ik niet,' zei ik, geheel naar waarheid.

'Nou, hij zal wel weer opduiken,' zei Amos. 'Sonia heeft kennelijk iets met fruit. Ze brengt steeds appels, peren en sinaasappels mee naar huis, maar we kunnen ze nooit ergens kwijt. Ik moet erbij zeggen dat fruit wat mij betreft in de koelkast thuishoort, als je het dan per se wilt kopen. Waarom zou je het op tafel zetten?'

'Verder nog iets?' vroeg ik, want ik wilde weg.

'Die groene handdoeken, waren die echt van jou?'

Ik dacht even na.

'Weet je,' zei ik, 'ik weet eigenlijk niet of die handdoeken van mij zijn of van jou. Ik dacht dat we het geregeld hadden, maar als jij ze wilt hebben, neem ze dan mee. Er hangt er eentje over de rand van het bad, dus die zul je wel even moeten wassen voordat je hem gebruikt.'

'En heb je in de boeken gekeken die je hebt meegenomen? Ik

schrijf meestal mijn naam in mijn boeken.'

'Daarom heb ik daar ook steeds naar gekeken,' zei ik. 'Maar als er boeken zijn die je wilt hebben, mag je ze meenemen.' Schuldbewust dacht ik weer aan de schaal. 'Dat geldt trouwens voor alles: als er iets is wat je wilt hebben, neem het dan mee. Maar doe het nu. We moeten er een streep onder zetten, dat moet echt. Net zoals je niet eeuwig door kunt gaan met het vervolgen van oorlogsmisdadigers uit de nazitijd, hoe heet het ook weer?'

'Een verjaringstermijn.'

'Ja, precies. We hebben een rare tijd achter de rug waarin we alles met elkaar deelden en alles samen bezaten, maar die tijd is voorbij.'

Amos vouwde zijn vel papier op en stopte het weer in zijn zak.

'Je mag die handdoeken houden,' zei hij. 'Ze begonnen toch al een beetje ruw te worden.'

'Is dat het?' zei ik. 'Ben je nou helemaal hiernaartoe gekomen vanwege een paar handdoeken die je niet wilt hebben?'

'En vanwege die Steely Dan-box. Weet je echt zeker dat je die niet hebt?'

'Is er soms iets aan de hand?' vroeg ik.

Amos leek het niet gehoord te hebben. Hij liep door de kamer, keek naar de half geschilderde muren en de dozen met boeken, en leek in beslag genomen door de algemene sfeer van verwaarlozing.

'Je zou dit eigenlijk moeten láten doen.'

'Ik was van plan het grotendeels zelf te doen. Daarom ben ik deze zomer niet weggegaan.'

'Blijkbaar loop je een beetje achter op je schema.'

'Ik heb, geloof ik, een beetje te veel hooi op mijn vork genomen,' erkende ik.

'Waar is het toch misgegaan met ons?' vroeg hij.

'Amos...'

'Als ik naar deze rotzooi hier kijk en bedenk dat jij je huis probeert op te knappen, terwijl ik hier met zo'n stom vel papier rondloop en we ruzie maken over wie welke paperback ooit heeft gekocht...'

'We maken niet echt ruzie. Het is meer kibbelen.'

'Ik kan er niet bij dat we ooit met elkaar zijn begonnen en dat het nu zo moet eindigen. Weet je nog, in het begin? Die keer dat we van plan waren om over het jaagpad langs het kanaal de stad uit te fietsen, en dat we het niet gehaald hebben en per trein terug zijn gekomen? Dat zelfs als iets niet lukte, het op de een of andere manier niks gaf, maar dat we na verloop van tijd in een fase kwamen waarin zelfs als er van alles wel lukte, er toch altijd iets mis was? Hoe heeft het zover met ons kunnen komen? Hoe zijn we hierin verzeild geraakt?'

Ik had meteen geweten dat hij niet alleen langs was gekomen vanwege die paar dingen waarvan hij dacht dat ik ze meegenomen had.

'We hebben dit allemaal al besproken,' zei ik. 'Meerdere keren zelfs. We zijn nu uit elkaar. Jij bent nu met Sonia. Een bijzondere vrouw.'

Hij glimlachte. 'Bijzonder op een manier waarop jij niet bijzonder bent?'

'Ik kan in alle eerlijkheid zeggen dat Sonia bijzonder is in allerlei opzichten waarin ik dat niet ben. En ik moet er meteen bij zeggen dat dit precies zo'n gesprek is dat jij en ik niet meer met elkaar voeren.'

Amos fronste zijn wenkbrauwen, en er viel een stilte.

'Het gaat niet,' zei hij ten slotte.

'Wat bedoel je?' zei ik. 'Dat wist ik niet.'

'Hè?' zei Amos met een verwarde blik. 'Nee, ik bedoel niet tussen Sonia en mij. Dat gaat prima. En of het serieus is, of blijvend, dat weet ik niet.'

'Hou op,' zei ik. 'Daar moet je met mij niet over praten. Ik wil het niet horen. Daar heb je het recht niet toe.'

'Met wie moet ik anders praten?'

'Niet met mij,' zei ik. 'Met iedereen behalve mij.'

Hij leek beledigd. Wilde hij niet alleen Sonia hebben, maar zich ook aan mij blijven vastklampen?

'Maar goed, dat bedoelde ik dus niet. Ik had het over de muziek, ons optreden.'

'Wat is je probleem?'

'Mijn probleem?' zei hij met een sarcastisch lachje. 'Ik heb het idee dat ik de verantwoordelijkheid heb om je erop te wijzen dat het niet goed gaat.'

'Hebben ze jou gestuurd om me dat te komen vertellen?' zei ik. 'Is dat het?'

'Natuurlijk hebben ze me niet gestuurd,' zei Amos. 'Het is verdomme de muiterij op de Bounty niet. Ik vond alleen dat ik jou op een paar in het oog springende feiten moest wijzen. Ik bedoel, wat een ongeregeld zooitje heb je bij elkaar gebracht. Ik moet toegeven dat Joakim een aardige jongen is, hoewel het me niet duidelijk is of hij nou meer op jou of op Hayden valt. Je hebt hem geen dienst bewezen door hem in deze leeuwenkuil te gooien. Maar die vader van hem is echt een eikel.'

'Dit is zijn milieu niet.'

'Ik snap helemaal niet wat hij in de band doet, afgezien van zijn eigen zoon bespioneren en het vervolgens laten afweten als hij ergens anders zin in heeft, terwijl hij nota bene hoog van de toren blaast als een ander hetzelfde doet. Neal is gewoon Neal, denk ik maar, al weet ik van hem ook niet wat hij nou in de band doet, of het moet zijn dat jij jezelf graag wilde omringen met bewonderaars.'

'Sodemieter op, Amos.' Hij lachte. 'Nee, echt, ik meen het. Wat wil je nou eigenlijk? Jij wilde er zelf bij horen.'

'En wat jij nou precies in de zin had door iedereen bloot te stellen aan Hayden, dat snap ik gewoon niet.'

'Dus je mag hem niet? Wat dan nog? Leer er maar mee te leven. Je hoeft hem nog maar een paar keer mee te maken.'

'Ik snap niet wat jij je erbij voorstelde toen je hem erbij haalde. Als ik ooit in mijn leven iemand heb ontmoet die altijd problemen geeft, dan is hij het wel.'

'Ik heb hem er niet echt bij gehaald. Hij heeft aangeboden om te helpen, en ik ben dolblij dat hij dat heeft gedaan. Hij is een echte muzikant.'

'Hij is wel bijzonder, ja,' zei Amos. 'En ik weet niet eens zo zeker of ik wel zo'n hekel aan hem heb. En dat is nogal wat, dat ik dat zeg. Want ik ben in mijn hele leven nooit iemand tegengekomen die me behandelde zoals hij. Mijn enige troost is dat hij anderen nog slechter behandelt. Hij speelt met mij in elk geval geen spelletjes. En trouwens, ik zou het best nog weleens interessant kunnen vinden om te zien hoe hij anderen gek maakt.'

'Maar dat doet hij niet.'

'O, sorry,' zei Amos sarcastisch. 'Is dat een gevoelig punt?'

'Als je hiermee wilt zeggen dat je ermee wilt stoppen, dan kan ik je niet tegenhouden.'

'Wat ik wil zeggen, is dat Hayden volgens mij weg moet, of dat we er anders mee moeten stoppen. Het is maar een bruiloft. Er staan nog andere bands in het telefoonboek. Ik vind dat we een betere bijdrage aan de feestvreugde kunnen leveren door te lappen en een mooie set wijnglazen voor ze te kopen.'

Ik snauwde niet meteen iets terug, wat wel mijn eerste opwelling was, want eerlijk gezegd had ik dat ook weleens gedacht. Ik was hiermee begonnen omdat ik dacht dat het makkelijk zou zijn en niet veel tijd zou kosten. Ik had in beide opzichten ongelijk gehad.

'Nee,' zei ik. 'Daarvoor is het te laat. Het is net als met pokeren, zoals ik dat van jou heb geleerd. Je weet wel, op een gegeven moment heb je al je geld in de pot zitten en moet je gewoon blijven meedoen om te zien hoe de verdeling is. Snap je wat ik bedoel?'

Amos schudde zijn hoofd.

'Ik geloof dat ik nu ineens snap waarom het tussen ons niet ging. Ik was niet goed genoeg in de muziek, en jij was niet goed genoeg met pokeren.'

ERNA

Wat ik in moeilijke tijden als deze altijd deed, was vergetelheid zoeken in de muziek, een terrein waar woorden geen rol speelden, waar je geen ideeën hoefde te hebben en niet slim hoefde te zijn. Maar de muziek was dat niet meer voor me. Het was als een medicijn dat zijn werkzaamheid heeft verloren. Ik kon niet meer vluchten via gitaar of keyboard, want die herinnerden me nu aan een pijnlijke kwestie, aan iets wat vreselijk uit de hand was gelopen.

In normale omstandigheden, of althans in normaal abnormale omstandigheden, zou ik vrienden zijn gaan opzoeken. Maar ik realiseerde me dat zij me vragen zouden stellen over hem, dat ze mijn kant van het verhaal en mijn herinneringen zouden willen horen, dat ze het wel spannend vonden om bevriend te zijn met iemand die het slachtoffer van een moord had gekend. Wat me dwars zat, was het idee dat één moment van onoplettendheid, één verkeerd woord, één ondoordacht antwoord op een vraag al voldoende zou zijn om de verdenking op me te laden en alles aan het licht te brengen. Ik stelde me voor dat de mensen dan dingen tegen me zouden zeggen als: maar je had toch gezegd... maar hoe kon je... maar dat betekent nog niet... maar was je dan niet... Er was slechts één waarheid, die schuilging achter een oneindig aantal onwaarheden.

Sally belde op en vertelde me dat Richard en zij samen weggingen om te proberen het een en ander uit te praten. Ze huilde de hele tijd zo hard dat ik nauwelijks kon verstaan wat ze zei, maar ik begreep dat ze weer een gesprek had gehad met de politie, en Richard ook. Ik kreeg mailtjes en sms'jes van vrienden en vriendinnen. Of ik gehoord had van die band waarin hij had gespeeld? Wie of het gedaan kon hebben? Ze waren me behulpzaam door me websites door te geven met opnamen van optredens van hem in Duitsland en Nederland en Suffolk. Op Wikipedia was een artikel aan hem gewijd, waarin stond dat hij veelbelovend was geweest, dat hij in de jaren negentig bekend had gestaan als een groot talent, maar dat hij altijd een buitenbeentje was geweest met een neiging tot zelfvernietiging en dat hij uiteindelijk in zijn ontwikkeling was doodgelopen. Dat kwam door mij. Daar had ik mee te maken gehad, dat hij in zijn ontwikkeling was doodgelopen.

Wat ik ervan wist was al erg, maar wat ik niet wist was nog veel erger. Ik voelde me als een simpele soldaat aan de rand van het slagveld, die niet weet waar de strijd om gaat, wie er aan de winnende hand is en welke tactiek er gevolgd wordt, maar die alleen af en toe in de verte een granaat hoort ontploffen. Ik wist niet wat ik moest denken van wat ik hoorde, en ook als ik even niets hoorde wist ik het niet.

Ik was er vrijwel zeker van dat de politie geen idee had waar Hayden was vermoord. Of hadden ze een vermoeden? Was het appartement echt uitgekamd? Maar zelfs als dat zo was, kon ik me niet voorstellen dat ze iets van betekenis hadden gevonden. En hadden ze zijn lijk onderzocht? Hadden ze een hoofdhaar van mij gevonden, een vezeltje van mijn trui? Maar ze wisten dat we met elkaar te maken hadden gehad. Als ik mijn mond hield en alles ontkende, konden ze me niks maken, wat ze me ook in de schoenen wilden schuiven, toch? Alleen waren Neal en Sonia er nu ook bij betrokken. Wij samen waren zo sterk als de zwakste schakel.

Het enige geruststellende daaraan was dat ik er niet aan hoefde te twijfelen dat ik dat zelf was.

Ik wist dat de politie ook met anderen had gesproken. Wat hadden zij gezegd? En maakte het wat uit wat ze hadden gezegd? Ik had geen idee of de politie een theorie had, of dat ze maar lukraak iedereen verhoorden die iets met Hayden te maken had gehad. Ze zouden wel hun twijfels over mij hebben, maar zouden ze echt denken dat ik Hayden had vermoord? Dat ik de vrouw in de auto was geweest? Of allebei? Of het een wel en het ander niet? Zouden ze lang doorgaan met het onderzoek, of zou het als een nachtkaars uitgaan? Ik herinnerde me dat ik weleens had gehoord of gelezen – of nog waarschijnlijker was dat ik het van een tv-serie had meegekregen – dat een moord die niet in de eerste vierentwintig uur wordt opgelost waarschijnlijk helemaal niet zal worden opgelost. Was dat inderdaad zo, of was het een broodjeaapverhaal? Tenslotte wist ik er niet veel van, en doorgaans bleek datgene wat ik wél dacht te weten bij navraag niet eens waar te zijn.

Maar centraal – of liever gezegd aan de basis van alles – stond natuurlijk de persoon die Hayden had vermoord en van wie wij de sporen hadden uitgewist. Of ging het om meer dan één persoon? Wat dacht hij of zij? Wat had hij of zij gedacht toen het lijk niet gevonden bleek te worden? En toen het in het spaarbekken was opgedoken? Zou hij of zij alsnog iets ondernemen, of de zaak maar op zijn beloop laten? Was het iemand uit zijn verleden, iemand van wie ik nog nooit had gehoord? Of was het iemand die ik kende, was het eigenlijk overduidelijk wie het moest hebben gedaan? Die vraag – wie zou Hayden hebben kunnen vermoorden? – was de minst raadselachtige van de vragen die ik mezelf stelde. Het antwoord moest luiden: iedereen die hem had gekend, want bij Hayden was dat waarschijnlijk al voldoende om een motief te hebben om hem van kant te maken. Dat was het nou juist. Ik zou het zelf hebben kunnen doen, als het moment daarvoor aanleiding had gegeven, als onze ruzie hevig genoeg was geweest, als ik een geschikt zwaar voorwerp binnen handbereik had gehad. Wat zou Onze-Lieve-Heer daarvan zeggen? Misschien dat het feit – als het een feit was – dat ik ertoe in staat was geweest me even zwaar aan te rekenen viel als wanneer ik het daadwerkelijk zou hebben gedaan.

Zo zat ik dus te midden van mijn onvoltooide verbouwing, mijn nauwelijks begonnen verbouwing moet ik zeggen, en stelde mezelf vragen die ik niet hardop wilde uitspreken. Ik kon niet vluchten in de muziek, want de muziek was nu deel van het probleem. En ik kon geen vergetelheid zoeken in drank, want ik kon er niet op vertrouwen dat ik dan geen dingen zou ondernemen of zeggen die me de das om zouden doen.

Uiteindelijk kon ik geen weerstand bieden aan de gedachten die in mijn hoofd rondwoelden. Ik moest iemand spreken, anders zou ik gek worden. En de enigen met wie ik kon praten, waren natuurlijk mijn medeplichtigen, mijn handlangers, Sonia en Neal.

Sonia zou nu wel bij Amos zijn, en als ik iemand op het moment niet wilde zien, was het Amos. Het had dan ook iets onvermijdelijks dat ik de bus naar Stoke Newington nam en daar door de leuke straatjes naar het huis van Neal wandelde. Het was een prachtige dag, de lucht was zacht en warm, de hemel was strakblauw, met alleen aan de horizon een paar sliertjes wolken. De mensen hadden open gezichten, ze droegen lichte kleren en zagen er blij uit in het goudkleurige licht.

Het was niet bij me opgekomen dat hij misschien niet thuis zou zijn, maar toen ik aanbelde, werd er niet opengedaan. Ik tuurde door de brievenbus, maar zag alleen het stuk vloer dat naar de trap leidde. Wat moest ik met mezelf aan, nu ik hier met bonzend hart stond en de angst door mijn lijf gierde? Ik ging op het trapje zitten, legde mijn hoofd in mijn handen en deed mijn ogen dicht, want de zon brandde op mijn hoofd.

'Bonnie?'

Ik keek op en knipperde met mijn ogen. 'Neal!'

'Hoe lang ben je hier al?'

'Een paar minuten hooguit.'

'Gaat het wel goed met je?'

'Ik geloof het wel.' Ik forceerde een glimlach. 'Ik weet niet wat ik hier kom doen. Ik wilde niet alleen thuis zitten. En hoe is het met jou? Alles goed?'

'Met mij? Ik... nou, om je de waarheid te zeggen: ik kan me nergens op concentreren. Ik heb de zenuwen. Daarom ben ik de deur uitgegaan, omdat ik niet binnen kon blijven. Maar ja, buiten blijven kun je dan ook niet. Ik wilde weer naar binnen, alsof ik me voor iedereen moest verbergen. Mijn god, ik zou er als crimineel niet veel van terechtbrengen.' Hij vertrok zijn mond in een brede, treurige glimlach, zodat het leek alsof er een gat ontstond in zijn eigenlijk wel knappe gezicht. 'Maar ik bén een crimineel, hè? Jawel! Ik, een crimineel? Shit. Wie zou dat gedacht hebben? Zo'n onnozele, saaie, gezagsgetrouwe man. Ik rij zelfs nooit te hard, niet eens als ik haast heb.'

'Zullen we naar binnen gaan?'

'Ik denk steeds dat ik het aan iedereen moet vertellen. Ik moet mijn verhaal kwijt, als een kersverse bekeerling. Ik ben in staat om mensen op straat aan te klampen en te vertellen wat ik heb gedaan.'

'Naar binnen, Neal,' zei ik.

'Ja. Sorry. Wacht even.' Hij pakte zijn sleutel en begon onhandig aan het slot te morrelen, onderwijl binnensmonds vloekend.

'Laat mij maar,' zei ik, en ik pakte de sleutel uit zijn dikke vingers.

Ik zette koffie en smeerde om ons op te beuren wat geroosterde boterhammen met Marmite. We gingen aan de keukentafel zitten. Neal nam een slok koffie en een reuzenhap van zijn geroosterde boterham en zei toen met volle mond en nauwelijks verstaanbaar: 'Zijn we wel goed bij ons hoofd?'

'Hoezo?'

Hij nam nog een hap; zijn wangen stonden bol. 'Ze komen er vast en zeker achter.'

'Nee, daar geloof ik niks van.' Ik bedacht dat ik hier wel naartoe was gekomen voor een beetje troost of dan tenminste voor de kameraadschap die je kunt hebben als je met iemand een geheim deelt, maar dat ik in plaats daarvan Neal moest steunen.

'Ik heb het voor jou gedaan.'

'Ik had je niks gevraagd,' zei ik, ruwer dan ik wilde.

'Dat weet ik. Ik weet dat je het me niet had gevraagd. Jij had mij niks gevraagd, en ik jou niet... Weet je, soms word ik bijna euforisch omdat we dat voor elkaar hebben gedaan.'

'Maar daar gaat het niet om.'

'En soms ben ik gewoon doodsbang.'
'Dat ken ik. Ik ook.'
'Weten ze iets?'
'Ik weet niet wat ze weten. Ik geloof niet dat ze weten dat hij in het appartement is vermoord. Ze weten wel van hem en mij. En ik heb ze verteld van jou en mij.'
'Zoveel is daar anders niet over te vertellen,' zei hij. 'Maar één nacht.'
'Ik heb gezegd dat we bij elkaar waren. Dus zolang we daaraan vasthouden, zitten we goed.'
'Ja, we waren bij elkaar, ja.'
'De hele avond en de hele nacht.'
'Ja.'
'Hij was getrouwd.'
'Wat zeg je?'
'Hayden was getrouwd.'
'Had hij een vrouw?'
'Een vrouw en een zoon.'
Hij stak het laatste stuk geroosterd brood in zijn mond. 'Wat betekent dat?'
'Neal, ik heb geen flauw benul wat het betekent. Ik weet alleen dat het leven van Hayden een ingewikkelde puinhoop was en dat de politie zich in het onderzoek ook met dit aspect bezig zal moeten houden. Hij had een vrouw die hij in de steek had gelaten en een zoon die hij bijna nooit zag, hij had vrienden die hij belazerde, en de mensen met wie hij werkte heeft hij teleurgesteld. Maar jij vergeet nog iets.'
'Wat dan? Wat vergeet ik?'
'Wij hebben hem niets aangedaan. Ik bedoel, we hebben natuurlijk wel het bewijsmateriaal gemanipuleerd.' Hij snoof hevig toen ik dit zei. 'Oké, jij hebt het bewijsmateriaal gemanipuleerd, en Sonia en ik hebben het... nou ja, ik weet niet hoe je het moet noemen. Maar we hebben hem niet vermoord of hem op wat voor manier dan ook schade berokkend. Dat is een ander soort schuld. Maar de moordenaar loopt vrij rond.'
'En wij hebben de boel voor hem of haar opgeruimd.'
'Ja.'

'Wat zal die persoon denken?'

'Tja. Wat dacht jij toen je merkte dat het lijk weg was?'

'Ik dacht... nou ja, ik dacht, shit, jezus, is dit een droom, een nachtmerrie, o mijn god, ben ik gek, ik was, ik was... ik weet het niet, het was allemaal zo onwerkelijk. Ik zweer je dat ik nooit van mijn leven zoiets heb meegemaakt, niets wat er zelfs maar op lijkt, en ik kon er met niemand over praten...' Hij trok aan zijn haren.

'Precies. En zo moet de dader zich ook gevoeld hebben.'

'Denk je dat het iemand is die wij kennen?'

'Ik geloof het niet. Een onbekende, denk ik. We zullen het misschien nooit weten.'

'En dan?' Toen schoof hij zijn bord en kopje weg, legde zijn hoofd op tafel en begon te huilen. Hij schokschouderde en jankte zachtjes. Ik boog me over hem heen en legde mijn hand op zijn rug.

'Niet huilen,' zei ik. 'Neal, alsjeblieft, niet huilen. Het komt allemaal goed. Jij hebt hem niet vermoord. Je wilde mij alleen maar helpen. Je motief voor wat je gedaan hebt was goed. Dat geldt voor ons allebei. We hebben het voor elkaar gedaan, en we zullen elkaar erdoorheen slepen. Niet huilen.'

Als een toonbeeld van ellende lag hij over de tafel gebogen. Was ik maar zo ingestort, dacht ik, zat er naast mij maar iemand die een hand op mijn rug legde en zei dat alles goed zou komen. Even zag ik Hayden voor me, met zijn open gezicht en de kraaienpootjes om zijn lachende ogen, en ik hoorde hem zeggen: 'Maar jij bent een taaie, Bonnie.' En zo was het ook. Getroost worden was er voor mij niet bij, nog niet althans, en niet door Neal.

Ineens ging de telefoon. Met een ruk schoot Neal overeind, zijn gezicht nog nat van de tranen.

'Je hoeft niet op te nemen,' zei ik.

Maar hij stak zijn hand al uit. 'Hallo, met Fenton.' Zijn gezicht verstrakte. Er verschenen rimpels op zijn voorhoofd. 'Ja, daar spreekt u mee. Ja. Eh... dat zal wel gaan, denk ik. Oké, ik zal er zijn.'

Hij legde de telefoon neer.

'De politie?' vroeg ik.

Hij knikte.

'Wanneer?'

'Over een uur.'

'Je weet wat je gaat zeggen?'

'Ik geloof het wel.'

'Samen staan we sterk. Wij waren samen.'

'Oké.'

'De hele tijd.'

'Ja.'

'Over de rest, over alles wat met Hayden te maken heeft, vertel je gewoon de waarheid. Je kunt zeggen dat je hem niet mocht, je kunt zeggen dat hij en ik iets met elkaar hadden en dat je daar natuurlijk een beetje jaloers op was, je kunt vertellen van de spanningen in de band. Je hoeft niets te verbergen, behalve wat er die ene avond is gebeurd. Oké?'

'Ik ben een leugenaar van niks, hoor.'

ERVOOR

Toen Amos weg was, keek ik om me heen in mijn huis; ik zag het zoals anderen het moesten zien als ze er voor het eerst kwamen. Het was geen prettige aanblik. De reden dat ik niet was weggegaan – afgezien van het feit dat ik geen geld had – was dat ik de boel wilde opknappen en het huis wat bewoonbaarder wilde maken, maar het zag er nu uit alsof het bewoond werd door iemand die niet helemaal spoorde. De inhoud van de kasten had ik voor de helft in dozen gepakt, maar om dingen te zoeken die ik nodig had, had ik die dozen weer gedeeltelijk uitgepakt, en alles lag nu verspreid op alle tafels en stoelen of gewoon op de vloer. Ik had de muren voor een deel geschilderd, maar daar was ik mee opgehouden. Ik was begonnen het behang van de muren te trekken, maar was halverwege iets anders gaan doen. In de keuken had ik een paar gemeen groene linoleumtegels van de grond getrokken, waaronder akelig uitziende houten planken bleken schuil te gaan. Het probleem, vond ik nu, was dat ik niet kamer voor kamer te werk was gegaan. Ik was ervan uitgegaan dat als ik ervoor zorgde dat het overal een chaos was, ik er niet onderuit zou kunnen om er wat aan te doen, maar in de praktijk bleek ik gewoon aan de chaos gewend te raken.

Ik liep alle vertrekken door en bedacht dat er nog een tweede probleem was: ik had geen idee wat ik eigenlijk wilde. Ik wist alleen wat ik niet wilde: deze smoezeligheid, het benauwde, dat goedkope keukenblok, dat groezelige beige tapijt, die plastic badkuip. Ik bleef in de slaapkamer staan en registreerde wat ik zag. Het patroon van het behang, dat eruitzag alsof het uit de jaren zestig stamde, het versleten groene tapijt, dat niet goed om de radiator heen was gelegd, en de aanblik van de kamer in het algemeen, die was volgestouwd met een bonte mengeling van spullen uit tweedehandswinkels. Tja, dit was de realiteit. Niets paste bij elkaar. Ik moest hier maar beginnen.

Het lukte me de klerenkast uit de kamer te krijgen, hoewel die eerst tien minuten lang in een onmogelijke positie in de deuropening vastgeklemd zat, waaruit ik hem slechts wist los te krijgen door een brok stucwerk mee te nemen en een lelijke kras op de muur achter te laten. Het ladekastje versleepte ik ook, waardoor allerlei voorwerpen die daarachter lagen aan het licht kwamen – pennen, een oude telefoonlader waar ik ooit tevergeefs naar had gezocht en een cd met folkmuziek met een kras erop. Om mijn andere kamers te bereiken moest ik nu echter praktisch over het ladekastje heen klauteren en me langs de klerenkast persen. Ik deed het om de krabber te halen, die in de keuken lag. De volgende twee uur bracht ik door met het van de muur trekken en afkrabben van het behang. Na een minuut of tien bedacht ik dat ik het behang beter een aantal keren had kunnen overschilderen, totdat het patroon niet meer te zien zou zijn, maar toen was het al te laat om met het afkrabben op te houden. Ik had er ook spijt van dat ik geen rekening had gehouden met de troep die ik zou veroorzaken. Overal lagen repen behang, en de kamer lag bezaaid met stukjes papier, alsof ik leed aan een ernstige vorm van roos. Mijn bed, dat ik niet had afgedekt, lag vol met flarden en snippers. En onder de laag behang met het patroon bevond zich een oudere laag met weer een ander motief, minder geometrisch en wat bloemiger. Hoe lang moest ik doorgaan met deze klus, die leek uit te groeien tot een archeologisch project? Wanneer zou de kale muur tevoorschijn komen?

Ik had het warm, ik was bezweet, ik voelde me vies en ik had dorst. Ik had jeuk aan mijn hoofd, en mijn ogen traanden. Ik zette het raam wijd open, zodat de geluiden van buiten tot me doordrongen – geroezemoes van stemmen en gelach, het gefluit van vogels en de geluiden van het verkeer drongen met de warme buitenlucht mee naar binnen. Ik legde de krabber neer, klauterde over het ladekastje en vluchtte.

ERNA

Ze bleef buiten staan, terwijl ik binnen in de deuropening stond, en even staarden we elkaar alleen maar aan. Ik herkende haar meteen, ook al zag ze er anders uit dan op de foto – ouder natuurlijk, maar ook minder levendig, magerder en met fijnere gelaatstrekken. Ik zag dat haar ogen bijna groen van kleur waren en dat ze wat grijze strepen had in haar kastanjebruine haar. Ze droeg een crèmekleurige katoenen broek, een dunne bruine bloes en espadrilles, en ze zag er helder, ontspannen en beheerst uit. Zou ze erover hebben nagedacht wat ze wilde aantrekken voor haar ontmoeting met mij, vroeg ik me af, zou ze voor haar klerenkast hebben staan nadenken hoe ze zich moest presenteren aan de minnares van haar dode echtgenoot? Ikzelf zou in elk geval van tevoren wel hebben willen weten dat ze kwam, zodat ik niet zoals nu gekleed was geweest in een ruimvallend mannenoverhemd, dat, realiseerde ik me ineens met schrik, van Hayden was geweest. Misschien had ze het hem ooit met Kerstmis cadeau gedaan. Ik deed het bovenste knoopje dicht en zei: 'Jij bent Hannah Booth.'

'Dat klopt. Ik was de vrouw van Hayden. En jij bent Bonnie Graham.'

'Ja.'

'Ik heb gehoord dat je mijn man hebt gekend?'

'Ja.' Ik aarzelde even en zei toen: 'Kom je binnen? Het is alleen wel een rommeltje. Alles ligt door elkaar.'

'Geeft niks,' zei ze. Ze glimlachte voorzichtig. 'Dat kan me niet schelen.'

Ik liep met haar naar de keuken en bood aan thee te zetten. Toen we gingen zitten, legde ze haar magere handen op tafel. Ik zag dat ze geen trouwring droeg.

'Gecondoleerd met het overlijden van Hayden,' zei ik.

'Dank je.'

'Ik heb het interview met je gelezen.'

'O, dat. Ik geloof niet dat er iets in stond wat ik werkelijk zo gezegd heb. Ik heb alleen gezegd dat ik geschokt was.'

'Hoe wist je het?'

'Van jou? Ik heb Nat gesproken, en hij zei dat jij en Hayden blijkbaar...' Ze zweeg even en zei toen met een scheef lachje: '... iets met elkaar hadden. Wat dat bij Hayden ook mag betekenen.' Ze boog zich voorover. 'Ik ben hier niet om je de les te lezen. Daar gaat het me niet om. We woonden niet samen, al jaren niet meer. En natuurlijk zijn er andere vrouwen geweest. Tientallen waarschijnlijk. Zelfs al toen hij nog bij mij was.'

'Dus... waar gaat het je dan wel om?'

Ze keek naar haar handen en vouwde ze toen in elkaar. 'Ik denk dat ik gewoon eens wilde zien wat voor iemand je bent.'

'Nou, je ziet het. Ik moet mijn haar wassen, en doorgaans ben ik beter gekleed.'

'Je bent anders dan ik had verwacht.'

'Ik weet niet wat je daarmee bedoelt.'

'Ik wilde weten wat er van hem geworden was sinds hij weg is bij Joe en mij. Ik ben niet jaloers op je, helemaal niet. Ik wilde hem niet terug. Je kunt niet eens zeggen dat ik nog van hem hield of dat ik überhaupt nog veel voor hem voelde, of het zou woede moeten zijn, en zelfs die was niet meer zo hevig. Alleen is nu alles weer opgerakeld. Jij hebt hem gekend toen hij doodging, terwijl ik hem eigenlijk niet meer kende.'

'Ik denk dat je verkeerd inschat hoe goed wij elkaar kenden. Eigenlijk was het niet meer dan een zomerscharrel. Heel vluchtig.'

'Dat kon je wel aan Hayden overlaten, ja,' zei ze.

Ik besefte ineens dat ze voor mij een bedreiging was: ze gaf me het gevoel dat ik haar in vertrouwen kon nemen, en ik had dan ook een bijna onweerstaanbare neiging dat te doen. Ik rechtte mijn rug. 'Wat wil je van me horen?'

'Dat weet ik niet. Sorry. Het is waarschijnlijk voor jou net zo erg als voor mij. Mocht je hem graag?'

'Hij heeft me geslagen.' Ik had van tevoren niet geweten dat ik het zou zeggen, en ik had de zin nog niet uitgesproken of de woorden leken bijna tastbaar te worden en de hele ruimte te vullen. Mijn gezicht gloeide van schaamte, en ik had het gevoel alsof ik een open boek was.

'Och, jee,' zei Hannah. Ze staarde me aan met een blik die bijna smachtend te noemen was. Haar ogen glansden. Ik wilde me het liefst onttrekken aan haar medeleven.

'Twee keer maar.'

'Je zult hem wel gehaat hebben.' Haar stem klonk laag en zacht.

'Ik haatte hem niet,' zei ik. 'Ik was geschokt.'

'Het had niks met jou te maken,' zei ze. 'Het lag aan hem.'

'Toen hij nog bij jou was, heeft hij toen...'

'Nee. Maar die woede had hij wel, onder de oppervlakte. Hij was soms net een klein jongetje, en dat bedoel ik niet in de goede zin. Hij had driftbuien. Net als Joe toen hij twee was.' Ze zweeg even, en zei toen: 'Hij was ook een beetje een stoker, hè?'

'Hoe bedoel je?'

'Hij zette de boel graag op stelten, hij hield ervan om de knuppel in het hoenderhok te gooien en dan te kijken wat ervan kwam.'

Ik dacht eraan hoe Hayden met de band was omgesprongen, hoe hij er een meester in was geweest om gevoelige snaren te raken en mensen op hun kwetsbare punten te bespelen. 'Ja,' zei ik.

'Misschien is dat zijn dood geworden.'

'Zou kunnen.'

'Bij de politie denken ze dat het iets met drugs te maken had.'

'O ja?'

'Het zou best kunnen, maar ja, dat kun je van alles zeggen. Hij had zoveel vijanden. Ik zei weleens tegen hem dat hij het erom deed, mensen tegen zich in het harnas jagen – alsof hij op die manier zijn onafhankelijkheid kon bewijzen of zo. Stomme muzikanten.'

'Zit jij ook in de muziek?' vroeg ik.

'Ik heb geen muzikaal gehoor. Ik heb zelfs nooit blokfluit leren spelen. Ik ben logopediste. Het had nooit wat kunnen worden – een huwelijk van een amuzikale logopediste en een charmante, chaotische zanger die dacht dat je door het tonen van betrokkenheid je eigen doodvonnis tekende...'

Er viel een stilte.

'Je vertelt het niet verder, hè?' zei ik.

'Wat niet?'

'Dat hij me geslagen heeft.'

'Aan wie zou ik het moeten vertellen?' Ze keek me onderzoekend aan. 'Zit je iets dwars of zo?' Ze klonk ineens vals, vond ik, en ik kreeg het gevoel dat ze mijn vijand was – of was dat ook een teken van mijn naderende waanzin?

ERVOOR

Als ik, toen ik praktisch mijn huis uit rende, zou hebben mogen kiezen wie ik niet wilde tegenkomen, zou mijn lijstje er, in willekeurige volgorde, als volgt hebben uitgezien: Neal, Amos, Guy, Joakim, waarschijnlijk nog aangevuld met Hayden en Sonia. En jazeker, ook Daniëlle zou erop hebben gestaan, degene die in de eerste plaats verantwoordelijk was voor alle ellende met de band. Ze zag me uit de verte al aankomen, en we liepen op elkaar af met elk een idiote, verstarde grijns op ons gezicht, terwijl zij de hand waarmee ze geen boodschappentassen droeg naar me opstak alsof ze bang was dat ik haar uit het oog zou verliezen zodra ze die maar even zou laten zakken. Ze droeg een lichtblauw jurkje en sandalen, en ze zag er eleganter, opgepoetster en blonder uit dan ooit. Haar lippen glansden, haar tanden waren wit en haar benen glad en gebruind, en toen we elkaar naderden, had ik haar wel tegen haar schenen kunnen schoppen.

'Wat een fantastisch toeval.' Ze gaf me een luchtkus. Ik ving een vleug van haar parfum op.

'Ja,' zei ik knarsetandend.

'Je ziet er verhit uit, en wat heb je daar in je haar?'

'Ik heb het warm, ja, en dat is behang.' Ik streek met mijn hand door mijn haar, waardoor er stukjes papier uitvielen. 'Ik ben mijn huis aan het opknappen en ik móést er een paar minuten tussenuit.'

Ik voelde haar blik op mijn smoezelige huid en de zweetplekken onder mijn oksels.

'Zal ik jou eens even trakteren op iets kouds? Ik lust zelf ook wel wat. Zullen we hier gaan zitten? Het ziet er hier lekker koel uit.'

Ze bestelde voor mij een groot glas ouderwetse limonade en voor zichzelf een ginger ale, waarmee we plaatsnamen in een donker hoekje van het café, buiten de baan zonlicht die door het raam naar binnen viel.

'Hoe loopt het allemaal?' vroeg ik.

'Het is een gekkenhuis! Je zou niet geloven wat je allemaal moet regelen als je gaat trouwen. Ik heb lijstjes gemaakt, maar zodra ik het ene heb afgevinkt schiet me weer iets anders te binnen. Er komt geen einde aan!'

'Ik geloof het graag.'

'Het duurt nou niet lang meer. Maar eigenlijk moet ik die vraag aan jou stellen. Hoe gaat het?'

'Je bedoelt...'

'Met de muziek, natuurlijk. Ik hoop dat je niet denkt dat ik je maar laat aanmodderen.'

'Nee, dat denk ik niet.'

'Misschien kan ik eens een keer naar jullie komen luisteren, om een voorproefje te krijgen wat er op die dag gaat gebeuren.'

'Ik geloof dat het beter een verrassing kan blijven.'

'Ja, dat maakt het misschien spannender. Ik kan je niet zeggen hoe dankbaar ik je ben. Het wordt vast fantastisch.'

'Ik wou dat ik er net zoveel vertrouwen in had als jij.'

'Doe niet zo bescheiden, Bonnie.' Ze fronste haar wenkbrauwen. 'Jullie hebben toch wel gerepeteerd?'

'O, zeker.'

'Dus jullie zijn er straks klaar voor?'

Ik dacht aan onze chaotische sessies, de ruzies, de keren dat er mensen waren weggelopen, de onvoorspelbare klanken die we produceerden. 'Ja hoor, reken maar,' zei ik resoluut.

'Ja, natuurlijk. Daar hoef ik bij jou geen moment aan te twijfelen. Jij bent een vakvrouw. Hoeveel sets spelen jullie – zo noem je dat toch?'

'Zes of zeven nummers,' zei ik.

'Zes maar?'

'Zes is genoeg, Daniëlle, neem dat maar van mij aan.'

'Tja, jij bent de baas.'

'Ja.'

'Goed dat ik je tegenkom, trouwens. Ik wilde je al bellen, ik wou je iets vragen.'

'Vraag maar.'

'Ik wou weten wat jullie dan dragen.'

'Wat we dragen?' Ik keek haar niet-begrijpend aan.

'Ja. Als jullie spelen.'

'Ik weet niet waar je het over hebt.'

'Nou, hebben jullie bijvoorbeeld allemaal dezelfde kleren aan?'

'Ik volg je niet, Daniëlle.'

'Ik dacht aan iets hillbilly-achtigs. Wijde katoenen broeken met bretels en strooien hoeden. Of zou dat niks voor de vrouwen zijn?'

'Waarom denk je dat het voor de mannen wel wat zou zijn?'

'Je vindt het geen goed idee?'

'Nee, inderdaad niet.'

'Misschien eerder iets romantisch.'

'Iets romantisch?'

'De vrouwen in het lang, een beetje zwierig. Misschien zelfs met bloemen in je haar...'

'Mijn haar is te kort om er bloemen in te dragen.'

'En lichte zomerkostuums en hoeden voor de mannen, wat dacht je daarvan? Slappe vilthoeden? Of zou dat niet bij elkaar passen? Wat denk jij?'

'Wil je het echt weten?'

'Natuurlijk.'

'We hebben afgesproken dat we op je bruiloft spelen, niet dat we ons daarvoor opdoffen.'

'O. Nou ja, laat je het me nog wel even van tevoren weten?'

'Ik wil heel duidelijk stellen, Daniëlle, dat...'

'O god, is het echt al zo laat? Ik moet rennen! Ik ben zo blij dat we even hebben kunnen bijpraten.'

'Dag,' zei ik, maar ze had zich al omgedraaid, en haar lange lokken dansten vrolijk op en neer toen ze de deur uit liep.

Joakim had de volgende repetitie geregeld. Ik had er eigenlijk helemaal geen zin in, maar hij bleef er maar over zeuren. Hij belde me er verschillende keren over op, en ten slotte zei hij dat we ofwel moesten repeteren, ofwel het optreden moesten afzeggen. Ik kon kiezen. Hij vond dat ons optreden een eerbewijs aan Hayden was en dat het dus goed moest zijn. Zo zou hij het gewild hebben. Wat een komedie, dacht ik. Dat zeiden de mensen altijd van de doden. Dan wist ineens iedereen wat hij of zij 'gewild zou hebben'. Ik moest me inhouden om niet door de telefoon tegen Joakim uit te vallen. Hayden had zelfs toen hij nog leefde geen samenhangend idee gehad van wat hij wilde, en nu zijn lijk ergens in een koelcel in een lijkenhuis lag zou hij dit 'zo gewild hebben'? Hij bestond niet meer. Wat maakte het allemaal uit? Maar ik realiseerde me dat dit eigenlijk mijn probleem was, en niet dat van Joakim. Hij was nog jong en enthousiast. Hij dacht dat hij nog iets kon doen voor Hayden. Hij dacht dat dit soort gestes ertoe deed. En daar had hij waarschijnlijk gelijk in. Ik zag het alleen niet meer zo.

Joakim had nota bene de school opgebeld en de conciërge, die zich anders nooit iets van iemand aantrok, weten over te halen een van de repetitieruimtes voor ons beschikbaar te stellen. Ik dacht dat dit strijdig was met allerlei procedurele regels en verzekeringsvoorwaarden, maar Joakim had het geregeld. Bij onze aankomst kwam hij zelfs aan met een dienblad met koffie afkomstig van de cafetaria tegenover de school. Ik kreeg er bijna tranen van in mijn ogen. We nipten van onze koffie, en toen, nerveus alsof het onze eerste keer was, pakten we onze instrumenten. Joakim schraapte zijn keel en zei dat hij wat ideetjes had. Hij haalde een vel papier tevoorschijn waarop hij een paar akkoorden had genoteerd. Ik zag al snel dat hij enkele ingewikkelde loopjes in 'Nashville Blues' had geschrapt, zodat het nummer zonder Hayden makkelijker te spelen zou zijn. Het moest hem uren gekost hebben. Ik paste hier en daar nog wat aan, en toen we begonnen was het resultaat helemaal niet zo slecht.

Toen Sonia 'It Had to Be You' zong, klonk het geheel al wat beter dan 'helemaal niet zo slecht'. Haar stem getuigde van melancholie en levensmoeheid en klonk niet meer alsof ze net was opgestaan.

Na een uur waren we klaar, en terwijl de anderen hun spullen bij elkaar zochten, zag ik Sonia en Neal bij elkaar zitten. Zij mompelde iets tegen hem, en hij reageerde fel en op veel luidere toon, hoewel ook hij voor mij niet te verstaan was. Ik keek even naar Guy en Amos, maar zij besteedden er geen aandacht aan. Ik liep naar Neal en Sonia toe.

'Wat is er?' vroeg ik aan Neal. 'Is er iets?'

'Ik heb een idee.'

'Ik geloof niet dat ik nog veel nieuwe ideeën aankan.'

'Nee, dit is echt belangrijk. Het schoot me ineens te binnen, als een donderslag bij heldere hemel. Ik snap niet dat we het niet eerder hebben bedacht.'

'Vind je niet dat je een beetje hard praat?'

'Ik heb erover na zitten denken dat jij je schuldig voelt, en of we wel naar de politie moeten gaan.'

'Dit is toch echt niet de geschikte plek om daarover te praten. Hoe ben je hier?'

'Met de auto.'

'We rijden wel met je mee,' zei ik.

'Ik kan niet,' zei Sonia. 'Ik ga uit met Amos.'

'Verzin dan een excuus,' zei ik.

Sonia boog zich naar me toe en zei op fluistertoon: 'We kunnen niet steeds met z'n drieën weggaan. Daar gaan de anderen misschien iets van denken.'

'Dat weet ik,' zei ik. 'Maar we moeten weten wat Neal te zeggen heeft.'

'Goed,' zei ze. 'Ik zie jullie buiten. Maar ik hoop wel dat het de moeite waard is, Neal.'

Neal en ik wachtten in zijn auto totdat Sonia naar buiten kwam en achterin ging zitten.

'Wat heb je tegen Amos gezegd?' vroeg ik.

'Dat hoef jij niet te weten. Maar het is in orde.'

'Ik vroeg me alleen af of hij argwaan heeft.'

'Ik heb tegen hem gezegd dat het belangrijk is en dat hij me moest vertrouwen.'

'Wat is er?' vroeg ik aan Neal. 'Iets met de politie?'

'Nee, maak je geen zorgen. Niks met de politie. Dat ging me heel goed af. Ik heb niks gezegd wat ons in een kwaad daglicht kan stellen. Maar ik heb ook niks gezegd waar ze bij het oplossen van de moord iets aan kunnen hebben. En dat heeft me aan het denken gezet.'

'En wat heb je bedacht?'

'Wacht even. We snijden hier een stukje af. Laten we wachten tot we thuis zijn. We moeten papier hebben.'

'Hè?'

'Papier en pennen.'

'Gaan we een spelletje doen?' vroeg Sonia onheilspellend. 'Een gezelschapsspelletje?'

Neal hield stil voor zijn huis, stapte uit, stak zijn sleutel in het slot en duwde de deur open. Wij liepen achter hem aan naar binnen. Sonia zette koffie voor ons, en toen ze even later ook kwam zitten, was het alsof we aan een vergadering begonnen.

'Nou?' zei ik.

'Ik heb zitten denken,' zei hij.

'Ja, dat zei je al.' Sonia staarde hem over de rand van haar kopje aan. De spanning was bij haar kennelijk zo groot dat ik haar bijna kon horen knetteren van ongeduld.

'Het gaat hierom: we hebben allemaal het verkeerde gedaan, maar wel vanuit een goed motief, ja?'

'Ga door.'

'Het enige waar we ons echt zorgen om zouden moeten maken, is dat we voor de politie misschien iets verborgen houden...'

'Nou, natuurlijk houden we verdomme iets voor de politie verborgen!'

'Wacht even, je liet me mijn zin niet afmaken. Dat we misschien voor de politie iets verborgen houden waar ze wat aan zouden kunnen hebben bij hun onderzoek – met andere woorden: waarmee we ze zouden helpen de moordenaar van Hayden op te sporen. Ja?'

'Maar wat hebben wij daaraan, Neal?'

'We kunnen wel iets doen.'

'Iets doen?' zei Sonia.

'We hebben het lijk weggehaald en gedumpt, dat is waar. Maar luister. We kunnen op de plaats waar de moord gepleegd was achtereenvolgens drie verschillende situaties onderscheiden, of misschien wel vier. En die situaties overlappen elkaar als archeologische vindplaatsen. Je hebt de oorspronkelijke toestand, de situatie waarin Hayden daadwerkelijk is vermoord. Mogelijk heeft de moordenaar daar iets aan veranderd, maar in principe is dat de situatie zoals ik die aantrof. Ik dacht dat jij het had gedaan, dus ik heb er wat aan veranderd, zodat het leek alsof er een worsteling had plaatsgevonden en het dus níét leek alsof jij het had gedaan. Zoiets in elk geval – want eigenlijk kon ik niet goed nadenken. En toen ben jij...' Hij keek naar Sonia. 'Toen heb jij samen met Sonia geprobeerd het eruit te laten zien alsof er helemaal geen misdaad was begaan. Dat was nogal stom, maar voor zover ik heb begrepen had dat in zoverre effect dat de politie nog steeds niet weet waar de moord is gepleegd. Mijn punt is dat we te werk kunnen gaan als archeologen. We kunnen laag voor laag afpellen en zo de situatie reconstrueren waarin de moord daadwerkelijk is gepleegd.'

'Naar het appartement gaan, bedoel je?'

'Nee, dat zou veel te gevaarlijk zijn. De politie weet niet dat de moord daar is gepleegd, maar wel dat Hayden daar woonde. Als ze ons drieën daar toevallig zouden aantreffen, zou dat... nou ja, in elk geval niet makkelijk uit te leggen zijn. Maar we kunnen de reconstructie in gedachten uitvoeren.'

Sonia keek weifelend. 'Ik zie niet goed hoe dat zou kunnen,' zei ze.

Neal stond op en rommelde in een la op zoek naar pennen. Vervolgens scheurde hij een paar blaadjes van een blocnote en reikte toen de pennen en het papier aan Sonia en mij aan.

'Wat moeten we doen?' vroeg Sonia. 'Het uittekenen?'

'Dat zou te moeilijk zijn. Ik zou trouwens niet weten hoe dat eruit zou zien. Nee, we zouden kunnen beginnen met alle voorwerpen te noteren die we ons herinneren in het appartement te hebben gezien, stuk voor stuk. En als we dan elk zo'n lijstje hebben opgesteld, kunnen we proberen ze een plaats te geven, en dan kunnen we kijken of wat jij je herinnert overeenkomt met wat ik me herinner en... en...'

'En wat dan?' vroeg ik.

'Dan kunnen we de situatie reconstrueren.'

'En dan?'

'Weet ik niet.' Neal wreef in zijn ogen en maakte even een moedeloze indruk. 'Dat kan ik niet zeggen. Maar als we een lijst hebben van zo veel mogelijk voorwerpen met daarbij de plaats waar ze zich bevonden, komt daar misschien een patroon uit naar voren. Als we van tevoren al wisten wat het op zou leveren, zouden we het niet hoeven doen.'

'Ik weet niet of het überhaupt wat op zal leveren,' zei Sonia.

'Het is te proberen.'

'Denk je echt dat we de situatie vanuit onze herinnering kunnen reconstrueren?' vroeg ik.

Neal gaf een klap op de tafel. 'Wat heeft het nou voor zin om erover te emmeren of we denken dat het kan? Laten we het verdomme proberen!'

Ik keek Sonia aan. 'Jij bent goed in dit soort spelletjes.'

'Kop dicht nou, allemaal,' zei Neal. 'En begin met schrijven.'

Ik pakte mijn pen en staarde naar het lege vel papier voor me op tafel. Ik streek het glad, alsof dat het makkelijker zou maken. Even was mijn hoofd net zo leeg als het vel papier. Ik sloot mijn ogen en probeerde het voor me te zien, probeerde weer in die kamer te staan. Dat kostte me bijzonder veel hoofdbrekens, want ik had dit deel van mijn geheugen al weken geleden geïsoleerd en tot verboden terrein bestempeld. Ik moest me er bijna fysiek voor inspannen, alsof ik aan een klemmende deur moest trekken van een kamer waar ik lang niet was geweest. Ineens schoot de deur echter los en was ik waar ik zijn wilde. Maar het beeld was vaag en fragmentarisch, en ik kon maar enkele voorwerpen onderscheiden. Ik begon te schrijven. Ik zag de cd's, onder andere die van Hank Williams die ik had meegenomen. Ik zag het groene plastic pennenbakje in de vorm van een schildpad. Het had op tafel gestaan. Daarnaast een blikje met paperclips. Op de grond had een kussen gelegen en een omgevallen vaas met tulpen. De uitnodiging voor de bruiloft lag er, die ik had opgeraapt en weggegooid. En verder hadden er op de vloer nog de kapotte gitaar en een paar boeken gelegen. En mijn sjaal. Maar hoe meer moeite ik deed om dingen te zien, des te verder leek het beeld zich van me te verwijderen.

Ik keek om me heen. Ik dacht terug aan het lokaal waarin ik op mijn zeventiende eindexamen had gedaan en stiekem naar de anderen had gekeken, die kennelijk allemaal meer opschreven dan ik en ook geconcentreerder waren. Zo was het nu ook. Neal zat achter elkaar te pennen. Ik kon niet lezen wat hij opschreef, maar hij had al veel meer dan ik. Sonia ook. Ik had al gedacht dat zij in dit soort dingen veel beter was dan ik. Maar maakte dat wat uit? Ik kon me niet voorstellen dat dit echt iets op zou leveren. Dat was ook eigenlijk niet de reden waarom we het deden. We deden dit, bedacht ik, om wat positiever te denken over de dingen die wij drieën hadden gedaan. Een pleister op de wond was het.

Ik hield op met schrijven. Ook dat deed me denken aan een examen – die afschuwelijke laatste paar minuten, waarin ik niets meer kon bedenken en in afwachting van het eindsignaal naar de klok staarde en me afvroeg of ik mijn werk niet nog een keer na moest kijken.

'Zijn jullie nog niet klaar?' vroeg ik. 'Ik kan niks meer bedenken.'

'Even nog,' zei Neal, die nog druk zat te pennen.

Ik keek naar Sonia, die ook was opgehouden.

'Mag ik eens kijken?' vroeg ik, en ze schoof me haar vel papier toe.

Zoals ik al dacht, had ze er veel meer van terechtgebracht dan ik. Ze had zich ook de telefoon en de schaal met de sleutels herinnerd, die ik buiten beschouwing had gelaten. In elk appartement is immers toch wel een telefoon en een schaal met sleutels te vinden? Ze had ook de gitaarkoffer vermeld. En ik was de kleine koperen boeddha, het groene flesje en de laptop vergeten, en ook een paar beeldjes die ik me wel degelijk herinnerde nu zij er melding van had gemaakt. En de post op de vloer. Sonia was fantastisch. Bij het doorlezen van haar lijstje kwam de kamer weer tot leven voor me.

'Ik ben klaar,' zei Neal.

'En nu?'

'Nu moeten we de voorwerpen een voor een afgaan en proberen vast te stellen waar ze zich bevonden, dan proberen we na te gaan welke we verplaatst hebben, en vervolgens kan elk van ons reconstrueren waar alles stond toen we binnenkwamen en het lijk vonden. Laat me die van jullie eens even zien.'

Ik schoof de twee lijstjes door naar Neal. Hij bekeek ze en liet daarbij zijn vinger langs de voorwerpen gaan, punt voor punt, als een kind dat net heeft leren lezen.

'Jezus,' zei hij. 'Sonia is hier veel beter in dan jij.'

'Ik wist niet dat het een wedstrijd was,' zei ik.

Neal hield onze lijstjes op, in elke hand een, en keek er met strakke blik naar, eerst naar het ene en vervolgens naar het andere. Toen gooide hij ze op tafel, leunde achterover en keek naar het plafond. Hij zat op zijn stoel te wippen, en even was ik bang dat hij achterover zou vallen en zich zou bezeren. Ten slotte zette hij de stoel met een klap weer met alle vier de poten op de vloer.

'Ik heb geen idee waarom we dit doen.'

'Het was jouw idee.'

'Het was een stom idee.'

ERVOOR

Hayden lag in mijn armen te huilen. Hij huilde zoals een baby huilt, hij huilde zoals hij vrijde, zoals hij at en zoals hij lachte, met een overgave en een vanzelfsprekendheid die me verbaasden en ontroerden. Ik drukte hem tegen me aan en voelde hoe hij over zijn hele lijf beefde van emotie. Hij schokschouderde en kreunde, en heel langzaam kwam hij tot bedaren, totdat hij er op het laatst stil en futloos bij lag, als een dode. Ik streek hem over zijn natte haar en boog me voorover om hem op zijn schouder te kussen.

'Wil je erover praten?' vroeg ik ten slotte.

Hij ging overeind zitten en droogde zijn wangen met de onderkant van mijn bloes.

'Hè, zo is het beter,' zei hij, alsof hij net met een flinke slok water een hevige dorst had gelest.

'Hayden?'

'Mm-hm?'

'Wat was er nou?'

'Ik heb honger.'

'Hayden?'

'Jij zou toch koken? Je hebt zelfs het oude kookboek van je moeder meegenomen. Dit is voor het eerst dat je voor me kookt. En ik ben dol op nieuwe ervaringen.'

'Nou, in dit geval misschien niet.' Ik stond op en deed het schort voor dat ik ook had meegebracht – ik droeg het lichtgrijze mouwloze jurkje dat ik die ochtend bij een marktkraam had gekocht, en dat wilde ik niet voorgoed bederven door mijn onhandigheid. 'We eten zeebaars met zonder kruiden, want die ben ik vergeten te kopen. Je moet ze er maar bij denken. Met rijst. Oké? Wil je er niet over praten?'

'Ik wil eten. Ik verga van de honger.'

ERNA

De telefoon bleef maar rinkelen. In mijn droom was het klokgelui. Ik probeerde bij een grijs kerkje boven op een heuvel te komen, maar kwam nauwelijks vooruit. Ik realiseerde me dat ik een trouwjurk aanhad, maar dat die gescheurd was, slecht paste en onder de modder zat, en dat ik Hayden probeerde te bereiken, die met een vloerkleed om zijn schouders en met kletsnat haar bij de ingang van het kerkje stond. Hij glimlachte naar me, of misschien trok hij een grimas, maar hoe ik ook mijn best deed, ik kon niet bij hem komen. Mijn benen wilden niet. De klokken beierden en galmden steeds luider en nadrukkelijker. Ik dwong mezelf mijn hand tussen de lakens uit te steken en tastte, nog half ondergedompeld in de droom, in het donker naar de telefoon. Ik had nauwelijks enig benul waar ik was en wie ik was. Toen ik de telefoon had gevonden en naar mijn oor had gebracht, drukte ik op knopjes om het gesprek aan te nemen, maar het bellen bleef aanhouden, en toen drong het tot me door dat het de telefoon niet was. Er belde iemand aan de voordeur.

Ik ging mijn bed uit, stommelde naar de voordeur en trok die open. Alles leek onwerkelijk. Ook Neals gezicht, dat me door de half openstaande deur aankeek, leek onwerkelijk, iets van heel lang geleden.

'We moeten praten,' zei hij.

'Hoe laat is het?' Ik had een gevoel alsof ik een jetlag had, alsof ik heel lang had geslapen en een dag had gemist. Maar het was donker buiten, althans zo donker als het worden kan in Londen, en ik zag zelfs geen ochtendgloren aan de horizon.

'Weet ik niet. Laat me erin.'

Ik was me er ineens van bewust dat ik alleen een hemdje en een onderbroek aanhad en deed een stap opzij.

'Wacht hier,' zei ik in de keuken, en ik liep naar mijn slaapkamer om een trainingsbroek en een oud hemd aan te trekken, zodat ik er tenminste fatsoenlijk bij liep.

'Ik moest je spreken,' zei Neal toen ik terugkwam in de keuken en tegenover hem ging zitten.

'Je hebt me pas nog gesproken, weet je nog?'

'Ik heb nagedacht.'

'Je had beter kunnen gaan slapen.'

'Ik ben gaan slapen, maar toen schrok ik wakker. Heb jij dat nooit?'

'Jawel.'

'En toen bedacht ik het ineens.'

'Wat bedacht je? Wacht even.' Ik stond op en trok de koelkast open. 'Ik moet wat drinken, voor de zenuwen.' Ik haalde een pak melk tevoorschijn. 'Heb jij trek in warme chocola?'

'Nee.'

'Whisky?'

'Nee. Ik moet helder blijven. En jij ook.'

Ik schonk een beker koude melk in en dronk die meteen op. 'Zo, dat is beter,' zei ik. 'En zeg nu maar eens waarom ik helder moet blijven.'

'Luister.' Hij reikte me een vel papier aan. 'Vertel me wat jij daar ziet staan,' zei hij.

Ik keek ernaar. 'Droom ik nou nog? Dit hebben we toch al gedaan?'

'Toe maar, kijk maar wat er staat,' drong hij aan.

'Dit is Sonia's lijstje.'

'Ik wilde nagaan of onze herinneringen op dit punt overeenstemmen.'

Ik begon hardop voor te lezen wat er op het lijstje stond. 'Hier is toch niks ingewikkelds aan. Sonia heeft meer dingen opgeschreven omdat haar geheugen beter is dan het mijne. Maar daar zit ik niet mee. Ik zit maar met één ding, en dat is dat jij me midden in de nacht wakker maakt om het allemaal nog een keer te bespreken. Want ik ben moe, Neal. Ik ben zo moe dat het lijkt alsof alles door elkaar loopt.'

Neal boog zich met zijn ellebogen op tafel naar voren en wreef met zijn hand over zijn voorhoofd, alsof hem ergens diep vanbinnen iets hinderde waar hij niet bij kon komen.

'Wat dacht je van die twee beeldjes?'

'Die herinner ik me wel,' zei ik.

'Maar ze stonden niet op jouw lijstje. Ik heb het hier – kijk maar.' Hij bukte zich, haalde het vel papier uit zijn canvas tas en zwaaide ermee naar me alsof hij mijn aandacht probeerde te trekken.

'Ja, nu herinner ik ze me wel,' zei ik. 'Ik kon er alleen niet op komen toen ik al die dingen probeerde te bedenken. Het verbaast me trouwens dat ik zoveel wel had. Wat is dit?'

'Beschrijf ze eens voor me,' vroeg Neal.

Ik keek weer op het lijstje en concentreerde me.

'Het ene was iets abstracts van grijs metaal. Twee figuren met iets erboven leek het wel – een wolk of een paraplu of zo.'

'En het andere?'

Ik keek weer naar Sonia's vermelding op het lijstje. Het tweede kon ik me minder goed herinneren, maar het kwam me wel bekend voor.

'Een soort vaas van grof materiaal. Was het brons? Met een zweem groen, zoals bij oude bronzen beelden. En ik vind het vervelend om het te zeggen, maar volgens mij had het uitstulpingen in de vorm van borsten. Ik denk dat het de bedoeling was dat het aan het vrouwelijk lichaam deed denken.'

'Dat is een heel precieze omschrijving,' zei Neal. 'Waarom heb je het niet op je lijstje gezet?'

'Dat zei ik al,' zei ik. 'Net als bij het andere beeldje. Ik heb het niet opgeschreven omdat ik het was vergeten.'

Neal knikte langzaam, vele keren. Ik staarde hem aan en vroeg me af of hij nu eindelijk gek was geworden. Er was een glinstering in zijn ogen verschenen, een blik van ingehouden opwinding...

'Het is bij het ene beeldje anders dan bij het andere,' zei hij.

'Hoe bedoel je?' vroeg ik.

'Het is bij het ene anders dan bij het andere,' zei hij. 'Je herinnerde je het eerste beeldje niet, omdat je dat vergeten was.'

'Ja, precies.'

'Maar je herinnerde je het tweede beeldje niet omdat het er niet was.'

Ik keek naar Sonia's lijstje, neergeschreven in haar nette, krachtige handschrift. Ik begreep er niets van.

'Hoe bedoel je, dat het er niet was? Hoe weet jij dat het er niet was? Het was er natuurlijk wel. Sonia kon het zich herinneren. En ik herinner het me nu ook – min of meer. Ik heb het net nog voor je omschreven. Gaat het wel goed met je?'

Neal bukte zich en sloeg de klep van de tas aan zijn voeten open. Hij haalde er een plomp voorwerp uit en zette dat op tafel.

'Het was daar niet,' zei hij, 'want het is hier.'

'Hier?' zei ik dommig.

'Kijk maar.'

Ik keek. Een vaas in de vorm van een vrouwenlichaam. Foeilelijk. Wie zou daar nou bloemen in willen zetten?

'Ik begrijp het niet,' zei ik. Mijn tong voelde dik aan in mijn mond; het kostte me moeite om de woorden te vormen. 'Ik snap niet wat je hiermee wilt zeggen.'

'Ik had het ding meegenomen.'

Er was geen twijfel mogelijk. Dit was de vaas. De vaas met de borsten.

'Waarom? En waarom staat hij nu hier?'

'Dat is niet de goede vraag. De vraag is niet waaróm ik hem heb meegenomen, maar wannéér.'

'Wanneer?' vroeg ik gehoorzaam, al begreep ik nog niet waarom dat de goede vraag was.

'Op die avond, Bonnie, de avond van 21 augustus, de dag dat Hayden werd vermoord, heb ik dat ding meegenomen omdat ik dacht dat het het moordwapen kon zijn geweest. Het lag daar op het vloerkleed in de plas bloed. Er zit zo'n raar handvat aan. Ik stelde me voor dat iemand – jij, Bonnie; ja, jij – het bij een ruzie had opgepakt en ermee naar hem had uitgehaald, hem op zijn hoofd had geraakt en hem daarbij had gedood.' Hij keek me aan. 'Ik weet dat je je de vaas herinnerde omdat je die gezien hebt toen je bij Hayden was, of toen je eerder eens in het appartement was. En ik weet waarom je hem niet op je lijstje had gezet. Niet omdat je geheugen niet zo goed is, maar omdat hij er niet was. Snap je het nu?'

'Nee,' zei ik. 'Nee. Nee.' Het liefst zou ik mijn oren hebben dichtgestopt of diep onder de dekens zijn gedoken. 'Ik snap het niet.'

'Maar begrijp je het dan echt niet?' Hij klonk kalm en geduldig, alsof hij iets aan een dom kind probeerde uit te leggen. 'Je herinnerde je niet dat de vaas daar was. Maar ik wel. En Sonia herinnerde zich hem ook, van de eerste keer.'

Ik hoorde wel wat Neal zei, maar zijn woorden drongen maar voor een deel tot me door.

'Hoe bedoel je, de eerste keer?' vroeg ik.

'De eerste keer dat zij in het appartement was,' zei Neal. 'Eerder op de avond. Toen ze Hayden heeft vermoord.'

ERVOOR

Als ik bij Hayden was, leek de dag vaak nacht, want dan deden we de gordijnen dicht of lieten we de jaloezieën neer en trokken we het dekbed over ons hoofd om elkaar in een halfduistere wereld te verkennen, terwijl de zon buiten onbelemmerd straalde en de vogels in de plataan voor het raam kwinkeleerden. De nacht ging ook vaak ongemerkt over in de dag en kreeg iets onbegrensds, omdat Hayden niet volgens het ritme van andere mensen leefde en zelfs niet bij benadering structuur in zijn leven had. Hij bezat geen klok of horloge, en hoewel hij op zijn mobiele telefoon wel kon zien hoe laat het was, keek hij daar zelden of nooit naar. Hij at wanneer hij er zin in had, hij ging slapen als hij moe was, en het kostte hem moeite om zijn afspraken na te komen, ook die met de band – dat hij zo vaak bij repetities aanwezig was, kwam eigenlijk alleen doordat ik zo vaak bij hem was. Dag en nacht, het verstrijken van de tijd op zich al, het invallen en weer oplossen van de duisternis – het was voor hem alsof hij werd meegevoerd op een brede rivier, nu eens naar ondiepten, dan weer naar het woest voortsnellende midden van de stroom, soms had hij de kans zich wellustig rond te wentelen in een traag stromend gedeelte, maar nooit was hij actief en nam hij doelbewust een initiatief. Hij kon twee uur slapen, maar ook zeven of vijftien uur, hij kon één keer of vijf keer eten in een etmaal, 's morgens om elf uur wijn drinken en midden in de nacht cornflakes eten. Hij leefde zonder plan en kon ook zomaar drie afspraken tegelijk hebben.

Die avond na zijn huilbui at hij de zeebaars (aangebrand) en de rijst (plakkerig door te lang koken) die ik had klaargemaakt op een manier op alsof hij de hongerdood nabij was, en hij spoelde alles weg met koude thee en lauwe wijn. Toen zei hij: 'Laten we een ommetje maken.'

'Het is bijna twee uur 's nachts. Ik ben hondsmoe.'

'Ik moet mijn overtollige energie kwijt. Het is nog warm, net zo warm als overdag. En kijk, het is bijna volle maan.'

'Waar wil je heen?'

'Weet ik veel, onze neus achterna. Kom mee.'

'Dan moet ik even wat anders aantrekken.'

'Nee, je hoeft alleen je schoenen maar aan te trekken.'

'Ik moet toch ook mijn spullen pakken.'

'Laat die maar hier.'

We liepen door Camden en toen langs Regent's Park en Bloomsbury in. Af en toe passeerde er nog een auto en een enkele voetganger op weg naar god mag weten waar – altijd zie je nog wel mensen in Londen, en het is er nooit volstrekt stil of donker – maar toen we Waterloo Bridge overstaken, was het net alsof wij in de hele uitgestrekte, betoverde stad de enigen waren die niet sliepen. Het maanlicht weerkaatste in de rivier, en we hoorden de golfjes tegen de kademuur kabbelen. De wijzerplaat van de Big Ben gaf aan dat het vier uur was. Hayden liep snel en sprak niet. Hij zag er jong en energiek uit, hij liep alsof hij een bestemming voor ogen had. Toen we de brug af kwamen, sloegen we af naar het oosten en liepen we in de schaduw van verlaten, hoogoprijzende monumentale gebouwen verder langs de waterkant. Inmiddels werd het aan de horizon al een beetje licht en begonnen de vogels in de bomen te zingen. Hij keek me aan en glimlachte naar me, en toen hij zijn hand naar me uitstak, welde er zo'n gevoel van gelukzaligheid in me op dat ik een steek in mijn borst voelde.

Nog altijd spraken we niet. Bij Blackfriars staken we de rivier weer over, maar alsof we het hadden afgesproken, bleven we midden op de brug staan om over de stad uit te kijken.

'Ik denk dat ik binnenkort wegga,' zei Hayden.

'O?'

'Ja – tijd om weer eens verderop te gaan kijken.'

'Waar?'

Ik keek niet naar hem, maar naar het wateroppervlak in de diepte. Ik voelde hem naast me zijn schouders ophalen.

'Weer eens wat anders,' zei hij alleen maar. 'Ik heb een aanbod gekregen. En ik heb behoefte aan verandering.'

'En de bruiloft dan?' Ik dwong mezelf om het absoluut neutraal te laten klinken.

'Bruiloft?'

'Waar we voor repeteren.'

'O, die zal ik waarschijnlijk nog wel meemaken.'

'Ik snap het.'

'Wat snap je, Bonnie?'

'Doet er niet toe.'

Hij pakte mijn kin en dwong me hem aan te kijken. 'Niets duurt eeuwig.'

'Nee.'

'Kom, we gaan.'

En we gingen verder, niet meer hand in hand. Het werd licht, bij de kiosken gingen de rolluiken omhoog en het verkeer werd druk-ker. We hielden in Farrington stil bij een koffiehuis, waar Hayden ge-roosterde boterhammen met gebakken eieren at en ik een kop kof-fie dronk. Voordat we bij mijn appartement kwamen, nam hij al afscheid. Hij had het een en ander te doen, zei hij.

'Dat slaat nergens op,' zei ik. 'Dat bestaat niet.'

'Het kan niet anders.'

'Sonia?' Ik keek hem aan. 'Ik geloof er niks van.'

'Dat ze zich die vaas herinnerde, kan alleen maar als ze daar eerder op de avond al is geweest.'

'Ze kan hem toch daarvóór hebben gezien?'

'Is ze dan al eerder in het appartement geweest?'

'Nee.' Ze had immers gezegd dat ze niet wist waar het was. Ik had met haar op Kentish Town Road afgesproken en was er met haar naartoe gelopen.

'Nou dan.'

'Dat ze er eerder op de avond is geweest, wil nog niet zeggen dat ze hem heeft vermoord.'

'Waarom heeft ze dan gelogen?'

'Waarom heb jij gelogen? Waarom heb ik gelogen?'

Mijn hersenen werkten traag en moeizaam. Ik voelde hoe daarboven met veel moeite en geknars de feiten op een rijtje gezet en de interpretaties herschikt werden. Ik had Sonia opgebeld om haar te vragen me te helpen het bewijs van Neals misdaad weg te werken, maar zij had de moord gepleegd. Ze was me komen helpen om het bewijs van haar eigen misdaad weg te werken. Of liever gezegd, ik had háár geholpen. Samen hadden we alle aanwijzingen weggewerkt die zij had achtergelaten. Ik staarde Neal verwilderd aan.

'Het kan niet waar zijn,' zei ik. 'Dat kan gewoon niet.'

'Laten we het uitzoeken.' Hij stond op – gedecideerd en ineens weer in een leidende rol.

'Nu?' zei ik onzeker. 'Het is nog nacht.'

'Ja, nu. Wat wil je dan – wachten tot morgenochtend?'

'Nee, maar ze zal bij Amos zijn. Ze zei dat ze naar hem toe ging.'

'Nou, én?'

'Wat moeten we dan met Amos? We kunnen toch niet gewoon... nou ja.' Ik zweeg en sloeg mijn handen voor mijn gezicht. Ik had een gevoel alsof mijn hoofd elk moment uit elkaar kon barsten.

'Bel haar op haar mobiel. Zeg dat we haar moeten spreken.'

'Ze zal denken dat we gek zijn geworden.'

'Tenzij ik gelijk heb. Je zult het zien.'

Ik pakte mijn mobiel en zocht Sonia's nummer op. 'Wat zal ik zeggen?'

'Dat we weten wat er gebeurd is en haar meteen moeten spreken.'

Ik toetste op 'bellen' en wachtte. De telefoon belde en belde. Ik stelde me voor hoe Sonia tegen Amos aan in bed lag.

Toen ze opnam klonk ze slaapdronken.

'Met Bonnie.'

'Wat is er?' Nu ging ze waarschijnlijk moeizaam rechtop zitten en wendde ze zich van Amos af om hem niet wakker te maken.

'Ik moet je spreken.'

'Wacht even.' Nu ging ze vast de slaapkamer uit en deed ze de deur achter zich dicht. 'Het is midden in de nacht.'

'Het is vier uur. Neal is hier bij me. We moeten je meteen spreken.'

'Waarom?' Hoorde ik een verandering in haar stem?

'We weten wat er gebeurd is.'

'En nu willen jullie naar me toe komen?' Sonia klonk nog steeds heel rustig. 'De metro rijdt niet.'

'We komen met de auto.' Ik keek Neal aan, en hij knikte instemmend. 'Neal is met de auto. We wachten bij Amos voor de deur op je. Over tien minuten.'

'Goed. Tien minuten.'

Neal ging achter het stuur zitten, ik zei hoe hij moest rijden en keek toen uit het raampje. Het was mistig, maar de mist zou straks als de zon opkwam snel oplossen. Ik dacht na over Sonia, die altijd zo capabel, zo praktisch en zo aardig was. Ik deed mijn ogen dicht en stond mezelf even toe om te voelen hoe ontzettend moe ik was, maar tegelijkertijd zo vol van een rusteloze, kolkende energie dat ik maar moeilijk stil kon blijven zitten.

En daar stond ze, op het trottoir, gekleed in een regenjas met ceintuur, het haar in een paardenstaart.

Neal stopte, ze deed het achterportier open en stapte in. Een paar seconden lang zei niemand iets.

'Nou?' zei Sonia ten slotte.

'Laten we naar het kanaal rijden,' zei ik. 'Het is een beetje raar om bij Amos voor de deur te zitten praten.'

Sonia leunde achterover en vouwde haar handen in haar schoot. Op absurd formele toon zei ik tegen Neal hoe hij moest rijden. We zaten er met z'n drieën bij als kennissen die zich voor elkaar generen. Er viel niets te zeggen, behalve dat gigantische onzegbare, dat alle lucht uit de auto leek te persen.

Toen Neal de auto parkeerde, knipte hij de koplampen uit en zette het contact af. Ik kuchte hard, en vervolgens hoestte ook hij.

'Nou, voor de dag ermee,' zei Sonia.

Ik draaide me naar haar om en dwong mezelf haar recht aan te kijken. 'Neal had de vaas meegenomen.'

'De vaas?'

'De vaas die jij je herinnerde, maar die er niet was. Met de borsten.'

'Borsten?'

'Ja. Jij herinnerde je hem gezien te hebben, maar hij was er niet.'

'Hebben jullie me daarvoor uit bed gehaald?'

'Het gaat erom dat jij je herinnerde dat er een vaas was en dat ik me die niet herinnerde, en dat Neal naderhand tot de conclusie is gekomen dat het onmogelijk was...'

Ik keek Neal even aan. Ik maakte er een rommeltje van.

'Jij was er al eerder geweest,' onderbrak Neal me. 'Dat is wat Bonnie bedoelt. We kunnen met zekerheid zeggen dat jij er eerder op de avond bent geweest. Je hebt de vaas op de vloer zien liggen, maar toen ik er was, heb ik hem meegenomen. Jij was er vóór Bonnie en vóór mij.'

'Maar je deed alsof je van niks wist,' zei ik. 'Je deed alsof je er nooit eerder was geweest.'

Ze zag er rustig uit, veel rustiger dan Neal en ik.

'Wat moet ik daar nou op zeggen?' zei ze.

'Je hebt gelogen,' zei ik. 'Je was er al eerder geweest. Je wist alles, maar je hebt mij laten geloven dat je geschokt was, maar me wel wilde helpen.'

'Dat is niet belangrijk,' zei Neal. 'Waar het om gaat, is dat jij Hayden hebt vermoord.'

Sonia deed haar ogen dicht. Kennelijk dacht ze na. Toen ze ze weer opendeed, keek ze eerst hem en toen mij aan. Toen knikte ze.

'Ja, ik heb het gedaan.'

'En?' zei ik. 'Is dat alles wat je te zeggen hebt? Waarom heb je het gedaan?'

'Ik had het eerder moeten zeggen.' Haar stem klonk zacht, maar nog steeds kalm. Ze sprak langzaam, alsof ze goed nadacht, alsof ze er zeker van wilde zijn dat elk woord dat ze zei verantwoord was. 'Ik wist dat Hayden en jij iets met elkaar hadden. Dat was geen al te groot geheim. En ik wist dat hij je had geslagen.'

'Wat heeft dat er nou mee te maken?'

'Ik mocht Hayden al niet zo. En toen je donderdag op de repetitie die blauwe plek in je hals had en zo tam was, helemaal niet zoals je echt bent, toen vroeg ik me af wat ik kon doen. Als goede vriendin. Als iemand die om je geeft en van je houdt en die het vreselijk vindt om te merken dat jij dingen over je kant laat gaan waar je bij de politie aangifte van had moeten doen. Hij mishandelde je, vond ik.'

'Zo was het niet.'

'Zo is het nooit. Maar goed, meteen na de repetitie ben ik bij hem langs gegaan om tegen hem te zeggen dat ik niet van plan was om werkeloos toe te zien hoe hij jou pijn deed. Willen jullie dit echt allemaal horen?'

'Volgens mij is het beter van wel, ja,' zei Neal.

'Goed dan. Toen ik bij hem aankwam, liet hij me binnen. Hij was een beetje dronken, al was het nog vroeg. Een uur of zes, denk ik. Hij leek niet verbaasd om me te zien, en het was net alsof hij niet echt luisterde naar wat ik zei.' Ze zweeg even en slikte. 'Hij bleef me maar aankijken met zo'n glimlach op zijn gezicht, alsof hij me uitlachte. Afschuwelijk was het, en ik werd ook bang voor hem. Toen pakte hij me ineens vast. Ik wist niet wat hij zou gaan doen. Ik dacht dat hij me iets wilde aandoen of me wilde kussen of zo. Ik heb me verzet, ik probeerde weg te komen. Er werd van alles omgegooid, er vielen dingen kapot. Het was vreselijk, al dat gooien smijtwerk en geschreeuw – en toen was er geen houden meer aan, ik was doodsbang. Ik stak mijn hand uit en probeerde iets te pakken, het maakte niet uit wat, en ineens had ik die vaas in mijn hand. Ik heb ermee naar hem uitgehaald en hem op zijn hoofd geraakt. Hij wankelde en viel. Hij moet met zijn hoofd op de hoek van de tafel terecht zijn gekomen, want toen hij op de vloer lag, bewoog hij niet meer. Hij was dood. Ik had hem vermoord...'

'En toen belde ik jou.'

'Ik was net thuis toen jij opbelde en vroeg of ik je wilde helpen.'

'En dat was wel een beetje een probleem voor je,' zei Neal. Met een frons op zijn gezicht trommelde hij met zijn vingers op het stuur.

'Het was net een macabere grap,' zei Sonia.

'Waarom heb je het me niet verteld?'

'Dat ik degene was die Hayden had vermoord?'

'Ja. Waarom heb je die hele afschuwelijke poppenkast volgehouden?'

'Weet ik niet,' zei ze. 'Ik had het voor jou gedaan. Misschien wilde ik dat jij me als tegenprestatie op deze manier zou helpen.'

Ik opende mijn raampje, waardoor er koele, vochtige lucht naar binnen stroomde.

'Neal dacht dat ik het had gedaan en heeft bewijsmateriaal verwijderd. Ik dacht dat Neal het had gedaan en heb jou opgebeld om alle bewijzen weg te werken. Ik dacht dat jij dacht dat ik het had gedaan en dat jij mij een onvoorstelbaar grote dienst bewees. En uiteindelijk bleek jij degene te zijn die het had gedaan en...' Ik kon niet meer verder praten. Het was alsof ik uit elkaar zou barsten. Mijn hoofd bonsde, mijn ogen prikten, en ik merkte dat er snottebellen uit mijn neus kwamen.

'Laten we uitstappen,' zei Sonia. 'Even wat frisse lucht.'

Met z'n drieën liepen we langs het kanaal. Minutenlang zei geen van ons iets.

'Wat ga je nu doen?' vroeg Sonia ten slotte.

'Nu we weten dat jij Hayden hebt vermoord, bedoel je?'

'Ja.'

'Ik weet het niet. Wat moet ik? Naar de politie stappen?'

'Toen je dacht dat Neal het had gedaan...'

'Ja, ik weet het. Toen ik dacht dat Neal het had gedaan, voor mij, heb ik het bewijs laten verdwijnen. En nu weten we dat jij het hebt gedaan. Maar alles is al opgeruimd. Er valt niets meer te doen, toch?'

'Ik weet het niet.'

'Je had het moeten zeggen.'

'Zou het dan makkelijker zijn geweest?'

'Wat heb jij de hele tijd gedacht? Wat dacht je toen ik je belde om me te helpen het lijk weg te werken?'

'Ik was verbaasd.'

'Verbaasd?'

'Ik weet niet goed hoe ik het moet zeggen,' zei Sonia. Haar stem trilde, en ik realiseerde me dat ze geschokt was, ondanks haar uiterlijke kalmte. 'Wat wil je dat ik zeg? Ik was volkomen van de kaart, verbijsterd. Ik weet het niet. Alsof ik ineens voor een afgrond stond.'

'Waarom heb je niks gezegd toen je merkte wat Bonnie en ik allebei dachten dat er gebeurd was?' vroeg Neal. 'Toen je begreep wat er was gebeurd?'

'Ik weet het niet. Toen was het al te laat.'

'Maar je zult toch wel hebben gedacht...'

'Ik weet het niet,' riep Sonia. 'Snap het dan toch: ik weet het niet! Iets anders kan ik niet zeggen. Ik weet het niet. Het spijt me. Ik heb het voor jou gedaan, en ik weet niet waarom ik het niet heb gezegd.'

'Een mooi stel zijn we,' zei ik. 'Drie sukkels bij elkaar.' Ik veegde met mijn mouw mijn ogen af. 'Maar wel drie vrienden,' voegde ik eraan toe. 'Wat hebben we allemaal veel doorgemaakt omwille van elkaar.'

'We hebben het voor jou gedaan,' zei Neal.

Ineens kreeg ik het koud en voelde ik me heel moe. Nuchter zei ik: 'We moeten er maar op hopen dat ze bij de politie al die dwaalsporen blijven volgen en er nooit achter zullen komen wat er is gebeurd.'

'En dat ze niet de verkeerde arresteren,' voegde Neal eraan toe.

'Als ze dat doen, vertellen we het, reken daar maar op.' Ik dacht aan Sally en Richard, balde mijn vuisten maar accepteerde mijn machteloosheid. 'Niemand anders mag hier het slachtoffer van worden, dat moeten we elkaar beloven. Mag ik je wat vragen, Sonia?'

'Natuurlijk.'

'Was hij op slag dood?'

Ze aarzelde even. 'Ik geloof het wel.'

'Achtervolgt het je niet?'

Ze staarde me aan. Ik wist dat ze me had willen helpen en dat het per ongeluk was gebeurd, maar op dit moment voelde ik een felle haat jegens haar. Zij had Hayden vermoord. Zij was bij hem geweest toen hij stierf. Mijn mooie Hayden, mijn lief.

'Wat denk je, Bonnie?' vroeg ze ten slotte.

'Oké.'

'We moesten maar eens naar huis gaan,' zei Neal.

'Weet Amos het?'

'Natuurlijk niet.'

'Je hebt het hem niet verteld?'

'Nee.'

'Hoe dóé je dat?'

Sonia keek naar het olieachtige oppervlak van het water in het kanaal. 'Jij zou het ook kunnen,' zei ze. 'En ik kan het ook. Het is ons geheim.'

Toen ik thuiskwam, beefde ik van emotie en ellende. Ik liep van mijn ene kamertje naar het andere en stootte in het voorbijgaan tegen dozen vol met beduimelde boeken, gebarsten aardewerk en kleren die ik naar alle waarschijnlijkheid nooit meer zou dragen. Mijn appartement leek wel wat op de binnenkant van mijn hoofd – een chaos, wanordelijk en vol dingen die overbodig waren of verkeerd opgeborgen, half kapot, ongewenst, verwaarloosd. Ik ging op de vloer liggen en staarde naar het plafond, ik dacht na, probeerde na te denken, probeerde niet na te denken, probeerde niet Haydens gezicht voor me te zien toen hij Sonia uitlachte, hoe hij keek toen hij haar beetpakte, toen de vaas zijn hoofd raakte en hij viel, hoe zijn ogen stonden toen het leven eruit verdwenen was. Wat stom, wat triest, wat absurd en zinloos om zo dood te gaan, voor niks.

Ik lag thuis op de grond naar het plafond te kijken. Hayden lag naast me, op zijn buik en met zijn arm over mijn buik. De ruwe haartjes van het vloerkleed prikten in mijn rug, en zijn ongeschoren gezicht prikte in het mijne. Ik draaide mijn hoofd en keek naar Hayden. Hij lag met zijn benen opgetrokken en één knie tegen mijn dij. Een van zijn tenen vertoonde een enigszins blauwe plek, op zijn onderrug had hij een wrat, en over zijn linkerschouderblad liep een vaag litteken. Een warrige lok haar viel over zijn gezicht en hij had zijn ogen dicht.

'Ik weet dat je naar me kijkt,' mompelde hij zonder zijn ogen open te doen.

'Hoe weet je dat?'

'Dat voel ik.'

'Mijn tas ligt nog bij jou, en mijn spullen ook.'

'Die gaan we straks samen halen.'

'Waarom ben je teruggekomen?'

'Ik wilde je zien. Het moest, ik kon niet wachten. Ik zat daar in het huis van mijn vriend, en ineens vond ik dat ik jou moest opzoeken. Ik dacht nog dat je er misschien niet zou zijn. Dat je misschien wel weg was gegaan.'

'Waarnaartoe dan? Jij bent degene die weggaat.'

'O ja?'

'Dat zei je een paar uur geleden, weet je nog? Op Blackfriars Bridge.'

'Ja, dat is waar ook.'

'Ik heb er een raar gevoel over,' zei ik, en ik ging op mijn zij liggen, trok mijn benen iets op en keek naar hem.

'Misschien doe ik het niet.'

'Je gaat niet weg?'

'Misschien niet. Ik weet het nog niet. Je maakt me helemaal in de war.'

'Wat wil je nou zeggen?'

Hij deed zijn ogen halfopen, stak een hand uit en streek door mijn haar. 'Je bent een raar mens, Bonnie – een taaie en toch zachtmoedig.'

'Hayden.'

'Het valt niet mee om bij jou weg te gaan. Misschien vond ik daarom wel dat ik weg moest – omdat ik eindelijk eens niet weg wil.'

'Blijf dan nog een tijdje.'

'Misschien.'

'Ben jij het altijd?'

'Ben ik altijd wat?'

'Degene die weggaat.'

'Ik denk het wel. Ik had je gewaarschuwd. Om niets met me te beginnen.'

'Heb je nooit bij iemand willen blijven?'

Hij mompelde iets wat ik niet kon verstaan.

'Waarom eigenlijk niet?'

'Niet doen.'

'Wat niet?'

'Niet vissen.'

Ik kreeg het ineens koud, ging zitten en sloeg mijn armen om mijn knieën. 'Zie je het zo? Beschouw je elke poging tot intimiteit als vissen, als opdringerigheid? Hoe kom je er trouwens bij dat ik wel door zou willen gaan? Ik zie namelijk helemaal geen ontwikkeling.'

'Waar zou je ontwikkeling in willen zien?' Hij maakte het belachelijk.

'Als je huilt, wil je niet zeggen waarom, je vertelt dingen over jezelf, maar de volgende keer dat we elkaar zien, lijkt het alsof dat helemaal niet gebeurd is. Je wilt weg, je wilt blijven. Het zijn allemaal opwellingen, waar ik buiten sta, alsof ik er helemaal niets over te zeggen heb.' Ik stond op. 'Ik zal koffie voor ons zetten, en dan ga ik.'

Hij bleef op de grond naar me liggen kijken terwijl ik de ochtendjas weer aantrok die ik had omgeslagen toen ik hem binnenliet en die ik nu stevig dichtsnoerde.

'Voor mij met veel melk,' zei hij.

'Oké.'

Ik zette de waterkoker aan, schepte koffie in de pot, zette in een vaag soort assertiviteit de kopjes met veel kabaal op het aanrecht en draaide me om toen hij, met alleen zijn spijkerbroek aan, de keuken in kwam.

'Niet kwaad zijn, Bonnie.'

'Waarom niet? Ik hou ervan om kwaad te zijn.'

'Niet kwaad zijn op mij.'

'Natuurlijk ben ik hartstikke kwaad op jou.'

'Zal ik de melk opwarmen?'

'Je bent net een kleine jongen. Je bent nooit volwassen geworden.'

'Denk je zo over me?' Hij had ineens een kille, weerzinwekkende glimlach op zijn gezicht. Ik had er op dat moment een einde aan moeten maken, meteen weg moeten gaan.

'Ja. Jij zou zelf nooit kinderen moeten krijgen, Hayden. En mocht dat ooit nog gebeuren, dan beklaag ik ze. Wie zelf nog een kind is, zou geen kinderen moeten krijgen.'

Het ging traag. Ik had tijd om na te denken over alles wat me overkwam. Hij draaide zich ineens om en gooide daarbij de melkfles om, waardoor de witte vloeistof op de grond stroomde, een plasje vormde en tussen mijn tenen kroop. Toen stak hij zijn beide vuisten omhoog. Zijn mond was vertrokken in een afschuwelijke grimas, als een paard waarbij het bit tussen de tanden wordt geduwd. Hij had sterke armen. Ik zag hoe hij zijn bicepsen aanspande. Ik bedacht dat hij zoveel groter en sterker was dan ik en stelde me de pijn voor die ik zou voelen op het moment dat zijn vuisten me raakten. Hij keek woest uit zijn ogen, zijn pupillen waren groot. Ik zag weer voor me – zo duidelijk alsof het werkelijk opnieuw gebeurde – hoe mijn vader op een avond mijn moeder zo hard in het gezicht sloeg dat ze twee tanden moest missen. Wat toen, lang geleden, was gebeurd en wat nu gebeurde leek in elkaar over te vloeien, zodat ik een paar seconden lang het gevoel had dat ik weer het kind was dat voor de zwaargebouwde man met de opgeheven vuisten en de akelige grimas op het gezicht ging staan en riep dat hij moest ophouden. En ik hoorde mezelf roepen: 'Nee! Hou op!'

Haydens vuist kwam op me af. Ik dacht: ik moet weg bij deze man, ik moet hem nooit meer zien. Hij is gevaarlijk. Hij had tranen in zijn ogen – wat vreemd, dat hij nu al leed onder datgene wat hij op het punt stond te doen. En zelfs op het moment dat ik wegdook en mijn handen voor mijn gezicht hield, dacht ik: wat is hij toch ongelukkig, ik ken niemand die zo ongelukkig is. Maar het meest beangstigende was niet wat hij me misschien ging aandoen – het was mijn plotselinge vrees dat ik van hem hield. Dat ik verliefd op hem was. O, tot over mijn oren.

Zijn vuisten troffen me met grote kracht tussen mijn ribben en op de zijkant van mijn hoofd. Ik wankelde achteruit en viel op de grond. In mijn val sloeg ik een koffiekopje van tafel, dat door de lucht tolde en op de vloer kapotviel, hoorde ik. Mijn knieën begaven het, ik probeerde te voorkomen dat ik zou vallen, maar hij greep me bij mijn keel en schudde me door elkaar. Ik kreeg geen lucht meer en kon niet roepen. Ik had pijn in mijn zij. De pijn golfde van mijn keel naar mijn ogen, ik zag kleuren – bloemen die openbloeiden in donkere tinten blauw, groen en rood. Mijn hoofd sloeg met een klap tegen de vloer. Ik had melk in mijn haar en scherven aardewerk in mijn linkerkuit en ik bloedde, voelde ik. Ik zag Haydens gezicht boven me, zijn mond halfopen in een schreeuw van ontzetting, alsof hij op het punt stond me te kussen, me te bijten. Hartstocht en haat liggen vlak bij elkaar. En ik dacht: ga ik nu dood?

Toen verslapte zijn greep en werd zijn gezicht zachter, het rimpelde en brak. De kleuren vervaagden tot de normale kleuren van de dag, en ik kon weer ademen, hoewel elke ademtocht me een stekende pijn bezorgde. Ik bleef doodstil liggen. Hayden stond over de gootsteen gebogen alsof hij moest overgeven. Hij ademde zwaar, en af en toe liet hij een gekreun horen.

'Nou, dat was het dan.' Mijn stem klonk schor. Praten deed pijn, slikken deed pijn. Ik betastte mijn hals, die gezwollen en pijnlijk was. Ik had een bult op mijn hoofd, en het bloed dat over mijn been liep kietelde, alsof er een vlieg liep. Me voorstellen hoe ik overeind zou krabbelen was al te veel moeite. Ik sloot mijn ogen en ging met mijn handen langs de zoom van mijn ochtendjas om er zeker van te zijn dat ik fatsoenlijk bedekt was. Ik wilde niet dat Hayden mijn naaktheid zou zien.

'Ik heb je gezegd dat ik niet deugde. Ik heb het je gezegd.'

'Ga weg.'

'Ik wil bij je zijn. Ik wil niks anders dan jou. Nu weet ik het.'

'Wegwezen.'

'Ik kan je zo niet achterlaten.'

'Als je nu niet ogenblikkelijk weggaat, bel ik de politie.'

Ik hoorde hem de keuken uitgaan en een paar minuten later het appartement verlaten. De voordeur viel in het slot. Nu liep hij waarschijnlijk op straat – ik wist met welke uitdrukking op zijn gezicht.

Ik deed mijn ogen open. Ik draaide mijn hoofd, eerst de ene kant op en toen de andere. Ik bewoog mijn been heen en weer. Er mankeerde me niks, behalve dat ik pijn had aan mijn ribben en mijn keel en dat ik een beetje misselijk was. Straks zou ik opstaan, een douche nemen en mijn gezicht deppen. Zo meteen. Nu nog even niet.

Toen ik wakker werd, kon ik niet bedenken waar ik was. De vloer voelde hard aan, en ik had pijn in mijn rug. Hoe lang had ik geslapen? De pijn schoot als een mes door me heen toen ik voorzichtig rechtop ging zitten en om me heen keek. Overal lagen scherven en melk. Ik manoeuvreerde zo dat ik op handen en knieën zat, waarna ik langzaam overeindkwam en ging staan. Alles leek een beetje uit het lood. Ik liep naar de badkamer en draaide de badkranen open, waarna ik mezelf in de spiegel boven de wasbak bekeek. Mijn gezicht leek kleiner dan normaal, alsof het was gekrompen. Mijn haar stond rechtovereind, en in mijn hals had ik een grote, bruin-blauwe plek, die terwijl ik ernaar keek nog dieper van kleur leek te worden. Ik raakte hem aan en voelde dat mijn huid gezwollen was. Dit zou ik niet verborgen kunnen houden.

Ik stapte in bad en bleef er meer dan een uur liggen, waarin ik om de paar minuten de warme kraan even opendraaide. De huid op mijn vingertoppen rimpelde, en de spiegel besloeg. Ik kwam er pas uit toen het water lauw was geworden. Ik ging op mijn dekbed liggen en sloeg mijn arm voor mijn ogen om het licht niet te hoeven zien.

Het was al middag toen ik eindelijk een korte broek en een T-shirt aantrok. Ik deed een katoenen sjaal om mijn hals – ik ging niet naar buiten, maar ik wilde mezelf zo niet in de spiegel zien. Op weg naar de keuken om wat te eten klaar te maken, zag ik dat er een dubbelgevouwen velletje blocnotepapier onder de deur door was geschoven. Ik raapte het op en vouwde het open. 'Bonnie,' stond er, in een haastig, met stomp potlood neergekrabbeld, slordig handschrift, 'er zijn een paar dingen die ik graag tegen je zou willen zeggen en die ik je eerder had moeten vertellen. Geef me de kans om je nog eens te spreken. Alsjeblieft. Sorry. Het spijt me heel, heel erg. H.'

Ik verfrommelde het papier tot een balletje en gooide het in de afvalbak. Toen haalde ik het eruit en streek het glad. Ik keek naar de woorden, staarde ernaar totdat ze voor mijn ogen vervaagden.

Toen schrok ik op van de telefoon. Ik stopte Haydens briefje in mijn zak, alsof ik er niet mee gezien wilde worden. Het was Guy.

'Is alles goed met je? Je klinkt alsof je verkouden bent. Ben je je stem kwijt?'

'Een beetje.'

'Ik bel om te zeggen dat ik wat later op de repetitie kom.'

'Repetitie?'

'Ik zit vast. Ik kom zodra ik kan.'

'Ik geloof niet dat ik het vandaag red, Guy.'

'Het is toch bij jou? Over een halfuur.'

Dat was waar ook. Ik keek in wanhoop om me heen. Het was alsof inbrekers een bom in mijn huis hadden laten ontploffen terwijl ik er met mijn neus bovenop stond.

'Het is nogal een rommeltje hier,' zei ik schor.

'Dat vindt niemand erg,' zei Guy hartelijk. Hij woonde zelf in een keurig huis, waar alles op zijn plaats stond. Ik denk dat hij het fijn vond om te zien wat een chaos het bij anderen was. Ik bukte me en raapte een scherf van het kapotgevallen kopje op. 'Maar je bent er toch wel, hè? Dat ik niet voor een dichte deur kom.'

'Ja, ik ben er.'

Zodra ik de telefoon had neergelegd, begon ik de keuken op te ruimen. Ik veegde de melk op met een doek, die ik steeds in de gootsteen moest uitwringen, en deed mijn best om alle scherven te verzamelen. Je staat ervan te kijken hoe ver stukjes aardewerk weg kunnen schieten als je iets kapot laat vallen. Niet alleen mijn kuit bloedde, ook mijn voeten. Maar toen bedacht ik dat ik me beter met iets anders kon bezighouden. Hoe het er in mijn huis uitzag deed er niet zoveel toe, veel belangrijker was hoe ik er zelf uitzag. Niemand mocht me zo zien.

Snel liep ik naar de slaapkamer. Die korte broek kon wel, maar dat T-shirt dat ik aanhad niet. Ik moest iets hebben met een hoogsluitende kraag. Ik haalde dozen met kleren overhoop totdat ik een victoriaanse bloes had gevonden die ik jaren geleden eens in een winkeltje met tweedehands kleding moest hebben gekocht. Ik kon me niet herinneren dat ik hem ooit had gedragen – het was eigenlijk helemaal niets voor mij. Voorzichtig trok ik hem aan, en ik kromp in elkaar toen de stof mijn hals raakte. Ik ging voor de spiegel staan om te kijken hoe ik eruitzag. Als een meisje dat haar oma's klerenkast heeft geplunderd. Maar wat belangrijker was: de blauwe plek was boven de kraag nog zichtbaar. Blijkbaar spreidde hij zich nog naar boven uit.

Ik liep naar de badkamer en ritste mijn toilettas open, waarin ik de weinige make-upspullen die ik bezat bewaarde. Er zat een tube foundation in, en ik knoopte de bloes los en smeerde een ruime hoeveelheid crème op mijn hals, tot aan mijn onderkaak. Het spul was donkerder dan ik had verwacht. Ik moest het gekocht hebben toen ik bruin was, alleen was ik nooit bruin. Ik had een spierwitte huid, waartegen de blauwe plek scherp afstak. Ik smeerde er nog wat foundation op. De blauwe plek was nu bijna niet meer te zien, maar mijn hals had nu een bruinig oranje kleur, met een scherpe afscheiding bij mijn onderkaak, als een hoogwaterlijn. Mijn gezicht zelf was bleker dan ooit. Ik wreef wat van de crème op mijn gezicht, tot boven de haargrens. Toen bekeek ik mezelf. Mijn gezicht had nu ongeveer dezelfde kleur als mijn hals – een raar soort bruin. Ik rommelde nog wat in mijn toilettas, maar vond er verder niets waar ik wat aan had, dus liep ik terug naar de slaapkamer en zocht in de doos met toiletartikelen die ik van plan was geweest weg te gooien. Er zat een stick in van een heel lichte kleur, waarvan ik me vaag herinnerde dat ik die had gebruikt voor een schoolvoorstelling van *Grease*. Ik maakte mijn bruine huid er lichter mee. Mijn gezicht leek nu diep gebronsd met wat vegen, en als ik met een nagel over mijn huid ging, verscheen er een dikke, bleke streep. Ik rondde de behandeling af door mijn hele gezicht lichter te maken. Toen deed ik nog wat mascara op, omdat mijn ogen klein en diep weggezonken leken in mijn matte, dichtgeplamuurde gezicht. Ter completering smeerde ik nog wat gloss op mijn lippen en sproeide ik wat van de parfum die ik een aantal jaren geleden van een tante had gekregen tussen mijn borsten, op mijn bloederige voeten en om me heen in de kamer. Zo. Toen knoopte ik mijn bloes dicht en deed de sjaal weer om.

Ik had nog ongeveer vijf minuten. Ik deed een pleister op mijn kuit, legde een handdoek op de keukenvloer om het laatste restje melk op te deppen en eventuele achtergebleven scherfjes op te vegen, schoof alles wat nog op tafel lag in een lege doos, die ik tegen de muur zette, waarna ik Haydens briefje pakte en het in mijn ondergoedla stopte. Ik raapte net de natte handdoek op toen er gebeld werd. Het was Joakim.

'Hallo, Bonnie,' zei hij, en toen bloosde hij. 'Wat zie jij er vandaag goed uit. Heb je in de zon gezeten?'

ERNA

'Hallo, Bonnie.'

Toen Joakim ineens met zijn gitaarkoffer in de hand en een glimlach op zijn gezicht voor mijn deur stond, voelde ik me als een slachtoffer van een auto-ongeluk, met – voor hem onzichtbaar – om me heen veel verwrongen ijzer, gebroken glas en bloed. Toen ik hem binnenliet vroeg ik me af of ik misschien vergeten was dat we een repetitie hadden afgesproken, en vervolgens dacht ik even dat hij was langsgekomen om me persoonlijk mee te delen dat hij ermee ophield en niet meedeed aan het optreden. Wat een opluchting zou dat zijn. Dan zouden we het echt moeten afblazen.

Maar hij hield er niet mee op. Hij zei dat we er een ander nummer bij moesten hebben, waar de mensen op konden dansen, maar dat hij eerst met mij wilde overleggen voordat hij er de anderen mee overviel. Hij had bladmuziek bij zich, en ik had de deur nog niet achter hem dichtgedaan of hij had zijn gitaar al tevoorschijn gehaald en zat erop te tokkelen. Op een ander moment zou ik me hebben laten meeslepen door zijn enthousiasme. Ik pakte wel mijn gitaar en speelde met hem mee, maar het was eigenlijk alsof ik naar iemand op de televisie zat te kijken die enthousiast was. Ik had nauwelijks het idee dat ik in dezelfde kamer zat als hij.

Ik probeerde mezelf ervan te overtuigen dat het voorbij was. Misschien niet voorgoed voorbij, maar duidelijker dan het nu was zou het voor mij niet worden. Eindelijk drong het tot me door. Neal had voor mij een enorm risico genomen, en Sonia ook, op haar eigen, speciale manier. In feite had zij het zelfs twee keer gedaan, door nog een keer terug te keren naar de plek van de misdaad om me te behoeden voor onverstandige beslissingen. En dat was niet het enige. De vraag die ik niet uit mijn hoofd kon zetten sinds ik had begrepen hoe het werkelijk in elkaar stak, was of ik Sonia niet op nog een heel andere manier dankbaar moest zijn. Had Sonia niet in feite gedaan wat ik zelf zou hebben gedaan als ik de moed had gehad? Had zij niet gedaan wat ik eigenlijk zelf had willen doen, al kon ik dat niet toegeven? Tenslotte had Hayden me al eens eerder geslagen, en ondanks zijn spijtbetuigingen had hij het daarna nog een keer gedaan. Toch was ik niet bij hem weggegaan. Wat zou ik hebben gedacht als een andere vrouw had gereageerd zoals ik had gedaan? Ik zou die vrouw slap en beklagenswaardig hebben gevonden, denk ik. En als het een vriendin van me was, zou ik dan het lef hebben gehad om er iets aan te doen, haar te helpen, zoals Sonia mij had geholpen?

Via een ander, automatisch functionerend deel van mijn bewustzijn speelde ik met Joakim mee, ik knikte met hem mee en probeerde aan te voelen hoe de groep de muziek zou opvatten. Maar ik kon me er niet aan overgeven. Daar waren redenen voor die me allang parten speelden, beelden die ik nooit kwijt zou raken – hoe Hayden dood op de vloer lag, hoe we hem in het vloerkleed hadden gerold en gedumpt zoals je oud vuil in een afvalbak dumpt, hoe hij in het koude, donkere water had gelegen. Dat alles zou me altijd bijblijven, wist ik. Maar het was nu voorbij, ik wist eindelijk hoe het in werkelijkheid was toegegaan. Toch zeurde het nog door in mijn hoofd, het sputterde en bruiste nog onverminderd.

De toedracht was eigenlijk zo voorspelbaar geweest. Toen Sonia zei dat hij zijn handen thuis moest houden, heeft Hayden misschien eerst verbaasd gereageerd, en toen is hij waarschijnlijk kwaad geworden, en des te kwader door zijn schuldgevoel, door het bewustzijn dat hij fout zat. Misschien is hij gaan schreeuwen, en toen hij niet meer uit zijn woorden kon komen, heeft hij haar waarschijnlijk geslagen. Om Sonia, die zelfingenomen bitch, eens te laten zien wat mannen gewelddadig maakt. Maar Sonia was anders dan andere vrouwen. Zij zou dat niet hebben geaccepteerd en zich hebben verzet. Hayden was een lafaard, hij gebruikte alleen geweld tegen mensen die niets terugdeden. Eigenlijk vond ik dat Hayden er door zijn opstelling om had gevraagd. Hij hoefde maar iemand als Sonia te treffen, in plaats van iemand als ik. Hayden tegenover Sonia, de onweerstaanbare tegenover de onverzettelijke.

Joakim glimlachte terwijl hij keek hoe ik speelde en begreep dat ik zijn idee accepteerde, dat we dit grappige, oude bluegrassnummer dat hij van het internet had geplukt zouden gaan spelen. Ik had moeite met een lastig akkoord, waar hij om moest lachen.

'Ben je nog van plan je inschrijving aan de universiteit op te schorten?' vroeg ik.

'Nu Hayden dood is en niet langer een slechte invloed op me heeft, bedoel je?'

'Zoiets, ja.'

'Ja, nog steeds. Mijn hele leven heb ik alleen maar dingen gedaan omdat mijn ouders vonden dat ik ze moest doen. Het heeft nu niks meer met Hayden te maken, het gaat erom wat voor mij goed is.'

'Mooi.'

'Ik zal hem nooit vergeten.'

'Dat is ook mooi,' zei ik. 'Hij had waardering voor je.'

'Echt waar?'

'Echt waar.'

Joakim begon haastig zijn spullen bij elkaar te pakken. Volgens mij had hij tranen in zijn ogen.

'Dus het lijkt je wel wat?' vroeg hij, terwijl hij zijn gitaarkoffer dichtdeed.

'Het klinkt goed,' zei ik. 'Als het me lukt om het voor Amos makkelijk genoeg op te schrijven, moet het geen probleem zijn.'

'Het zal vreemd zijn om het zonder Hayden te doen,' zei hij. 'Maar je zult er wel doodziek van worden dat ik er maar over doorga.'

'Ik ga niet zeggen dat Hayden het zo gewild zou hebben, want dat is van die onzin die mensen altijd zeggen over de doden, maar ik denk dat het goed is om het te doen. En het is aangenomen werk. We moeten wel.'

Op het moment dat ik de deur dichtdeed, was het alsof er in mijn hoofd een ontploffinkje plaatsvond, veroorzaakt door een kwelgeestje dat, toen ik bezig was met Joakim, bezit had genomen van mijn domme, niet-functionerende brein en het denkwerk van me had overgenomen. Sonia en Hayden. Hayden en Sonia. Het was geen lumineus idee, of zelfs maar een idee dat hout sneed. Maar er was iets mee, iets waar ik me al een tijd het hoofd over brak. Ik probeerde goed na te denken. Ik probeerde mijn geheugen te dwingen. Wat zou een slim iemand in mijn situatie doen?

Om te beginnen, waar was dat bierviltje? Als je een bierviltje zoekt, kun je maar het beste beginnen met de stapel bierviltjes, en jawel, daar was het, het viltje waarop Nat zijn telefoonnummer had genoteerd. Ik toetste het nummer in. Nat leek niet bijzonder blij te zijn om van me te horen.

'Het is verdomme een nachtmerrie,' zei hij. 'Ik word lastiggevallen door een of andere rechercheur, een vrouw die mij niet mag. Ze hebben me al een keer of drie verhoord. Steeds dezelfde vragen. En ik heb alleen maar steeds dezelfde antwoorden.'

'Jij hoeft je geen zorgen te maken,' zei ik. 'Je bent onschuldig.'

'Hoe weet jij dat ik onschuldig ben?'

Dat was een goede vraag. Een te goede vraag.

'Jij zou zoiets niet doen,' zei ik maar. 'Daar ben je het type niet voor.'

'Nou, daar ben ik mee geholpen, zeg!'

'Ik bel eigenlijk om te vragen of jij *mij* kunt helpen,' zei ik.

'Ik jou?'

'Ik ben een paar weken geleden met Hayden naar een feest geweest, een paar dagen voor zijn dood. Jij was er ook. Weet je nog?'

'Vaag. Ik was niet op mijn best.'

'Er waren een paar oude kennissen van Hayden. Onder anderen een vrouw die Miriam heette. Donker haar, grote ogen, ze rookte.'

'En?'

'Weet jij wie dat is?'

'Nee.'

'Je was toch ook op dat feest?'

'Samen met nog zo'n tweehonderd anderen, ja.'

'Zou je het voor mij kunnen uitzoeken?'

Er klonk een soort gekreun. 'Natuurlijk. Ik zal hier en daar eens vragen. Ik bel je nog wel als ik wat hoor.'

'Nee,' zei ik. 'Dit is echt heel, heel erg dringend. Ik zou graag willen dat je bij iedereen die je kent navraagt of ze weten wie deze Miriam is, en dat je mij dan terugbelt. Of zij mogen mij ook bellen. Ik zal je mijn nummer geven. Doe het nu. Ik blijf bij de telefoon zitten, en ik wil dat je mij binnen tien minuten terugbelt. Als je het niet doet, blijf ik je lastigvallen.'

Weer klonk er gekreun. 'Ja, ja, oké. Ik zal mijn best doen.'

Ik bleef niet bij de telefoon zitten. Ik trok andere kleren aan – iets netters, een streepjesbroek en een lichtblauwe bloes. Ik zag er serieus uit. Respectabel. Ik zocht een jasje uit en stopte mijn portemonnee, een zonnebril en mijn sleutels in de zakken. Net toen ik me stond af te vragen of ik nog iets anders nodig had, ging de telefoon. De beller vroeg expliciet naar mij.

'Met wie spreek ik?'

'Mijn naam is Ross. Je kent me niet. Nat belde me. Hij zei dat je op zoek bent naar Miriam Sylvester.'

'Ja, ja. Fijn dat je belt. Bedankt.'

'Wat wil je over haar weten?'

'Ik wil niets weten. Ik wil haar spreken.'

'Oké. Heb je een pen bij de hand?'

Zo eenvoudig was het.

De hele weg naar Sheffield keek ik uit het raampje van de trein. Het retourtje had me een flinke smak geld gekost, en ik vroeg me af of ik niet dom bezig was. Had ik het niet per telefoon moeten doen? Nee. Als het dan toch moest, moest ik haar persoonlijk spreken. De vorige keer dat ik per trein Londen uit was gegaan, was met Hayden geweest – een impulsief tochtje naar de kust om te laten zien dat we dat heus wel konden: ergens naartoe gaan zonder dat iemand het wist. Elk weiland, elk stukje groen was eigenlijk een gecodeerde boodschap geweest dat het ons was gelukt, dat we Londen niet nodig hadden, dat we niet vastzaten aan onze verplichtingen en verantwoordelijkheden. Deze keer was het anders. Het platteland was nu alleen iets waar ik doorheen moest. Het zag er nu, in de late zomerzon, waarschijnlijk op zijn best uit, maar wat was de zin ervan? Wat deden de mensen hier? Ik zag mensen cricket spelen, ik zag tractoren en de ene lege kerk na de andere. Ik begon doezelig te worden en was bang dat ik in slaap zou vallen, Sheffield zou missen en ergens ver in het noorden wakker zou worden. Daarom dronk ik een beker vieze zwarte koffie, om wakker te blijven.

Bij het station stapte ik in een taxi en noemde het adres dat de onbekende me telefonisch had doorgegeven.

'Is het ver?' vroeg ik.

'Nee, niet ver,' zei de chauffeur.

Terwijl hij reed, keek ik uit het raampje. Ook dit was een stad waar ik nog nooit was geweest, en daarom zagen de winkels en de mensen er net even anders uit. Interessant wel. Maar ik wist dat als ik hier een dag of twee zou blijven, de nieuwigheid eraf zou zijn en alles er net zo zou uitzien als in alle andere plaatsen. Maar ik zou geen dag of twee blijven. In een winkelstraat sloeg hij af en reed een wijk in van oude bakstenen rijtjeshuizen op een heuvel. Sommige huizen waren gerenoveerd, andere niet – nummer 32, het adres dat me was opgegeven, in elk geval wel. Ik stapte uit en moest ook nu meer betalen dan ik had verwacht. Ik belde aan. Jee, het zou toch wel stom zijn als er niemand thuis was! Maar de deur ging open.

'Miriam Sylvester?' vroeg ik, al herkende ik de vrouw met wie ik op het feest op de trap had zitten praten meteen. Ze droeg nu gewoon een spijkerbroek en een rood T-shirt, en haar gezicht, dat er toen met alle kohl en lippenstift exotisch uit had gezien, was nu niet opgemaakt.

'Ja,' zei ze, enigszins in verwarring. 'En jij bent degene die had gebeld?'

'Ja, met je, eh...'

'Mijn partner, ja. Frank,' zei ze.

Haar partner. Ik herinnerde me nog dat ze op de trap met Hayden had zitten flirten. Dat hadden vrouwen kennelijk graag gedaan als ze Hayden zagen, met hem flirten. Zoals bijen rond een honingpot zwermen.

'We hebben elkaar op een feest ontmoet,' zei ik. Ze gaf geen krimp. 'Je kende mij van horen zeggen. Als ik me goed herinner, had je iets gehoord over mij en mijn banjo.' Ze keek wat minder uitdrukkingsloos, maar wel nog meer in verwarring. Dit begon niet goed. Was ik mijn tijd niet aan het verdoen? 'Ik was daar met Hayden Booth.'

'Hayden,' zei ze, en ineens maakte haar desinteresse plaats voor betrokkenheid. 'O god, Hayden. Ik heb het in de krant gelezen. Vreselijk. Ik kon eerst niet geloven dat het om hem ging. Ja, kom binnen, alsjeblieft.'

Ik was bezorgd geweest dat ze het misschien zo bizar zou vinden dat ik helemaal uit Londen was gekomen om haar te spreken dat ze me niet eens te woord zou willen staan. Maar al gauw bleek het in mijn voordeel te werken. Ze kon van mij uit de eerste hand het hele verhaal van Hayden horen. Ze nodigde me uit om binnen te komen, liet me plaatsnemen in de keuken, bood me iets te eten aan, en toen ik niets wilde hebben, schonk ze me de ene kop koffie na de andere in. Door een onbekende te worden doorgezaagd over de dood van Hayden en het politieonderzoek was zo ongeveer het laatste waar ik zin in had, maar het leek me toch nuttig om het me te laten welgevallen. Ik bleef daar dan ook meer dan een uur, beantwoordde al haar vragen en luisterde toen ze vertelde hoe geschokt ze was. Hoe meer ik haar tegemoetkwam, des te meer zou zij mij tegemoet moeten komen, schatte ik in.

Dus toen ze me iedere vraag had gesteld die ze kon bedenken en me had verteld over de dood van iemand anders die ze gekend had, nadat ze even had gehuild en ik haar had getroost – na dit alles, haalde ik diep adem en stelde haar de vraag waarvoor ik heel Engeland door was gereisd.

ERVOOR

Amos en Sonia arriveerden kort na Joakim. Amos droeg een gebloemde korte broek en een daarbij vloekend T-shirt en zag er wat belachelijk maar heel gelukkig uit – gelukkig op de manier die ik me uit het verleden van hem herinnerde. Hij kuste me hartelijk op beide wangen, en ik dacht: eindelijk is hij nu echt over onze verbroken relatie heen. Toen ik de deur opendeed hield hij Sonia's hand vast, en die liet hij zelfs niet los toen ze binnenkwamen, zodat ze samen om de rommel in de keuken heen moesten laveren. Sonia droeg een wit, mouwloos jurkje, waardoor haar donkere haar en ogen er nog donkerder uitzagen. Haar huid was strak en romig van kleur. Ze straalde een fysiek welzijn uit dat mij het idee gaf dat ik een soort insect was dat na het lichten van een tegel ineens in vijandig daglicht lag te wriemelen. Ook van haar kreeg ik een kus, waarna ze me bij mijn schouders pakte en met zachte stem, zodat Joakim en Amos het niet zouden horen, vroeg: 'Is alles goed met je?'

'Met mij?' Ik deed alsof ik verbaasd was. 'Waarom vraag je dat?'

'Je lijkt me een beetje...'

'Wat?'

'Moe, misschien.' Ze kneep haar ogen tot spleetjes. 'Je bent toch niet onder de zonnebank geweest, hè?'

'Ik ben toch geen zonnebanktype!' Er ontsnapte me een hoog, hysterisch gilletje, dat voor een lach moest doorgaan. 'Koffie? Joakim, Amos? Ik ben net aan het zetten. Of hebben jullie liever iets fris?'

'Wat een appartement heb je, zeg,' zei Joakim, enthousiast om zich heen kijkend. Ik zag het even door zijn ogen. Het was niet alleen een rommeltje, het zag er bijna surrealistisch uit.

'Een vuilnisbelt, bedoel je?'

'Mij pa zou het nooit goedvinden als het er bij mij zo uitzag.'

'En terecht.'

'Het is bijna een statement.'

'Bonnie laat de burgerlijke types zien wie ze is,' zei Amos. Hij knipoogde naar me. Ik probeerde te glimlachen, maar mijn gezicht voelde strak en opgezwollen aan.

Alles leek op afstand te gebeuren, alles was onwerkelijk. Nog maar pas had Hayden over me heen gebogen gestaan met zijn hand om mijn keel en een vertrokken gezicht, alsof hij een vreemde was, en nu stond ik hier over koetjes en kalfjes te praten met mensen die deden alsof ze me kenden.

Ik dronk een kop koffie, sterk en bitter en zonder melk, en toen nog een. Mijn handen trilden. Het liefst zou ik alleen zijn geweest in een koel, lommerrijk herfstbos. Ik voelde me vies en ik schaamde me.

Neal en Guy kwamen tegelijkertijd aan. Guy was in een grijs pak, en toen hij zijn colbertje uittrok, had hij zweetplekken onder zijn armen en op zijn rug. Hij rolde zijn mouwen op en depte zijn voorhoofd met een witte zakdoek. Ik zette in alle kamers de ramen open, maar het bleef benauwd.

'Er is hier eigenlijk geen ruimte voor ons allemaal,' zei ik.

'En Hayden is er nog niet eens.'

'Nee,' zei ik. Mijn stem klonk als geritsel van droge bladeren, en ik voelde dat mijn gezicht gloeide onder de camouflagelaag. 'Misschien moesten we maar vast zonder hem beginnen. Jullie weten hoe hij is.' Klonk dat wel natuurlijk? Zag niemand dan iets aan me, had niemand het in de gaten?

'Wie denkt hij verdomme wel dat hij is?' mopperde Amos, waarop Joakim hem vuil aankeek.

'Laten we er maar van uitgaan dat hij niet komt,' zei Neal met zachte stem, die me een huivering bezorgde. Hij keek me onderzoekend aan. Ik zag hem naar mijn gezicht en mijn hals kijken, en ik was ervan overtuigd dat hij dwars door me heen keek, door de make-up, de sjaal en die stomme bloes met ruches heen, dwars door al mijn onzinnige huichelarij en doorzichtige leugens heen.

'Zullen we om te beginnen hier in de huiskamer een beetje ruimte maken?' zei Sonia. 'We kunnen alles tegen de muur zetten.'

Ze pakten allemaal stoelen en dozen op, en ik zag Sonia scherven van een kopje opvegen die blijkbaar uit de keuken hun weg hiernaartoe hadden gevonden. Ik was een beetje misselijk, maar als ik het nog even kon uitzingen, zou ik het net redden. Guy vertelde over een afschuwelijk ongeluk dat op de vroege ochtend op de M6 was gebeurd, waarbij een heel gezin was omgekomen. Sonia zette iedereen aan het werk en wist op wonderbaarlijke wijze een soort orde te scheppen. Amos stootte zijn schenen tegen van alles en liep voortdurend te vloeken. Ik dacht aan het briefje van Hayden, dat nu in mijn ondergoedla lag. Wat moest hij me zo nodig vertellen, en waarom overwoog ik zelfs maar om naar hem toe te gaan om te horen wat het was? Als ik bij hem langsging, kon ik tegen hem zeggen dat ik hem nooit meer wilde zien en nooit meer iets van hem wilde horen en dat hij uit de band moest. Maar als ik bij hem langsging, zou ik zijn gezicht zien, zijn door schuldgevoel getekende gezicht, en dan zou hij zijn passie voor mij en zijn kwellingen onder woorden brengen en zou ik misschien... Nee, nee, geen sprake van. Natuurlijk zou ik dat niet doen. Nooit meer. Geen denken aan. Ik haatte hem. Een man die vrouwen slaat, een man die vrouwen zonder naar ze om te kijken in de steek laat. Ik haatte hem – echt waar.

'Bonnie?'

Het was Sonia. Ze legde haar hand even geruststellend op mijn rug.

'Wat kijk je afwezig.'

'Sorry. Aan mij hebben jullie niet veel, hè?'

'Zal ik voordat we beginnen iets halen voor je keel?'

'Mijn keel?' Onwillekeurig voelde ik aan mijn hals, die pijnlijk was. Was het te zien? Ik stelde me voor dat de dikke laag make-up die ik over de blauwe plek had gesmeerd dat symbool van mijn schaamte niet meer helemaal bedekte.

'Melk met honing of zo, om het te verzachten?'

'Lief van je, maar het gaat best. Het lijkt erger dan het is. Ik heb trouwens geen honing in huis, geloof ik, en het laatste restje melk is net opgegaan.'

'Zullen we dan maar beginnen?'

We begonnen met 'Leaving on Your Mind'. Mijn vingers wisten wat ze moesten doen, ook al was het in mijn hoofd een chaos van gedachten en gevoelens. Sonia zong, en het klonk zo allemachtig droevig dat iedereen in de kamer onder de indruk leek, zelfs Amos in zijn lichte zomerkleren. Ik zag hoe hij Sonia aanstaarde terwijl ze zong, met haar armen langs haar zij, de handpalmen naar voren gedraaid, het hoofd iets achterover.

'Dat kunnen we niet doen,' zei ik toen de laatste tonen wegstierven. 'Dit kunnen we niet op een bruiloft spelen. Het is een klaaglied.'

'Dit hebben we toch al besproken,' zei Amos.

'Maar Sonia heeft het niet eerder zo gezongen. Iedereen zal erom huilen.'

'Dat is mooi,' zei Joakim.

'Wat? Dat iedereen huilt op een bruiloft?'

'Mensen huilen altijd op bruiloften, in films in elk geval wel. Een bruiloft is pas echt geslaagd als iedereen tranen met tuiten huilt.'

'Maar niet omdat ze denken dat het gedaan is met de liefde,' zei Guy. 'Dat zijn tranen van blijdschap.'

'Nee, ze huilen omdat ze zo emotioneel zijn,' zei Neal. 'Dat is niet alleen maar blijdschap of verdriet.'

'Het is nu te laat,' zei Sonia, praktisch als altijd. 'Het is zo'n beetje het enige nummer dat we allemaal goed kennen.'

'Misschien wel, ja,' zei ik. 'Maar ik weet niet wat Daniëlle ervan zal vinden.'

'Wie kan het wat schelen wat zij ervan vindt?' zei Joakim, die Daniëlle nooit had ontmoet, maar blijkbaar al uit principe een antipathie tegen haar had.

'Maar het is háár bruiloft,' zei Sonia sussend. 'Wat is het volgende nummer?'

Op dat moment ging de telefoon. Iedereen keek naar mij.

'Neem je niet op?' vroeg Guy na een tijdje.

'Ze hangen zo wel op.'

Het hield op, en even was het stil. Maar toen begon mijn mobiel, die in de vensterbank lag, te zoemen. Ik liep ernaartoe en zette hem af zonder te kijken wie er belde, want dat wist ik wel.

'Beslis jij maar wat we spelen,' zei ik tegen Sonia. 'Ik ben zo terug.'

Ik liep naar de badkamer en deed de deur achter me op slot. Toen draaide ik me om en keek naar mezelf in de spiegel. Als je goed keek, kon je de blauwe plek boven de kraag van de bloes zien. De make-up was er gedeeltelijk afgeveegd, en op de kraag zat een smoezelige, oranjebruine vlek. Maar het zag er vooral zo vreemd uit. Als ik mezelf zo op straat zou tegenkomen, zou ik denken dat er iets mis met me was, dat er een steekje loszat. Toen ik met mijn ogen knipperde, liep er een traan over mijn wang, die er een slakkenspoor van wat lichtere huid achterliet. Met mijn wijsvinger wreef ik erover, zodat de kleur weer egaal was. Ik had zin om mijn hoofd onder de koude kraan te houden, maar omdat dat niet kon, bleef ik mezelf maar wanhopig aanstaren.

Ik liep naar de keuken en schonk een glas water in. Ik hoorde de anderen in de kamer ernaast praten en bedacht dat ik naar hen toe moest. Ik kon het echter niet opbrengen om weer naar binnen te gaan en te doen alsof er niets aan de hand was. Neal kwam kijken waar ik bleef. Hij liep naar me toe, pakte het glas uit mijn hand en zette het op tafel.

'Dit kan zo niet doorgaan.'

'Waar heb je het over.'

We spraken allebei op gedempte toon, alsof we bang waren dat ze ons zouden horen.

Hij tilde de sjaal op. 'Hierover.'

'Raak me niet aan.'

'Wees maar niet bang. Dat laat ik aan je dierbare Hayden over.'

'Ik wil er niet over praten.'

'Ik snap het niet, Bonnie. Je bent een sterke vrouw. Een taaie, zelfs. Totdat dit gebeurde zou ik niet van je gedacht hebben dat je je door wie ook zou laten mishandelen.'

'Ik heb me niet laten mishandelen.'

'Je zou jezelf eens moeten zien.'

'Niet naar me kijken. Niet doen, alsjeblieft.'

'Je ziet er vreselijk uit. Je hals is één grote blauwe plek, en je gezicht is helemaal strak.'

'Alleen maar omdat er een dikke laag make-up op zit.'

'Maak er geen grapje van. Je bent slachtoffer van huiselijk geweld.'

'Niet waar.'

'Wat ga je eraan doen?'

'Wat heb jij daarmee te maken?'

'Ik ben niet van plan om werkeloos toe te zien hoe hij je dit aandoet.'

'Hij zal het niet meer doen.'

'Dus je maakt het uit?'

Ik wendde me af. 'Het is mijn verantwoordelijkheid om het op te lossen, niet de jouwe.'

'Ik doe dit niet omdat ik zo'n aardige, bezorgde man ben,' snauwde hij. Hij boog zich naar me toe. Ik deed een stap achteruit. 'Ik laat dit niet gebeuren. Ik ga tegen hem zeggen dat hij zijn handen thuis moet houden. Hoor je me?'

'Wat moet ze horen?' Amos was in de deuropening komen staan en keek geamuseerd.

'Niks,' zei ik.

'Helemaal niks,' zei Neal er nog achteraan.

'Nou, wat dat grote niks ook mag zijn, laat het even rusten en kom repeteren. We zitten op jullie te wachten. Je ziet eruit alsof je te lang in de zon hebt gezeten, Bonnie,' zei hij nog, toen ik langs hem heen liep. 'Je moet oppassen als je zo'n bleke huid hebt als jij.'

ERNA

Toen ik op King's Cross uit de trein stapte, was het al avond en hingen er zware wolken aan de hemel, die gehuld was in een purperen gloed. Het zag ernaar uit dat het zo meteen zou gaan stortregenen. Toch ging ik niet meteen naar huis. Ik moest nadenken en de dingen voor mezelf op een rijtje zetten. Ik liep langs de gebogen glazen wanden van de nieuwe kantoren en appartementsgebouwen, langs de braakliggende landjes die gereed werden gemaakt voor weer nieuwe projecten en verder langs het kanaal. Londen leek op de achtergrond te raken. Het water was donker, troebel bruin, de kleur van thee die te lang heeft getrokken. De windvlagen joegen er golfjes overheen. Ik voelde de eerste druppels op mijn gezicht en huiverde, want ik kreeg het ineens koud in mijn dunne kleren. Ik was moe, trillerig door te veel cafeïne en ik had een leeg gevoel vanbinnen doordat ik te weinig had gegeten. Maar mijn hoofd tolde.

Ik liep langs het jaagpad. Er lag een schuit met gevulde bloembakken op het dek, en binnen zag ik een vrouw van middelbare leeftijd met een bril op de krant lezen. Een jogger rende hijgend langs me heen. Op het water dreef hier en daar wat afval. Bij een plotselinge windvlaag voelde ik nog meer druppels op mijn armen en wangen. De hemel werd donkerder. Zo meteen zou het losbarsten.

ERVOOR

Ik knikte als iemand iets zei, ik verwrong mijn mond tot iets wat op een glimlach leek, af en toe zei ik iets wat niemand raar leek te vinden, en zo wist ik het einde van de repetitie te halen. Ten slotte was het zover en borgen de mensen hun gitaar op, ze pakten hun bladmuziek en begonnen over de volgende keer. Sonia vertrok als eerste, Neal als laatste. Ik negeerde zijn onheilspellende, smekende blikken terwijl ik hem uitliet, en vervolgens deed ik de deur met een zucht van verlichting achter hem dicht. Toen ging ik naar de badkamer en nam mijn derde douche van die dag, een koude natuurlijk, want ik was van top tot teen bezweet en voelde me zo vies alsof ik met dit warme weer de hele dag in een file had gestaan. Ik hield mijn hoofd achterover en liet de straaltjes water op mijn gezicht neerkletteren, van mijn schouders lopen en over mijn buik stromen. Ik hoorde de telefoon gaan. Zorgvuldig masseerde ik mijn hals en waste alle oranje make-up eraf. Ik waste mijn haar nog een keer en ging toen in de douche zitten om mijn benen te scheren en de nagels van mijn vingers en tenen te knippen.

Ik voelde me beter, en toen ik voor de spiegel ging staan, zag ik er niet al te slecht uit. De blauwe plek was opgezwollen en goed zichtbaar, maar was niet dramatisch blauwzwart geworden, zoals ik had verwacht, maar eerder vaalgeel. Mijn ribben deden gemeen zeer, maar ik had er geen moeite mee om rechtop te lopen. Ik zag er uitgeput uit, maar niet zo dat je je er zorgen over zou maken. Ik trok een ruimvallend hemd aan, maakte voor mezelf een kop kruidenthee en zette een cd van Joni Mitchell op. Ik ging op de bank zitten, die nog tegen de muur geschoven stond, en deed mijn ogen dicht. De telefoon ging nog een keer, maar ik nam niet op. Ik liet de muziek bij me binnenstromen.

Mijn hele leven lang was ik trots geweest op mijn kracht en onafhankelijkheid. Ik was een taaie, had Neal vandaag nog gezegd, niet zonder bitterheid, en dat was ook een woord dat Hayden had gebruikt, in bewonderende zin, alsof het hem prikkelde. Maar dat was voorbij. Ik was opgegroeid in een gezin waarin mijn vader mijn moeder tiranniseerde, en ik had mezelf plechtig beloofd dat mij dat nooit zou overkomen. Dat ik sterk was, kon betekenen dat ik me koel opstelde, en mijn onafhankelijkheid had soms tot gevolg dat ik vastigheid uit de weg ging. Amos had vroeger geklaagd over mijn gereserveerdheid, en ik wás misschien ook wel gereserveerd, misschien was dat wel de reden dat we uiteindelijk ieder onze eigen weg waren gegaan. Ik wist het niet, en het deed er ook niet meer toe, want Amos hield nu van Sonia, en onze herinneringen aan elkaar vervaagden steeds meer. Ik kon me eigenlijk nauwelijks nog herinneren hoe het tussen ons was geweest, en als ik Amos tegenwoordig zag, was ik elke keer weer verbaasd dat we zo hartstochtelijk naar elkaar hadden verlangd. Hoe was dat mogelijk?

Maar tegen Hayden kon ik niet op. Ik was onafhankelijk, hij was onverschillig, ik was al een beetje huiverig voor intimiteit, hij werd er echt panisch van. Ik wilde vrij zijn, maar hij wilde nog vrijer zijn – en vrijheid betekende voor hem: alle ankers kappen, alle roeren overboord gooien en zich laten voortdrijven door de wind die op het moment toevallig vat op hem had. Door een ongunstige wind was hij in mijn leven gekomen, en nu werd hij er door een ongunstige wind uit weggeblazen. En nu ik zo op de bank naar Joni Mitchell lag te luisteren, die zong over liefde en desillusie, realiseerde ik me dat ik tegenover hem de rol van de meer betrokken, meer liefhebbende partner had aangenomen, de rol van degene die de klappen krijgt en die in de steek wordt gelaten, en dat was een rol die me eigenlijk niet zo goed lag.

Hij had me geslagen, twee keer. Wat ik wilde, het gevoel waar ik op wachtte, was woede: het verlossende vuur van de woede, dat alle andere emoties wegbrandt en geen ruimte laat voor medelijden of spijt. Ik dacht terug aan zijn verwrongen gelaat, zijn gemene blik en de vuisten die op me af kwamen, en toen dacht ik aan zijn gezicht zoals het was geweest toen het alleen maar liefde voor mij uitstraalde.

Toen de cd van Joni Mitchell was afgelopen, stond ik op en liep naar de slaapkamer. Ik zocht zijn briefje op om het nog een keer te lezen, al wist ik precies wat erin stond: 'Er zijn een paar dingen die ik graag tegen je zou willen zeggen en die ik je eerder had moeten vertellen. Geef me de kans om je nog eens te spreken. Alsjeblieft. Sorry. Het spijt me heel, heel erg. H.' Ik staarde naar het bericht, alsof het in geheimtaal was opgesteld en ontcijferd moest worden. De zon stond laag aan de hemel en het licht tekende op het plafond rimpelingen af die op water leken. De dag ging langzaam over in de avond. De telefoon ging nog een keer, en toen het bellen was opgehouden, leek er een onheilspellende stilte in het appartement te hangen.

Ten slotte stond ik op. Ik kleedde me aan – een lichtblauwe spijkerbroek met scheuren op de knieën, een T-shirt en een dun grijs jack. Toen ik de straat opging, voelde ik de warmte van de avondlucht op mijn gezicht en rook ik de geur van hoogzomer.

ERNA

Aan de hemel voor me weerlichtte het, en ik telde tot elf voordat ik de donder hoorde rommelen. Drieëndertighonderd meter – maar was dat hemelsbreed of verticaal? Terwijl ik het kanaal achter me liet en Camden Road op liep, begon het grote druppels te regenen, die als bommetjes op het trottoir uiteenspatten. De mensen zochten snel een schuilplaats. Ik deed geen moeite om niet nat te worden, maar liep in hetzelfde tempo door en voelde de regen op mijn hoofd plenzen. Het duurde niet lang of ik had de indruk dat de druppels zich aaneensloten en het water als een gordijn naar beneden stroomde. Ik had net zo goed in het kanaal kunnen springen. Of in een spaarbekken, dacht ik, en ik huiverde bij de herinnering aan wat ik nooit van mijn leven zou vergeten. Ik sopte in mijn schoenen, en mijn haar was druipnat. Mijn hart bonsde van woede.

De batterij van mijn mobiel was leeg, dus liep ik terug naar huis, stroopte mijn natte kleren uit, droogde me af met een handdoek en trok een spijkerbroek en een T-shirt aan. Toen pakte ik mijn vaste telefoon.

'Ik moet je spreken. Ja, nu. Ben je thuis? Alleen? Mooi. Blijf thuis, ik kom nu langs.'

Voordat ik had kunnen aanbellen, deed Sonia al open. Ze had haar haar strak achterovergekamd en in een paardenstaart gebonden, en ze zag er moe uit, vond ik. Ze had wallen onder haar ogen en haar huid leek strak gespannen. Ze ging opzij en liet me binnen. Doorgaans spraken Sonia en ik niet bij haar thuis af. Zij kwam naar mij toe, of we troffen elkaar in pubs of eethuisjes of bij anderen thuis. En tegenwoordig leek ze bovendien de meeste tijd bij Amos door te brengen. Dat verbaasde me niet: ze woonde in een deprimerend huurappartement in een souterrain op enkele minuten van mijn adres, waar het klam en vochtig aanvoelde. Het had me altijd verbaasd dat Sonia, die haar leven zo op orde had, die zo praktisch was en goed met geld omging – zelfs spaarzaam was in de ouderwetse zin van het woord – inmiddels op de woningmarkt niet wat beter terecht was gekomen.

'Wil je wat drinken?'

'Nee.'

Ik ging aan haar keukentafel zitten en klemde mijn handen ineen. Sonia kwam tegenover me zitten.

'Rotweer is het. Ik kon het niet opbrengen om naar buiten te gaan. Ik ben bezig met de voorbereidingen voor het nieuwe schooljaar. Het is nog maar een paar dagen.'

Ik legde mijn handen in mijn schoot. Anders dan anders begon ik nu niet te kakelen. Ik zweeg zelfs. Vooralsnog.

'Ik weet niet wat ik moet zeggen, Bonnie. Ik kan het niet minder erg voor je maken. Het was een ongeluk, dat weet je. Maar dat verandert niets aan het feit dat ik Hayden heb vermoord. En ik heb jou wat op de mouw gespeld. Dat spijt me. Ik kan niets anders zeggen dan dat het me heel, heel erg spijt. Ik heb spijt van wat ik gedaan heb, en ik vind het erg dat jij zo'n verlies hebt geleden.'

Ik keek haar aan en wachtte. De stilte werd steeds beklemmender. Toen ik ten slotte begon te praten, sprak ik langzaam. Ik proefde bijna elk woord afzonderlijk.

'Er gaat de laatste tijd van alles door mijn hoofd,' zei ik. 'Ik zie steeds zijn gezicht voor me, zijn mooie, dode gezicht. Ik denk eraan terug hoe het was om hem aan te raken. Ik neem aan dat ook bij jou de beelden niet zullen vervagen. Maar dat was niet waar ik deze keer aan dacht. Toen ik eindelijk begreep dat Neal het niet had gedaan en hij wist dat ik het niet was geweest – maar voordat we wisten dat jij het had gedaan – hebben we de situatie op de plaats van de moord doorgenomen. We hadden de situatie zoals hij die had aangetroffen en die hij heeft verstoord, en de verstoorde situatie zoals ik die heb aangetroffen – pas later heb ik begrepen dat hij die had verstoord.'

'Wat wil je daarmee zeggen?'

'Daarmee wil ik zeggen dat hij aantrof wat jij had achtergelaten. Maar dat was een ordelijke toestand – met alles op z'n plaats, alleen Hayden dood op de vloer. Hij heeft het wat rommeliger gemaakt, zodat het eruitzag alsof er een worsteling of een ongeluk had plaatsgevonden, een mislukte roofoverval of zo. Hij wist waarschijnlijk niet goed wat hij wilde, maar het moest voor hem vooral lijken op wat het niet was.'

'Bonnie,' zei Sonia zacht. 'Lieve Bonnie, je wordt gek als je er zo mee bezig blijft. Laat het rusten.'

'Nee. Luister. Er was toen geen chaos en er was niks kapot. Maar jij zei van wel. Dat heb je gezegd, Sonia. Ik hoor het je nog zeggen, ik kan het maar niet uit mijn hoofd zetten. Je zei dat je naar hem toe was gegaan om te zeggen dat hij zijn handen thuis moest houden en dat het toen fout is gelopen, dat hij naar je heeft uitgehaald, dat er spullen zijn gesneuveld en dat jij het dichtstbijzijnde voorwerp hebt gepakt en daarmee op zijn hoofd hebt geslagen. Dat heb je gezégd.'

'En zo is het ook gebeurd. Hij kwam op me af, ik raakte in paniek, en... nou ja, op die manier is het fout gelopen.'

'Toch stond alles op z'n plaats toen Neal daar een paar minuten later aankwam. Hij trof een ordelijke situatie aan, zonder enig spoor van een worsteling.'

'Misschien heeft hij het mis, of misschien heb ik het mis. In hemelsnaam, Bonnie, ik was in een shocktoestand. Er was iemand dood. Misschien stond het me allemaal niet goed meer voor ogen.'

'Dat lijkt me niks voor jou, Sonia.'

'Ik heb niet logisch en in alle rust kunnen reageren. Maar ik denk dat we dat geen van allen hebben gedaan.'

'Nee,' zei ik. 'Jij hebt het appartement ordelijk achtergelaten. Je hebt hem vermoord, dat staat vast, maar niet zoals je het beschreef.'

'Ik weet niet wat je nou wilt zeggen.'

'En er was nóg iets raars,' zei ik. 'Toen je eenmaal in de gaten had dat ik erop uit was om Neal vrij te pleiten van verdenking, en het Neal erom te doen was mij buiten schot te houden, wist je dat wij ook niet zouden willen dat jij als verdachte zou worden aangemerkt. Waarom heb je het ons toen niet verteld? Je bent altijd zo rationeel, Sonia. Het zou logisch geweest zijn om dat te doen.'

'Ik dacht niet logisch na,' zei Sonia.

'Jij denkt wel altijd logisch na,' zei ik. 'En dat zette me aan het denken. Ik wilde weten of jij Hayden nog op een andere manier kende, dat wil zeggen onafhankelijk van mij en niet doordat je zogenaamd bij hem langs was gegaan omdat hij mij in elkaar had geslagen.'

'Bonnie, hoe kun je dat zeggen?'

'Ik ben het nagegaan. Weet je nog, dat feest waar we met z'n allen naartoe zijn gegaan nadat we op dat eindexamenfeestje hadden gespeeld?'

Ze antwoordde niet.

'Natuurlijk weet je het nog. Jij, Amos, Neal, Hayden en ik zijn ernaartoe gegaan. Er was ook een vrouw die jou van vroeger kende. Miriam Sylvester heet ze.'

'Miriam Sylvester?' Sonia noemde de naam alsof ze hem proefde. Ze schudde haar hoofd. 'Nee,' zei ze.

'O, kom nou toch, Sonia. Haar ken je toch nog wel? Jullie hebben op dezelfde school gewerkt, in je vorige baan.'

'O, zij. Ja, haar herinner ik me wel. Ik herkende de naam even niet vanwege de andere context.'

'Ik ben vandaag bij haar op bezoek geweest.'

Ze stond op om water op te zetten en praatte verder met haar rug naar me toe. 'Waarom? Was zij een vriendin van Hayden?'

'Ja. We hebben over hem gepraat. Ze vond het heel erg. Ach, vrouwen hielden nu eenmaal van Hayden, hè? Ondanks alles wat er mis aan hem was. Alleen jij niet.'

'Ik mocht hem niet zo, nee,' zei Sonia. 'Hij was een bullebak, die zijn vriendin in elkaar sloeg.'

'Maar dat wist jij niet.'

'Sorry?'

'Ik geloof dat je pas echt wist dat hij me geslagen had toen hij al dood was. Ik denk dat je ook niet wist dat wij iets met elkaar hadden.'

'Natuurlijk wist ik dat. Ik heb het je nog gezegd. Daarom ben ik bij hem langsgegaan.'

'Pas nadat je van mij had gehoord dat hij me had geslagen, heb je me verteld dat je bij hem langs bent gegaan, om hem te waarschuwen nooit meer geweld tegen mij te gebruiken. Toen het je goed uitkwam om dat als excuus te gebruiken. Daarvóór wist je het niet. Dat was niet de reden dat je bij hem langs bent gegaan, hè? Geef antwoord. Zeg het maar, want ik weet het toch al.'

'Waar moet ik antwoord op geven? Het is onzin wat je zegt.' Ze klonk ijzig.

'Ik herinnerde me dat ik Miriam Sylvester op dat feest had ontmoet, en het stond me bij dat ze jou niet zo mocht. Daarom heb ik de trein naar Sheffield genomen, om haar te vragen hoe het zat. Nou, ik kan je zeggen dat ze voor je manier van lesgeven alleen maar lof had.'

Sonia zette de waterkoker neer, maar zette hem niet aan. Ze kwam weer zitten. Ze keek duister uit haar ogen, en haar gezicht was lijkbleek.

'Toch moest je plotseling weg van die school, en toen ben je naar Londen gekomen.'

'Ik ben daar weggegaan, ja,' zei ze. 'Nou, én?'

'Ze vertelde me dat een jongen daar op school was overleden, Robbie heette hij, en dat de hele school toen heeft meegedaan aan een actie om geld in te zamelen voor een goed doel op zijn naam.'

'Zeg nou maar eens wat je op je lever hebt,' zei ze, in alle rust. Haar handen trilden niet.

'Jij hebt het ingezamelde geld gestolen.'

'Dat is niet waar.'

'Geld dat was ingezameld omdat een jongen van dertien was overleden en de school iets wilde doen voor zijn nagedachtenis. Daarvoor hebben ze stille tochten gehouden, braderieën georganiseerd en auto's gewassen, en jij hebt het geld gebruikt voor een aanbetaling op een mooi appartement.'

'Miriam Sylvester heeft je een heel verkeerde voorstelling van zaken gegeven.'

'Geen wonder dat je in zo'n ellendig hok woont. Je hebt natuurlijk geen geld omdat je je schuld aan het afbetalen bent.'

Ik moest het haar nageven: ze gaf nog geen krimp.

'Bonnie, denk eens na,' zei ze. 'Wat ze jou heeft verteld, is onzin. Er was verschil van mening over het gebruik van bepaalde fondsen van de school, en daar is ruzie over ontstaan. Iemand die op zo'n manier geld achteroverdrukt, zou in de gevangenis terecht zijn gekomen. Je zit helemaal op het verkeerde spoor. Maar ja, je hebt de laatste tijd ook onder zo'n spanning geleefd.'

'Ach, bespaar je die moeite, Sonia. Je hebt lang genoeg tegen me gelogen. Miriam heeft het allemaal uitgelegd. Vanwege de negatieve publiciteit wilden ze niet dat de politie erbij gehaald zou worden, want dan zou het op een rechtszaak zijn uitgedraaid. Miriam vertelde me dat je een verklaring hebt getekend waarin je schuld bekent en belooft het geld terug te betalen, en dat je weg moest. Wil je nog doorgaan met je schaamteloze ontkenning?'

'Ik denk dat je maar beter weg kunt gaan.'

'Je had minachting voor een man als Hayden. Hij was geen heilige, maar zoiets zou hij nooit hebben gedaan.'

'Je was echt verliefd op hem, hè?'

Ik voelde mijn woede en verdriet weer opkomen, mijn keel werd er bijna door dichtgesnoerd, zodat ik moeite had met spreken, en toen me dat eindelijk lukte, klonk mijn stem me onbekend in de oren, laag en schor. 'En wat dan nog? Misschien was ik verliefd op hem. Misschien hield ik van hem, verlangde ik naar hem en was ik niet bij hem weg te slaan. Misschien denk ik wel dat ik gek zal worden omdat ik hem zo mis. Maar daar gaat het niet om, het gaat helemaal niet om mijn gevoelens, en het gaat er ook niet om of Hayden een goed mens was of dat hij zich misdroeg. Nee, het gaat erom dat jij een einde hebt gemaakt aan zijn leven. Er is een leven weggenomen, Sonia. Een heel leven.' Ik zweeg. De lucht om me heen zinderde. 'Wil je me vertellen wat er is gebeurd?' vroeg ik op kalmere toon. 'Wat heeft Hayden tegen je gezegd?'

'Er is niks gebeurd.'

'Oké. Dan zal ik het jou vertellen, voor zover ik het weet. Het is nu wel duidelijk genoeg. Miriam heeft Hayden verteld hoe het met jou op die school was gegaan, en hij zal het wel tegen jou hebben gezegd. Hij zal je er niet mee hebben willen chanteren. Voor dat soort dingen had Hayden geen belangstelling. Maar hij zal het wel gezegd hebben, al was het maar om je een toontje lager te laten zingen. Hayden had geen boodschap aan hypocrieten.'

'Zo is het genoeg!' Eindelijk sloeg haar stem over.

'Dat was op zich al erg genoeg voor je, maar je begreep wel dat het daar niet bij zou blijven. Hij zou de verleiding niet kunnen weerstaan om erover te praten. Om te beginnen zou hij het bijvoorbeeld tegen mij hebben kunnen zeggen, nietwaar? En dan kon je het conrectorschap wel vergeten, dan was je je morele gezag kwijt, dan was het afgelopen met Amos en zou je hier in dit bedompte appartementje moeten blijven zitten. Dus wat heb je gedaan? Misschien ben je wel bij hem langsgegaan om te zeggen dat het niet waar was en dat hij er met niemand over moest praten.'

'Allemaal verzinsels.'

'Maar als je dat gedaan hebt, zal hij je waarschijnlijk alleen maar uitgelachen hebben. Die verwaande Sonia, die haar straatje schoon wil vegen – ik denk dat hij er alleen maar om heeft moeten lachen, omdat hij het zo grappig vond. Of misschien wist je meteen al dat je hem zou gaan vermoorden. Dat denk ik eigenlijk. En hoe meer ik erover nadenk, hoe zekerder ik ervan ben dat je van tevoren al wist dat je hem ging vermoorden. Hij vormde een bedreiging voor jou en je mooie plannetjes. En met dat idee ben je ook naar die repetitie gekomen, hè? Je was heel aardig en behulpzaam, je ruimde voor me op, je zong "Leaving on Your Mind" mooier dan ooit, nergens was wat op aan te merken. En de hele tijd wist je dat je het zou gaan doen. Je bent vóór alle anderen vertrokken, je bent naar hem toe gegaan, je hebt de vaas gepakt en hem ermee op zijn hoofd geslagen. Het was geen zelfverdediging. Het was moord. Moord in koelen bloede. Je bent een moordenaar.'

Sonia was doodsbleek geworden, afgezien van de rode vlekken op haar jukbeenderen. 'Als ik jou was, zou ik nu mijn mond maar houden.'

'Want anders?'

'Anders zou ik weleens naar de politie kunnen gaan en vertellen dat jij medeplichtig was en dat je hebt geholpen om Haydens lijk weg te halen.'

'Uitstekend,' zei ik. 'Je gaat je gang maar. Het kan mij niet schelen. Je zou mijn geweten er zelfs mee ontlasten. Je weet wel: dat rare stemmetje in je hoofd dat je steeds maar lastigvalt als je iets verkeerds hebt gedaan. Vertel jij ze maar wat ik heb gedaan, dan zeg ik wel wat jij hebt gedaan.'

'Ze zullen je niet geloven. Het is allemaal speculatie.'

'Probeer het maar.'

'En al zou je gelijk hebben, Neal en jij hebben alle bewijzen vernietigd.'

Ik leunde achterover en sloeg mijn armen over elkaar. Ik was wreed en diepongelukkig.

'Dat is waar,' zei ik. 'Maar we hebben Miriam Sylvester nog, en de verklaring die je hebt ondertekend.'

'Dus wat wil je dan met dit alles?'

'Je neemt met onmiddellijke ingang ontslag op school. Je houdt op met lesgeven, voor altijd. En je maakt het uit met Amos.'

Er viel een diepe stilte.

'Ik moet dus alle schepen achter me verbranden?' zei ze ten slotte.

Ik moest bijna glimlachen. Het was alsof ik zat te kijken naar een grote, onverzettelijke, onwankelbare actrice.

'Je snapt het nog steeds niet, hè? Heb je weleens gehoord van berouw of schuldgevoel? Je hebt iemand vermoord, je hebt de moord van tevoren beraamd en volgens plan uitgevoerd. Dat ik hem kende en om hem gaf doet nu niet ter zake. Jij hebt hem niet vermoord om mij te redden en ook niet uit zelfverdediging of per ongeluk. Het was moord met voorbedachten rade, en je hebt het gedaan omdat je niet wilde dat je nare, lelijke geheimpje zou worden ontdekt. Dat vond je belangrijker dan zijn leven. Dus klaag nou niet dat je alle schepen achter je moet verbranden, Sonia.'

'Heb je verder nog iets te zeggen?' Ze was lijkbleek en haar mond stond strak en vinnig, maar ze wist haar zelfbeheersing te bewaren. Werd ze dan nergens door van haar stuk gebracht?

'Jawel. Ja, ik heb nog iets te zeggen. Om te beginnen: als het er ooit op mocht lijken dat de politie iemand in staat van beschuldiging gaat stellen, zal ik ze zonder ook maar een moment te aarzelen alles vertellen. En ten tweede zal ik jou in de gaten houden – denk nooit dat ik dat niet doe. Als jij je niet aan mijn voorwaarden houdt, kom ik dat te weten, en dan weet ik je te vinden.'

'Goed. Nu moet je gaan. Je komt er wel uit, hè?'

'Voordat ik wegga, wil ik je horen zeggen dat je met mijn voorwaarden akkoord gaat.'

Ik zag dat ze haar kaken op elkaar klemde en dat haar neusvleugels even trilden. En toen zei ze, met ijzige stem: 'Goed. Akkoord.'

'Oké dan.' Ik stond op van de stoel. 'Gegroet.'

'Dag.' Toen voegde ze eraan toe: 'Ik heb alleen maar gedaan wat jij had moeten doen. Wat jij niet durfde.'

Even voelde ik hoe het zou zijn om iemand in een vlaag van hevige, nietsontziende woede te vermoorden. Ik voelde in mezelf de spanning tot stormkracht aanzwellen, zodat ik het achter mijn ogen voelde kloppen, mijn keel dichtgeknepen werd en ik mijn vuisten balde.

'Ik walg van je,' zei ik. 'Hayden had meer gevoel in zijn pink dan jij in je hele lichaam. Je kunt niet aan hem tippen.'

Ik draaide me om en liep Sonia's keuken uit. Toen ik de deur achter me dichtdeed, hoorde ik luid geschreeuw en een vreselijk lawaai van brekend glas en spullen die tegen de muur en op de grond kapot werden gesmeten. Het geschreeuw hield aan, alsof er een dier in een val zat. Ik bleef even staan luisteren naar de vrouw die eens mijn beste vriendin was geweest en die nu jankte als een gekweld beest. Toen liep ik weg.

ERVOOR

Ik nam de tijd en liep traag als in een droom naar Liza's appartement. De mensen die langs me heen stroomden leken in een andere wereld te leven, een wereld van doelgerichtheid en zekerheden, een wereld waarin regels golden en waar je altijd ergens naartoe moest. De zon was al onder, de schemering had iets mysterieus en het was koud. Ik huiverde in mijn dunne jasje. De zomer liep ten einde, binnenkort zou het herfst worden.

In hoeverre is een mens in staat om te veranderen? In hoeverre mag je van een mens verwachten dat hij verandert? In hoeverre moet je je laten leiden door je verstand, en in hoeverre door je hart? Als je er zo naar verlangt de armen van een man om je heen te voelen en zijn adem in je haar, om zijn stem te horen die je naam fluistert, is het dan verkeerd om daaraan toe te geven?

Elke stap die me dichter bij Hayden bracht, bracht me dichter bij een besluit. Onder een knoestige plataan bleef ik even stilstaan. Beminnen en bemind worden, naar iemand verlangen en weten dat de ander naar jou verlangt – en aan de andere kant: je zwakheid voelen, in iemands macht zijn, steeds weer gekwetst worden, weer in de steek gelaten worden, weer verlaten worden.

ERNA

Wij muzikanten gingen niet naar de huwelijksplechtigheid zelf. Godzijdank niet. Terwijl Daniëlle en Jed elkaar in een kerk aan de Strand in het bijzijn van familie en vrienden plechtig het jawoord gaven, brachten wij onze apparatuur naar de kelder van een hotel in Holborn, waar anderen met tafels en stapels borden liepen te sjouwen en bloemen aan het schikken waren.

We waren niet bepaald de vrolijkst denkbare band. Een paar dagen daarvoor was er laat op de avond nauwelijks hoorbaar op mijn deur geklopt. Het klonk eigenlijk meer alsof er iemand in wanhoop aan stond te krabbelen. Toen ik opendeed, stond Amos daar, in tranen.

'Sonia heeft het uitgemaakt,' zei hij.

Ik vroeg hem binnen te komen, liet hem plaatsnemen op de bank en duwde hem een glas whisky in zijn trillende handen. Hij sloeg het achterover alsof hij verging van de dorst. Hij sprak aan één stuk door in snikken.

'Ze heeft het uitgemaakt,' zei hij. 'Zomaar ineens.'

'Wat vervelend voor je,' zei ik.

'Ze wil verandering,' zei hij. 'Op alle fronten. Ze heeft haar baan opgezegd en gaat weg uit Londen. Ze gaat ergens anders werk zoeken. Ze wilde me niet eens vertellen waar ze naartoe gaat.' Hij wreef in zijn ogen en keek me aan. 'Heb je daar niks op te zeggen?'

'Ik weet niet wat ik moet zeggen,' zei ik, wat waar was, bij wijze van uitzondering.

'Wist jij ervan?' vroeg hij. 'Wist jij dat ze alles opzij zou schuiven, alles achter zich wilde laten?'

Maar het was een retorische vraag, want Amos praatte en huilde ruim een uur achter elkaar door, en toen was hij nog niet klaar. Ik had wel tegen hem willen zeggen dat hij op moest houden. Ik had willen zeggen dat ik niet de aangewezen persoon was om dit soort dingen mee te bespreken. Ik zou hem hebben kunnen vragen waarom hij er zo op gebrand was mij te laten zien hoeveel hij voor een andere vrouw voelde, maar ik denk dat ik het antwoord op die vraag wel wist – voor wat het waard is. Amos hield graag alles in de hand, en dit was hem net overkomen. Het was geen onderdeel van een groter plan van mijn kant. Ik kon niet bedenken wat nu eigenlijk wel de juiste vraag zou zijn, en het kon me ook niet zoveel schelen. Van Amos werd ik toch niets wijzer, dus was het uiteindelijk het makkelijkste om me maar niet druk te maken, meelevend te kijken, te zorgen dat zijn glas niet leeg raakte en hem te laten praten.

Toen hij ten slotte – enigszins onvast ter been – opstond en weg wilde gaan, zei hij: 'Je weet wat dit betekent, hè?'

'Wat dan?'

'Dat het optreden niet doorgaat.'

Ik zei met klem dat we beloofd hadden om te spelen, dat ik niet zou afhaken, en hij evenmin.

De overige leden van de band reageerden rustiger op het nieuws van Sonia's vertrek. Guy leek een sarcastische en verbitterde opmerking te willen maken, maar de gebeurtenissen en conflicten van de laatste tijd hadden hem enigszins murw gemaakt, zodat hij zich beperkte tot de gemompelde mededeling dat hij zijn best zou doen en mij niet teleur wilde stellen.

Joakim kon er nauwelijks zijn schouders over ophalen. 'Ik geloof dat het mij niks aangaat waarom ze dit gedaan heeft,' zei hij.

'Nou, een beetje wel,' zei ik, 'want nu Sonia wegvalt, zullen jij en ik de zang grotendeels voor onze rekening moeten nemen.'

Wij tweeën gingen bij elkaar zitten en verdeelden de zangpartijen onder elkaar. Joakim had een wat ijl, alternatief stemgeluid, maar dat zou de tienermeisjes op het bruiloftsfeest waarschijnlijk wel aanspreken. Van mijn eigen stem was ik niet zo overtuigd. Ik was geen Bessie Smith, die ik in zoveel opzichten zo graag had willen zijn, maar ik kon wel zuiver zingen, en ik was gewend om voor de klas te zingen om te laten horen hoe iets moest klinken.

Toen ik het Neal vertelde, reageerde hij eerst bezorgd, maar vervolgens werd hij argwanend.

'Zal ze doorslaan?' vroeg hij. 'Zal ze een bekentenis gaan afleggen om haar geweten te ontlasten?'

'Beslist niet,' zei ik. 'Zo is ze niet.'

Neal keek nadenkend. 'Is er iets wat ik zou moeten weten?' vroeg hij.

'Nee,' zei ik, weer geheel naar waarheid. Er waren wel dingen die hij niet wist, maar er was niets wat hij zou moeten weten. Toch vond ik niet dat ik het daarbij kon laten. 'Dit was waarschijnlijk niet te vermijden geweest. Ik geloof niet dat we met elkaar hadden kunnen blijven omgaan met zo'n verhaal op de achtergrond. Volgens mij is het goed dat ze is weggegaan en dat ze ergens anders nieuwe mensen leert kennen en een nieuwe baan zoekt.'

'Maar ze heeft Amos in de steek gelaten,' zei Neal.

'Waarschijnlijk is dat het beste voor hen allebei,' zei ik.

'Dat klinkt wel hard, zeg.'

'Een beetje verbitterd mag ik toch wel zijn,' zei ik.

Iemand van het hotel bracht ons naar een geïmproviseerd podium. Toen we bezig waren ons daar te installeren, vond ik dat we wel iets hadden van een stel mensen die de vorige avond ontzettend dronken waren geworden en dingen hadden gezegd en gedaan die we ons niet meer zo precies konden herinneren en waarvoor we ons misschien moesten schamen. We waren katterig, we zaten niet lekker in ons vel en we wilden elkaar liever niet recht in de ogen kijken. O, en we waren natuurlijk ook zenuwachtig omdat we zo meteen moesten optreden voor een publiek dat we niet kenden.

De mensen die de plechtigheid hadden bijgewoond begonnen nu binnen te druppelen en gingen op zoek naar hun plaats aan tafel. Ik had verwacht dat ze nieuwsgierig zouden zijn naar ons, maar ze keurden ons nauwelijks een blik waardig. Nu wist ik hoe het voelde om deel uit te maken van het leger der onzichtbaren, de mensen die je jas aannemen, je eten voor je neerzetten of de boel opruimen als je weg bent. Ten slotte arriveerden Daniëlle en Jed, als een stel beroemdheden van wie je denkt: wie zijn dat ook alweer? Ze werden begroet met gejoel en geklik van mobiele-telefooncamera's. Met z'n tweeën maakten ze een ronde langs de tafels waarop de gerechten stonden uitgestald, waarbij ze voortdurend mensen in de armen sloten en op de wang kusten. Toen Daniëlle ons in het oog kreeg, gaf ze een gilletje en kwam ze in haar opbollende, overdadige, crèmekleurige bruidsjurk op ons af rennen, op de voet gevolgd door de bruidegom.

'O jongens, jongens, jongens, wat een dag!' zei ze, waarna ze haar armen om me heen sloeg. 'Niet te geloven, wat een dag! Ik was zo zenuwachtig. Ik dacht dat ik mijn eigen naam niet eens zou weten, en ik weet nu niet meer of ik hem wel wist. Ik kan me niet herinneren wat ik heb gezegd. Misschien zijn we niet eens getrouwd. Dit is Jed. Jed, Bonnie. Bonnie, Jed. Ziet hij er niet fantastisch uit?'

Jed was een lange man met een grote bos blond haar. Hij droeg een grijs jacquet met een gebloemd vest. Met een wat ongelovige uitdrukking op zijn gezicht nam hij ons op.

'Ik vind het magnifiek van je, Bonnie,' zei Daniëlle. 'Na alles wat je hebt meegemaakt. Zo afschuwelijk. Ik kan nauwelijks bedenken wat het voor je moet hebben betekend. Iedereen hier heeft het er voortdurend over.' Ik kon er met geen mogelijkheid tussen komen, dus knikte ik alleen maar. 'Als we terugkomen uit... eh, ik hoor niet te zeggen waar we naartoe gaan... Nou ja, in elk geval moeten we er eens over praten. Ik wil er een goed gesprek met je over hebben.' Ze zweeg en liet haar blik langs ons allemaal gaan. 'O, treden jullie zo op?'

We waren allemaal gekleed in onze alternatieve country-outfit, die bijna precies hetzelfde was als wat we anders ook altijd droegen – een spijkerbroek en een T-shirt. Ik had ook cowboylaarzen aan, die ik onder in een van mijn verhuisdozen had gevonden.

'Hoort bij de muziek,' zei ik.

'Magnifiek,' zei ze. Ze keek om zich heen. 'Is je zangeres er al?'

'Sonia kon niet komen,' zei ik.

'O jongens,' zei Daniëlle. 'Toch niks ernstigs?'

'Ze kon zich onmogelijk losrukken van haar verplichtingen,'

zei ik. 'Maar we zullen zien wat we kunnen doen.'

'Mooi, mooi,' zei Daniëlle, die keek alsof ze voor het eerst een vermoeden kreeg dat er iets mis zou kunnen gaan op de mooiste dag van haar leven. 'Ik heb wat te eten voor jullie geregeld. Als jullie Sergio erover aanschieten, die lieve man in het paarse jasje daar, komt het allemaal goed. Na het eten krijgen we een paar toespraken, en dan kunnen jullie je gang gaan. Ik verheug me er ontzettend op jullie te horen spelen en een beetje te kunnen dansen.'

Sergio liep met ons de grote zaal uit en bracht ons naar een soort opslagruimte ergens opzij, waar kartonnen dozen stonden en een picknicktafel met daarop een bord met een paar stukken kip, een fles wijn en een pak vruchtensap. Joakim en Neal aten met smaak, terwijl de anderen zwijgend van hun glas nipten. Guy dronk sinaasappelsap, maar ik hield me bij de wijn. Ik moest zingen voor deze mensen, dus ik moest wel.

De toespraken waren zoals toespraken horen te zijn. Jeds beste vriend vertelde een verhaal over dronken toestanden en vriendinnetjes van vroeger, waar überhaupt niet op gereageerd werd. Je hoorde het ruisen van de wind en het gesjirp van de krekels buiten. Vervolgens las de vader van Daniëlle een speech voor die veel te lang was, zelfs al sloeg hij een bladzijde over, waardoor van het verhaal niet veel te begrijpen was. Toen hij zover was dat hij een toast uitbracht op bruid en bruidegom, dacht ik dat het daarna alleen maar beter zou kunnen worden. Daniëlle pakte de microfoon en deelde de aanwezigen mee dat ze nu toch wel erg verwend werden, want dat een van haar vriendinnen muzikant was en dat die vriendin speciaal voor de gelegenheid een band had gevormd, die praktisch de hele zomer had gerepeteerd en talloze problemen het hoofd had geboden, zodat een hartelijk applausje voor Bonnie Graham en haar band zeker op zijn plaats was.

Wij allen, op Guy na, slopen enigszins beschaamd het podium op. Ik ving een glimp van Guy op toen hij achter zijn drumstel plaatsnam, en bedacht dat hij fantaseerde dat hij John Bonham was zoals die er anno 1972 of daaromtrent bij Led Zeppelin op los ramde. Ik hoopte alleen dat hij niet zou proberen net zo te spelen als John Bonham. Ikzelf wenste dat ik net als Roy Orbison een zonnebril op had gehad, maar daar was het nu te laat voor. Ik ging achter het keyboard zitten, tikte op de microfoon en mompelde een felicitatie aan het adres van Daniëlle en... Even was het stil omdat ik ineens de naam van de bruidegom niet meer wist, en toen ik me die weer herinnerde maar nog niet had uitgesproken, klonk er een door merg en been gaande pieptoon van de rondzingende geluidsinstallatie en zag je de mensen in elkaar krimpen en hun oren afschermen. Neal keek me met een verontschuldigende blik aan. 'Tja, dat is rock-'n-roll,' mompelde hij.

'Sorry daarvoor, mensen,' zei ik tegen het publiek. 'Dit nummer dragen we op aan Daniëlle en Jed.'

Toen zetten we 'It Had to Be You' in. Het was alsof ik uit mijn lichaam trad en van een afstand toekeek hoe Daniëlle en Jed aarzelend de dansvloer opgingen, elkaar omarmden en begonnen te dansen. Ik kon mezelf horen zingen. Mijn stem klonk breekbaar, maar dat gaf niet – het is een breekbaar nummer. Joakim deed het natuurlijk uitstekend, Guy was niet onverdienstelijk, Neal speelde niet zo goed, en Amos klonk afschuwelijk. Hij sloeg de ene valse noot aan na de andere. Ik keek naar hem. Hij had een wat glazige blik in zijn ogen, alsof hij op het punt stond flauw te vallen. Toen het nummer afgelopen was, ging er een beschaafd applaus op. Joakim liep naar de microfoon.

'Het volgende nummer is misschien niet speciaal geschikt voor een bruiloft,' zei hij. 'Eigenlijk is het ronduit ongeschikt. Maar wij vinden het mooi.'

Al bij de eerste regel – waarin bezongen wordt dat de man beter meteen zijn biezen kan pakken als hij er dan toch mee op wil houden – zag ik een uitdrukking van verbazing door het publiek gaan, als in een wave. Sommigen keken verstoord, een enkeling vol afschuw. Anderen glimlachten. Er was niets meer aan te doen. Ophouden en iets anders spelen was geen optie. Ik concentreerde me maar op mijn rol als zangeres, en toen ik dat deed, gebeurde er iets volkomen onverwachts. Ik kreeg een heel ander gevoel over het nummer dan ik in al die weken dat we het instudeerden had gehad. Alle pijn die eruit sprak, over uit elkaar gaan, afscheid moeten nemen, over de kloof die er gaapt tussen jou en iemand die tot voor kort je minnaar was, het greep me ineens bij de keel. Ik zong niet met een snik in mijn stem, zoals Patsy Cline het doet, maar ik voelde wel dat mijn keel werd dichtgesnoerd. Het was al een droevig nummer, en ik maakte het nog droeviger. Toen het afgelopen was, klonk slechts een bescheiden applausje. Alsof de mensen zo van streek waren dat ze het liefste helemaal niet reageerden. Ik dacht er maar liever niet over na of dat door de ontroering kwam, dan wel door ontzetting of door plaatsvervangende schaamte.

Ik stond op en gespte mijn banjo om, Joakim pakte zijn viool, en ik zei tegen het publiek dat het tijd was om te dansen. We begonnen met 'Nashville Blues', en onmiddellijk voelde ik een golf van opluchting door de zaal gaan. De mensen stroomden de dansvloer op, misschien in een collectieve ontkenning van wat zich in de voorafgaande vijf minuten had afgespeeld. Het is een nummer waarin de melodie in een soort wedstrijd wordt doorgegeven tussen de banjo, de gitaar en de viool, en toen we eenmaal zagen hoe de mensen erop reageerden, gingen we ermee door, als badmintonspelers die hun best doen om de shuttle in de lucht te houden. Toen ik op een gegeven moment Neal aankeek, glimlachte hij naar me. En zelfs Amos leek wat tot leven te komen. Even dacht ik te begrijpen waar het om ging bij goede muziek, die een helende werking kan hebben en je het gevoel kan geven dat er iets beters voor je in het verschiet ligt. Ik wist wel dat we niet echt goed speelden, maar het kon ermee door en we deden het samen.

Maar dat we door de muziek een eenheid vormden, was slechts schijn. Ik had immers voor Amos verzwegen hoe het werkelijk was gegaan. En voor Neal ook. Guy dacht dat ik geholpen had zijn zoon het verkeerde pad op te sturen. En Joakim, wat dacht hij? Had ik hem inderdaad het verkeerde pad op gestuurd? En dan waren er nog de mensen die er niet meer bij waren, de lege plekken, de gezichten die ik nooit meer zou zien.

Dat wist het publiek echter allemaal niet, en toen we er ten slotte op een nogal rommelige manier een punt aan draaiden, werd er niet alleen gejuicht en geapplaudisseerd, maar ook bravo geroepen. We begonnen aan een volgend, nog rauwer instrumentaal nummer, waarop behoorlijk wild werd gedanst. Toen speelden we een van de zeldzame vrolijke nummers van Hank Williams waarop gedanst kan worden, en we eindigden met nog een song van

Patsy Cline, maar dan een vrolijke. Maar nog bleek dat niet het einde te zijn van ons optreden. Toen het nummer afgelopen was en we het publiek bedankten, sprong Jed op het podium, pakte de microfoon en vroeg het publiek met schorre stem of het nog meer wilde horen. Dat bleek inderdaad het geval. Meer hadden we echter niet op ons repertoire, dus speelden we 'Nashville Blues' nog eens, maar we sponnen het nog langer uit dan de eerste keer. In het publiek werden pogingen ondernomen om er wat vreemde bluegrass-danspasjes op te maken. Toen we uitgespeeld waren, ging er een luid gejuich op. We hadden een van de geheimen van het leven ontdekt – je moet de mensen laten geloven dat je beter bent dan in feite het geval is.

Toen ik van het podium stapte, kwam Daniëlle voor me staan en sloeg haar armen om me heen. Haar haar rook naar rozen.

'Fantastisch wat je voor me hebt gedaan,' zei ze. 'Dank je wel.'

Ik keek haar aan. Wat zou het me waard zijn als ik de klok terug kon draaien, als ze me niet zou hebben gevraagd? Of dat ik nee zou hebben gezegd als ze me wel had gevraagd? Alles. Dat zou me alles waard zijn.

'Graag gedaan,' zei ik.

Ik liep naar de bar. Ik trilde helemaal en had een borrel nodig om tot rust te komen. Ik zou graag wodka of whisky hebben gehad, maar er was alleen champagne. Die was zo scherp en bruisend dat ik er niet zo snel van kon drinken als ik wilde. Het kostte me vele slokken om het glas te legen. Snel nam ik nog twee teugen.

'Dat was heel goed,' zei een stem naast me.

Ik draaide me om en keek wie het was, maar het was zo onverwacht dat ik haar hier voor me zag staan dat ik haar eerst niet herkende. En toen ineens wel. Het was Joy Wallis. Van de recherche.

'Wat doe jij hier?'

'Ik wilde jou spreken,' zei ze. 'En ik dacht dat het wel leuk zou zijn om je eens aan het werk te zien. Dat was het inderdaad.'

'Dank je.'

'Wat is eigenlijk een jambalaya?' vroeg ze.

'Ik weet het niet precies,' zei ik. 'Ik ken het alleen van het liedje. Iets uit Louisiana.'

'Maar is het een gerecht?' vroeg Joy. 'Of is het muziek om op te dansen?'

'Ik dacht dat het een bijeenkomst was. Een feest, of zo.'

Joy keek om zich heen.

'Is dit een soort jambalaya?'

'Helaas,' zei ik. 'Ik zou het niet weten. Wat wilde je me vragen?'

'Ik wilde je niks vragen,' zei Joy. 'Ik wilde je wat zeggen. Ik voelde me een beetje schuldig. Misschien hebben we je wat te hard aangepakt.'

'Och, het spijt me dat ik niet behulpzamer heb kunnen zijn,' zei ik. 'En hoe loopt het nu?'

'Het loopt eigenlijk niet. Ik word op een andere zaak gezet.'

'Het is me wel opgevallen dat de zaak uit het nieuws is. De aandacht van de media is toch wel heel snel voorbij. Is het onderzoek beëindigd?'

'Als een moord niet opgelost wordt, wordt het onderzoek nooit beëindigd,' zei Joy. 'Hoogstens op een laag pitje gezet. Volgens mij denkt de baas nu dat de moord te maken heeft met een verkeerd gelopen drugsdeal – met de auto die op de luchthaven was achtergelaten en die mysterieuze vrouw die hem daarnaartoe heeft gebracht. Die vriend van jou kende nogal wat ongure types. En hij ging een beetje slordig met geld om.'

'Dat is waar,' zei ik. Ik wilde net afscheid van haar nemen toen ik een hand op mijn schouder voelde. Ik keek om en zag Liza voor me staan, gekleed in een erg rood, erg kort jurkje, met bijpassende lippenstift op.

'Ah, je bent terug,' zei ik. 'Dat wist ik niet.'

Ze sloot me in haar armen.

'Ik wilde natuurlijk terug zijn voor de bruiloft,' zei ze. 'Ik was net op tijd. Ik had jou niet willen missen. Het was fantastisch. Niet te geloven dat je dat allemaal hebt georganiseerd. Ik heb gehoord wat een van je mensen is overkomen. Wat ontzettend, wat afschuwelijk.'

'Ja,' zei ik. Hield ze haar mond maar, dacht ik.

'Je moet me er alles over vertellen.'

'Een andere keer.'

'Natuurlijk.'

'Dit is mijn vriendin Liza,' zei ik. 'Liza, dit is inspecteur Wallis.'

Liza maakte een theatrale schrikbeweging. 'O, ik stoor toch niet?'

'Nee, hoor.' Ik keek Joy aan. 'Liza was erbij toen Daniëlle me hiervoor wist te strikken. Hoe was je vakantie, Liza?'

'Echt helemaal te gek,' zei ze. 'Je gaat zo anders tegen het leven aankijken. Ik zal je een keer uitnodigen, en dan vertel ik je tot in de details hoe het was. Het appartement ziet er trouwens prima uit. De planten staan er beter bij dan toen ik wegging.'

'Mooi,' zei ik.

Liza keek Joy aan.

'Sorry,' zei ze. 'Jullie hebben vast belangrijke dingen te bespreken.' Ze bleef nog even verwachtingsvol staan, maar toen ik haar niet tegensprak, zei ze: 'Oké, ik ga eens een beetje rondlopen.' Ze maakte aanstalten om weg te lopen, maar bleef staan en keek me weer aan. 'O, één ding nog, Bonnie. Het is misschien een stomme vraag, maar heb jij enig idee waar mijn vloerkleed gebleven is?'

ERVOOR

Aan de overkant van de straat zag ik Neal. Met een tas onder zijn arm liep hij met snelle passen naar het metrostation. Aan zijn gezicht te zien was hij somber en gespannen, en even voelde ik een mengeling van genegenheid en wroeging, maar toch ging ik achter een boom staan, zodat hij me niet zou zien. Ik bleef wachten totdat hij uit het zicht was verdwenen en vervolgde pas toen mijn weg.

Ik sloeg af bij het kronkelige laantje, waarna het lawaai van de auto's en vrachtwagens langzaam minder werd. Het was donker, en ineens was het ook stil. Ik liep de bocht door, passeerde de garage, die nu dicht was en waar alleen nog het uithangbord waarop te lezen stond dat ze er apk-keuringen en reparaties verrichtten heen en weer zwaaide in de wind, en toen was ik eindelijk waar ik wezen wilde. In de huiskamer brandde licht, zag ik door het raam.

Ik ging het hem zeggen. Ik ging het hem nu echt zeggen. Ja, toch? Maar mijn lijf verlangde naar zijn aanraking, en mijn hart naar zijn glimlach. O, hem weer zien, weer zijn omhelzing te voelen en zijn adem in mijn haar, hem mijn naam te horen fluisteren. Mijn lief.

De deur stond open. Ik ging naar binnen.